Simplesmente Jane

Fern Michaels

Simplesmente Jane

Tradução
Maria Helena Kühner

BERTRAND BRASIL

PUBLICADO MEDIANTE CONTRATO COM KENSINGTON PUBLISHING CORP. NY NY USA

Título original: *Plain Jane*

Capa: Leonardo Carvalho

Editoração: DFL

2002
Impresso no Brasil
Printed in Brazil

CIP-Brasil. Catalogação-na-fonte
Sindicato Nacional dos Editores de Livros, RJ

M569s Michaels, Fern
Simplesmente Jane/Fern Michaels; tradução de Maria Helena Kühner. — Rio de Janeiro: Bertrand Brasil, 2002.
392p.

Tradução de: Plain Jane
ISBN 85-286-0961-8

1. Romance americano. I. Kühner, Maria Helena, 1933-. II. Título.

CDD - 813
02-0965 CDU - 820(73)

EDITORA BERTRAND BRASIL LTDA.
Rua Argentina, 171 — 1º andar — São Cristóvão
20921-380 — Rio de Janeiro — RJ
Tel.: (0xx21) 2585-2070 — Fax: (0xx21) 2585-2087

Caro Leitor:

Meu correio eletrônico de leitores há anos vem me dizendo que vocês gostam quando incluo um cachorro em minhas obras. O que é muito fácil para mim, pois amo os animais e eu mesma tenho cinco cachorros.

Antes de começar a escrever este livro, vi uma coisa no noticiário matutino que me comoveu muito, deixando-me em lágrimas. Foi o funeral de um Cão Policial K-9, aqui do estado em que vivo. Ele tinha sido morto no cumprimento do dever. Se ele estivesse usando um colete à prova de balas, como seu parceiro (um oficial de polícia humano), talvez tivesse sobrevivido. Porém, os apertados orçamentos não permitem tais coisas. Como jamais quero voltar a ver um funeral como este, doei vinte e dois coletes à prova de balas para os K-9 aqui de meu estado. Nesse ínterim, aprendi muita coisa a respeito desses extraordinários animais. São extremamente inteligentes, a ponto de quase se igualarem aos humanos em sua capacidade de compreender. São dedicados, amorosos e muito, muito bonitos. O que também me fez começar a imaginar o que acontece a esses cachorros quando se aposentam, ao chegar aos sete anos de idade.

Neste livro que você está começando a ler, há um cachorro assim, e dei-lhe o nome de Flash [Relâmpago]. Após a aposentadoria, ele foi anunciado para adoção. Era uma mistura de todos os cachorros que eu tivera o prazer de encontrar. Devido a sua inteligência superior, ele sabe como pôr seu cinto de segurança em um carro, sabe abrir e fechar portas, sabe o que fazer quando há um "chamado oficial". Pode até chegar a matar, se lhe ordenarem, ou pode simplesmente cercar e acuar sua presa. Ele apertará sua mão, far-lhe-á um agrado, rolará com você no chão e defenderá sua família com a própria vida. É, realmente, o melhor amigo do homem. No caso aqui, o melhor amigo da mulher. Espero que você se divirta com o Comissário Flash, Distintivo nº 23, tanto quanto me diverti ao inventá-lo.

Fern Michaels

Para Melba Johnson, Beth, Ron e Eric Goins.
Lindsey e Misty, também.

Prólogo

Universidade do Estado de Louisiana
Baton Rouge, Louisiana, 1988

Jane Lewis fechou seu livro e deu um profundo suspiro. Se já não soubesse a matéria agora, então nunca mais saberia. Esfregou os olhos doloridos com a palma da mão, certa de que se sairia muito bem em sua última prova final na manhã seguinte. Olhou para o relógio e suspirou novamente. Ela tinha passado o dia inteiro, até a noite, na biblioteca, sem comer. Agora se dava conta de que estava com fome, realmente faminta. Outro suspiro escapou-lhe dos lábios quando pensou no quanto havia engordado desde que viera para a universidade. Exatamente dezoito quilos. Iria malhar para livrar-se de todo esse peso e mais dez quilos no verão. Mesmo que fosse a última coisa que fizesse. E provavelmente seria, já que estava tão fora de forma.

Jane virou-se ao sentir a mão em seu ombro: — Seu nome é Jane e você está no Acadian Hall?

— Sim, sou Jane Lewis. Tenho visto você de vez em quando, mas nunca fomos apresentadas — disse Jane, levantando-se para estender-lhe a mão.

— Connie Bryan. Estou no quarto andar. Você está no quinto, não é? Eu estava me perguntando se você se incomodaria se eu fosse caminhando com você, caso você estivesse voltando para o dormitório. Já é tarde e detesto andar sozinha. Odeio admitir isto, mas sou realmente uma pessoa medrosa.

— Tudo bem — disse Jane, juntando seus livros. Connie Bryan era tudo que ela desejava ser, mas que jamais conseguiria — pequena, loura, 47 quilos. E tão popular que tinha sido eleita a Rainha do *Homecoming*.* Ela namorava o famoso zagueiro do time da escola, e o boato era de que iriam se casar em junho.

— Você já terminou as provas, Jane? Eu tenho duas provas finais amanhã e é só. E você? — perguntou Connie, começando a caminhar ao lado de Jane.

Jane pestanejou diante da cordialidade espontânea da garota. — Minha última prova final é às oito. E fico muito feliz com isso. É verdade que você vai se casar logo depois da formatura?

— É. Enquanto estamos aqui conversando, minha mãe está planejando o casamento. Ela me disse que estaria endereçando os convites hoje à noite. A última prova do meu vestido de noiva vai ser no sábado. Mal posso esperar. Tudo que quero é me ver casada e ter uma casa cheia de crianças. Todd também. Vou dar aulas durante um ano ou dois antes de pensarmos em ter filhos. E você, Jane?

— Eu vou para a Faculdade de Medicina. Tulane. Estou ansiosa por isso. Casamento não é tão importante para mim, pelo menos por enquanto. Eu quero ter uma carreira.

— O que é muito louvável. Para mim, quatro anos de curso são suficientes. Você tem alguma especialidade em mente?

— Pediatria. Mas posso mudar de idéia e fazer clínica geral. Ainda não tenho certeza. Você se incomoda se lhe perguntar uma coisa?

Connie riu. — Está bem escuro aqui, não está? Me dá arrepios. Ainda bem que você está vindo comigo. Qual é a pergunta?

Jane olhou ao redor. Normalmente o *campus* era uma colméia fervilhante, mesmo àquela hora tardia da noite. Porém, com as provas

---

* *Homecoming* — período final que precede a "volta para casa" (férias escolares). (N. T.)

finais quase todas terminadas, grande parte dos alunos já tinha ido embora, o que explicava aquele sossego. — Duas lâmpadas estão queimadas. Eu reparei ontem à noite. Minha pergunta é a seguinte: como é que você se sentiu ao ser escolhida a Rainha do *Homecoming*?

— Foi o segundo momento mais empolgante da minha vida. O primeiro foi quando encontrei Todd e vi nele minha alma gêmea. Você está namorando alguém ?

Jane riu. Gostaria de pensar em algo inteligente e espirituoso para dizer àquela menina bonita que estava caminhando a seu lado.

— Não, eu não estou namorando ninguém, ou melhor, não estou nem saindo com alguém.

— É que você ainda não encontrou o homem certo, Jane. Mas você vai encontrá-lo. Não há nada melhor no mundo do que o momento em que você olha nos olhos de alguém e sente que aquela pessoa é seu destino. Todd e eu vamos ter uma vida maravilhosa. Temos nossa casa já toda planejada, a mobília, até os pratos e os jogos americanos. Queremos quatro filhos, e não nos importamos se serão meninos ou meninas, desde que sejam saudáveis. Até já escolhemos os nomes. Vou fazer doces e decorar a casa nos dias de festa. Vamos ter árvores de Natal em todos os cômodos da casa. Todd e eu adoramos o Natal. Nosso primeiro encontro foi exatamente na véspera, no primeiro ano em que estávamos aqui na universidade. Mal posso esperar. Penso nisso o dia todo e sonho com isso todas as noites. Fui abençoada por Deus, não há dúvida.

— Você tem muita sorte, Connie. Desejo-lhe toda a felicidade do mundo — disse Jane com sinceridade.

Eles brotaram da escuridão como lobos à espreita da caça. Foi difícil distinguir quantos eram até que começaram a falar. Cinco — e mais um, meio indeciso e distante do grupo —, observou Jane, enquanto os finos cabelos de sua nuca se punham de pé. Tipo estranho, esse de fora. Foi aí que ela começou a tremer, ou era Connie que de repente segurara seu braço, agarrando-o com força?

— Ora, ora, vejam só, caras. Que gracinha de garota achamos. A beleza da escola, pra dizer a verdade.

— O que... o que é que vocês querem? Não mexam com a gente — Connie tentou gritar antes que uma mão lhe acertasse a boca com um tapa e fosse arrancada da segurança do braço roliço de Jane.

— Que é isso, rapazes, vamos parar com isso. Não tem a menor graça — disse Jane, ofegante, antes que uma mão lhe tapasse a boca.

— Não estamos querendo fazer graça; portanto, cale essa boca. Se der mais um pio, vai levar um cachação no pescoço. Nós temos planos em relação à Senhorita Rainhazinha do *Homecoming*, não é, caras?

Jane fez força para soltar-se, mas os braços que a prendiam eram musculosos e rígidos. Ela logo se deu conta de que não conseguiria fugir. E viu, aterrorizada, as três formas escuras arrastarem Connie para fora do caminho e para dentro das cerradas moitas.

— Vocês não podem fazer isso — murmurou Jane por trás da mão que fedia, sabendo que ela seria a próxima.

— Acho que já disse pra você calar a boca. Não estamos interessados em um barril de banha como você.

Jane deu um chute para trás, na esperança de que seu tênis Nike encontrasse alguma carne. Mas não encontrou. Ela sentiu um pesado soco no estômago e a seguir um outro no queixo. Balançou e caiu com a dor. Pressentiu, mais do que viu, que o rapaz da lateral estava indo embora. Com o rosto encostado no chão, ela podia ouvir passos correndo. Talvez ele não fosse um *deles*. Talvez estivesse indo buscar socorro.

Pareceu uma eternidade, mas foram apenas alguns minutos antes de os rapazes trocarem de lugar. Mais um pouco e ela estaria livre, ajoelhada no chão, chorando de dor, sabendo o que estava acontecendo com Connie Bryan. Tinha de fazer alguma coisa, algo mais que gemer e choramingar. Fez um esforço enorme para se levantar, com a raiva lhe consumindo por dentro. Assim que ficou de pé, gritou com toda a força dos pulmões, o som atravessando a noite tranqüila. Sentiu que sua cabeça era puxada para trás, enquanto um joelho lhe golpeava o meio das costas. Mordeu a mão que cobria sua boca e percebeu que tinha arrancado sangue, que tinha mordido o rapaz até o osso. Cuspiu sangue.

— Que diabo...

— Esta puta dessa baleia encalhada precisa de uma lição. Qual de vocês quer essa Miss Leitoa? — disse um deles com uma voz pegajosa. — Ninguém se habilita?

Jane ouviu que estavam saindo e dando mutuamente tapinhas nas costas. Rastejou para dentro dos arbustos, para onde haviam levado Connie. Pegou a garota nos braços. A cabeça dela tombou, sem forças.

— Connie, tenho que deixar você aqui por uns minutos enquanto busco ajuda. Posso continuar berrando, mas provavelmente não vai adiantar. Volto num instante.

— Não — sussurrou a garota, tremendo. — Não diga nada a ninguém. Me ajude. Eu posso andar. Só preciso me apoiar em você.

— Deixe que eu chame os seguranças do campus. Eles acionarão a polícia. Você tem que ir para o hospital ou para o centro de atendimento.

— Não! Eles também te...?

— Não. Eles não quiseram nada comigo. Disseram que eu era gorda demais. Eu tentei me soltar para ajudar você, mas me seguraram no chão. Você tem certeza de que está podendo andar?

— Estou. Quando estivermos chegando perto do dormitório, você pode entrar e me trazer um casaco ou coisa parecida? Posso ficar no seu quarto, Jane? Minha companheira de quarto ainda não foi embora.

— Claro que pode. Mas você precisa ir a um médico, Connie. Você tem que dar parte disso. Está me ouvindo?

— Depois falamos disso. Agora só quero entrar e ir para o chuveiro. Por favor, Jane.

— Você...você não pode se lavar e fazer sumirem as provas, Connie. Escute, sei onde fica o centro de atendimento. Posso levar você até lá agora mesmo. Por favor.

— Não. Agora não. Seja minha amiga e me ajude, por favor.

— Pronto, estamos no Acadian. Fique aqui no escuro que corro até lá dentro e lhe trago uma capa de chuva. Tem certeza de que está bem?

— Não, não estou bem. Vê se anda rápido, por favor.

Jane saiu andando com dificuldade, os pensamentos tão caóticos que achou que iria desmaiar. Connie, tão bonita e delicada, estuprada por uma gangue. *Barril de banha. Baleia encalhada.*

No dormitório, Jane entrou no elevador e apertou seu andar. Revirou tudo em busca de sua capa, sua escova de cabelo e uma garrafa vazia de Robitussin em que guardava *brandy* para as cólicas terríveis que tinha todos os meses. Não se dando nem ao trabalho de trancar sua porta, correu acelerado de volta para o *hall*. Como o elevador estava ocupado, desceu pelas escadas. Os alunos que estavam entrando no prédio olharam espantados para ela, alguns gritando saudações enquanto outros murmuravam ou resmungavam algo sobre as provas do dia seguinte. Jane ignorou a todos, enquanto corria para o lugar em que tinha deixado Connie.

— Beba, isto é *brandy*. Tome dois goles longos, bem cheios. Deixe que escovo seus cabelos. Agora, enfie-se nesta capa e amarre o cinto, de modo que nenhum pedaço de sua roupa rasgada fique aparecendo. Quando você tiver forças suficientes para andar, quero que se apóie em mim. Está havendo alguma atividade no primeiro andar. Você pode fingir que bebeu um pouco mais da conta.

— Eu não bebo, Jane.

— Tudo bem, então diremos que você não está se sentindo bem. Eu não estou gostando disso. Você tinha que ir a um médico. Por favor, mude de idéia e me deixe chamar alguém.

— Não, Jane, agora não. Vamos apenas sair daqui, está bem?

— Tá bom, tá bom, mas isto vai contra tudo aquilo em que acredito. Não podemos deixar esses sujeitos livrarem a cara assim.

— Nem sabemos como é a aparência deles. Posso lhe dizer como cheiravam, mas não como eles eram. Um deles me fez engolir seu... você sabe. Eu vomitei tudo de volta em cima dele.

Jane tinha vontade de chorar. Apertou com mais firmeza o braço de Connie. — Pronto. Estamos no dormitório. Só estou vendo umas poucas pessoas. Você consegue?

— Consigo.

— Então vamos. Alguém apagou as luzes. Já deve ser mais de meia-noite. Bom. O elevador está aberto. Basta segurar no meu braço.

No momento em que Jane trancou a porta do quarto, Connie desabou no chão, enroscando-se em posição fetal. Fortes soluços sacudiam-lhe o corpo. Jane abaixou-se e encarou a garota, sem saber o que fazer. — Você não pode permitir que eles saiam dessa numa boa, Connie. Simplesmente não pode.

— Eu sei como essas coisas funcionam, Jane. Eles são todos de uma mesma turma. Vão mentir, como sempre fazem. Estupro no *campus* é coisa que acontece sempre. Eu não tenho como identificá-los, e este é o ponto principal. Chorando agora, estou dando o caso por encerrado. Me ajude a ir para o chuveiro. E prometa que você vai ficar de guarda lá, está bem?

— Prometo. Mas, Connie, você não pode fazer a água levar o que aconteceu.

— Posso tentar. Pense um minuto: você acha que Todd iria querer casar comigo se descobrisse isso? Não. Homem algum iria querer. Isto fica entre nós, Jane. Se você disser alguma coisa, eu nego. Quero que entenda bem isto.

— Se é assim, Todd não é a pessoa que você pensa que é. Você não provocou esta violação. Você é uma vítima, que droga! Se você não fizer nada, vão continuar agindo assim. Vão fazer isso com alguém mais.

— Isto é problema deles. Tenho que cuidar do meu problema, e a meu modo. Tenho duas provas finais amanhã e depois volto para casa. Tudo que tenho a fazer é jogar minhas malas no carro. Já levei o resto de minhas coisas para casa há duas semanas. Só preciso de algumas horas de sono. Por favor, não me olhe desse jeito, Jane. Por favor. Tudo que quero agora é que você seja minha amiga e me ajude. Tem certeza de que posso dormir aqui esta noite?

— Eu não tenho outros lençóis, a não ser os que estão em minha cama. Como você, também já levei o resto de minhas coisas para casa há algumas semanas. Mas tenho um cobertor extra e você pode usar minha capa de chuva como coberta, a menos que queira que eu vá até seu quarto para pegar suas coisas. As minhas vão ficar grandes demais em você.

— Você tem um pijama sobrando? O resto de minhas coisas eu vejo amanhã de manhã.

— Eu queria que você me deixasse fazer alguma coisa, Connie. Não me sinto bem em deixar isso assim.

— Estou fazendo o que tenho que fazer. Podemos ir para o banheiro agora? Jogue fora minha roupa e meus sapatos.

Jane abriu uma gaveta e tirou uma sacola de papel pardo de supermercado. — Eu cuido disso.

— Eu gostaria de ter tido tempo de conhecer você antes de tudo acontecer, Jane. É tão estranho. Eu confio em você do mesmo modo que confio em Todd.

— Mas obviamente você não confia suficientemente nele ou lhe pediria ajuda. Tudo isso poderia até dar mais força à relação de vocês.

— Se você, por um minuto sequer, acredita nisso, vou lhe vender duas pontes da cidade... Fique de guarda para não deixar ninguém entrar no banheiro.

— Prometo. Mando todo mundo para o outro andar. Aqui estão o sabão, uma toalha e a luva de banho. Vou trazer o pijama.

Meia hora depois, Jane abriu a porta do banheiro. O vapor subia em espirais até o teto e depois saía pela porta aberta.

— Connie, você já está aqui há muito tempo. Agora tem que sair.

— Ainda não me sinto limpa. Mais um pouquinho só.

Jane encaminhou-se para o chuveiro e fechou a água.

— Todos os banhos do mundo não vão fazer com que se sinta limpa, a menos que você faça alguma coisa a respeito. Você precisa ir conversar com um psicólogo quando chegar em casa. Vai fazer isto?

— Não sei. Provavelmente, não. É uma cidade pequena. As pessoas falam. Quanto tempo você acha que vai levar para que as manchas roxas em minhas coxas e na parte de cima dos braços saiam?

— Uma semana, talvez duas. Calças compridas e mangas longas dão um jeito nisso. As manchas e os talhos são o de menos. Eu tenho uma máquina fotográfica. Quer que eu tire fotos de suas lesões? A polícia sempre procede assim em casos de estupro. Só para o caso de você mudar de idéia e resolver dar queixa mais tarde.

— Não. Eu não vou mudar de idéia. O que eu gostaria é de um pouco mais de *brandy* para conseguir dormir. Você trancou a porta?

— Está trancada. Durma na minha cama, Connie. E não discuta, faça o que eu digo.

— Como é que vou um dia conseguir retribuir todo o carinho que você teve comigo esta noite? Pode se sentar perto de mim até eu pegar no sono?

— Fico triste de não poder fazer mais. Vou ficar sentada aqui.

— Sabe o que um daqueles canalhas me disse enquanto estava me estuprando? — perguntou Connie, já meio sonolenta. — Ele disse: "O silêncio é de ouro".

Os ombros de Jane se curvaram. No momento em que sentiu que a respiração de Connie estava mais regular, ela começou a tremer. Como Connie, estava com vontade de se enroscar em posição fetal e chupar o polegar. Porém, não podia fazer isto. Tinha que ficar alerta para o caso de sua nova companheira acordar durante a noite.

O que ela podia fazer era enrolar os braços e as pernas do pijama de Connie e tirar fotos de seus cortes e lesões. Apenas para o caso de...

Enfiou as fotos da Polaroid sem fazer ruído na sacola de papel do mercado, sem nem olhar para elas.

E depois Jane Lewis fez uma coisa que já não fazia há muito, muito tempo.

Ela rezou.

— É isto aí, menina, é o seu grande dia! — disse alegremente Trixie McGuire, a madrinha de Jane. — Como é que você se sente terminando em quinto lugar em sua turma?

— Sinto-me ótima. Trixie, você se incomoda se eu sair por uns minutos? Tenho que falar com alguém antes que isto aqui vire a maior confusão.

— Pois vá, querida. Fred e eu vamos para nossos lugares e esperamos. Leve o tempo que precisar.

Jane abriu caminho a custo por entre os estudantes alegres e risonhos e seus pais igualmente felizes até localizar alguém que poderia saber onde estava Connie Bryan ou Todd Prentice. Cutucou uma cabeça ruiva e empertigada e perguntou:

— Você viu Connie Bryan ou Todd Prentice?

O ruivo fitou-a por um longo minuto.

— Você não soube?

Jane olhou as leves nuvens brancas e os pedaços de profundo céu azul acima. Sua intuição lhe dizia que ela não iria gostar do que o ruivo ia lhe dizer, fosse lá o que fosse.

— Soube de quê? — murmurou ela, temerosamente.

— Connie se matou há dois dias. Todd não veio à formatura. Ele está passando um mau pedaço com isso. Você era amiga de Connie?

— Sim, sim, eu era — balbuciou Jane, voltando a procurar caminho por entre a multidão, as lágrimas escorrendo pelas faces. Ela pensou na sacola de papel pardo com as roupas de Connie, os sapatos e as fotos que tinha levado para casa e agora estavam na garagem de Trixie para se acaso... Na semana seguinte ela voltaria e faria um depoimento para as autoridades. Se isso mexesse em casa de marimbondos na família de Connie e com Todd, azar. Eles mereciam saber o motivo de sua morte. Morte alguma deve ser em vão. Ela enxugou as lágrimas com a manga da longa e flutuante toga enquanto tomava seu lugar no final da fila de graduandos.

Um

Rayne, Louisiana, 2000

Um *frisson* de excitação percorreu-lhe a espinha ao vê-lo entrar no restaurante lotado em direção à sua mesa. Ele estava sendo bastante pontual, como ela imaginou que seria. Tal como ela, era um profissional com uma agenda cheia de pacientes e por isso sabia a importância de cumprir os horários.

Alto, moreno, simpático à maneira clássica, o Dr. Michael Sorenson era um pedaço de mau caminho, no sentido mais amplo da expressão. Era também um homem de bem consigo mesmo, uma característica que não era fácil de se encontrar e que fazia com que o coração dela se alvoroçasse — exatamente como acontecera no primeiro dia em que ela o vira, já há tantos anos, quando ele e sua família se mudaram para Rayne.

A Dra. Jane Lewis sentiu seus olhos piscarem por trás de seus óculos de vovó com aros finos, enquanto tentava imaginar como sua madrinha Trixie descreveria o belo doutor. Conhecendo Trixie, ela diria algo embaraçoso como: ele deve ser tão bem-dotado quanto um jumento moscovita... Pois, apesar de seus setenta e quatro anos, Trixie gostava de reparar as fivelas do cinto dos homens. E, quando ele se dirigiu diretamente para ela, Jane fez o mesmo.

De repente, ele ali estava, na frente dela. — Que bom ver você novamente, Jane. Deve ter...

— Faz muito tempo — disse Jane, fazendo um gesto para que ele se sentasse bem em frente a ela. *Musculoso. Pratica exercícios com regularidade. Bom alfaiate. Este terno realmente lhe cai bem,* observava. Ele exibia uma aparência tão impecável que ela se sentiu como uma solteirona fora de moda em comparação com ele. Observou, encantada, quando ele estendeu a mão para pegar o copo d'água. *Mãos espetaculares. Mãos grandes, fortes.* Trixie provavelmente diria serem perfeitas para explorar um corpo. — Jane sentiu-se enrubescer. — E aí, como vão as coisas, Mike? — *Brilhante, absolutamente brilhante este diálogo.*

— Não podiam estar melhores. Meu consultório está indo de vento em popa. Até já arrumei um sócio para que eu possa sair e jogar tênis de vez em quando. E finalmente consegui comprar uma casa na primavera passada. Acredite ou não, eu mesmo aparo minha grama e até cozinho para mim de vez em quando. Ah, e quase ia esquecendo, adotei uma gata que estava perdida na rua. Ela agora é uma gata doméstica e uma boa companhia. Dei-lhe o nome de Noodle*. E você, Jane? A propósito, parabéns pelo seu programa na rádio. Um sucesso! Fiquei até com inveja.

Então ele estava sabendo do programa. Que bom. Ela detestava se autopromover. — Obrigada — disse simplesmente. O que poderia ela dizer de si mesma? Passou mentalmente em revista as coisas que ele tinha dito e comparou com a sua própria vida. Seu consultório também estava indo muito bem, mas, mesmo que ela tivesse uma sócia, não jogaria tênis. Ir ao ginásio uma vez por mês já seria muito. Como ele, ela era proprietária de sua casa, mas, em vez de grama, ela tinha um capim exuberante, com mais de um metro. Quanto a cozinhar, ela seria capaz de fazer uma refeição para um *gourmet* usando congelados, enlatados e caixas com o que havia de melhor. E, se pudessem ser postos no microondas, melhor ainda. — Eu tenho uma bonita casinha em Rayne. Está no registro histórico da cidade. Tem um fantasma. E um cão fan-

* Boba. (N. T.)

tasma — foi dizendo sem pensar, para depois ficar pensando no que tinha dado nela para contar-lhe. Ela estava nervosa. Realmente zonza. Será que era porque ele tinha aquela bela aparência ou porque sua tranqüila autoconfiança a intimidava? Mesmo na faculdade, ela bem se lembrava, ele tinha esta mesma segurança e aparência. *E naquela época ele não teria dado a você nem um minuto de seu dia, imaginou.*

Mike inclinou-se sobre a mesa.

— Fantasmas? Você vai me apresentar a eles? Me fale deles. Eu sempre me interessei por paranormalidades.

Jane remexeu-se na cadeira. *Em boca fechada não entra mosquito,* pensou. — Bem, na realidade não é mais que um boato. Contam que um garoto caiu em um poço da propriedade e que seu cachorro sentou-se ali e deixou-se consumir pelo desgosto, até morrer de fome. Para falar a verdade, eu nunca os vi, embora às vezes Olive fique com um ar de quem viu assombração.

— Olive? Sua filha?

— Não — disse ela rindo. — Minha cadela.

— Eu gostaria de tentar dar uma olhada em seus fantasmas, a menos que sua importante parceira tenha alguma objeção.

— Não, não creio que Olive vá se incomodar — disse ela com um leve sorriso. — Eu moro na antiga casa Laroux, no final da cidade. Era uma plantação de arroz. Sabe qual é, não sabe?

— É *lá* que você mora! Meu Deus, tentei comprar aquela casa antes de abrir consultório em Lafayette, mas era parte de um espólio e não estava à venda. Estava bastante arruinada, se bem me lembro, mas não me incomodaria de ter que investir alguns dólares nela se tivesse a sorte de adquiri-la.

— Gastei mais do que alguns dólares nela, pode crer, para conseguir torná-la habitável. Me faz lembrar aquele filme, você deve ter visto, *Um dia a casa cai.* — Ela sentiu que seu chapéu estava escorregando e o arrumou de novo

— Não sei bem por que pensei que você tinha ido para N'awlins ou para algum lugar do norte depois da faculdade. Nunca pensei que você ficaria em Rayne.

Ele tinha pensado nela. — Por que você haveria de pensar isso? — Ela olhou para cima e viu o garçom esperando. — Vamos fazer o pedido. — Enquanto Mike examinava atentamente o menu, Jane percorria com os olhos o restaurante. O Tassels tinha sido escolha dele, ela apenas fizera a reserva. Obviamente, seu colega gostava de coisas finas. Os preços do menu eram altos, a decoração bonita, os garçons discretos e as toalhas de mesa e guardanapos eram uma combinação de linho e algodão. Tudo que a vista podia alcançar era brilhante e refinado. Ela não via ninguém conhecido, mas quem em Rayne se daria ao incômodo de viajar quase vinte quilômetros até Lafayette para almoçar?

— Eu quero uma torta de siri, com acompanhamento à francesa e uma taça de vinho da casa — disse Jane.

— O mesmo para mim — disse Mike e esperou que o garçom se afastasse para continuar a conversa. — Que tal se eu for lá hoje à noite?

— Hoje à noite? — Ela não tinha achado que ele realmente estava falando sério. — Eu... bem... Hoje é um dia cheio para mim, e por isso não vou chegar em casa antes das sete. Se não for muito tarde, então por mim está bem. — Seu coração saltitou só de pensar que ele iria a sua casa. Tentou ignorar o que sentia.

— Posso levar um pouco de comida chinesa. Você tem cerveja?

— Claro que tenho. Alguém no mundo não tem? — zombou Jane.

— Bom, nunca se sabe. Agora me conte o porquê de tudo isso. Eu gosto de ser convidado para um almoço, como qualquer outra pessoa, mas o que tenho de fazer para merecer tal convite?

Ele, evidentemente, não era de fazer rodeios. Jane voltou a recostar-se na cadeira. — Tenho um paciente com o qual, ao que parece, não estou conseguindo lidar. Há alguma coisa que... — Ela balançou a cabeça. — Estou com uma estranha sensação de que este rapaz está me perturbando por alguma coisa. Aprendi desde cedo em minha carreira a prestar atenção a minhas intuições. Suponho que este seja um daqueles casos de manual. Pelo menos aparentemente.

— Qual é o problema ? Ele é psicótico?

— Não sei. Deveria saber, mas não sei. Ele diz tudo o que deve dizer. Eu digo tudo o que devo dizer. Mas não estamos chegando a parte alguma — disse ela, pondo as mãos sobre a mesa. — Já tive três sessões com ele até agora e ainda estou na estaca zero. Acho que um dos problemas é que ele é excessivamente controlador. — Tomou um gole do vinho. — Francamente, pensei que talvez ele se desse melhor com um psiquiatra do sexo masculino. Estava pensando, quem sabe você aceitaria vir participar de uma de nossas sessões? Talvez você pudesse perceber melhor o que está acontecendo com ele. Isto é, se isto for de seu agrado, é claro.

— Não há dúvida. Apenas me diga quando e onde. Qual é o problema maior dele além daquelas coisas de sempre?

— Ele *disse* que sua esposa foi estuprada e que ele está tendo muita dificuldade de lidar com isso. Perdeu seu interesse sexual e afirma que não consegue nem se dispor a tocar nela. Não está sequer conseguindo ser educado com ela. Compreendo que ele esteja com raiva, mas sua raiva está dirigida contra sua esposa porque ela se recusa a ir à polícia. Eu tenho a impressão de que ele está mentindo. Acho que foi ele quem não quis que ela desse queixa. Ele disse que ela deixou o emprego e fica escondida em casa o dia todo.

— Filhos? Outra família? Animais de estimação?

— Não mencionou nada disso, mas não sei se posso acreditar nele. Ele mantém um sorriso afetado no rosto o tempo todo. Na semana passada tive vontade de lhe dar um tiro. — Ela riu para encobrir a própria frustração e a seguir inclinou-se para a frente. — Ele ouve o meu programa de rádio. No outro dia ficou matraqueando sobre alguns dos problemas que os ouvintes apresentaram por telefone e me disse que não concordava com meus conselhos. Disse que eu era petulante demais, leviana demais. Foi a palavra que usou: *leviana*. Eu não sou leviana — disse ela, entre dentes. — Eu realmente tento ser otimista, mas jamais diria que isto é ser leviana. Quando tenho a mínima suspeita de que um ouvinte tem um problema realmente sério, sempre sugiro que procure ajuda. Algumas vezes até peço que fiquem na linha e falo com eles depois do programa.

— Você não precisa se justificar comigo, Jane. Eu conheço sua reputação e já ouvi seu programa. Você disse que acha que ele a está perturbando por alguma razão. Poderia esclarecer um pouco mais?

Ela respirou fundo e a seguir disse o que realmente sentia:

— Eu bem que gostaria, mas é apenas uma *impressão,* Mike. — Refletiu por um instante. — Na semana passada, durante a sessão, me ocorreu que tudo que ele estava dizendo era... ensaiado. Quase como se estivesse lendo um roteiro. Ele tem uma espécie de lista mental e fica irritado quando minhas perguntas o afastam daquilo que acha que deveria estar sendo perguntado. Quando expus a ele essa minha idéia, ficou agressivo e me disse para ater-me ao assunto. — Ela voltou a recostar-se e cruzou os braços.

— E o que é que ele diz quando você faz perguntas a respeito de sua mulher? — indagou Mike. A expressão de seu rosto mostrava a Jane que havia ficado interessado.

— Não diz muito... E aí tenho que me perguntar se não está mentindo para mim, se realmente tem uma esposa. Liguei para a casa dele e ninguém atende ao telefone, nunca. Se sua mulher deixou o emprego e está 'se escondendo' em casa, onde está e por que não atende ao telefone? Quando perguntei a ele se ela já tinha ido alguma vez a um terapeuta, jogou na minha cara que o meu paciente era *ele, não* sua esposa, e que ele cuidaria dela. Eu... — Ela ia começando a dizer que tinha ido até a casa dele, mas no último instante mudou de idéia.

— Quem sabe foi ele quem a estuprou quando ela disse que não e ele resolveu que sim? De vez em quando a gente encontra um desses cretinos, tipo machão sabe-tudo, que se acham donos da mulher com quem se casam. Ou pode ser que tenha sido ela quem deu um corte e ele não consegue suportar isso. Você teve a impressão de que ele é capaz de violência?

— Com certeza.

— Não quero lhe faltar com o respeito, Jane, mas talvez ele tenha pensado que poderia enganar você mais facilmente que a um psiquiatra homem. O ponto mais importante é o seguinte: se o cara assusta você, livre-se dele. Não há dispositivo legal que a obrigue a tê-lo como paciente. Mande-o para outra pessoa.

— Ele não me assusta exatamente, mas de fato me dá arrepios. Quanto a livrar-me dele, não teria o menor escrúpulo, a não ser que... e se realmente existe uma esposa, e se ela realmente foi estuprada e caiu em uma profunda depressão e... e... se ela vier a fazer alguma coisa contra ela mesma? Como é que você acha que me sentiria se algo assim acontecesse?

— Uma merda, não há dúvida, mas você sabe tão bem quanto eu que há *e se* demais em nosso trabalho. Você sabe também que a psiquiatria não é uma ciência exata. E você não é do 9-1-1.*

Mesmo ele estando com a razão, não era o que ela estava querendo ouvir.

— Você já perdeu algum paciente, Mike?

— Não.

— Nem eu, e não quero perder um agora. Por que não podemos simplesmente chamar de *a esposa* minha paciente invisível?

— Você pode dizer e fazer o que quiser, Jane.

Agora ele estava se mostrando complacente para com ela.

— O que é que você faria?

— Depois do que você me disse, eu me livraria dele. Você está despendendo muito tempo e energia com esse sujeito, e você tem outros pacientes em quem pensar, pacientes que estão sendo corretos com você e que realmente necessitam de sua ajuda.

De novo, ele tinha razão, observou Jane, pensando nas noites de insônia que tinha perdido desde seu primeiro contato com Brian Ramsey. Antes, apenas uma vez tinha tido problemas de insônia: logo depois de ter sabido do suicídio de Connie...

— Você vai adorar esta torta de siri — disse Mike, mergulhando em seu almoço, que parecia realmente apetitoso.

Jane partiu um pedaço da crosta e deu uma mordida. Observava seu colega devorando o almoço. Partiu um segundo pedaço e esmigalhou-o entre os dedos. Decidiu mandar a cautela para o espaço e contar a ele o resto da história. Olhando novamente para o prato, ela disse:

* 9-1-1— Serviço Telefônico de Emergência. (N. T.)

— Eu sei que sou louca por estar lhe contando isso, mas fui à casa dele um dia e toquei a campainha. Não houve resposta. Então contornei a casa até a parte de trás e olhei pelas janelas. Nada. Era uma casa de um andar só; portanto, podia ver todos os cômodos. Estava tudo limpo e arrumado, mas não havia ninguém. — Ela ergueu os olhos e, antes que ele pudesse dizer qualquer coisa, continuou: — Voltei uma segunda vez e uma terceira. Nada. Por favor, não brigue comigo por minha falta de profissionalismo. Eu sei que estava errada. Mas fiz isso, está bem? E a pergunta permanece: se há uma esposa que deixou o emprego e fica escondida em casa, em que diabo de lugar ela se meteu?

Mike parou de comer.

— Você sabe que está quebrando uma regra fundamental, não sabe? Você está se permitindo ficar pessoalmente envolvida.

Jane concordou.

Mike cruzou os talheres no prato.

— Onde você *pensa* que ela estava, Jane?

Jane limpou a garganta.

— Eu penso... Não sei o que pensar. Se ela está na casa, o único lugar em que poderia estar seria o porão — disse ela, tentando não olhar para ele. — Pode ser que eles tenham uma cozinha de verão. Tenho uma na casa em que estou morando. É um presente dos deuses em julho e agosto. Suponho que ela pudesse estar lá. Ou ele poderia estar mantendo ela no porão, contra a sua vontade. Não sei, Mike. Nunca me deparei com uma coisa dessas em minha vida. Nada faz sentido. Espero que, quando encontrar esse cara, você possa entender o que estou dizendo. Não sei como agir. Me sinto incapaz de entender este caso. Obviamente você também, já que não está conseguindo me ajudar.

Mike limpou a boca com o guardanapo e o colocou de volta na mesa. Ela se perguntou se isto era um sinal de que estava interessado ou se achava que ela tinha um parafuso a menos. Ela esperava que não fosse este o caso.

— Isto parece uma trama de novela. Quando será a próxima sessão?

— Hoje à tarde, às quatro horas. Ele sai do trabalho às três, vai em casa, toma um banho e chega em meu consultório às quatro. Ele é dono de uma firma de transportes.

— Eu já tenho compromissos por toda a tarde, mas vou dar um jeito de dar uma olhada nele na próxima quinta-feira. Isto lhe dá o dia de hoje para preparar o caminho para minha presença na sessão. Não se surpreenda se ele rejeitar. — Mike olhou para o relógio e viu as horas. — Detesto comer e sair correndo, mas tenho um cliente à uma e meia. Você devia ver o rapaz. Ele usa uma espécie de aparelhinho de controle do pânico no pulso. Dorme e toma banho com ele. Pelo que sei, não tira nem para fazer sexo. Carrega um par de pilhas de reserva no bolso de cima e uma pochete nos quadris em que leva mais uma dúzia. Ele me faz lembrar o *Energizer Bunny*, o coelhinho de um anúncio de pilha. Se der sorte, hoje vou conseguir descobrir o que está havendo com ele. — Mike empurrou a cadeira para trás. — Pare de se preocupar. Vai dar tudo certo. E não se esqueça do que combinamos: sete horas, eu com a comida chinesa e você garantindo a cerveja, está bem?

— Sim — foi só o que Jane conseguiu dizer.

— Você está muito bem, Jane. Gosto deste chapéu. Vejo você à noite.

Jane reparou que todas as mulheres desacompanhadas do restaurante seguiam Mike com os olhos enquanto saía. Ele gostava de seu chapéu. Vejam só.

Acabou de almoçar, pensou se pediria sobremesa, mas acabou recusando o que oferecia o garçom. Enquanto a boca se enchia de água pensando em uma enorme torta de chocolate, os lábios diziam não. Deixou um par de notas na mesa e saiu, certa de que não atrairia olhares masculinos de admiração e lamentando os quase cinco quilos que engordara naquele verão. Parece que nunca mais vestiria manequim 42, assim como nunca voltaria a calçar um sapato número 37.

Já dentro de seu Honda vermelho-tomate, Jane pegou seu celular. Discou para a rádio e esperou até ouvir a voz de Tom Bradley, o diretor da estação.

— Tom, é Jane. Tenho que cancelar o jantar desta noite. Surgiu um imprevisto. Não, não é nada sério. Não, não estou querendo companhia para depois. — Pôs a chave na ignição. — Escute, dou uma passada na rádio amanhã se conseguir algum tempo livre, mas prometa que você não vai tentar me convencer de nada. Já estou até o pescoço de trabalho. Um programa de rádio uma vez por semana é tudo que posso assumir. Além disso, por que você quer mexer em uma coisa que está dando tão certo? Não, um parceiro não está fora de questão, contanto que não seja Harry Lowell. Ele é muito arrogante e, ainda por cima, bebe demais. Vou pensar no caso, está bem? — Apertou o botão de *Fim* e recolocou o celular na bolsa.

Talvez Mike Sorenson se interessasse. Ele parecia impressionado com toda aquela coisa de rádio, dissera que era um sucesso. Fazer uma parceria poderia dar certo, especialmente se fosse ele o parceiro. Seria uma maneira de vê-lo mais vezes, de vir a saber mais a seu respeito. Subitamente a idéia se mostrava muito atraente. Ela agora desejava que a conversa tivesse girado em torno de temas pessoais, como, por exemplo, se ele estava comprometido com alguém.

Ela gostaria de conhecer alguém a quem pudesse telefonar e perguntar antes de vê-lo novamente. Detestava aquela coisa de quem é quem. Talvez até pudesse dizer a Trixie que precisava investigar a respeito dele porque estava estudando a hipótese de convidá-lo para ser seu parceiro no programa. Trixie sabia pesar todos os prós e contras e saberia como conseguir uma coisa dessas. Telefonaria para ela quando chegasse no consultório.

Jane entrou batendo a porta que dava para a pequena série de salas de seu consultório do jeito como sempre fazia tudo — com entusiasmo. Tirou seu chapeuzinho de linho com o girassol amarelo e o atirou pela sala com destreza em direção ao cabideiro. — Bem no alvo! — sorriu, pegando a seguir sua pasta no chão e arremessando-a para cima de sua alta escrivaninha antiga. Deu uma olhada no relógio. Se ligasse para Trixie agora, gastaria os dezoito minutos que ainda lhe restavam antes de Brian Ramsey chegar. Talvez fosse melhor esperar, usar este tempo para retocar a maquilagem, ir ao toalete, reler suas últimas anotações e, acima de tudo, acalmar-se de seu encontro com Mike.

Por trás de sua escrivaninha, os arquivos com seus relatórios estavam bem arrumados nas prateleiras. Ela realmente precisava de alguém que a ajudasse no trabalho do escritório, até que seu braço direito, Lily Owens, voltasse de sua licença-maternidade. Talvez uma universitária ou uma funcionária temporária. Alguém que digitasse suas notas, transcrevesse e catalogasse as gravações de cada sessão, agendasse as consultas e compromissos, anotasse recados e ouvisse suas reclamações e queixas. Seria a primeira coisa a fazer na manhã seguinte, ou seja, começar a dar telefonemas.

Tendo ainda seis minutos livres, Jane sentou-se para estudar os registros de Ramsey. Suas notas ocupavam mais de duas páginas, tudo que ele lhe contara a respeito da esposa, de seus sentimentos com relação ao estupro e da recusa dela em buscar ajuda; os comentários dele sobre os conselhos que Jane tinha dado a seus rádio-ouvintes, suas próprias impressões a respeito dele e de suas sessões... É só. Não era muito, considerando o tempo que tinha despendido com ele.

Fechou o arquivo e levou-o para a sala que usava para atender seus pacientes. No momento em que pisou ali sentiu-se melhor, mais calma. A sala era pequena, aconchegante, com um carpete espesso e duas poltronas fundas e confortáveis. Ela mesma a tinha decorado, usando tons terra, agradáveis à vista.

Um aquário de vinte litros era o ponto de referência do aposento. Ela optara por peixes grandes e escolhera como adorno um tesouro naufragado. Mesmo os pacientes mais ansiosos acalmavam-se e relaxavam depois de alguns minutos admirando os peixes.

Sua própria cadeira era ergonômica e confortável, mas sem ser excessivamente confortável, o que a ajudava a lembrar que estava trabalhando. Jane olhou para o relógio enquanto endireitava um abajur. Tomou nota mentalmente da necessidade de regar uma samambaia selvagem colocada sob ele. Daí a dois minutos, Brian Ramsey estaria entrando pela porta. Seu coração começou a se agitar. Ela estava ofegante quando o telefone tocou.

— Consultório da Dra. Lewis. — A voz de Brian Ramsey veio do outro lado da linha. — Não, eu posso cancelar sem problema, Sr. Ramsey. Lamento que sua esposa esteja indisposta. Não, não vou lhe cobrar a sessão cancelada. Normalmente cobramos quando um paciente não cancela com vinte e quatro horas de antecedência, mas desta vez vou abrir uma exceção. — Lembrou-se do que Mike lhe dissera quanto a prepará-lo para que falasse com Brian. — Já que estamos falando por telefone — disse ela, tentando propositalmente dar um tom casual — gostaria de lhe dizer que, na próxima quinta-feira, o Dr. Michael Sorenson vai participar de nossa sessão. Achei que o senhor poderia gostar de tê-lo aqui conosco. Mas, se isto for um problema, o senhor deve dizer *agora.* — Ela perdeu o fôlego enquanto esperava a resposta. —Tudo bem. Então nos vemos na próxima quinta-feira. Diga a sua esposa que estimo suas melhoras.

Jane desligou e seu olhar atravessou a sala, indo parar no aquário. O que haveria de errado com a Sra. Ramsey? Engraçado, ele nunca mencionou seu primeiro nome. Sempre se referia a ela como *minha esposa.* Uma esposa indisposta não seria razão suficiente para cancelar um compromisso. Haveria alguma coisa no dia de hoje diferente de seus outros dias de consulta? Só do ponto de vista dela, por ter falado sobre o caso com Mike Sorenson. Mesmo se não tivesse falado, a sessão seria cancelada, como sempre pode acontecer. Mike tinha razão, ela estava violando a regra básica, estava envolvendo-se pessoalmente. Ela precisava parar de pensar no caso de Brian Ramsey, porque, todas as vezes que o fazia, pensava em Connie Bryan.

Agora ela tinha tempo de ligar para Trixie.

— Trixie, sou eu. Como vão as coisas?

— Se as coisas melhorarem ainda mais, posso ter que contratar alguém para me ajudar a gozá-las. Em outras palavras, está mais gostoso que aveia grossa. Espere um minuto, querida — disse ela. — Fred! — gritou Trixie McGuire, chamando o marido —, é Jane ao telefone. Vem atender. — Jane sorriu enquanto caminhava em direção ao aquário e contemplava suas mais novas aquisições: um par de acarás-bandeira bem graúdos a que dera os nomes de Gracie e Slick.

Fred veio ao telefone.

— Janie, garota, é bom ouvir sua voz. Vai dar uma passada aqui para uma visita?

— Hoje, não. Talvez vá amanhã. Claro que depende do que vocês vão ter para o jantar.

— O que Fred escolher — respondeu Trixie, previsivelmente. O que significava para Jane que Fred iria até o restaurante mais próximo, provavelmente o Roy's, para comprar alguma coisa. — Costeletas de porco seriam uma boa pedida. Você gosta de costeletas, não gosta, minha garota?

— Com certeza. Então às sete, está bem? Amanhã, não hoje.

— Por mim, tudo bem — disse Fred.

— Trixie, espero que você ainda esteja por dentro de tudo o que acontece na cidade. O que você sabe sobre os Sorensons? Almocei com Mike hoje em Lafayette. Ele não disse nada a respeito da família. Justamente por isso, nada perguntei.

Houve um minuto de silêncio do outro lado da linha.

— Hum — disse Trixie finalmente. — De fato, sei de uma ou duas coisas. Os pais se mudaram para N'awlins há um ano ou mais. Rayne era demasiado tranqüila para eles, mas não quiseram se mudar para Lafayette por temer que Mike pudesse pensar que estavam tentando controlá-lo.

— Será que você sabe se ele é casado ou está comprometido com alguém? — arriscou Jane, sabendo que estava mexendo em casa de marimbondos.

Havia um sorriso na voz de Trixie quando ela respondeu.

— Não, ele não é casado. Estava namorando uma mulher, uma jovem advogada. O nome dela era Coletta. Vivian, a mãe dele, me disse que era uma gracinha, mais bonita que uma cesta cheia de cachorrinhos novos, mas que tinha ciúme de cada momento que Mike dedicava a seu trabalho. Por isso terminaram há uns dois meses. Isto ajuda?

Jane fez uma careta. Mais bonita que uma cesta de cachorrinhos devia significar que ela era espetacular.

— Sim, ajuda. Há alguma coisa a respeito de alguém que você não saiba?

— Hum... vejamos... — disse Trixie, como se estivesse levando a sério a pergunta. — Não, acho que não. Por que você quer saber a respeito de Mike?

— Ele vem jantar comigo hoje à noite.

— Ah, entendi — disse Trixie, as palavras cheias de insinuações.

— Não, não entendeu. Nos encontramos hoje porque eu o convidei para almoçar a fim de discutirmos a respeito de um paciente com quem estou tendo dificuldades. Começamos a conversar, falei de meus fantasmas e ele disse que se interessava muito por paranormalidade. Só isso. Eu bem que gostaria de pensar que ele poderia estar interessado em mim, mas isto não é possível. Na faculdade, ele era o tipo do cara que sempre ia para cima das chefes de torcida.

— Isto era naquela época — disse Trixie. — Agora ele é um homem, um profissional. Não vai querer mais uma boboca qualquer, quer uma mulher de verdade. Como você, minha querida. — Jane ouviu a tevê ligada ao fundo. — Por falar nisso, como vão as coisas com o diretor da rádio? Pensei que você estava tendo alguma coisa com ele, embora, por mais que eu tente, não consiga imaginar o que você possa ver nele. O homem é mais feio que sabão feito em casa.

— Isto não se diz, Trixie — interferiu Fred. — Não fica bem. Ele não tem culpa de ter despencado de uma árvore batendo em todos os galhos enquanto caía. Bom, não estou dizendo que ele não seja um homem simpático, apenas que... Jane, você tem que pensar na cara que seus filhos vão ter.

Jane sacudiu a cabeça e revirou os olhos.

— Não se preocupe, Fred. Não tenho a menor intenção de me casar com ele. Só estou trepando com ele. — Pôs a mão sobre a boca, dando uma risadinha e imaginando a expressão de choque estampada em seu rosto. — Além disso, a coisa já está esfriando. Todas as surpresas já se acabaram. Não vai colar com ele.

Trixie deu uma gargalhada de alegria.

— Só mais uma coisa, Trixie — interrompeu Jane. — Você conhece um tal de Brian Ramsey? Ele é dono de uma firma de transportes interurbanos. Eu estava querendo saber se ele é daqui ou se mudou para cá vindo de algum outro lugar. Gostaria de saber algo mais sobre a mulher dele. Não me pergunte por que quero saber, está bem? Você não tem um arquivo de bisbilhotices, ou um daqueles arquivos secretos, ou alguma coisa que você usa quando está escrevendo suas obras e quer verificar algo a respeito de pessoas?

— Tenho — disse Trixie prontamente. — Se você tiver um dado social, um endereço, qualquer coisa que me ajude na pesquisa, basta me dizer e eu vejo o que posso fazer. E você sabe que pode contar comigo para guardar segredo.

— Por falar nisso, como vai o novo livro? Quantos já são?

— Este é o centésimo quarto e está indo muito bem. Sangue e vísceras por toda parte. Fred e eu estávamos tendo uma séria discussão quando você ligou. Eu quero rios de sangue e ele quer que o sangue pingue. Quando você divide uma pessoa em duas com uma serra denteada em cadeia, o sangue vai jorrar e não pingar, você não acha?

Jane fez uma careta diante dessa imagem.

— Essa não é minha praia, Trixie.

— Sem querer mudar de assunto — disse Trixie —, o que você está pretendendo usar hoje à noite?

— Hoje à noite? Bem, realmente... nada, absolutamente nada! — disse Jane, zombeteiramente. — Vejo vocês amanhã e faço um relatório completo. — Quando estava desligando o telefone, ela ouviu Trixie dizendo a Fred: —Você ouviu, Fred, ela não vai estar vestindo *absolutamente nada*!

— Ouvi! Ouvi! — disse Fred antes de o telefone emudecer.

O rosto de Jane exibia um sorriso feliz quando ela abriu a porta da frente da casa. Olive saltou pela escada abaixo. Ao entrar no vestíbulo, Jane caminhou rápido em direção ao banco de estilo antigo antes de acocorar-se para começar a provocar a *springer spaniel*.

— Eu sei que você está contente por me ver — disse ela em tom de quem fala com uma criança. — Também estou contente por ver você. Teve um dia bom? Tive um dia meio bom, meio mau. Não, não chegou a ser mau, realmente — disse ela, deixando a cadelinha lamber-lhe o rosto. — Ah, sabe de uma coisa? Vamos ter companhia para o jantar. *Aquele* cara de meus sonhos de juventude está vindo com comida chinesa. Ele tem uma gata chamada Noodle; o que você acha disso?

— Au!

— Foi o que pensei — disse Jane, olhando por cima da cadela para sua sala de estar. Graças a seu pai ela tinha aprendido a gostar de carpintaria e ela própria tinha feito quase toda a restauração da parte de madeira. A cornija da lareira, que era a da casa original, fora um de seus maiores desafios, mas ela a recuperara maravilhosamente e a pintara. Em algum momento os antigos moradores da casa tinham removido toda a moldura superior e guardado as peças no sótão. Jane levara um tempo imenso para arrastá-las para baixo, colocá-las no chão e juntá-las novamente. Cópias de gravuras existentes na sociedade histórica local revelaram que antes havia estantes de cada lado da lareira. Abrir as paredes e encontrá-las ainda ali, intactas, fora o mesmo que encontrar um tesouro escondido. Agora as estantes abrigavam os cento e três livros da autoria de T. F. Dingle, pseudônimo de escritor de Trixie e Fred. As lombadas estavam perfeitas, as capas brilhantes e acinzentadas tão lustrosas quanto no dia em que os arrumara.

Com um Taco Bell na boca, Olive parou, olhando para Jane, com a expressão ansiosa de quem quer brincar.

Sentindo-se culpada por não ter dado maior atenção a Olive, ela se pôs de quatro, pegou a parte de trás do brinquedo estofado e prendeu-o entre os dentes para brincar de cabo-de-guerra. Jane estava ganhando quando a campainha da porta soou. Achando que era o entregador de jornais, ela gritou entre dentes: — Entre!

— Este é um dos momentos que mereceriam uma foto, se eu tivesse aqui uma Kodak — disse Mike da porta de entrada.

Olive largou a ponta do brinquedo e rosnou para o intruso, deixando Jane com a outra ponta. O sangue de Jane se agitou, e ela pôde sentir seu rosto ficando vermelho de vergonha. Não era assim que ela queria que Mike Sorenson a encontrasse. Aborrecida, arrancou da boca o brinquedo e levantou-se rapidamente.

— Nós só estávamos... ahn... brincando — disse.

— Estou vendo. Quem estava ganhando, você ou... Olive, não é?

— Sim, é Olive, e era eu quem estava ganhando, claro. — Jane endireitou os ombros e limpou a poeira das mãos. — Não podem ser sete horas. Acabei de chegar. — Ela olhou para o relógio e viu que ainda eram seis e meia.

— Meu último paciente cancelou a consulta. Pensei que você não se importaria se eu chegasse um pouco mais cedo. Já estava preparado para sentar na varanda e esperar. — Passou por ela, entrando na sala de estar. — Você realmente fez maravilhas com este lugar, mas... — Jane o observava enquanto ele fazia um telescópio com a mão esquerda e olhava tudo em torno. — Quem foi seu carpinteiro? Você devia processá-lo!

Olive cheirava os sapatos de Mike e as pernas de suas calças. Provavelmente estava sentindo o cheiro de Noodle.

— Por que eu haveria de processar o carpinteiro?

— Está parecendo a casa do anãozinho corcunda, está tudo torto, os cantos não se juntam. Conheço um bom advogado. — Encaminhou-se para as estantes. — Santo Deus, você tem a coleção completa?

Um instante se passou antes que Jane pudesse engolir aquela do anãozinho corcunda para poder responder.

— Coleção completa de quê? — perguntou secamente.

— Dingle. Está me parecendo que você tem toda a coleção e que está em excelentes condições. Tenho apenas uns sessenta em minha biblioteca, mas já li todos, e alguns mais de uma vez. Sou louco por ele. Você os conseguiu em segunda mão ou como? Jamais imaginaria você como alguém que gosta de livros de violência — disse Mike de um fôlego só.

— Realmente? E que tipo de livros você acha que eu leria?

A cabeça de Olive retesou-se ao ouvir a voz gelada de sua dona. Deslizou para mais perto de Mike, com o rabo entre as pernas.

— Aquelas coisas bem românticas que, parece, todas as mulheres lêem. Esses aqui são livros de rapaz. Você sabe, assassinatos e violência, sangue e vísceras. T. F. Dingle foi um dos primeiros autores que li por minha própria conta nos tempos de escola. A coleção completa! Não posso nem acreditar. Não creio que você queira vendê-los, não é?

— Não, não quero vendê-los.

— Durante anos devo ter escrito umas cem cartas aos cuidados de seu editor. Ele não respondeu a nenhuma delas!

— Ele, quem?

— T. F. Dingle. O autor. Eu acho que ele deve ser uma espécie de eremita. Ouvi dizer que vive em uma cabana em algum lugar e datilografa seus romances em uma velha máquina de escrever. Você já imaginou? Mas é um sujeito em cuja cabeça eu gostaria de entrar para ficar conhecendo seus pensamentos. E você?

O aborrecimento dela dissolveu-se em uma satisfação presunçosa.

— Eu não, não posso dizer que esta seja uma de minhas prioridades — feliz de ter finalmente como dar-lhe troco.

Mike se afastou das estantes e fez novamente o mesmo gesto com a mão.

— Está fora de esquadro bem um centímetro e meio. Como é que você tem coragem de guardar os livros de T. F. Dingle em uma estante torta? Quem é Stephen Rhodes e por que tem uma prateleira só para ele? — perguntou ele, percorrendo as prateleiras para examinar os livros: *Dinheiro Veloz, Na Trilha do Dinheiro.* — São bons? *Mulherzinhas**, *E o Vento Levou...*, os irmãos Bobbsey, Nancy Drew? Você tem uma série interessante aqui. Você não fica meio confusa quando vem para cá?

— Cala a boca, Mike — disse ela, surpreendendo-se com a própria ousadia. — Não quero ouvir mais nada. Para sua informação, Stephen

---

* *Little women* — Traduzido e publicado no Brasil com o título de *Mulherzinhas.* (N. T.)

Rhodes escreve a respeito da economia. Eu gosto de livros sobre economia. E ele é muito bom. Mas você não pode pedi-los emprestado, compre os seus. Os autores precisam dos direitos autorais e não gostam quando vêem seus livros sendo emprestados a outras pessoas. Ele tem uma prateleira só para si porque ainda vai escrever muitos livros e vou comprar todos. Ele pode até acabar escrevendo mais livros que Dingle. É isso aí. Os outros são os meus favoritos. Você também não leu os *Garotos Ferozes* quando era garoto? Traga a comida para a cozinha. Se comermos aqui, você pode ficar meio perturbado e vomitar tudo.

Jane percebeu que ele estava nos seus calcanhares quando se encaminhou para a cozinha.

— Sente-se — disse ela, indicando-lhe uma cadeira modulada de carvalho. Andou pela cozinha apanhando pratos, guardanapos, utensílios de prata e, por fim, duas garrafas de cerveja. — *Bon appetit* — disse, colocando tudo no centro da mesa.

— Espero não ter ofendido você — disse Mike, com um sorriso malicioso conflitando com suas palavras.

— É preciso mais que um psiquiatra bobo e metido para me ofender — devolveu prontamente Jane, enfiando a cara na caixa de arroz frito.

— Oh! — disse ele, esfregando o rosto, como se tivesse levado um tapa.

Ela fingiu que não viu.

— Hum, gosto destes pratos de papel.

— Não são de papel, são de *plástico*. É diferente, olha. Eles são mais duros e a gordura da comida não se infiltra neles.

— Por que você está tão irritada? Eu gosto de tudo que faz a vida mais fácil. Pratos de papel. Comida pronta. Empregadas. Jardineiros. Se você pode pagar, eu lhe digo: corra atrás.

— Você tem opinião formada sobre *tudo*?

Sua postura tranqüila derreteu-se como manteiga e por um instante ele ficou parecendo um menino encabulado.

— Eu falo muito quando fico nervoso. Minha vinda aqui estava me deixando nervoso. Quando vi aqueles livros, então, tive vontade de sair correndo. — Pegou com o garfo um pedaço da carne de porco agridoce e colocou em seu prato.

Jane pôs um pouco de arroz branco e *chow mein* no prato e o colocou no chão para Olive.

— Ela é vegetariana — explicou. — Não tem conservantes nesta comida, tem? — *Ele estava nervoso com sua vinda.* Ela não conseguia decidir se ficava envaidecida ou aborrecida.

— Não, não tem conservantes.

Jane abriu as duas garrafas de Corona e tomou um gole da dela. Vendo que ele não fazia o mesmo, perguntou-se se ele estaria esperando um copo. Um diabinho pousou em seu ombro incitando-a a buscar atrás de si um copo de plástico de um vermelho vivo.

— Não, na garrafa está bem — disse ele. — Como foi sua sessão hoje à tarde?

— Não houve. Ele cancelou dois minutos antes da hora em que deveria chegar. Eu falei de você e da semana que vem. Para ele, está tudo bem. E você, como foi com o rapaz das pilhas?

Mike suspirou.

— Ele disse que comprou um estoque de Duracell ontem. Um estoque bem grande. De uma partida de cinco mil, para ser mais exato. E encontrou um atacadista que vai mandar pilhas para ele uma vez por semana e com entrega em casa, como um leiteiro.

Jane refletiu a respeito.

— E com isso você descobriu por que ele é tão obcecado por pilhas?

— Não, ainda não. Ele faz os maiores rodeios a cada pergunta que lhe faço.

Durante anos Jane tinha tratado de inúmeros pacientes com obsessões de lavar as mãos, de organização, de fazer coleções. Mas nunca de pilhas. Será que ele estava achando que perderia a potência? Ou será que acreditava que as pilhas lhe *dariam* mais potência?

— Ele tem algum problema de saúde?

Mike acabou de mastigar antes de responder.

— Só um joanete no pé esquerdo. Mas o rapaz é um touro. Irradia saúde.

— Em que ele trabalha?

— Ele é uma espécie de supervisor-chefe de uma megacompanhia química. — Mike fez um gesto com o garfo. — Mas não vamos ficar falando dele. Fico louco quando penso nele, carregando aquelas pilhas todas para todo lugar que vai. Me fale de você, Jane. Já vi você em várias palestras e a ouvi em seu programa de rádio, mas, além disso, tudo que sei de você é o que lembro do tempo da faculdade. Você está casada, divorciada ou o quê?

— Solteira. Entre renovar esta casa e meu trabalho, não tenho tido muito tempo de me envolver com ninguém, o que não significa que não fique de vez em quando com alguém. Isso eu faço. — Cuidadosamente, removeu o papel de alumínio que envolvia um pedaço de galinha, enfiou-o rápido na boca e saboreou seu gosto delicioso. Frango assado em papel de alumínio era o seu predileto. Depois dele, vinha o *moo shoo*, que ela tinha aprendido a fazer usando *tortillas* de farinha de trigo. — Meus pais morreram há quatro anos e por isso comprei esta casa para manter minha mente ativa e positiva. Sou muito apegada a meus padrinhos e os vejo regularmente. E tenho Olive comigo e alguns poucos e bons amigos. E você?

— Eu já estive envolvido umas duas vezes, mas nunca me amarrei. Desta última vez percebemos que queríamos coisas diferentes da vida. Ela seguiu em frente e eu também. Mamãe e papai não gostavam dela, diziam que ela se achava melhor que todo mundo. Eu tenho um irmão em Montana e uma irmã na Inglaterra. Nos correspondemos por e-mail. Mas basicamente somos só eu e Noodle.

— Eu era apaixonada por você na época da faculdade — disse Jane, e imediatamente se arrependeu.

Mike pousou a cerveja e ergueu a cabeça.

— Eu não sabia disso — disse, olhando-a bem nos olhos.

— Claro que você não sabia — respondeu ela. — Você estava ocupado demais, sendo o rei da popularidade e correndo atrás de Ginger, de Lonnie e de todas as chefes de torcida.

Ele pôs as mãos à frente em autodefesa.

— Ei! Admito isso. Eu era um idiota completo na época. Só pensava em mim, em como me divertir e com quem.

— Essa é uma avaliação honesta — disse Jane com um sorriso malicioso.

— É, mas não sou mais assim. Eu mudei. E você também. Você era calada, estudiosa e muito fechada.

— Porque minha auto-estima era baixa. Tive uma mãe muito fútil, mas bonita e esbelta, e não usava óculos. Ela adorava ressaltar para nossos amigos as diferenças entre nós.

Mike observou-a atentamente por um momento.

— Se *eu* por acaso magoei você de algum modo, Jane, peço que me desculpe.

Jane empurrou o prato.

— Sou essencialmente vegetariana — confidenciou. A comida estava boa, mas ela não estava com tanta fome quanto tinha imaginado. — Você gostaria de ver o resto da casa?

— Com certeza, mas primeiro gostaria de ver o poço.

— O poço?

— É, onde o garoto caiu e o cachorro morreu esperando por ele.

— Ah, sim. — Ela abanou a cabeça para clarear os pensamentos. — Não sei o que eu estava pensando.

Deixaram a comida ainda na mesa e foram para a porta dos fundos, descendo as escadas. Um caminho de tijolos em curvas suaves serpenteava pelo jardim, alargando-se ou estreitando-se à medida que caminhavam.

— Eu estava ansiando por isso desde o momento em que você falou a respeito na hora do almoço — disse Mike atrás dela. — Vou dormir como um anjo hoje à noite. Primeiro encontro uma coleção completa de T. F. Dingle e agora estou indo ao lugar que pode estar sendo habitado por um fantasma. Posso dizer que ganhei na loteria hoje. Acho que ambos deveríamos comprar pilhas. Aquele cara pode estar sabendo das coisas.

Jane riu. Era a primeira boa risada que dava há muito tempo. Ela o foi conduzindo pelo caminho até o poço. Voltou-se quando ouviu Olive latindo. No momento em que percebeu as intenções de Olive, ela já tinha abocanhado o calcanhar de Mike.

— Tira ela de cima de mim! — gritou ele.

— Ollie! Solta ele, Ollie! — ordenou Jane. Mas Olive estava decidida e recusou-se a soltá-lo. Jane fez a única coisa que poderia lhe ocorrer, puxando com força a cadela. — Desculpe — disse com um trejeito. — Ela fica muito ciosa do terreno quando se trata do poço.

Mike puxou a perna da calça para cima.

— Eu acho que ela tirou um naco de minha perna. — O sangue estava brotando pela meia cinzenta. — Olha, está sangrando.

— Ah, foi só uma dentadinha — disse Jane, minimizando de propósito a coisa. Para um marmanjo, ele estava certamente agindo como um *panaca.* Tirou um lenço de papel do bolso, rasgou um pedaço, cuspiu nele e virou-se para ele. — Pronto, deixe que eu...

Ele deixou cair a perna da calça.

— Não! Você não vai querer grudar isso em mim — disse ele, dando dois passos para trás.

— Vai fazer o sangue parar — disse, continuando a andar em direção a ele.

— Ele pára sozinho. De qualquer modo, obrigado — disse ele, erguendo as mãos para detê-la.

Jane tornou a pôr o lenço no bolso.

— Se você prefere assim, tudo bem. Só não quero que me processe.

— Pelo amor de Deus, não vou processar você. Que espécie de homem você acha que sou?

— Não sei. Só conheço o antigo Mike Sorenson, o que fumava certas ervas sob as arquibancadas nos jogos de fim de ano e que....

— Esquece — cortou ele. — Creio que terei de provar a você que mudei.

— E como é que você pretende fazer isso?

— Não sei. Vou pensar no caso — disse ele, mancando ao lado dela.

* * *

Jane era capaz de pensar em uma ou duas maneiras pelas quais ele poderia mostrar que havia mudado, mas não estava disposta a dar sugestões. Ela ainda era uma moça à antiga e preferia que o homem tomasse a iniciativa, o que não significava que ela não pudesse ter esperanças. Conscientemente, depois do almoço daquele dia, ela ficara esperando que alguma fagulha brotasse entre ambos. Mas assim que ele abriu a porta da frente e a flagrou brincando com Olive, sua esperança morreu. Depois disso, ela acreditava que não havia mais nada a perder e por isso apenas agia com naturalidade.

Suas experiências passadas haviam lhe demonstrado que esse seu jeito de ser *não* era o que a maioria dos homens estava procurando. Mas será que Mike Sorenson era como a maioria dos homens?

Jane ostentava um sorriso de satisfação à medida que continuavam andando para o poço. Pelo menos ela finalmente havia conseguido que ele tomasse conhecimento dela, ao passo que antes, na faculdade, duvidava de que ele soubesse que ela existia.

Mas aquilo foi uma coisa, agora é outra, pensou ela, orgulhosa de si mesma.

Dois

O poço ficava em um canto do quintal, a uns trezentos passos de distância do jardim nativo de Jane. Jane sorria enquanto Mike se arrastava atrás dela por sobre galhos secos e folhas que estalavam. Ela se perguntava como é que seu culto colega poderia estar tão interessado em algo tão nebuloso quanto fantasmas.

— Cá estamos — disse ela, fazendo-lhe sinal para que passasse à sua frente. O poço tornara-se o referencial do quintal, não por causa da lenda dos fantasmas, mas porque seu *design* fazia o gênero Branca de Neve, um verdadeiro poço dos desejos de livro de histórias, com uma parede de pedra na altura da cintura e um topo de madeira em forma de V coberto de hera.

A fisionomia de Mike demonstrava ansiedade quando ele se encaminhou para o poço. Ela reparou que ele esfregava as mãos, tocava a beirada de pedra e depois fechava os olhos.

Olive soltou um uivo lamentoso, o que nunca ocorrera.

Os finos cabelos da nuca de Jane ficaram de pé ao ouvir aquele uivo lancinante.

— Olive, o que é que está havendo com você, menina? — Ela se abaixou e alisou o pescoço da cadela para acalmá-la.

— Que são estas coisas todas entupindo o buraco até em cima? — perguntou Mike, olhando por cima da cerca.

— Pedras. Eu não queria que a história se repetisse, por isso pedi ao rapaz do viveiro de plantas para pôr nele umas duas carretas de pedra. — Olive moveu-se lentamente para mais perto da perna de Jane e uivou de novo. — Para ser sincera, não sei o que está dando nela — disse Jane, fitando a *spaniel*, que estava olhando para ela como se estivesse tentando dizer-lhe alguma coisa importante.

— Sabe, os cães têm um sexto sentido. Ela está sentindo ou vendo alguma coisa — disse Mike, com a voz alterada pela excitação.

Jane deu-lhe um sorriso indulgente. Ela nunca acreditara na história do fantasma, embora a tivesse acompanhado, e por vezes até estimulado, quando a ocasião o exigia. Mas tudo de brincadeira, claro. Olhou de relance para Olive. Sexto sentido? Não, ela não ia entrar nessa também. Era mais provável que o uivo de Olive fosse em razão de ela ter sentido o cheiro forte e peculiar de um coelho ou um esquilo, alguma coisa diferente de um cachorro.

Passaram-se minutos durante os quais nem Jane nem Mike disseram uma palavra. Jane se dava conta, cada vez mais, da quietude do jardim. Quando ela viera pela primeira vez ao lado de fora, os pássaros estavam chilreando, mas agora estavam silenciosos. Os grilos também estavam quietos. Os únicos sons eram os da respiração dela, de Mike e de Olive. Ela olhou ao redor para os velhos e enormes carvalhos e reparou que nem uma única folha se mexia.

Um calafrio percorreu-lhe a espinha. Ela gostaria que Mike terminasse o que estivesse fazendo para que pudessem voltar para casa. Logo depois, Olive latiu alto e de repente tomou o caminho para a parte de trás da propriedade na maior disparada.

— Você *sentiu* isso? — perguntou Mike, esfregando a parte de cima dos braços.

— Senti o quê? Do que é que você está falando?

— Foi um... — e golpeou o ar com a mão. — Houve um... — Sua expressão pedia que ela o ajudasse, mas ela não pôde, pois não tinha a menor idéia do que ele estava querendo dizer. — Eu não sei. Mas seja lá o que for, senti, e sua cadela correu atrás dele.

As sobrancelhas de Jane se arquearam até seu ponto máximo. Ela via-se tentada a assumir o tom da psiquiatra, mas logo percebeu que ele poderia achar que estava zombando dele. O melhor seria agir com naturalidade e dizer o que estava pensando.

— Detesto dizer que um dos meus colegas tem um parafuso a menos, mas você tem sim, Sorenson. Com certeza. — Inclinou-se para ele, os olhos mergulhando nos dele. — Leia nos meus lábios: Fantasmas não existem. Olive provavelmente descobriu o rastro de algum coelho ou esquilo.

Mike fuzilou-a com um olhar glacial.

— Pense o que quiser. Para mim não faz diferença. Eu sei o que sei. Havia aqui alguma coisa que não era deste mundo. Só isso, Jane.

Ele estava falando sério. Muito sério. E, se ela quisesse voltar a vê-lo, seria melhor não caçoar dele.

— Tudo bem — disse ela, descendo cautelosamente de seu pedestal. — Talvez você não seja maluco. Mas, se você quiser que eu acredite em fantasmas, vai ter que me provar que existem. Vamos começar com você me dizendo exatamente o que *sentiu* — disse Jane, espichando o pescoço para ver onde Olive se metera.

Ele pensou por um momento.

— Havia uma... uma presença — disse, olhando para ela com os olhos semicerrados. — Estava mais forte enquanto Olive estava aqui e depois... depois houve este sopro de ar frio. Logo a seguir, Olive saiu correndo a toda. Porém, não vi nada. Até que gostaria de ter visto. — Sorriu para ela. — Quem sabe da próxima vez?

— Da próxima vez?

— Eu gostaria de voltar aqui, se você não se incomodar.

— Bem, eu... Não. Que tal no sábado? Podemos fazer um piquenique exatamente aqui, perto do poço. — Piqueniques são bons, pensou ela, porque são românticos, só os dois sentados lado a lado sobre uma coberta comendo sanduíches, mordiscando uma fruta e tomando champanha.

— Neste tempo todo que você está morando aqui, nunca sentiu ou experimentou *alguma coisa*? — perguntou ele. — Mesmo que fosse apenas alguma coisa pouco usual ou alguma coisa que você não pudesse chegar a tocar com os dedos?

Jane olhou-o com uma expressão de pesar.

— Não, temo que não, mas como eu já disse, de vez em quando alguma coisa assombra Olive. Eu já a vi girando em círculos em torno do poço e a maneira como ela saiu em disparada há um minuto... ela nunca tinha feito isso. Aliás, ela nunca tinha uivado daquela maneira, ou melhor, ela *nunca* uiva, de forma alguma.

Ela já podia imaginar o que Trixie diria de tudo isso. *Dê corda. Já que tem chance, faça isso render*. Mas ela não sabia fazer isso. Não era sua maneira de ser.

Subitamente, Olive veio aos saltos por entre as árvores e sentou-se perto de seus pés. Jane pestanejou ao ver como ela estava ofegante e tremendo... como se tivesse visto um...

— Eu acho que vou indo — disse Mike, começando a caminhar de volta à casa.

— Eu pensei que você queria ver o resto da casa — murmurou Jane. Ele tinha chegado há pouco. Era ainda cedo demais para ir embora. Ir embora significava que ela não estava à altura de suas exigências naquilo que mais o interessava. *Que se dane!*, pensou ela enquanto seguia de volta em direção à casa.

— Eu tenho o sábado inteiro para ver a casa. Eu realmente gostaria de poder ficar mais tempo, mas preciso ir para casa. Tenho uns dois casos que quero repensar. Gostei muito do jantar e de nossa pequena incursão aqui fora. Você realmente fez maravilhas com esta casa, Jane.

— Obrigada. Foi um experiência e tanto, é o mínimo que posso dizer. — Deram a volta até a frente da casa, onde Jane se sentou nos degraus da varanda e pôs o braço em torno de Olive. Ela amava aquela hora do dia, as sombras do rosado suave do anoitecer, a quietude. Viu um prego saindo do degrau em que estava sentada. O degrau tinha sido um dos seus projetos de restauração de fins de semana. Ela havia martelado o prego, mas ele não chegara a entrar de todo porque tinha entortado. Seu pai lhe havia dito que o segredo de martelar pregos estava todo no pulso. Obviamente seu pulso não era lá grande coisa.

— Você está pretendendo fazer uma restauração total? — perguntou ele. Ela deslocou o pé para cima do prego, de modo que Mike não pudesse vê-lo. De repente ela se sentia terrivelmente inepta. Talvez sua mãe tivesse razão e ela não passasse de uma mulher sem atrativos. A Jane-sem-graça*, que nunca conseguiria ser socialmente reconhecida, como dizia aquele modelo de beleza que era sua mãe.

Tornou a pensar em Connie Bryan.

Jane deu um suspiro.

— Não sei bem quais as minhas intenções neste sentido. Há dias em que amo esta velha casa e dias em que a detesto porque há ainda tanto trabalho por fazer. — Levantou-se. — Vejo você no sábado. — E começou a subir para a varanda.

— Jane!

Olhou por sobre o ombro.

— Que tal irmos ao cinema na semana que vem? Vamos dizer, na quinta-feira, depois que eu for à sua sessão. Também poderíamos pegar alguma coisa para comer antes ou depois.

Ela o encarou, de boca aberta, o coração aos pulos.

— Você quer dizer marcar um encontro? Claro. — Um encontro com Mike Sorenson. U-la-lá. Espere até eu contar isto a Trixie. Um encontro. As coisas acontecem nos encontros ou depois deles. Iu-hoo!

— É, um encontro. Eu passo aqui, toco sua campainha e digo: está pronta? Então vamos, minha senhora. — Em dois rápidos passos ele estava no degrau perto dela, pegando seu rosto entre as mãos e beijando-a levemente nos lábios. — Obrigado por ter-me convidado para sua casa — disse, olhando-a bem nos olhos.

— De nada — sussurrou Jane. Sua língua parecia estar grudada nos dentes. Ela achou que seu cabelo deveria estar eriçado tal era a eletricidade que passava por seu corpo.

— Tudo bem — disse Mike, batendo as mãos enquanto dançava ora num pé, ora no outro. — Vejo você no sábado, lá pelo meio da manhã.

Tudo o que ela conseguiu foi assentir com a cabeça.

* A expressão usada "Plain Jane" (Mulher destituída de atrativos) é a que dá título ao livro. (N. T.)

Depois que ele saiu, Jane correu para dentro de casa e sentou-se no banco do vestíbulo. Ele a beijara. Um beijo leve, amigável, mas de qualquer modo um beijo. E pensar que na faculdade ele teria feito piadas só com a idéia de encostar nela. *Engraçado,* pensou, *como as coisas mudam. Como as pessoas mudam.*

Meia hora depois, ela despertou de suas reflexões para se dar conta de que a casa estava completamente às escuras.

— Você devia ter dito alguma coisa, Olive, em vez de me deixar ficar sentada aqui. Vamos, vamos ver mais claramente as coisas. — Jane circulou de cômodo em cômodo, acendendo todos os lustres e abajures para poder ver a casa com olhos de Mike Sorenson. Fez o que vira Mike fazer, fingindo com as mãos um telescópio. Talvez as estantes estivessem um pouquinho fora de esquadro, mas com certeza não estavam *tortas.* Os livros de Trixie e Fred não estavam inclinados para o lado. Os de Stephen Rhodes estavam alinhados um ao lado do outro e bem retos. Soltou um palavrão bem pouco digno de uma dama. Que sorte a dela, sentir-se atraída por um perfeccionista que ficava criticando detalhes ínfimos.

Afastou-se das estantes e observou a sala de estar. Era o único aposento da casa que havia sido totalmente restaurado em toda a sua magnitude original. Ela esperava um dia poder substituir todo o mobiliário por belas peças de antiquário.

Olive latiu e correu para o andar de cima. Jane a seguiu, com a intenção de trocar a roupa suada. Fez uma pausa no patamar da escada, voltou-se e olhou através do vestíbulo para a sala de estar, imaginando crianças de olhos grandes e bem abertos de pé onde ela estivera, olhando para uma árvore de Natal em frente ao vão da janela.

Seus olhos moveram-se de volta ao vestíbulo quando ouviu um ruído. Um dos arquivos de sua pasta tinha caído no chão. Estranho, pensou ela, franzindo as sobrancelhas. Lembrava-se perfeitamente de ter fechado com o zíper todas as divisões antes de sair do consultório. Abaixou os olhos para Olive, que estava olhando por entre os degraus da escada para o arquivo que caíra. O pêlo de suas costas estava eriçado. Jane já estava se preparando para descer e fazer um carinho nela quando o candelabro tilintou. Ela olhou ao redor e viu os prismas balançando de um lado para o outro.

Olive soltou outro uivo raivoso, depois desceu aos pulos a escada e correu do vestíbulo para a sala de estar e de volta. Seus latidos ecoavam pela casa escassamente mobiliada.

— Volte aqui, Olive. O que deu em você? — Jane mantinha os olhos fixos no candelabro tilintando enquanto descia lentamente as escadas. — Maldito seja, Mike Sorenson, se você despertou alguma coisa, nunca vou perdoar você!

O candelabro já havia parado de tilintar quando Jane chegou ao pé da escada. No entanto, ela decidiu evitá-lo, para o caso de os parafusos e cavilhas que o prendiam se terem afrouxado. Foi até o banco em que colocara sua pasta, apanhou-a e viu que *todos* os zíperes estavam abertos — o externo, o interno, o da bolsinha de moedas e os dois dos arquivos. Deixou a pasta cair como se fosse uma batata quente. Seu olhar assustado percorreu os documentos do arquivo que estava no chão. Amedrontada, mas curiosa, ela esticou a perna direita e com a ponta do sapato puxou o arquivo até conseguir ver a etiqueta. Era o arquivo Ramsey.

Arrepios correram por seus braços. Com relutância agachou-se para apanhá-lo e quase perdeu o equilíbrio quando Olive apareceu, vinda não se sabe de onde, e atirou-se em seu colo.

— Olive! Que diabos está acontecendo com você? — gritou, tentando tirar a cadela de seu colo para que pudesse sentar-se. — Que droga, Olive! — Mas de repente se deu conta de que Olive estava apavorada. Estava arquejando com força e seu corpo todo tremia. Cheia de remorsos, Jane acariciou a *spaniel* e abraçou-a bem apertado. — Está tudo bem, menina — murmurou suavemente. — Não há por que ter medo. Provavelmente é só a estrutura da casa que está assentando — disse ela, acreditando que o medo da cadela fosse devido ao tilintar do candelabro, coisa que ela nunca ouvira antes.

Olhando por sobre a cabeça de Olive, Jane percebeu, horrorizada, que o resto dos papéis estava saindo de sua pasta, página por página, para o velho banco de pinho.

— Calma, Olive, calma. Tenho certeza de que deve haver uma resposta bastante lógica para tudo isso. Não sei ainda qual é, mas assim que eu tiver analisado bem tudo... — começou a rir. — Provavelmente é apenas uma corrente de ar. Sim, é isso. Uma corrente de ar. — Girou a cabeça para ver se alguma das janelas da sala de estar estava aberta. Não estava.

— Isto é uma maluquice. Levante-se, Olive. — Empurrou a cadela para fora do colo e fez um esforço para ficar de pé. — Depois que eu recolher tudo isso vou... — Ficou olhando para os papéis em sua mão. — O que vamos fazer é... — Os papéis estavam em ordem. Não estavam daquele jeito quando ela os enfiara na pasta. — Vamos até a casa de Ramsey, é o que vamos fazer! — disse ela, empurrando todos os papéis de volta na pasta e fechando todos os zíperes. Olhou em volta para ter certeza de que nada estava faltando. Com mãos trêmulas pendurou cuidadosamente a pasta pela alça no cabideiro do *hall*.

Olive batia com a pata em sua perna.

Jane baixou os olhos para ela:

— Quer dar um passeio?

Olive ficou de pé sobre as patas traseiras e foi pegar a coleira pendurada em um dos ganchos do cabideiro.

— Tá bom, tá bom, vai com calma — disse Jane ajustando a coleira no pescoço de Olive. Aquela maluquinha gostava mais de sair para passear do que de orelhas de porco. Certa vez, Jane tentara enganá-la e sair de casa sem levá-la, mas Olive sempre sabia e viera correndo, arrastando a coleira atrás de si. Era como se ela tivesse um sexto... Deteve-se antes de completar o pensamento. Os cães eram sensíveis a determinadas condições do tempo, a terremotos, até ao humor de seus donos, mas eles *não* tinham um sexto sentido.

Com Olive ao lado, Jane andou por toda a casa apagando as luzes que acendera momentos antes.

— Eu sei que isto não vai fazer o menor sentido para você, Ollie, mas minha intuição me diz que eu preciso fazer alguma coisa no caso deste Sr. Ramsey. Se isto quer dizer que estou ficando pessoalmente envolvida, que seja. Meu paciente é a coisa que mais me preocupa.

Não, isto não é verdade — disse ela, abaixando-se para acariciar Olive. — Você é a coisa mais importante para mim. — Olive olhava para ela com um ar de expectativa. A excitação de sair para passear fizera com que esquecesse seu medo. *Não seria ótimo*, pensou Jane, *se meus pacientes pudessem ser tão facilmente curados de seus medos*?

Meia hora depois Jane estacionava em uma esquina a um quarteirão de distância da casa de Ramsey. — Eu vou bisbilhotar uma coisa, Olive, e quando sair quero que você se comporte como uma boa menina. Desligou o motor.

— Vou deixar as janelas abaixadas, mas você tem que se lembrar das regras: nada de pular do carro como você fez no açougue no ano passado, nada de choramingar para fazer alguém vir até você e nada de latir. — Pôs a mão direita sob o queixo da cadela e olhou-a nos olhos. — Sim, conheço bem todos os seus truques. Volto dentro de dez minutos e, se você tiver feito alguma coisa de errado, vou saber.

Fechou a porta do carro e balançou o dedo, em advertência, para Olive. Com a certeza de que a cadela se comportaria, dirigiu-se para a casa de Ramsey. Estava chovendo. Era bom que estivesse. Com a chuva as pessoas que estavam na rua iriam para casa. Virou a esquina e andou pela calçada do lado oposto ao da casa de Ramsey até a esquina seguinte, depois voltou pelo outro lado.

Uma pálida luz amarela brilhava por trás das janelas, mas não havia nenhuma luz acesa do lado de fora. As luzes da rua eram fracas e duas delas estavam queimadas. Ela já estava molhada até os ossos quando passou, na ponta dos pés, pelo caminho que levava aos fundos da casa de Ramsey. Prendendo a respiração, esperou para ver se sua presença havia acionado algum dispositivo de luz. Porém, ou Brian Ramsey economizava eletricidade, ou não se importava com visitantes indesejáveis. Lembrando-se de que não havia mobília do lado de fora, nem uma churrasqueira externa, nem mangueiras de jardim que pudessem ser pisadas, ela facilmente encontrou o caminho para as janelas dos fundos.

Como da outra vez, da janela da cozinha dava para ver perfeitamente toda a cozinha e parte da sala de jantar. Estava tudo tão limpo, tão arrumado e tão pouco mobiliado quanto da última vez que ali estivera. A única diferença era que a luz sobre o fogão estava acesa, dando à cozinha um tom entre o laranja e o amarelo. Saiu da janela da cozinha e moveu-se rápida e silenciosamente, com o coração martelando no peito, até o outro extremo da casa, para olhar com mais atenção o que ela julgava ser a janela do quarto principal. Uma luz noturna colocada logo acima do rodapé permitiu-lhe ver que a cama estava arrumada e vazia. Continuou contornando a casa até a frente, na esperança de ver alguém, alguma coisa, qualquer coisa!

A chuva escorria por dentro da gola de sua jaqueta enquanto Jane trepava furtivamente na estreita sacada para olhar pela janela da sala de estar. Batendo queixo, apertou os braços contra o peito. Uma rápida olhada para um lado e para o outro da rua foi suficiente para ver que não havia ninguém à vista. Ouviu o latido de Olive a distância. E uma resposta vinda do final da rua, no lado oposto.

Jane esticou-se na ponta dos pés para olhar pela janela. Brian Ramsey estava sentado em uma enorme cadeira reclinável de couro verde, com uma garrafa de cerveja na mão e um maço de cigarros no bolso de cima da camiseta branca. Estava sozinho.

Não querendo tirar conclusões apressadas, Jane olhou para todos os cantos do aposento até onde seu olhar podia alcançar. Nada. Ninguém.

Onde estaria a Sra. Ramsey?

No banheiro? Mas as duas janelas de vidro opaco que presumira serem do banheiro continuavam no escuro.

Jane percebeu quando o olhar distraído de Bryan se dirigiu para a janela. Abaixou-se e correu, mais rápido do que jamais correra na vida, atravessando a grama, calçada abaixo, os sapatos chapinhando. Quando chegou à esquina, deu-se conta de que, no pânico, tinha ido na direção errada. Maldizendo-se baixinho, retornou, fazendo o longo caminho de volta até o carro. No momento em que se viu a salvo, trancou a porta e ligou o motor, com o coração na boca. Por um momento pensou que iria desmaiar. Obrigou-se a respirar funda e longamente, o ar sibilando ao sair da boca em uma expiração longa e irregular. Só veio a acender os faróis do carro quando já estava a três quadras de distância.

— Você me desobedeceu, Ollie — ralhou, quando se viu na estrada aberta. — Ouvi você latindo. — A cadela chegou mais para perto da janela do carona, abaixou as orelhas e inclinou a cabeça de vergonha. — Você é uma cachorra mal-educada, Ollie. Não vai mais sair para passear este mês. — Era uma ameaça vã — ela sabia disso e Olive também.

Ela colocara em risco sua reputação profissional para espreitar uma indefinível Sra. Ramsey. E o que tinha conseguido com todo esse esforço? Ver Brian Ramsey sentado em sua cadeira como um zumbi, do mesmo modo que fazia em seu consultório. *Se* ele tivesse uma esposa, ou a mulher passava a vida em sua cozinha de verão, ou se escondia em um banheiro às escuras. Como era uma casa de condomínio, era pouco provável que tivesse uma cozinha de verão, o que só deixava a hipótese do banheiro escuro. A idéia era ridícula demais para ser posta em palavras.

Durante todo o caminho de volta Jane se repreendia severamente.

— Idiota, idiota, idiota — murmurava. Olhou de soslaio para Olive. — Acho que ele me viu, Olive. Juro que me viu. Ele olhou direto para mim. — Suspirando, voltou a olhar para a estrada. — Se eu não tivesse dado o fora de lá, poderia até vê-lo me pegando, chamando a polícia e me levando presa por ser *peeping tom*.* Gente, quando faço alguma besteira, faço da grossa. Não vamos nem falar mais nisso — disse ela, agarrando com firmeza o volante. — Nunca mais, você me ouviu, Olive? Nunca mais!

Olive moveu-se lentamente em direção a sua dona e pousou a pata de leve em seu braço.

— Vem cá — disse Jane, pondo o braço em torno da cadela e puxando-a para perto de si. — Desculpe, também. Eu não quis dizer que não vou mais trazer você comigo no carro. — Olive achegou-se mais a Jane e lambeu-lhe o rosto.

---

* *Peeping tom* — pessoa que gosta de espionar as outras quando não sabem que estão sendo vistas. (N.T.)

Os nervos de Jane ainda estavam vibrando quando chegou em casa. Depois de fechar as cortinas e verificar se as portas estavam trancadas, foi até a cozinha e saiu remexendo tudo até encontrar a bebida especial que guardara para Trixie e Fred. Serviu-se de dois dedos do mais fino *bourbon* que o estado de Kentucky podia oferecer e fez com que descesse por sua garganta num gole só. Tossindo e soprando, os olhos lacrimejando, desabou na cadeira e esperou que o *bourbon* fizesse efeito, mas dez minutos depois ainda não se sentia melhor. Talvez um cigarro ajudasse. Ela não era fumante, mas Trixie e Fred eram, e Trixie sempre dizia que não havia nada melhor que um bom cigarro para acalmar e ajudar a pensar. Tal como no caso do *bourbon*, Jane sempre guardava um maço do cigarro predileto deles na gaveta do armário de bugigangas como medida de precaução para o caso de precisar, quando eles a visitavam. Acendeu um, teve um acesso de tosse, e o apagou. A satisfação que seus padrinhos extraíam do fumo era para ela um mistério ou, melhor, um mistério sem solução.

No dia seguinte pela manhã, quando desse sua corrida de oito quilômetros, o que não fazia há mais de um mês, ela daria uma parada em casa de seus padrinhos, pois precisava falar com alguém, alguém que a escutasse, que estivesse do seu lado e que não perdesse a objetividade. Trixie dificilmente conseguia ser objetiva. Fred também.

— Basta quer dizer basta, Olive. Já foi suficiente para mim. Vamos dormir. Estou tão cansada que nem consigo mais pensar direito. — Bocejou e espreguiçou-se.

A *spaniel* esperou pacientemente que Jane apagasse as luzes antes de correr escada acima. Ao chegar ao topo, sentou-se sobre os quadris e latiu como se dissesse *ande, vamos, ande!*

Jane fez seus preparativos para dormir em tempo recorde, depois pegou um pijama limpo em sua gaveta, seu pijama de sonho, como o chamava por causa das leves nuvens brancas estampadas em um fundo azul celeste. Ao subir para a grande cama de quatro colunas ao lado de Olive, já estava planejando com quem iria sonhar: Mike Sorenson.

* * *

Jane virou-se e espichou a mão para afagar Olive. Era reconfortante saber que a cadelinha estava a seu lado. Em vez disso, sua mão só encontrou a coberta acolchoada. Virando-se, inquieta, abriu um olho e viu Olive sentada nos quadris em frente às portas de vidro que davam para a varanda. Ela estava sacudindo a cabeça tal como fazia quando Jane lhe esfregava as orelhas.

— *Alô, Dra. Lewis* — disse uma voz de garoto. — *Meu nome é Billy Jensen e este é o meu cachorro, Jeeter. Jeeter gosta de Olive. Eles deram uma bela corrida ontem, afastando-se do poço, mas a senhora já sabe disso, é claro.*

Sonolentamente Jane soergueu-se um pouco sobre o cotovelo direito e fitou o menino e o cachorro que estavam de pé junto à porta. — Quem é você? Como é que conseguiu entrar aqui? Eu tranquei as portas. — Era uma pergunta boba, disse a si mesma. Isto era um sonho, e em um sonho *tudo* pode acontecer. Não precisava ter sentido. Moveu-se para o outro lado. — Eu agradeceria se você fosse embora e me deixasse voltar a dormir. Por falar nisso, que horas são?

— *O tempo não significa nada para mim. Ou para Jeeter.*

— Bom, mas para mim significa. Eu tenho que levantar cedo de manhã. Por isso vá embora.

— *Jeeter está se sentindo muito sozinho. Eu também. Achei que podíamos nos tornar amigos.*

— Tudo bem, mas não hoje, tá? Estou realmente exausta e quero sonhar com outra pessoa.

— *Sim, eu sei. O homem que veio aqui ontem, o Dr. Sorenson. Ele faz a senhora agir de uma maneira engraçada.*

— Engraçada? Engraçada, como?

— *Assim* — disse ele, batendo as pálpebras.

— Desculpe, mas nunca fiz isso para ninguém em minha vida. O Dr. Sorenson e eu somos sócios. Nada mais. E agora, por favor, não quero ser grosseira, mas gostaria que você saísse de meu sonho. Se eu não dormir o tempo necessário, fico de mau humor.

— *Eu sei. Eu já vi que a senhora pode ficar de muito mau humor.*

— Caia fora! — Jane deitou-se de novo e fechou os olhos.

— *Eu vou embora, mas primeiro quero que saiba que sei o que a senhora fez esta noite. A senhora não devia fazer essas coisas. É muito arriscado. E o pior é que deixou Olive trancada no carro. Ela não poderia ter ajudado se a senhora precisasse dela.*

— Pra seu governo — disse Jane, cada vez mais impaciente —, não tranquei a porta do carro e, mesmo que o fizesse, Olive saberia como abrir. — Alguma coisa em seu sonho não parecia absolutamente com um sonho. Ela abriu os olhos, piscou e deu uma olhada mais atenta no garoto que estava próximo à porta de vidro. — Será que conheço você de algum lugar? Você não me parece familiar. Mas devo tê-lo encontrado em algum lugar... Sonhos são manifestações do que acontece em nossa vida diária. Olive, vem cá.

— *A senhora sabe quem sou. Sou um espírito. Fui eu que tirei o arquivo do Ramsey de dentro de sua pasta. A senhora já ouviu falar de mim muitas e muitas vezes, mas sempre se recusou a vir me conhecer. Devia agradecer ao Dr. Sorenson por ter aberto nossos canais de comunicação.*

Jane ficou desnorteada. — Ahn... Deixe-me ver se estou entendendo direito. Isto não é um sonho. Não estou dormindo. Na verdade, estou bem acordada e conversando com uma assombração.

— *Sim, de certo modo é verdade. Mas, por favor, não sou uma assombração. Quando a senhora me chama assim, me magoa.* — O menino sorriu e a seguir desapareceu.

Quando reapareceu, estava sentado na beira da cama. Jane encolheu-se e puxou o cobertor até o queixo.

— Como é que você faz isso? — murmurou.

— *Há um nome científico para isso, mas esqueci qual é. Vamos dizer que é uma coisa de fantasmas. A senhora sabe, como passar através de paredes e esse negócio todo.*

Jane podia sentir seu corpo tremendo por baixo das cobertas.

— Olive, vem pra cá. Já, droga! — Olive e Jeeter pularam para cima da cama. Jane fez um carinho em Olive e pôs seus braços em torno dela. — O que... o que você quer de mim?

O menino deu de ombros.

— *Eu só quero ser seu amigo. Eu sei que está com medo de mim, mas não precisa ter medo. Eu não vou machucar a senhora.*

Jane fez um esforço para relaxar. Isto *tinha* de ser um sonho. *Tinha* de ser. Não era? Encarou o rapazinho sentado na beira da cama. Ele parecia bem jovem, uns quinze anos talvez, com milhares de sardas pontilhando o rosto, olhos escuros, e cabelos encaracolados, de cor clara. Estava usando um macacão e uma camisa xadrez de mangas compridas.

— Eu não acredito em fantasmas, espíritos, assombrações ou outras figuras extraterrenas — disse ela. Revirou e socou seu travesseiro. Aquilo era um sonho e ela esperava poder lembrar-se dele no dia seguinte de manhã. Ela sentiu que seu cobertor escorregava e ouviu um salto para o chão. Olive continuava na cama.

— *Boa-noite, Dra. Lewis.*

— *Au!*

Meu Deus! Olive não havia latido. Estava com a cabeça enterrada no peito de modo que... Jane fechou os olhos. *Aquilo era um sonho infernal,* pensou ela. *Deve ter sido por causa do* bourbon. Olhou para o relógio na mesinha ao lado da cama: 5h10 da manhã. Ela ainda tinha uma hora antes de o despertador tocar.

Jane se arrastava estrada acima para a casa dos padrinhos. Suas pernas pareciam estar pegando fogo. Por que ela agora parecia estar com uma tala na panturrilha? Provavelmente porque era a primeira vez que estava correndo depois de quase um mês.

— Ei, o que é que vocês têm para o café da manhã? — gritou da porta dos fundos.

Trixie apareceu vinda da copa, uma mulher miúda como um passarinho, com um cabelo brilhante e meio avermelhado, quilos de jóias de ouro no pescoço, óculos de leitura de aro multicor pousados na ponta do nariz. Brincos de argola de ouro, de um tamanho que dava para um pássaro passar voando por dentro deles, estavam pendurados em suas orelhas. Como sempre, Jane ficou encantada com seu corpo delgado, com braços e pernas da finura de bengalas, enquanto dava um abraço apertado na madrinha. *Quarenta e um quilos encharcados de suor,* pensou ela.

— Vocês vão ter que me levar de volta para casa, Trixie. Eu estou fora de forma. Minha corrida esta manhã me provou isto. Você está fazendo o café da manhã ou vamos comer tudo de caixinha?

— Tortas prontas — disse Trixie. — Quer a de morango ou a de amoras? Estou perguntando à toa, só tenho mesmo é a de amoras. — Trixie riu enquanto colocava as massas no forno para tostar.

— Bonita roupa — disse Jane com um sorriso. — Como é que você chama isto?

A risada de Trixie ecoou por toda a cozinha.

— É o meu traje de ir à delegacia de polícia. Hoje é sexta-feira. Sempre apareço por lá às sextas. Nunca se sabe o que se pode captar em uma delegacia de polícia. Basta uma palavra ou uma ação para desencadear alguma coisa. E há também os criminosos inocentes. Histórias que dariam para encher um livro. Mas me fale da noite de ontem — disse Trixie, enquanto retirava com perícia as tortas do forno. Passou uma para Jane.

— Ainda não consigo acreditar que ninguém nesta cidade saiba que você e Fred são T. F. Dingle. Só isso já merece um livro. Mike Sorenson ficou incrivelmente impressionado ao ver que eu tinha a coleção completa de seus livros. Não há nada que mais me agradaria que dizer a ele que conheço pessoalmente seu autor favorito, mas eu não disse. Seu segredo está salvo.

— Tudo bem, você o impressionou com nossos livros. E daí?

— Jantamos, conversamos e depois o levei até o poço para conhecer meus fantasmas. Foi essa a razão principal de sua visita, não se esqueça. Ele tem interesse em paranormalidade.

— Um interesse sério ou só curiosidade?

— Um sério interesse.

— Tá. E depois... — insinuou ela novamente

— Ele tinha que ir para casa, mas me perguntou se poderia voltar amanhã e me convidou para irmos ao cinema na quinta-feira. — Jane disse tudo num fôlego só.

— Só isso? — disse Trixie, obviamente desapontada.

Jane deu uma mordida na torta e ergueu os ombros. Por alguma estranha razão ela não estava querendo contar a Trixie que Mike a beijara. Seu senso prático lhe dizia que era porque não tinha sido mais do que um beijo ocasional. E seu senso profissional lhe dizia que era porque ele fora algo especial.

Trixie ergueu um braço.

— Bah... Não teve a menor graça.

Jane escondeu um sorriso atrás de seu pedaço de torta.

— Onde está o Fred?

— No banheiro, onde mais poderia estar? — Trixie revirou os olhos e Jane se encantou com as pestanas postiças de meia polegada de comprimento que sua madrinha recolocava a cada manhã. Uma vez, há muitos anos, uma colega sua lhe tinha dito que suas pestanas pareciam um bando de tarântulas em marcha. E era verdade. Pareciam mesmo. — Ele fica lá um tempão, toda manhã — continuou Trixie. — Ele perde a maior parte de seu tempo arrumando o cabelo, penteando o bigode e secando a barba.

Jane olhou para a cozinha impecavelmente ordenada. Uma obra de arte. Tudo o que havia de melhor. Era tudo preto ou branco, bem ao jeito de tudo que Trixie fazia na vida: era ou não era, preto ou branco. Talvez isso não fosse uma coisa ruim — pensou Jane.

— Como é que você acha que ele vai ser na cama? — perguntou Trixie sem piscar um olho.

Jane riu. Típico. Bem típico de sua madrinha. Não desperdiçar palavras, nem fazer introduções.

— Acho que ainda temos um tempo pela frente antes que isso aconteça. *Se* acontecer. Vamos encarar os fatos, Trixie: o cara pode ter, a bem dizer, qualquer mulher que desejar. Por que haveria de me querer? Eu sou gorda. Tenho o cabelo encaracolado demais, não tenho um corpo de manequim e...

— Pare, pare já, neste minuto! — ralhou Trixie, erguendo o dedo. — Você parece que está descrevendo um cavalo posto em leilão. Você dá muito valor à aparência. O que está aqui — disse, pondo a mão no coração — é o que conta. Você é carinhosa, meiga, amável e se preocupa com os outros. Pare de se subestimar. Se a rainha da beleza de sua mãe já não estivesse morta, eu mesma a mataria por ter feito você pensar que não passa de uma Jane feiosa. Eu jamais gostei daquela mulher. Ela era um pé no saco. O único que parecia não saber disso ou vê-la como realmente era foi seu pai, que Deus o tenha. Não havia homem melhor que seu pai por essas bandas.

Jane lambeu o creme que derretia em seus dedos.

— Ah, ele sabia, sim. Tivemos longas conversas sobre mamãe. Ele sempre tentava me reanimar depois que mamãe me punha para baixo. Por falar nisso, aquele poema antigo não diz a verdade: — Paus e pedras vão lhe quebrar os ossos, mas palavras jamais irão feri-lo. — Elas ferem, e muito. — Pegou seu prato e foi colocá-lo na pia. — Simplesmente detesto quando fico querendo não tocar nesse assunto.

— É como eu disse — falou Trixie para Jane, de costas —, sua mãe era um pé no saco. — Estendendo o braço por trás dela, puxou uma pilha de coisas que estavam no canto. — Quer ver meu novo livro? Acabamos de receber os exemplares de autor ontem. Fred já separou um para você. E, antes que você pergunte, já autografamos, sim. — Segurou o livro. — Que é que você acha? A capa está suficientemente sangrenta?

Jane examinou a lustrosa capa do livro com olho crítico. O nome do autor se destacava de lado a lado contra um fundo preto. A cor das letras combinava com o sangue escorrendo de um cadáver pendurado em uma árvore. O título, em letras menores, era *Enforcado*.

— Ahn... Trixie, ninguém sangra quando é enforcado.

— Mas sangra se passar antes por uma rodada completa de interrogatórios. Dissemos ao departamento de arte para pô-lo na forca e fazer dele uma figura que chame a atenção. Eu adorei! Fred acha que o sangue está um pouco demais.

— Que nada. Seus leitores ficariam desapontados se não estivesse. Você tem mais um exemplar que eu possa dar a Mike? Ele é realmente fã de vocês, já leu todos os seus livros.

— Claro que tenho. — Trixie entregou-lhe mais um exemplar.

— Não autografe este. Não quero levantar suspeitas. — Olhou atentamente o livro em suas mãos. — Eu não conseguiria escrever um livro nem que a minha vida dependesse disso. Tiro o chapéu pra você, Trixie. Algum dia você vai quebrar seu silêncio e aparecer?

— Nunca. Seríamos postos para fora da cidade, Fred e eu, num abrir e fechar de olhos. O anonimato trabalha a nosso favor.

— O que é que os tiras pensam de você? Eles devem suspeitar de algo, já que você vai lá com tanta freqüência.

— Eu digo a eles que escrevo roteiros para televisão que ninguém quis comprar ainda. E eles ficam ansiosos para me passar informações. Acho que todo mundo quer seus quinze minutos de fama. E eu até prometi dedicar o filme a toda a força policial se um dia conseguir vender um roteiro.

— Você é muito ardilosa, Trixie. Que é que você vai fazer se algum dia alguém descobrir?

— Se eles não conseguiram em cinqüenta anos, não creio que tenha que me preocupar com isso. E se conseguirem, eu vou admitir e confessar.

Fred entrou na cozinha com seu andar bamboleante e sua cabeleira branca, por enquanto penteada.

— Janie, minha garota, que é que você está fazendo de pé e já na rua a esta hora da manhã?

— Não consegui dormir. Tive um sonho realmente esquisito. — Balançou a cabeça, lembrando-se das imagens. — Então achei que deveria me levantar e sair para correr um pouco. Porque, mesmo que vocês não tenham reparado, eu estou engordando de novo. — Abraçou forte seu bondoso padrinho. — Você está com um cheiro gostoso, Fred.

— Eu gosto de me perfumar para Trixie — disse Fred, rindo. Seu corpo inteiro se sacudia. Jane achava sempre que ele se parecia com Papai Noel por causa de seus cabelos brancos e sua barba fofa. Seus óculos de aro fino davam o toque final. Só estavam faltando uma roupa vermelha e um par de botas pretas brilhantes.

— O café está quente. Quer comer alguma coisa, querido? — perguntou Trixie.

— Quero qualquer coisa, menos uma torta pronta. Já comemos isso a semana inteira — resmungou Fred, soltando os suspensórios com um estalido para dar ênfase às palavras.

— Então que tal umas panquecas geladas? É só metê-las um minuto no microondas ou para tostar no forno. Pode pôr um pouco daquela geléia gostosa em cima e enrolá-las como crepes. — Trixie pulou da cadeira e correu para a geladeira. — Por falar nisso, Fred — acrescentou imprevistamente —, você está atrasado dois capítulos em relação a mim. Será que vai me alcançar hoje?

— Vou, se você não continuar saindo da rota. Eu achei que já tínhamos definido bem a personalidade de Stuart. Não acho que ele diria 'me come' para ninguém. Onde já se viu uma coisas dessas? Vou tirar isso fora, meu bem.

— Não me venha com esse 'meu bem', Fred McGuire. Você vai deixar esta expressão lá, sim. É assim que as pessoas falam hoje em dia. Pensei: tenho que escolher se digo 'me fode' ou 'me come'. Achei que 'me come' fica mais de acordo com Stuart. Se você não acredita em mim, pergunte a Jane — disse Trixie, com as mãos nas cadeiras, os olhos fuzilando.

Jane levantou as mãos.

— Não entendo nada de escrever ficção, mas o indicativo de uma personalidade é aquilo que ela diz mais habitualmente, Fred. Acho que ele preferiria usar 'me come' em vez de alguma outra expressão.

— Ele está ficando velho, Jane — disse Trixie piscando o olho. — Não sabe metade do que está acontecendo no mundo aí fora. Quando você fica sentada em uma delegacia de polícia o dia inteiro, você ouve todo tipo de coisas. Um escritor tem que estar no lugar em que as coisas acontecem. — Quando Fred franziu a testa, ela deu-lhe um olhar do tipo 'vem cá, meu bem': — Vem cá, Fred, e dê um beijo bem grande em sua Trixie — disse ela, descontraindo-se.

Fred atendeu.

Jane já os vira agindo assim umas mil vezes, provocando-se um ao outro. Quem não os conhecesse poderia pensar que estavam brigando, mas a verdade é que nunca brigavam. Nunca. Amavam-se demais para isso.

Assim que acabou de tomar seu café, Fred levou seu prato até a pia, lavou-o, secou-o e o pôs no lugar. Jane sabia que para Fred a máquina de lavar era um desperdício de tempo e de água.

— Tenho que ir trabalhar — disse ele —, ou ela vai ficar tão adiantada que não vou nem saber o final. Vejo você à noite, Jane. Não vá desperdiçar seu tempo.

Jane sorriu.

— Pode deixar, Fred. Não vou.

Trixie parou à sua frente antes que ele chegasse à porta.

— Hoje é meu dia de ir para a delegacia de polícia, Fred. Portanto, se você precisar falar comigo, ligue para lá que eles me chamam. Tenho que deixar Jane em casa primeiro. Ah, e não se esqueça de imprimir uma cópia de rascunho para eu ler quando chegar em casa. E ponha no gelo um vinho, querido, para que possamos bancar os anfitriões hoje à noite.

Fred saiu da cozinha, a barriga balançando como uma gelatina.

— Realmente amo este homem. Daqui a dois meses vamos fazer cinqüenta e cinco anos de casados. Na época em que nos unimos todo mundo dizia que nosso casamento não ia durar — disse Trixie, rindo.

Três

Trixie passou uma quinta arriscando um olhar de esguelha para Jane, que estava agarrando seu cordão com o crucifixo como se sua vida estivesse em perigo. Trixie reconhecia que tinha tendência a correr, mas Jane também tinha. Dirigir em alta velocidade era uma das muitas coisas que elas tinham em comum. Mas não, não era sua maneira de guiar que estava motivando aquela expressão ansiosa em Jane. Alguma coisa estava perturbando seriamente sua querida afilhada.

— Não quer falar disso não, minha menina?

Jane deu-lhe uma olhadela de lado. Trixie *sempre* sabia quando havia alguma coisa de errado. *Sempre.* Era realmente fantástico.

— Não, na realidade eu... — disse ela, não sabendo bem o que sentia. — Bom, talvez. Não, o que eu preciso é de...

— É *aquela mesma coisa de sempre?* Eu gostaria que você já tivesse enfrentado isso há tempos e resolvido tudo — disse ela, erguendo as mãos em um gesto de frustração. Menos de um segundo depois ela deu uma guinada no volante para ultrapassar uma picape que estava andando muito devagar.

— Imbecil! — gritou, esticando seu fino braço para fora da janela para fazer para o motorista o conhecido gesto com o dedo médio.

— Desculpe, querida, o que é que você estava dizendo?

— Nada — disse ela, abanando a mão para deixar de lado o assunto. Trixie presumiu que ela devia estar pensando em Connie Bryan.

Jane pensava mesmo em Connie quase que diariamente, mas não era isso que tinha em mente hoje. Era Brian Ramsey que lhe ocupava os pensamentos. — Tenho um bocado de coisa para fazer hoje. Estou me sentindo sobrecarregada. Você sabe muito bem o que é isso.

Trixie mantinha os olhos na estrada.

— Poderia ser bom para você falar sobre isto. Não é o que você diz a seus pacientes quando pede para falarem do que os está perturbando? — Assim que se viu fora do tráfego pisou o acelerador e voou pelas ruas até o final da cidade.

— Sim, é o que digo a eles — falou Jane, aliviada por ver que sua casa já estava à vista.

— Mas é que o meu trabalho depende do que o paciente me confia. — freou o carro cantando os pneus em frente à casa de Jane.

— Lar, doce lar — disse Jane, olhando pela janela do passageiro para sua propriedade. — Oh, escute! — inclinou-se para o lado direito para ouvir os pássaros. Ela adorava aquela ladainha logo no início da manhã. Um dia desses iria procurar um livro que lhe ensinasse como atrair os pássaros para seu jardim, de modo que pudesse ter um número ainda maior deles.

— Obrigada por me trazer em casa, Trixie. — Pegou a sacola de plástico do mercado com os dois livros de T. F. Dingle e abriu a porta do carro.

— Ah, espere um instante — disse Trixie apanhando a mochila que usava como bolsa. — Aqui está o CD que você queria. É uma daquelas cópias pirata; por isso, guarde-o em lugar seguro. E pode estar certa do que lhe digo: você poderá encontrar *tudo* sobre *qualquer pessoa* com isso. Tenho uma cópia, de modo que não precisa se preocupar em devolvê-lo.

— Ótimo. Obrigada. Nos vemos hoje à noite. — Jane virou-se para subir as escadas.

— Jane? — chamou Trixie de dentro do carro. — Você ainda está com *aquela* sacola de papel?

Jane girou lentamente nos calcanhares e assentiu com a cabeça.

— Jane, sabe de uma coisa? Ou dá, ou desce, ou seja, ou faz alguma coisa com ela, ou a joga fora. É o meu conselho de hoje. Vejo você à noite, meu bem. — Antes que Jane pudesse responder, Trixie arrancou em meio a uma nuvem de poeira e pedrinhas voando para todos os lados.

Sem ligar para o conselho de Trixie, Jane virou-se e ficou olhando a casa com um olho clínico. A pintura descascada e as venezianas tortas faziam-na parecer mal-assombrada. Ela própria tivera realmente a intenção de renovar a fachada, mas era uma tarefa monstruosa, demasiado grande para que pudesse desempenhá-la seguindo sua agenda sempre lotada. Anotou mentalmente em sua lista de coisas a fazer que, depois de encontrar uma recepcionista temporária, entraria em contato com carpinteiros e pintores.

Um dia desses a casa estaria parecendo com o que ela imaginava quando a comprara. A primeira coisa que iria fazer quando tudo estivesse pronto seria comprar uma dúzia de samambaias de Boston e pendurá-las com longas correntes brancas nas traves da varanda. Depois, compraria três ou quatro cadeiras de balanço Charleston e mesas brancas de vime para colocar copos altos de limonada gelada e vasinhos de hera inglesa. E iria passar as tardes de domingo em sua varanda, balançando, saboreando sua bebida e lendo os livros de Trixie e Fred. O único som seria o de ventiladores em movimento zumbindo suavemente sobre sua cabeça.

Olive começou a latir assim que Jane se pôs a subir os degraus. Não era o seu típico latido de estou-contente-por-você-estar-chegando; era um latido agitado. Avisada de que alguma coisa errada estava acontecendo, Jane olhou ao redor. E aí a viu. Uma cobra tinha deslizado pelo corrimão da escada para se aquecer na cálida varanda de madeira.

— Não é nada, Ollie, é só uma cobra-real e nós sabemos que ela não nos fará mal. Elas matam todos os roedores que você deixa escapar. — Mas deu um passo atrás e ficou pensando no que fazer com a cobra. Não faria nada, decidiu, depois de avaliar as opções possíveis, todas elas exigindo que fizesse algo para tirá-la dali.

— Não me incomode — disse ela à cobra. — Continue aí, mas fique exatamente onde está. Dou a volta e entro pela porta de trás.

Meia hora depois, com uma caneca de café na mão, Jane tomou um banho de banheira quente e perfumado. Apoiou o pescoço em uma toalha enrolada, fechou os olhos e fez um esforço para mergulhar no que ela chamava de sua zona neutra. Por definição, isso significava permitir-se todos os prazeres do momento. E geralmente funcionava. Mas naquele dia não deu certo.

Ela detestava o que vinha sentindo nessas últimas semanas. Tudo por causa de Brian Ramsey e sua incapacidade de conseguir lidar com ele. O que piorava ainda mais as coisas era que ela sentia que precisava buscar auxílio externo.

Não era a primeira vez que se perguntava o que estava fazendo e concluía que a psiquiatria talvez não tivesse sido a escolha mais adequada. Ela sempre soube que tinha escolhido esse ramo pela razão errada: por causa de Connie Bryan. Tinha-se persuadido de que ajudando outras pessoas compensaria o fato de não ter sido capaz de fazer o mesmo por Connie.

Seus pensamentos voltaram *àquela* noite. Seu primeiro erro fora deixar Connie prendê-la à promessa de guardar segredo. Ela devia ter percebido que Connie estava fora de si, que não estava em condições de tomar decisões inteligentes. Uma verdadeira amiga teria feito Connie buscar ajuda ou a teria trazido. Seu segundo erro fora ter mantido a promessa mesmo depois de Connie ter cometido suicídio. Não, não teria mais ajudado a Connie, mas aqueles que a amavam teriam chance de entender por que ela fizera aquilo.

Baleia encalhada.
Miss Leitoa.
Barril de banha.

Teria sido sua própria humilhação que a fizera manter-se calada?

Jane contraiu os olhos fechados. Ela sempre temera responder a essa pergunta.

— E não vou respondê-la agora — disse a Olive, esparramada como uma rã no chão perto da banheira.

Olive abriu um olho e fitou Jane.

— Volte a dormir. Estou só falando sozinha de novo.

Anos depois da morte de Connie, Jane ficara pensando que espécie de pessoa era Todd Prentice, se era capaz de acabar com seu compromisso pelo fato de ela ter sido estuprada. Depois de encontrar Todd em um evento de captação de fundos para alunos, ela entendeu um pouco melhor o raciocínio de Connie. Todd tinha ido até lá com a esposa, sua "esposa-troféu", como Jane começara a pensar ao vê-la. Jane se lembrava de seu vestido sem costas, sem alças e apenas um palmo abaixo da bunda. Um escasso metro e meio de tecido, nada mais. Como se chamava? Melody? Melanie? Melanie. Melanie Petitjean, da Petitjean Farmacêutica, segundo a relação do Quadro de Diretores da Associação de Alunos, de que Todd fazia parte. Jane conhecia tão bem essa firma que até já comprara algumas ações dela.

Afundou ainda mais na água quente. Isso havia acontecido naquele evento, há dois ou três anos, e ela ainda não sabia o que pensar do fato de Todd ter vindo até ela e se apresentado. Não se conheceram no tempo de colégio. Nunca sequer se encontraram. Ensaboou os ombros e o pescoço.

— Me ajude a sair dessa, Ollie. Converse comigo. Você faz um *au!* se eu disser alguma coisa que lhe pareça importante, está bem?

— Au!

— Muito bem — disse Jane, satisfeita de ver que Olive estava prestando atenção. — Eu sou uma psiquiatra; aliás, uma das boas...

— Au!

— Obrigada, mas agora você me interrompeu. — O fato de a água da banheira não estar mais quente não tinha a menor importância. Jane estava *pensando* e, pela primeira vez, pensando claramente. E objetivamente. Em um banho de chuveiro ou de banheira havia alguma coisa que liberava a mente. Trixie costumava dizer que suas melhores idéias lhe advinham quando estava debaixo do chuveiro. — Bom, e agora, onde é que eu estava? Ah, sim. Eu devia ser capaz de chegar a entender isso. — As orelhas de Olive se aprumaram. — Eu já excluíra a possibilidade de Todd ser apenas um cara realmente cordial, porque ele nem se interessou em apresentar-se a Rose, que estava de pé bem ao meu lado. Também não estava me entrevistando para o boletim da associação de alunos. E, embora me tenha dado seu cartão do trabalho, nunca ligou para mim depois disso; portanto, não estava querendo me vender nada. E, com uma mulher com aquela aparência, também não estaria tentando me impressionar. — Suspirou, pensando que já fizera todo esse raciocínio. — *E se* — disse, usando a frase que Trixie e Fred costumavam usar para desenvolver os meandros da trama de seus livros, se ele já soubesse quem eu era, se estivesse querendo me encontrar e ver se ele poderia estabelecer uma relação por estar procurando uma psiquiatra? — Olive inclinou a cabeça para o lado. — Não, ahn? Então o quê? Me diga, já que você é tão sabida. — Olive ficou em silêncio.

Jane fechou os olhos. — Isso está me deixando louca. Tenho que tomar alguma decisão a respeito. Há doze anos que carrego essa culpa. Está acabando com minha vida. Eu queria que você soubesse falar, Olive. Estou precisando ouvir outras opiniões sobre este caso.

— Au, au!

Jane assentiu com a cabeça como se tivesse entendido.

— Você tem razão. Se eu fosse o paciente, diria a mim mesma para ligar para Todd, marcar um encontro com ele, perguntar-lhe por que se apresentou a mim e dizer-lhe o que aconteceu naquela noite.

Olive num salto ficou de pé quando um trovão ribombou sobre suas cabeças. Jane saiu da banheira e tirou o tampo do ralo. Ela odiava e temia as tempestades tanto quanto Olive.

— Apague a luz, Olive! — A água gorgolejava ralo abaixo quando Jane se enrolou em seu velho roupão de flanela, correu para a cama, pulou para cima dela e cobriu sua cabeça e a de Olive.

Não havia nem sinais de tormenta quando Trixie a deixara lá. Ou havia? Talvez ela não tivesse prestado atenção. Não importava. A tormenta ali estava, bem em cima dela, a julgar pelo barulho da trovoada. Ela sabia que estava sendo boba e até infantil, mas nunca conseguira controlar seu irracional medo de trovoadas. Talvez não estivesse passando por isso agora, se sua mãe não tivesse trancado a porta telada para ela e se recusado a deixá-la entrar em casa porque estava suja. Jane sabia que jamais esqueceria aquele dia. A tempestade surgira não se sabe de onde. Exatamente como esta. Ela tinha desistido de ficar esmurrando a porta e se encolhera no canto da varanda, chorando. Quando o raio bateu na pilastra do lado oposto e o teto desabou, berrou até ficar sem voz. Seu pai só a encontrou horas depois.

Muitas recordações más. Uma bagagem mental excessivamente pesada.

Muito tempo depois, Jane afastou de novo as cobertas, dirigindo um olhar para as janelas. A chuvinha cinza e tranqüila escorria pelo beiral. Ia ser um dia *daqueles.*

Eram oito e quarenta e cinco quando Jane instalou Olive no assento do passageiro e afivelou o cinto de segurança para cachorros que havia comprado pela Internet. Jogou sua pasta, bolsa e chapéu florido sobre o banco antes de afivelar seu próprio cinto.

— Tudo bem, menina, já estamos saindo daqui — disse, ligando o rádio para ouvir as notícias do tempo.

As vozes sussurrantes dos irmãos "uh" tomaram o pequeno carro. Eram assim chamados por Trixie por não serem capazes de proferir mais de duas palavras sem dizer um *uh.* — Mas, quando se tratava de previsão do tempo, podia-se apostar neles. Havia quem adorasse e quem detestasse começar o dia com eles.

Trixie e Fred os detestavam. Na opinião de Jane, a KSIG era uma ótima rádio, a melhor para a comunidade de Acadia. Assim que os irmãos "uh" acabaram de dar as condições do tempo, ela girou para a KATC a fim de ouvir as notícias locais. Como sempre, ela se sentia desleal por não sintonizar sua própria rádio, a KRFG, embora não desse maior importância a esse sentimento. Era difícil mudar hábitos já de anos.

Jane veio descendo a avenida em direção à North Adams, cruzou os trilhos do trem e continuou a descer a South Adams até chegar ao pequeno prédio onde ficava a estação de rádio KRFG. Estacionou, pôs a coleira em Olive e levou-a para o que ela chamava de sua toca, com a pasta e a bolsa penduradas no ombro.

— Cinco minutos, Jane! — gritou Tom Bradley da sala de controle. — Anda rápido!

Jane ajustou sua cadeira giratória, colocou seus fones de ouvido sem desviar os olhos de Tom Bradley por trás do vidro à sua frente. No momento em que ele ergueu o polegar, Jane viu que estava no ar.

— Bom-dia. Sou a Dra. Jane Lewis e este é o *Fale comigo* — disse ela alegremente. — Estarei no ar por uma hora, a partir de agora, para receber suas chamadas telefônicas. Se você está com um problema que não consegue resolver, pegue seu telefone e fale comigo. Estou aqui para ouvir e dar-lhe um conselho. Estou com a impressão de que hoje vai ser um dia *daqueles*. Temos já o nosso primeiro ouvinte na linha. Dra. Jane Lewis falando. Como posso ajudá-lo nesta manhã?

— Primeiro, queria dizer que gosto muito de seu programa — disse o ouvinte.

— Obrigada. Com quem estou falando? O primeiro nome, apenas.

— Dewey.

— Ok, Dewey. Fale comigo.

— Quero que a senhora me diga quem está com a razão. Minha mulher diz que fica com as crianças a semana toda enquanto saio para trabalhar. Acha que eu deveria ficar com elas no final de semana para ela sair e fazer o que lhe der vontade. Digo que também já trabalhei a semana inteira e que deveria ter pelo menos um dia para mim. O que a senhora acha?

Jane revirou os olhos para Tom do outro lado.

— Acho que ambos têm razão. Cada um precisa de um dia de vez em quando, o que vale para vocês dois. Mas também precisam passar algum tempo juntos, sem as crianças. Então cheguem a um acordo e façam um planejamento. Você tira um dia, uma vez ou duas por mês, para fazer o que quiser, e ela também. Uma vez ou outra paguem a alguém para ficar com as crianças e saiam juntos, mesmo que apenas para dar um passeio, que é uma ótima maneira de um gozar a companhia do outro. O que acha disso?

— Não temos dinheiro para pagar alguém que fique com as crianças.

— Então que tal trocar esse tempo com alguns amigos de vocês? Talvez gostem de sair. Ou talvez possam trocar esse serviço por algum outro. Com boa vontade há solução para tudo, Dewey. É algo que pode ser feito se vocês realmente quiserem se esforçar.

— Vou passar essa idéia para ela. A senhora tem razão, parece viável. Obrigado.

— Ok, a próxima ouvinte. Fale comigo, Stacy. O que a está inquietando nesta manhã chuvosa?

Do outro lado da linha veio uma voz frágil e cansada.

— A vida. Não está mais valendo a pena ser vivida. Detesto meu trabalho. Não tenho amigos. E acabo de perder minha gata. Tudo que queria era dormir e nunca mais acordar.

Jane remexeu-se na cadeira. Suas costas ficaram tensas.

— Entendo, Stacy, estou aqui para ouvir seus problemas e tentar ajudar você a sair deles. Vamos começar por sua gata. Minha cadela está aqui, bem a meu lado e sei que me sentiria péssima se alguma coisa acontecesse com ela. É mais do que natural sofrer com a perda de um animal de estimação muito querido. E é até saudável: as pessoas precisam viver seu luto para superá-lo. Sugiro que você arranje imediatamente outro gato, não para substituir a que você perdeu, isso seria impossível, mas porque precisa de um bichinho a quem possa amar. O Serviço de Proteção aos Animais tem tantos precisando desesperadamente de um lar. Já parou para pensar nisso?

— A senhora não acha que eu estaria traindo a memória dela se arranjasse um outro gato assim tão rápido?

— Não. De modo algum.

— Vou pensar nisso — disse ela.

Jane percebeu pela voz de Stacy que um gato faria parte de seu futuro.

— Agora vamos ver o que você pode fazer em relação a este trabalho que tanto detesta. Fale comigo e me diga exatamente qual o problema.

Os problemas eram muitos, mas todos se resumiam no fato de que

Stacy odiava ficar o dia inteiro sentada na frente de um computador. No final do dia ela estava um trapo e não conseguia fazer qualquer outra coisa a não ser ir para casa, comer congelados e dormir. E, como nunca saía, não tinha nenhum amigo.

— Tudo bem, Stacy, você precisa encontrar um outro emprego, um trabalho ao ar livre ou onde pelo menos não fique trancada o tempo todo. Precisa também entrar para uma agremiação, uma academia de ginástica ou um clube esportivo. Temos uma liga de *softball* aqui na rádio e sempre podemos aproveitar alguns bons jogadores. Dê um pulo aqui e se inscreva, hoje, agora mesmo. O que você me diz? Posso esperar que você venha aqui dentro de uma hora mais ou menos?

— Vou pensar.

— Tenho uma outra idéia. Temos um centro de atendimento. Será que você gostaria de prestar algum trabalho voluntário? Apenas algumas horas por semana. Você pode conversar com algum dos nossos conselheiros e ao mesmo tempo achar o caminho certo. Gostaria de me encontrar com você, Stacy. Vou ficar esperando aqui se me prometer que virá.

— Trabalho voluntário? Mesmo?

Jane viu Tom fazendo sinal de que estava na hora de uma pausa para os comerciais.

— Mesmo, Stacy — disse ela, fazendo sinal com a cabeça para ele. — Vou ficar esperando por você, Stacy. Esta é a Dra. Jane Lewis e este é o *Fale comigo*.

Jane tirou os fones e viu que o *Fora do ar* estava aceso.

— Você pegou o telefone dela, Tom? — Ele assentiu. — Se ela aparecer, segure-a até eu ter saído do ar. — Tom fez que sim novamente.

A hora se arrastava, mais duas chamadas rápidas indo direto ao assunto, uma outra totalmente fora de propósito. Tom levantou o dedo para indicar que havia mais um ouvinte na linha.

— Fale comigo, Dennis. Me diga o que está perturbando você esta manhã.

— Fui testemunha de um ato criminoso em que uma pessoa amiga minha ficou seriamente ferida. Eu queria ir à polícia, mas ela me fez jurar que guardaria segredo. Não me sinto nada bem com isso. Quero que os criminosos sejam apanhados, mas jurei que nunca mais falaria disso. Que devo fazer?

Jane afastou-se do microfone. Em todo aquele tempo em que estivera fazendo o programa ela nunca encontrara um ouvinte com um problema ainda que remotamente semelhante ao seu. Lembrando-se do que se passava em sua mente há umas duas horas, isso lhe parecia mais que simples coincidência. Mas o que mais poderia ser?

— Dra. Lewis? — chamou a voz.

— Estou aqui, Dennis. A resposta a sua pergunta é complicada, porque envolve razões legais e morais. Eu o aconselharia a procurar as autoridades, relatar o crime e buscar ajuda para essa pessoa, quer ela queira, quer não. O que pode vir a acabar com sua amizade, mas ainda será melhor que o sofrimento mental que pode vir a destruir seu amigo ou amiga.

— Eu temia que a senhora me dissesse isso. Perguntei a um advogado amigo meu e ele me disse a mesma coisa.

— Bom, então é isso aí, Dennis. — Jane quase suspirou de alívio quando viu o polegar de Tom virado para baixo. — Nossa hora acabou, obrigada por me ouvirem. Aqui fala a Dra. Jane Lewis. Estarei de volta na próxima sexta-feira, às nove da manhã, para mais uma hora do nosso *Fale comigo*. Tenham um ótimo fim de semana e lembrem-se dos três erres: respeito a si próprio, respeito aos outros, responsabilidade em todas as suas ações. Se, para alguns de vocês, isto é exigir demais, então fiquem com este: não confie em ninguém que não feche os olhos ao beijar.

— Bom programa, Jane — disse Tom Bradley, pondo a cabeça para fora da sala de controle. — Aquela garota, a Stacy, está na sala de espera. Escute, que tal um jantar e um cinema este fim de semana?

Jane sorriu e balançou a cabeça.

— Obrigada, Tom, mas acho que nossa relação já deu o que tinha que dar. Gosto de sua companhia, mas temo que não vá sentir nada além de amizade por você; por isso, não vejo por que continuarmos saindo juntos.

— Não chegamos a sair nem meia dúzia de vezes, Jane. Como você pode saber que nunca vai sentir mais que amizade por mim?

Quantas vezes ela já não dissera a seus pacientes para evitarem ter um envolvimento pessoal com colegas de trabalho? Esses namoros não costumam ser bem-sucedidos. Essa era uma das vezes em que ela desejaria ter seguido seus próprios conselhos.

— Apenas sei, Tom. Desculpe. Não que eu não goste de você. Você é um cara legal, mas não é o homem dos meus sonhos.

— Há outra pessoa?

Será que havia? Será que Mike Sorenson podia ser considerado outra pessoa?

— No momento, não. Espero que minha decisão não cause problemas entre nós. Adoro fazer o programa, e tenho pensado muito em passá-lo para duas vezes por semana, mas...

— Não, não — disse ele, abanando a cabeça. — Não há problema.

Jane percebeu que estava concordando com ela simplesmente por causa do programa; por isso o mencionou. Ela não teria nem pensado nessa sutil ameaça se ele não se mostrasse tão persistente.

— Onde estão aqueles formulários do *softball**? Quero dar um a Stacy.

Tom pescou um da cesta de sua mesa.

— Realmente poderíamos ter uma arremessadora de reserva.

— Obrigada por ser tão compreensivo — disse ela com uma sinceridade que estava longe de sentir. Mas para fazer com que se sentisse bem consigo mesmo era preciso massagear um pouco seu ego. — Nos vemos na próxima semana.

— Tudo bem. Na próxima semana. Tome conta dela, Olive.

Trixie McGuire ia entrando na delegacia de polícia como se fosse a dona do lugar — o que de certo modo era. Ela fazia generosas doações

* Modalidade de beisebol, geralmente praticado por mulheres. (N. T.)

para todo e qualquer fundo, em seu nome e no de Fred. Outros artigos mais caros, como câmeras digitais e equipamento tecnológico de última geração, eram sempre enviados anonimamente. Trixie não gostava que as pessoas ficassem louvando sua generosidade.

— Bom-dia, Dona Trixie, como vão as coisas nesta manhã de sexta-feira chuvosa e feia? — perguntou Jake Ramos, o delegado de plantão.

— Trouxe alguma sobremesa com morangos? — Por antecipação deu uma batidinha em sua barriga de bebedor de cerveja.

— Duas fatias de torta de morango só para você, Jake — disse Trixie, colocando uma caixa de rosquinhas com creme em sua mesa.

— O que há de novo?

— Só se achar que é algo novo Maude Lassiter dar uns bons tabefes em Luke e encostá-lo na parede porque ele se transtornou por volta das três da manhã. Então é isso o que há de novo. Estamos com ele trancado lá atrás. Devia ter colocado ela debaixo de chave também, mas ela se mandou rapidinho pelos fundos. Lá pelo meio-dia ela vem pagar a fiança pra ele sair e aí vamos passar nela nosso sermão de sempre e Luke vai ficar bonzinho até a semana que vem. E o que há de novo com você? Nenhum contrato ainda?

— Falta pouco, Jake — mentiu Trixie, com a cara mais limpa. — Alguma coisa pelo rádio? O que está havendo em N'awlins?

— Tudo tranqüilo, Trixie, tá tudo tranqüilo mesmo.

— Droga! — lamentou Trixie enquanto mordia sua rosquinha. Estava com o nariz afundado na cobertura de chocolate quando a porta da delegacia se escancarou e entraram quatro homens, falando e discutindo ao mesmo tempo.

— O que é que estão falando? — perguntou, inclinando-se junto à orelha de Jake.

— Bob Henry foi aceito para o FBI, o que significa que o cachorro dele, o Flash, vai ser posto pra adoção. Todos os quatro querem ficar com ele. Flash é o melhor K-9 de todo o estado de Louisiana. O departamento estava mesmo planejando aposentar ele mês que vem, mas, com Bob indo embora pra Quantico, eles vão ter que tomar uma decisão mais cedo do que esperavam.

— Deve ser um cachorro e tanto.

— Em serviço ele é muito bom, sim, mas não é muito treinado socialmente. Pra falar a verdade, não sei nem se alguém vai querer ele. Por tudo que já vi, ele pode ser completamente intratável.

Trixie ordenou suas idéias e analisou a situação. Era provável que aqueles homens não estivessem procurando um animal de estimação. O mais certo era que quisessem fazer dele um cão de guarda ou um cão de caça. E era bem possível que o mantivessem acorrentado do lado de fora da casa.

— Quanto?

Jake olhou para ela, surpreso.

— Quanto...?

— Por quanto estão vendendo ele, Jake?

— Ele não está à venda, Trixie. Só queremos que encontre um bom lar.

Trixie apontou um dedo acusador em direção aos quatro homens que vociferavam:

— Nenhum desses babacas vai dar a ele um bom lar, e sabemos muito bem disso. Mas eu vou. Nosso último cachorro morreu de velho há alguns anos e nunca saímos à procura de outro. Flash é exatamente o tipo de cão de que Fred e eu precisamos. Quanto, Jake? Dê o seu preço.

Jake limpou o chocolate da boca com as costas da mão.

— Trixie, o cachorro pesa mais que você. Você e Fred não vão conseguir dominá-lo. Flash não é um cãozinho pra exposição. Ele é um legítimo comissário de polícia, com distintivo e tudo. Foi treinado para rastrear criminosos e farejar drogas e armas. Bob é a única pessoa a quem ele atende.

— Quinhentos dólares! — disse Trixie astutamente.

— Vendido! — disse Jake, batendo na mesa com o punho cerrado. O creme de chocolate se espalhou em todas as direções.

Trixie desandou a rir. Era evidente que sua oferta o tinha deixado tão empolgado que ele se esquecera de que estava segurando uma rosquinha cheia de creme. Jake ficou de pé, com uma cara que podia ser tudo menos de divertimento enquanto limpava o chocolate do uniforme. — Ei, rapazes, vocês aí podem parar com a discussão. O Flash foi adotado pela Trixie aqui.

Ouviu-se um coro de resmungos e queixas, a que Jake pôs fim de imediato quando disse a eles que Trixie tinha concordado em pagar quinhentos dólares pelo privilégio de adotar Flash.

— O chefe vai me esfolar vivo se vier a saber disso, Trixie. O que isso quer dizer é que você pode levar ele, é seu. Mas não pode devolver se ele for demais pra você.

— Ele não vai ser demais para mim — disse ela, exibindo uma confiança maior do que a que sentia. Afinal, ele era apenas um cachorro. A única coisa que realmente a preocupava era o que Fred iria dizer quando ela aparecesse com um cão K-9. Mas era melhor não pensar nisso agora. — Onde o cachorro está?

— Estão trazendo para a delegacia. Quer um café? Eu mesmo fiz no momento em que você estava chegando.

Trixie assentiu, enquanto pensava no que iria dizer a Fred. Pegou o café que Jake lhe oferecia, tocou com seus lábios a borda da xícara e bebeu um gole.

— Do jeito que você gosta, Trixie, quatro colheres de açúcar e uma colherinha de creme.

Ela ouviu Flash antes mesmo de vê-lo. E o que ouviu foi suficiente para fazê-la pôr a xícara de volta na mesa do sargento e esconder-se atrás dele.

— Ainda não é tarde para voltar atrás — disse Jake, dando-lhe um olhar de esguelha.

— Eu vou dar conta, Jake. Vamos só ver o que ele faz.

— Tudo bem, mas há uma coisa que me esqueci de lhe dizer. Ele só entende comandos em alemão. Você vai ter que pegar um daqueles discos de alemão da Berlitz e fazer um curso rápido.

A porta se abriu. Trixie se encolheu diante do mais belo animal que já vira.

— Ele é um pastor belga Malinois — informou Jake. — Nascido e criado na Holanda antes de vir para a Louisiana. Pesa quase cinqüenta quilos.

O cão dava arrancos na coleira que estava segura por dois policiais da patrulha. Um terceiro entrou na delegacia com duas caixas de papelão em um carrinho.

— Aqui está o equipamento dele, Sargento.

— Equipamento dele?! — estranhou Trixie.

— É, o equipamento dele — disse Jake. — Colete à prova de balas, coleiras especiais, comida especial, vitaminas especiais, alguns brinquedos, sua escova de dentes, a escova para o pêlo, tesoura de cortar unhas, colírio, seu distintivo e um monte de outras coisas. Ele tem uma cama, cobertor e toalhas especiais. É isso aí, Trixie, um equipamento completo.

O cão começou a ganir enquanto continuava a dar arrancos na coleira.

Trixie não era uma especialista em cachorros, mas Flash não parecia um cão feliz.

— O que é que há de errado com ele? Ele parece agitado.

— Ele ficou trancado desde que Bob partiu. Acho que está se sentindo abandonado. Bob era o único com quem Flash tinha uma ligação. E deve estar muito chateado. Ele adora o trabalho de patrulha, a sirene e aquela agitação toda. Acho que não deve estar sabendo o que pensar ou sentir.

— Estou vendo — disse Trixie, estudando o cão a distância.

— Por falar nisso, Trixie, Bob disse que ele não gosta de mulheres. Acho que devia ter dito isso logo a você, mas só agora me lembrei.

A sobrancelha de Trixie se ergueu.

— E você sabe me dizer por quê, Jake?

— Uma prostituta grandalhona um dia partiu pra cima dele com um maçarico. Por sorte ele estava usando seu colete. Além de uma pequena queimadura leve no pêlo nada aconteceu com ele. Você precisa começar a pensar como vai levar ele para casa, Trixie

— Estou pensando, estou pensando — murmurou ela. Ela nunca

tinha tido medo de nada na vida e não ia deixar que um cachorro a amedrontasse seriamente, mesmo que pesasse cinqüenta quilos e parecesse um lobo.

Fred uma vez a acusara de ser mais desagradável que merda de gato. Talvez tivesse sido em uma daquelas vezes em que ser desagradável e egoísta era melhor do que agredir e ofender. Com uma calma que estava longe de sentir, ela olhou para cada um dos policiais.

— Soltem ele.

— Isto é fora das normas, Trixie.

— Você está certo, Jake, mas é assim que vai ser. Eu vou me sentar aqui no banco e não vou fazer um movimento. Vamos ver o que acontece.

— Soltem ele — disse Jake.

No momento seguinte o enorme cão corria por toda a sala, indo de pessoa a pessoa e cheirando. Enquanto esperava chegar a sua vez, Trixie mordeu seu lábio inferior. De repente, o cão enfiou o rabo entre as pernas, e suas orelhas se abaixaram rentes à cabeça. Disparou em direção a ela e derrapou ao parar bem à sua frente. Trixie nem piscou.

— Eu não tenho um maçarico, Flash — disse em voz baixa. — Eu não tenho nada nas mãos. — Virou as mãos com a palma para cima para que ele pudesse ver. — É, você é quase do meu tamanho e certamente pesa muito mais que eu, mas não tenho medo de você — disse ela, sorrindo. E ficou observando enquanto o cão ficava com a cabeça levantada, escutando. Parado, seu rabo continuava entre as pernas, e suas orelhas ainda continuavam deitadas.

— Preciso ficar alguns minutos sozinha com ele. Saiam todos para dar uma volta e me dêem cinco minutos.

— Tem certeza, Trixie? — Jake parecia preocupado.

— Para fora, vocês todos — mandou ela. Assim que saíram, ela olhou Flash bem no olho. — Estou triste por você ter perdido seu *handler**, mas sua vida tem que continuar. Posso dar a você um lar maravilhoso, com um quintal grande e muitas árvores para você mijar em

* Pessoa que adestra e/ou trabalha com um animal. (N. T.)

cima e um pátio bonito para tomar sol. Fred e eu vamos amar e tomar conta de você direitinho do jeito que merece ser amado. Dou-lhe minha palavra de que não vamos dar a você aquela comida que parece bosta de coelho. Mas desde já você tem que ficar sabendo quem manda aqui. Sou eu, meu rapaz. Trixie. Sou eu que estou no comando — sussurrou ela.

O cão chegou mais perto, com os caninos à mostra. Ela podia apostar que ele não estava dando a menor atenção a seu pequeno discurso e provavelmente estava no mínimo pretendendo dar-lhe uma boa mordida. Pensando rápido, ela deslizou para fora do banco e ficou de quatro, de modo a ficar no mesmo nível do olho do enorme Malinois. Estava tão próxima dele que podia sentir sua respiração. Menta. Provavelmente de sua pasta de dentes canina. A cabeça dele se moveu imperceptivelmente e, nesse momento, Trixie também moveu a sua, batendo simultaneamente suas dentaduras uma contra a outra.

— Isto! — disse ela, e a seguir recolocou as dentaduras no lugar com a língua. — Se você me morder, também te mordo. Entendeu? E você não iria gostar de mim, eu sou velha, a carne é dura. Não sou uma gostosa goma de mascar.

O Malinois emitiu um som que era um misto de ganido e choro.

— Agora vem cá, seu grandão bobo, e deixa Trixie lhe fazer um carinho. — Ela estendeu a mão e fez-lhe um carinho atrás das orelhas, que a essa altura estavam de pé, em atenção. Ele se inclinou em direção a ela e lambeu-lhe o rosto.

— Muito bem, Flash — disse ela, deixando que a lambesse novamente.

— O que você acha de sairmos desse lugar e irmos até o Burger King? Salta três Big Burgers! Hum? Pegue sua coleira. Não podemos sair à rua sem ela. Você poderia provocar um ataque do coração em alguém. Ela se levantou. — Estamos indo, Jake!

Jake e vários outros policiais apareceram, vindos dos fundos. Suas expressões preocupadas se transformaram em espanto quando viram Flash sentado diante de Trixie com a coleira na boca.

Trixie piscava e sorria enquanto passava a coleira em torno do pescoço de Flash.

— Acho que ele já gosta de mim. Será que vocês poderiam trazer todo o equipamento dele para o meu carro? À noite lhes mando o cheque, está bem?

— Certo — disse Jake. Seus olhos se estreitaram quando olhou para Trixie. — Um dia desses você vai me contar o que foi que você fez, não vai?

— Não fiz nada além de falar com ele. — Deu um tapinha na cabeça de Flash. — Acho que tudo vai dar muito certo. Gosto deste cachorro. Verdade, gosto mesmo. Aposto cinco pratas que em duas semanas ele já terá esquecido Bob Henry.

— Já perdeu a aposta.

Trixie encaminhou-se para a porta.

— Caras, vocês deviam deixar entrar um ar fresco nesta delegacia. Está cheirando mal. Quantas vezes vou ter que dizer isto? Às vezes fica difícil vir aqui.

Jake revirava os olhos enquanto empurrava o carrinho até a picape de Trixie. Assim que descarregou as caixas, Flash saltou para dentro e imediatamente começou a escavar por entre suas coisas.

— Tem certeza de que está tudo aqui?

— Está tudo aí. O próprio Bob arrumou tudo. Seu novo endereço e telefone estão na lista telefônica. Ele quer que você ligue para ele e diga como Flash está passando. Você vai fazer isto, não vai, Trixie?

— Claro que sim. Até mais, Jake.

A caminho de casa, Trixie mantinha um olho na estrada e o outro no enorme cão que estava atrás. Flash parecia não se preocupar se o caminho era este ou aquele quando ela freou em frente à janela de entregas do Burger King. Ele estava muito mais interessado no que estava dentro das caixas do que no que ocorria do lado de fora da janela. Mesmo no momento em que o atendente trouxe a sacola com os hambúrgueres, ele não fez o menor movimento no sentido de querer saber o que estava acontecendo.

— Eu vou estacionar e você pode comer — disse Trixie a ele enquanto dirigia o carro para uma vaga. — Sei que tudo isso é muito estranho para você, mas Fred e eu vamos lhe dar uma vida muito boa. Eu menti quando disse a Jake que nosso último cão morreu de velhice. A verdade é que nunca tivemos animais porque viajávamos muito. Mas sempre quisemos um. Adoramos Olive. Ela é uma *springer spaniel*. Aposto que você vai gostar dela também.

Tirou o papel do primeiro hambúrguer.

— Olha, aqui está um sem todas aquelas porcarias, só o bom e antigo bife básico. — Flash só olhou para ela. — Não, hein? — Deu de ombros. — Tudo bem, talvez mais tarde. Vamos para casa, para que você possa conhecer Fred. Vendo que ele ainda não se movia, Trixie saiu do carro, deu a volta até a parte de trás, abriu a porta traseira e subiu para junto dele. Havia lágrimas em seus olhos quando ela tocou sua pesada cabeça.

— Vai dar tudo certo, Flash. Isto é um promessa.

Continuou a cantarolar para o cachorro, depois pegou o focinho dele entre as mãos e lhe deu um beijo.

— Eu sei exatamente como você está se sentindo, seu grandalhão. Que tal se eu ligar o rádio para ouvirmos a Dra. Jane Lewis dar seus valiosos conselhos?

Fechou a porta traseira e ficou olhando o cachorro por trás das janelas. Sentiu um nó na garganta: será que tinha sido um erro de sua parte trazer um cão policial? Será que Fred ficaria aborrecido com ela? Sim, mas apenas por um minuto. Depois ele se apaixonaria por Flash e iria se preocupar com ele tal como estava acontecendo com ela. Eles iriam elaborar isto juntos. Como sempre.

Quatro

Jane gemeu ao se virar, enterrando a cara no travesseiro macio. Cada músculo e cada osso de seu corpo doíam por causa de sua corrida no dia anterior. Gemeu novamente, sabendo que tinha de se levantar. Alguma coisa excitante deveria acontecer naquele dia. O que seria? Ela tentava dirigir os pensamentos para isso, enquanto se afundava ainda mais nas cobertas. Fosse o que fosse, poderia esperar, pensou no momento seguinte. Ela precisava dormir um pouco mais. Além disso, ainda estava escuro lá fora. Ninguém em sã consciência se levantaria enquanto ainda estivesse escuro, especialmente em uma manhã de sábado.

Moveu sua perna para a lateral, procurando Olive. Lá estava ela, em sua posição habitual, dormindo profundamente. Mais uma razão para não se levantar. Com um suspiro de satisfação, ela rolou para o seu lado, ergueu os joelhos e ouviu um latido curto seguido de um baque surdo.

Jane sentou-se de um pulo, retesada, pensando se teria empurrado Olive para fora da cama.

— Oh, Ollie, eu estou... — Olive sentou-se e olhou para ela. — Eu pensei... O quê? — Suas sobrancelhas se arquearam enquanto examinava o lado da cama. Nada. Jogou para trás as cobertas, balançou as pernas sobre o lado e... sentiu um corpo peludo sob seus pés. Emitiu um som estrangulado enquanto eles passavam por fosse lá o que fosse.

— *Para que esta pressa?* — perguntou uma voz gozadora.

Jane girou para ver o mesmo garoto que tinha aparecido em seu último sonho sentado em sua cadeira de balanço.

— Eu... Você... Em que diabos foi que pisei?

— *Foi em Jeeter. A senhora o jogou para fora da cama.*

Jane olhou para baixo, mas não viu o cachorro. Esfregou os olhos e bocejou.

— Espero que não o tenha machucado — disse, voltando para a cama.

— *O que a senhora está fazendo?*

— O que parece que estou fazendo? Estou voltando para a cama. Ainda não está na hora de levantar.

O garoto pulou da cadeira e bloqueou-lhe o caminho.

— *Não pode ir para a cama. Está chegando gente.*

— Vá embora, está bem? Estou cansada. Tive uma semana pesada, e preciso de todo o sono que puder ter. De um sono *sem sonhos*, se você não se incomoda.

— *Isto não é um sonho. Jeeter e eu... nós somos espíritos* — disse o menino, fazendo uma pequena careta ao dizer a palavra *espíritos*.

— Tá, e eu sou a Madonna. Fora daqui! — Ela virou para a direita e deu a volta em torno dele.

— *Se a senhora voltar a dormir, vai sonhar* — avisou ele. — *Vai sonhar de novo com todas aquelas coisas. Isso está perturbando muito a senhora ultimamente. Eu gostaria que não se preocupasse tanto, Dona Jane.*

Ela parou bem perto da cama e olhou por sobre o ombro.

— Quem disse que estou preocupada?

— *A senhora se preocupa com* tudo. *Tem que parar com isso. Está perdendo a alegria de viver. Se quer que eu seja mais claro, a senhora se preocupa com Connie Bryan e Todd Prentice. E se preocupa com a Sra. Ramsey.*

Jane passou as mãos pelo cabelo encaracolado.

— Como é que você sabe? — perguntou, sua voz tornando-se aguda com um desespero que não lhe agradava.

— *Eu sei todas as coisas.* — Ela olhou para a porta que levava ao *hall*.

— *A campainha de sua porta vai tocar dentro de dois minutos. É melhor se vestir.*

Jane sentou-se na beira da cama e cobriu o rosto com as mãos. Estes seus sonhos estavam começando a fazer-lhe mal. Enquanto a maior parte das pessoas se contentava com oito horas de sono, Jane precisava de, no mínimo, nove. Menos que isso e ficava mal-humorada o resto do dia.

A campainha da porta tocou. As notas iniciais de *Take me out to the ball game* ecoaram por toda a casa. A razão de ela ter comprado uma campainha que tocava treze músicas diferentes em vez daquela antiga, tipo ding-dong, era um mistério. Devia estar em um daqueles dias malucos quando pedira aquela campainha a partir de um catálogo de ofertas especiais.

Jane bufava, enfiando-se em seu velho roupão de banho. Quem estaria tocando sua campainha às 6h45 de uma manhã de sábado? Esperava que, fosse lá quem fosse, tivesse uma boa desculpa ou iria conhecer sua fúria matinal.

— Vamos, Olive. — Apanhou um prendedor florido na cômoda, puxou para trás seu cabelo encaracolado e correu escada abaixo tão rápido quanto permitiam suas pernas ainda doloridas.

A campainha soou novamente.

— Já ouvi. Estou indo! — gritou. O garoto de seu sonho não tinha acabado de avisar que a campainha iria tocar?

Escorregou pelo vestíbulo até a porta da frente e atrapalhou-se com o ferrolho emperrado.

— Quem quer que você seja, tem que ser muito abusado mesmo para vir aqui a estas horas! — Trincou os dentes e abriu com força a porta, pronta a começar uma briga com o indelicado intruso.

— Jane! Acordei você? Desculpe — disse Mike, com um sorriso aberto de orelha a orelha.

— Mike Sorenson? Ainda está escuro aí fora. Você não está adiantado?

— Você não é madrugadora, pelo que estou vendo — disse, o sorriso agora desconcertado soerguendo os cantos da boca. Ultrapassou a soleira da porta e entrou.

— Não, não sou madrugadora — respondeu Jane no mesmo tom, examinando com o olhar seu simpático colega. Ele estava usando calças cáqui e uma camisa pólo amarela. Suas roupas estavam *bem passadas.* Ela podia ver os vincos nas suas calças e nas mangas da camisa. Seus mocassins, amaciados pelo uso, tinham uma aparência confortável.

— Que cheiro é este? — perguntou ela, aspirando. — Alpino qualquer coisa, não é?

— Presente de Natal de minha mãe. Olha, eu trouxe o café da manhã. — Ergueu e mostrou uma pequena sacola de padaria. — *Beignets* frescos, suco e café.

— Pensei que íamos ter um *brunch* de piquenique por volta das dez horas. Ou não?

— Nós íamos, mas desde que saí daqui não tenho pensado em outra coisa a não ser no que aconteceu naquele poço e mal pude esperar para voltar. Espero que você não se incomode...

Jane ergueu a mão para o alto.

— Não! Sem problemas. Vamos lá, vamos comer isto — disse, voltando-se e dirigindo-se para a cozinha. — Já que você trouxe o café, você serve. Gostaria que você soubesse que prefiro o meu suco em um copo de vinho de cristal, o meu café em porcelana-da-China e os meus *beignets* em um prato combinando. Pode usar guardanapos de papel. Está tudo no armário em cima da pia.

— Mandona, hein?

Jane fez uma careta e não se preocupou em responder.

— Ainda não são nem sete horas, Mike. Você me tirou de um sono profundo. O que é que esperava, um maquilagem completa e roupa branca bem passada? — Ela não era Miss Simpatia. Ele a estava vendo com sua pior aparência. Se ele conseguisse agüentar até que ela tomasse seu café e se tornasse novamente um ser humano, seria um milagre. Diria que tipo de homem ele era.

— Me desculpe, realmente, Jane. Eu devia ter telefonado. Não sei por que pensei que você costumava levantar cedo. — Seguiu-a até a cozinha e puxou a cadeira para ela se sentar. — Então fique sentada e deixe que cuido de tudo.

Jane ficou encantada de ver como ele era eficiente, mesmo em uma cozinha que não conhecia.

Num instante estava sentado diante dela.

— Detesto tomar café da manhã sozinho. E você?

Jane deu de ombros.

— Na realidade, não ligo muito para o café da manhã. Tortas Pop são o que como na maior parte das vezes. Ou uma maçã no carro. Esse tipo de coisa. Então, o que você quer fazer hoje? Isto é, depois que eu tiver voltado a ser gente — disse ela, tomando um gole de café.

— Gostaria de explorar a propriedade e a casa toda. Os Laroux deixaram aqui alguma coisa? As pessoas costumam fazer isso quando acham que são coisas que não prestam mais. Quando estive aqui com um corretor, ele me mostrou o sótão. Lembro que havia muitas coisas — roupas velhas, brinquedos, caixas...

— Ainda estão lá em cima. Não cheguei a mexer nelas, mas está na minha lista de 'coisas a fazer'. Acho que hoje seria um dia tão bom quanto qualquer outro para começar a limpeza. Levo para cima algumas sacolas de lixo conosco. E será que teremos tempo de falar de meu paciente?

— Claro — disse Mike. — Quando você quiser.

— Como vai o rapaz das pilhas?

Seu rosto se abriu em um sorriso largo.

— Ele me telefonou ontem à noite para dizer que está encomendando uma caixa de pilhas D, das maiores. Perguntei por que e ele disse que gostava daquele fio em espiral no alto e que nunca se tem pilhas em número suficiente. Por falar nisso, a Duracell subiu dois dígitos. Ele me mandou um informe por fax.

— Não me parece que ele esteja infeliz com a sua vida — comentou Jane, tomando um gole de café de sua fina xícara.

— Até onde posso dizer, não está nem um pouco infeliz. É apenas obsessivo e quer superar a obsessão. Se o restante de meus pacientes fosse tão feliz quanto ele, eu ficaria muito contente.

— E sem trabalho.

— Bem, isto é verdade. Mas, sabe, com exceção dele, não conheço ninguém que seja verdadeiramente feliz. Todos os que conheço que se casaram assim que saíram da faculdade ou já estão divorciados, ou a caminho da vara de família. Ninguém mais quer se esforçar para o casamento dar certo. Quando era aluno do segundo grau, resolvi que queria cuidar de minha carreira antes de pensar em me casar e me dediquei a isso. Agora sei exatamente o tipo de mulher que desejo. E você, Jane?

— Eu... bem... Quanto a mim... — balbuciou, perguntando-se de que tipo de mulher ele estaria falando. — Eu também queria primeiro uma carreira. — No dia seguinte ela iria correr doze quilômetros nem que tivesse de ficar com o corpo todo moído até o pescoço. — Quanto ao tipo de homem que desejo... Eu não sei. Tenho andado tão ocupada que nem tenho pensado nisso. Tenho uma vida bem cheia e gratificante.

Ele olhou para ela com um ar de homem vivido. — Isto é o que todo mundo diz quando não tem ninguém em sua vida. Eu também digo isso. — Sua expressão abrandou-se. — Então, o que achou de meu café da manhã?

— Para comida de padaria, não está mal — disse Jane, acabando de comer seu último *beignet.*

Mike recostou-se na cadeira.

— Quer saber de uma coisa? Vou lavar tudo isso enquanto você toma um banho de chuveiro e se veste. Você lava estas xícaras e copos na mão ou põe na máquina de lavar louça? — Chegou mais para a frente e apoiou os braços na mesa. — Você realmente era apaixonada por mim na época em que...?

Jane quase engasgou com o café.

— Você sempre fala assim, pulando de um assunto para o outro? Fica difícil de acompanhar. — Os olhos dele piscaram, divertidos. Ela pousou a xícara.

— Antes de mais nada, sim, você tem que lavar tudo na mão. Em segundo lugar, não, eu não tenho máquina de lavar louça. E em terceiro lugar estava brincando quando disse que era apaixonada por você. Eu estava querendo adular seu ego. — Empurrou sua cadeira para trás e levantou-se. Ao sair da cozinha, ela disse: —Por falar nisso, peguei uma coisa para você ontem. O novo livro de T. F. Dingle. Está na mesinha do vestíbulo.

— Está brincando! Não sabia que tinha saído um novo livro. Obrigado, Jane. Eu deveria lhe dar um beijo por isso.

Ela encostou-se no batente da porta e olhou por sobre o ombro.

— Então, o que está esperando?

A xícara de café dele parou seu movimento no meio do caminho.

— Hein?

Jane queria que sua resposta fosse levada no mesmo tom que a oferta, mas pôde ver pela expressão no rosto dele que tinha sido pego de surpresa. O que ela poderia fazer agora era enfrentar descaradamente e esperar pelo melhor.

— Você disse que deveria me beijar por estar lhe dando o livro. E eu perguntei o que está esperando?

— Você quer que eu a beije?

— Esqueça que eu disse alguma coisa — disse ela, fuzilando-o com um olhar gelado. — O momento passou, e agora você pode ir às favas, seu... seu médico de malucos! — rosnou Jane, saindo rapidamente de seu alcance.

Mike se levantou e correu atrás dela, mas Olive saiu, não se sabe de onde, e agarrou a perna de sua calça.

— Mande ela me largar, Jane!

— Ela só vai soltá-lo quando tiver certeza de que você não vai me fazer nenhum mal. Se fosse você, não me mexeria. Desço de novo em mais ou menos uma hora.

— Uma hora! Ah, Jane, dá um tempo! — gritou Mike. Como a única resposta foi a risada de Jane, sentou-se novamente em sua cadeira. Olive soltou a perna de sua calça e sentou-se, olhando para ele.

— É bom que ela tenha você para protegê-la, Olive. Eu aposto que ela irrita um bocado de gente. Me conte, é muito difícil conviver com ela?

Olive inclinou a cabeça para o lado e emitiu um som entre um resmungo e um ganido. E que a Mike pareceu um decidido *sim*.

— Eu só impliquei com ela porque pensei que ela estava brincando. Que droga, adoraria tê-la beijado. Ela até ainda estava com açúcar nos lábios. Teria sido gostoso, tenho certeza — disse, lambendo os beiços para que Olive entendesse. — Acho que vou fazer uma tentativa mais tarde. — Olive inclinou a cabeça para o outro lado. — Sabe do que gosto nela? Ela é uma dessas pessoas exatamente como você vê. Não há nada de afetado ou falso em Jane. Fico me perguntando se era realmente gamada por mim. Pára de ficar me olhando assim, pelo amor de Deus! Eu não vou a lugar algum.

Meia hora depois, Jane encontrou Mike ainda na cozinha, onde ela o tinha deixado, com Olive a seus pés, vigiando cada movimento.

— Muito bem, Olive, você é uma boa menina. Aperte a mão dele e seja amável. — A cadela obedientemente levantou sua pata peluda. Mike a pegou e apertou-a masculinamente.

— Olive, mostre ao Dr. Sorenson que você não tem nada contra ele. Como uma dama, agora. — Ela sorriu quando a *spaniel* ficou de pé sobre as patas traseiras, colocou as patas nos joelhos de Mike e lambeu levemente seu queixo. — Isso, esta é a minha garota — murmurou Jane. — Agora é você quem tem que fazer a sua parte, Mike. Ela está esperando que você a beije.

Mike balançou lentamente a cabeça. — Não, eu não, repito, *não* vou beijar essa cadela. Jane deu de ombros. — Tudo bem, você não beija, mas então ela não vai deixar você se levantar. Tente se quiser. — Com o rabo-de-cavalo balançando, Jane se virou para sair da cozinha. — Enquanto você se decide, vou subindo para o sótão e começando a jogar coisas fora. — Para dar mais ênfase à fala ela sacudiu o saco de lixo que tinha tirado do armário do *hall*.

Mike revirou os olhos.

— Tudo bem, tudo bem. Vou fazer isto. Levante a cara, Olive. — Passou por sobre seu focinho úmido e, em vez de beijá-lo, beijou-lhe a testa.

— Eu ensinei isto a ela — disse Jane orgulhosamente, enquanto Olive saía aos pulos da cozinha.

O rosto de Mike era uma envergonhada mancha vermelha.

— Espero que você não esteja pretendendo contar a meus colegas o que fiz, Jane Lewis.

— Está em primeiro lugar na minha agenda contar a todos no congresso de psiquiatria em Nova York no final deste ano — disse, zombando. — *Love is a many splendored thing**, como você sabe. Os animais, principalmente os cães e os gatos, amam incondicionalmente. Não fez mal a você fazer isso e fez com que Olive se sentisse bem. Então, agora vamos esquecer isso, está bem? — Jane virou-se e encaminhou-se para a escada.

— Com uma condição — disse Mike atrás dela.

Chegando ao topo da escada, Jane se voltou para ficar de frente para Mike.

— Não creio que você esteja em posição de impor condições, mas diga, que condição?

O olhar dele estava cravado no rosto dela.

— Que você me diga a verdade. Você era ou não apaixonada por mim na época da faculdade?

Jane riu alto.

— Acho que devo ter ficado encantada por um dia ou dois. E depois, foi há tanto tempo que pode bem ter sido por Hughey Monroe.

— Por um dia ou dois? — Ele alteou a voz. — Que raio de impressão foi essa que eu lhe causei?

— Na verdade, você era bem antipático na época, ao que me lembre — disse ela, divertindo-se tanto quanto ele com aquela briguinha amável. — É por isso que só durou um dia ou dois.

---

* Verso-título da famosa canção cantada por Frank Sinatra. (N. T.)

— Antipático, como?

— Posudo. Cheio de si. Suponho que tinha boas razões para tal. Todas as meninas sem namorado de minha sala se prostituiriam por um sorriso seu.

— Menos você, não é?

— Menos eu — mentiu Jane. Abriu a porta do sótão. — Cá estamos. Tem certeza de que quer passar em revista estas velharias todas?

— Claro que sim.

Ela acendeu a luz e mostrou o caminho para um íngreme e estreito lance de escada.

— Não venho aqui desde que me mudei para cá. — Os degraus rangiam com seu peso. — Espero que não haja ratos aqui. Não gosto de ratos.

O sótão cheirava a mofo e a podridão. Havia pilhas de livros velhos por toda parte. Uma coisa esfarrapada em forma de vestido estava pendurada em um canto, parecendo perdido e solitário. Caixotes de madeira e malas estufadas estavam alinhados junto à parede por debaixo da única janela, uma clarabóia redonda, de vidro matelado. Ela olhou para a sacola de lixo em sua mão e riu. Uma sacola não daria nem para começar.

Mike chegou ao topo segundos depois.

— Uau! Isto é formidável. Não posso crer que você nunca tenha vindo aqui em cima para ficar examinando todas essas coisas.

Jane suspirou.

— Já lhe disse que tenho andado ocupada. — Foi até a janela. — Como não sei exatamente o que está procurando, não sei por onde você quer começar.

— Eu mesmo não sei — disse ele, aproximando-se das malas. — Uma Bíblia antiga, talvez. Antigamente costumavam registrar os aniversários e mortes na parte da frente da Bíblia. Você disse que a família toda já morreu, não foi?

— Foi o que me disseram.

Jane começou a ocupar-se com uma mala de roupas velhas. Elas tinham sido cuidadosamente embrulhadas em uma colcha velha que as protegia da poeira. Encontrou um vestido duas-peças de um tecido pesado, preto, com o corpete bordado com pérolas negras. Reconheceu o estilo vitoriano, por volta de 1885, se não se enganava. E em perfeito estado. Não era uma coisa que ela devesse jogar fora. Talvez futuramente, em algum momento, pudesse doá-lo a um museu ou a um grupo de teatro.

Três horas depois, Mike deu um grito de alegria.

— Encontrei uma. Não era óbvio que ela estaria bem no fundo da última mala?

Jane sorriu diante de sua animação. Quando fora a última vez que ela dera boas gargalhadas? Provavelmente não o fazia desde criança, se é que o fizera então. Talvez ela própria devesse dar uns gritinhos só para mostrar a ele que não era uma mulher antiquada.

Mike trouxe a Bíblia para perto da janela.

— Acho que pode ser isso, mas a tinta está tão desbotada que realmente mal dá para ler. Você disse que o menino que caiu no poço tinha mais ou menos quinze anos?

— Hum, hum.

— Parece um B maiúsculo para o primeiro nome e um J maiúsculo para o último. Creio que quem escreveu molhou a pena na tinta para cada nome; por isso, a primeira letra ficou mais forte.

Jane pôs o vestido de volta na mala, cobriu-o e foi até a janela.

— Poderia ser Billy Jensen? — Sentiu os pêlos do braço se arrepiarem.

— É, acho que é isso — disse Mike, baixando os olhos para reler a página. — Sim, com certeza é isso. Como é que você sabe? — perguntou, olhando para ela.

— Eu tive uns dois sonhos... Pelo menos achei que eram sonhos — disse, esfregando a face com a mão. — Em ambos aparecia um menino... um menino de uns quinze anos. Ele me disse que seu nome era Billy Jensen e que ele era um fantasma. — Abanou a mão recusando a idéia. — Mas isso é uma besteira. Eu acho que você deve ter metido essa idéia de fantasmas em minha cabeça no outro dia, quando esteve aqui.

A sobrancelha de Mike se ergueu por um instante.

— Talvez. Você disse que havia um cachorro também.

O olhar de Jane vagava pelo aposento.

— Jeeter — murmurou. — O nome do cachorro era Jeeter. Era um vira-lata. — Olhou de relance para Mike e viu que ele a estava estudando.

— Por mim, acabei aqui — disse ele um momento depois. — Vamos levar a Bíblia para baixo. Você tem uma lente de aumento?

Jane acenou afirmativamente com a cabeça.

— Sei que você não quer acreditar, mas acho que topamos com alguma coisa. Eu poderia beijá-la só por ter-me deixado vir até aqui. Isto para mim foi como uma manhã de Natal quando eu era criança. Talvez até melhor.

Jane fez que não ouvia e dirigiu-se para a escada.

— Não tão rápido, Dra. Lewis — Mike agarrou-a, virou-a para ele e tomou-a em seus braços.

Com teias de aranha roçando seu rosto, ele a beijou como ela jamais havia sido beijada em toda a sua vida. Sensações há muito adormecidas vieram à tona, eletrizando-a. Ela sentiu os joelhos se dobrarem enquanto a língua dele explorava sua boca.

— Uau — disse Mike, afastando-se para olhá-la nos olhos. — Eu não fazia idéia.

— Não fazia idéia de quê? — disse ela, respirando fundo.

— De que você seria... de que você... — Puxou-a para ele e pressionou de novo sua boca contra a dela.

Foi Jane quem se afastou desta segunda vez, não porque assim quisesse, mas porque havia escutado um arranhar no canto.

— Acho melhor descermos — disse, olhando por trás do ombro de Mike.

— Não antes de você me responder a uma pergunta: você ouviu violinos?

— Não. Mas ouvi isto — ergueu a mão e apontou para a direita, onde um pequeno camundongo cinzento estava roendo perto das malas.

Ele virou a cabeça para olhar, depois tornou a voltar-se para ela.

— Nada de violinos, hein?

— Talvez na próxima — brincou Jane enquanto descia as escadas. — Você pode se lavar no lavabo do vestíbulo. Encontro você lá embaixo. Quer tomar um chá doce?

— Gostaria.

— Tudo bem. — Jane sorriu enquanto corria para o quarto a fim de refazer-se e refrescar-se. E seria preciso mais que jogar água fria no rosto para apagar o fogo que Mike tinha acendido. Tocou os lábios com o dedo e trouxe de volta à memória aquele beijo. Em toda a sua vida ela jamais suspeitara que um beijo — um simples beijo — pudesse provocar tal ardor. Mal podia esperar para contar a Trixie tudo isso. Quer dizer, quando o som de violinos saísse de sua cabeça.

Jane estava acabando de fazer o chá quando Mike entrou na cozinha. No momento em que ela viu seu rosto, percebeu que as coisas tinham mudado entre eles. O tanto-faz, a camaradagem espontânea tinham sumido. Mike estava olhando para ela como se nunca a tivesse visto. Uma pequena onda de calor passou por seu ventre e abriu caminho para cima. Ela sentiu que seu rosto enrubescia. Santo Deus, será que ela alguma vez enrubescera assim na vida? Que ela se lembrasse, não.

— Na varanda da frente ou na de trás? Tenho algumas cadeiras de jardim na garagem, se você quiser ir buscá-las. Estão bem perto da porta.

— Os degraus estão firmes. Podemos nos encostar nos pilares. E podemos tomar nosso chá e falar de seu paciente agora, se você quiser. Ou então... podemos falar sobre o que aconteceu lá em cima. Eu gostaria de saber mais a seu respeito. Sua adolescência. Seus anos de colégio. Essas coisas, você sabe.

— Eu pensei que você estivesse querendo olhar com mais vagar a Bíblia. — Tirou uma lente de aumento da gaveta da cozinha.

— Não tenho pressa. São apenas dez horas. Temos o dia todo, não temos?

O dia todo. Ai, meu Deus, pensou ela. *Será que vai haver outros beijos roubados? Será que vamos acabar indo juntos para a cama?* — Se eu sair falando tudo, você vai começar a me analisar. Eu sei como são essas coisas.

— Não me preocuparia com isso. — Tomou um gole do chá. — Eu gosto de chá doce. Os ocidentais não sabem fazer este chá. Na realidade, acho que nem sabem direito o que é. Apenas bebem chá gelado e põem nele seu próprio adoçante. É exatamente o que fazem. Minha mãe faz chá doce assim. Reparou que estou gaguejando? É por causa daquele beijo. Se você não parar de olhar para mim desse jeito, vou beijar você de novo e nada, nem mesmo um bando de camundongos vai me fazer soltar você.

— Um *bando* de camundongos é coisa que não existe — disse ela pondo a lente de aumento no bolso. — Vamos, vem cá para fora, está mais fresco.

Quando se sentaram confortavelmente no degrau de cima, Jane começou a falar.

— Minha infância não foi lá muito boa. Pra falar a verdade, ela me foi em grande parte roubada. Minha mãe sonhava com uma menina linda que pudesse vestir com fitas e babados e exibir para os amigos. Em vez disso me teve e me escondeu o mais que pôde. Fui uma grande decepção para ela. Lembro que fiz de tudo para agradá-la até mais ou menos os dez anos de idade. Aí desisti. E acho que nem reparou. Ela foi uma esplendorosa rainha de beleza — Miss Louisiana. Foi também a Rainha do Festival do Arroz, a Rainha do Festival de Rãs, Miss Camélia Rainha e Rainha do Festival de Crustáceos. Santo Deus, ela foi a rainha de todos os festivais que tivemos por aqui, e você sabe como gostamos de festivais. E ela não deixava ninguém se esquecer disso.

— Já meu pai era maravilhoso. Fazia tudo que podia, mas uma menina precisa da mãe. Eu era gorda, caseira, falante e usava óculos de grau alto. Meu pai me amava, apesar de tudo. Meus padrinhos, que eram os melhores amigos de meu pai, também. Eles tentavam ajudar. Mas, a gente sempre quer o que não pode ter. E eu queria a minha mãe. Ela tinha uma habilidade incrível para me fazer sentir culpada só com um olhar. Como se fosse culpa minha ser tão feia ou tão isso ou aquilo. Culpa é uma coisa terrível, Mike. Sei por experiência própria. Muitas experiências, de todo tipo.

— É, sim — disse ele pegando sua mão. — Mas olhe o que você se tornou. Aposto que, se sua mãe estivesse aqui, estaria tão orgulhosa que agarraria a menor oportunidade para se vangloriar de você.

Jane balançou a cabeça.

— Não. A única coisa que importava para ela era a beleza física. Depois do enterro dela, tive que ir arrumar suas coisas. Ela tinha caixas e mais caixas de maquilagem e perfumes e até coisas que eu nem sabia que existiam no mercado. Pus tudo em uma barrica velha, puxei-a para fora do telheiro, joguei um pouco de querosene em cima e queimei tudo. Depois fiz a mesma coisa com todas as suas roupas de grife e bolsas chiques e sapatos caros. Achei que se fizesse isso não sentiria mais aquela culpa terrível, entranhada em mim. Mas não adiantou. Digo mais, foi ainda pior.

— Eu me lembro de um dia ter ouvido minha mãe perguntando a meu pai como era possível que uma rainha de beleza tivesse tido um patinho feio como filha, e ele disse que a família dele era cheia de patinhos feios, incluindo ele próprio. Ela nunca o perdoou por isso. Quando eu tinha cerca de nove anos, escutei meu pai dizer à minha mãe que queria outro filho. Ela disse que não, porque não queria se arriscar a ter uma outra criança parecida comigo. Acho que meus pais nunca mais fizeram sexo depois disso, o que explica por que meu pai trabalhava tanto.

Mike apertou-lhe a mão.

— Deve ter sido uma infância dura. Foi por isso que você decidiu ser psiquiatra?

Um sininho de alerta tocou na cabeça de Jane. Se não tivesse cuidado, acabaria contando a ele a razão *real* de ter-se tornado psiquiatra. Porém, não tinha certeza de estar preparada para isso. Eles ainda mal se conheciam. Mas, por outro lado, talvez ajudasse se ela contasse a ele. As únicas pessoas que sabiam eram Trixie e Fred e, por mais empatia que tivessem, não compreendiam realmente a culpa que continuava a atormentá-la. Mike compreenderia.

— Minha mãe pode ter sido uma das razões. Das menores. Mas, e você? — perguntou, escapulindo mentalmente.

— Eu não acordei uma manhã e disse, sabe, eu quero ser psiquiatra. De certo modo a coisa evoluiu neste sentido. Acho que tinha uma inclinação para fazer o que faço. A mente é tão cheia de truques. Eu me sentia fascinado com o porquê de as pessoas fazerem o que fazem e o que as leva a tomar certas decisões. Como o meu paciente, o rapaz das pilhas. Sei que tem uma obsessão, mas não sei por que está obcecado. Mais dia, menos dia, vou descobrir e isso vai me permitir ajudá-lo a superar isto. Está lá, mas ainda não consegui captar. Qual seria a sua opinião?

Jane pensou por um momento.

— As obsessões podem ter diversas origens. Talvez os pais lhe tenham dado um brinquedo movido a pilha e tenham esquecido de lhe dar as pilhas. Ou talvez o brinquedo fizesse muito barulho e os pais tenham jogado as pilhas fora. Não sei. Você já tentou a hipnose?

— Ainda não, mas já venho pensando nisso.

— Sob hipnose provavelmente os motivos virão à tona.

— É, provavelmente.

— Posso trazer um caso hipotético para você, Mike?

— Manda — disse ele franzindo a testa.

— Se você fosse casado ou noivo e sua mulher ou noiva fosse estuprada, você saberia lidar com isso ou simplesmente se afastaria dela?

Ele mordeu o lábio inferior e olhou para a rua.

— Honestamente, não sei, Jane. Gostaria de achar que ficaria ao lado dela para ajudá-la e que poderia superar isso, mas, como isso nunca aconteceu comigo, não posso lhe dar uma resposta rápida e certeira.

Jane juntou as mãos e apoiou seu queixo nelas.

— Tudo bem, vamos tentar ver por um outro ângulo. Se a mulher que você amava fosse estuprada, você sentiria como se ela estivesse manchada, suja?

— Acho que não. Talvez por causa de minha formação, não sei. Só sei que há uma porção de relações que terminam porque o homem não consegue lidar com algo como o estupro, por uma razão ou por outra. Falando disso, eu me lembro do caso de um imbecil que achava que na verdade sua esposa tinha encorajado o estupro. E olha que tinha sido apunhalada também. Como é que ela poderia ter encorajado *isso.*

— Já que você vem trabalhando com isso, o que é o mundo da mente, Mike? Tente defini-lo exatamente para mim. — Ela não tinha se dado conta de que estava enterrando as unhas no braço dele até o momento em que ele pôs sua outra mão sobre a dela.

— Ei, devagar, Jane. Me diga a verdade. Você está falando de um paciente ou de si mesma?

— Por tudo que já disse e antes que você possa perguntar, não, eu nunca fui estuprada. Mas uma amiga minha foi.

— Uma amiga íntima? — Quando ela assentiu com a cabeça, ele passou à pergunta seguinte. — Casada ou prestes a se casar?

— Prestes a se casar. Ela estava com medo de contar a seu noivo porque tinha certeza de que ele iria romper o compromisso. Tentei convencê-la de que ele não faria isso, mas hoje sei que provavelmente estava errada. Creio que a maioria dos homens não é capaz de lidar com o estupro.

— Quando e onde isto aconteceu?

— No campus da Universidade de Louisiana, na noite antes das últimas provas finais. Eram cinco caras. Três a estupraram.

— Você estava lá?

Ela assentiu. As lembranças daquela noite nunca se apagaram. Todos e cada um dos detalhes estavam claros como cristal para ela — menos o rosto deles.

— Sim, eu estava lá. Tentei ajudá-la, mas me jogaram no chão e me mantiveram presa. Não me estupraram, se esta é a sua próxima pergunta. Eu era muito gorda e feia. Um deles me chamou de Miss Leitoa. — Parou para tomar fôlego novamente. Há muito tempo ela não contava esta sua história e ainda se sentia como se estivesse revivendo tudo de novo. — Finalmente consegui dar um berro, o que assustou a todos, fazendo com que fugissem.

— Sua amiga ficou muito machucada?

Jane deu um suspiro fundo.

— Ela não quis admitir isso de modo algum. Tentei fazer com que pedisse ajuda, que fosse à polícia, ao hospital ou ao centro de atendimento, mas ela não quis. Ela insistiu para que eu a levasse de volta para o dormitório. Quando chegamos lá, disse que se sentia suja e queria tomar um banho. Vi que tinha hematomas feios. Foi arrebentada dos pés à cabeça. Eu podia apenas imaginar o que passara.

— Tenho certeza de que você fez tudo que podia. Mas nem tudo se pode fazer. No fim é a pessoa que tem que decidir. Você sabe disso.

— Eu não sei disso, Mike — disse ela, abaixando os olhos. — Ela não estava em condições de tomar decisões racionais. Eu estava, por isso devia ter sido mais insistente e dado a ela a ajuda de que precisava. Em vez disso, deixei que me fizesse jurar silêncio — e depois me arrependi por todos os dias de minha vida. Ela se matou dois dias antes da formatura.

— Santo Deus! — Mike fechou os olhos e passou os dedos pelos cabelos dela. — Sinto muito, Jane.

— Fiquei sempre me perguntando se ela seguiu meu conselho e acabou contando tudo ao noivo. Porém, ele nem ficou de luto por muito tempo. Casou-se, um ano depois, com uma mulher que é realmente um troféu. Eles têm três filhos — os filhos que Connie sonhava ter. Depois que soube o que ela fizera, cheguei a pensar em contar aos seus pais o que ocorrera. Achei que tinham o direito de saber. Mas nunca fiz isso, assim como nunca levei às autoridades a sacola com as suas roupas, como jurei que faria. Pensava que tal ato poderia ajudar a encontrar os estupradores, que o sêmen ainda estaria nas roupas. Não há dia em que não pense no que deixei de fazer. E aí me aparece este cretino desse meu paciente e começa a se queixar de que sua esposa foi estuprada. Voltou tudo à tona, com todos os detalhes. A culpa está me consumindo.

— É um inferno estar carregando uma culpa tão pesada por tanto tempo. Você não fez nada de errado, Jane. Não consegue ver isto?

— Não, Mike, deveria ter tentado algo mais. Ela era uma menina tão bonita, tão carinhosa e amiga. Minha mãe amaria se a tivesse como filha. Connie disse que a mãe dela estava endereçando os convites de casamento naquela noite.

— Você tem que parar de se culpar — disse Mike, passando o braço em torno de seu ombro e puxando-a para si.

— É mais fácil dizer do que fazer. Eu devia ter ido a Slidell ver os pais dela. Sabe por que não fui? — disse Jane, enunciando cada palavra cuidadosamente. — Porque não queria que ninguém soubesse por que aqueles caras não me estupraram também. — Ela olhou para ele bem de frente, olho no olho. — Deus, até que enfim eu disse isso em voz alta! — Deu um suspiro de alívio. — Talvez seja melhor você ir agora. Já confessei coisa demais para um só dia — disse Jane, com a voz embargada.

— Ir? Ir para onde?

— Não quer ir embora? Eu... eu literalmente lavei minha alma. Confessei meu terrível, horroroso segredo e você deve estar... qual seria a palavra, *chocado?*

Ele a olhou como se tivesse nascido nela uma segunda cabeça.

— Não estou chocado e não quero ir embora. Quero ajudar você a se livrar desse sofrimento e dessa culpa. Acho que você devia ir visitar os pais de sua amiga como sempre quis. Dê-lhes a sacola de roupas e deixe que decidam o que fazer com ela. A decisão não cabe a você, Jane. Você pode até conversar com o ex-noivo dela. Eu vou com você, caso queira. Acho que isto lhe faria o maior bem.

— Sabe o que é engraçado? Ele me deu uma atenção especial em um evento de ex-alunos para captação de fundos. Nunca nos tínhamos encontrado. Eu só o conhecia devido a sua fama. Ele era o zagueiro, o astro do time de futebol. No entanto, aproximou-se e puxou conversa comigo.

— E você acha que fez isso por quê?

— Bem que gostaria de saber.

Mike pousou seu copo.

— O chá acabou. Vamos mudar de assunto e falar do que aconteceu entre nós lá no sótão. — Sua expressão a desafiava a recusar.

Jane teve de admitir que se sentia bem melhor depois de ter falado com ele a respeito de Connie. Estava longe de ter eliminado o problema, mas agora sentia esperança. Perturbou-se um pouco, mas pôs no rosto um sorriso.

— Tudo bem. Você, primeiro.

— Você tem que admitir que o que partilhamos foi mais que um beijo apenas. Foi...

— Sensacional — acrescentou ela por ele.

— Exato. Sensacional — concordou ele.

Era sua imaginação ou o sol de repente estava mais brilhante e mais quente? Ela se aninhou na curva de seu braço e descansou a cabeça no ombro dele.

— Você vai me partir o coração, Mike Sorenson?

— Não enquanto viver, minha senhora.

— Eu devia estar indo para casa — disse Mike muito tempo depois. Passara o resto do dia percorrendo a casa, cômodo por cômodo, e explorando o terreno em volta. — É um caminho longo até Lafayette. — Olhou para o grande relógio antigo na sala de estar.

— Realmente é. Vinte quilômetros, sem sinais de parada e quase sem tráfego algum, é algo muito chato a esta hora da noite.

— Hum, hum. É mesmo.

— Você está insinuando que gostaria de ficar aqui esta noite?

O relógio bateu meia-noite.

— Eu poderia dormir no sofá — disse ele, animando-se.

— O sofá é bom. É confortável, também. Tenho bons lençóis. Foi Trixie quem me deu. Macios como seda. Na verdade, são melhores que seda. Também tenho cobertores e travesseiros extras. — Pôs o dedo indicador no queixo. — Mas você não tem roupas limpas para vestir amanhã de manhã, nem uma escova de dentes, nem um aparelho de barba — disse ela com malicioso deleite.

— Que tal você me emprestar uma suéter velha e uma dessas camisetas unissex? Você deve ter uma escova de dentes extra também e sei que raspa as pernas. Poderia me emprestar sua gilete. Isto resolveria tudo.

— Mas, e a roupa de baixo?

— Sem problema — disse ele confidencialmente. — Faço o que todos nós fazíamos quando meninos no colégio: viro do avesso. Fazíamos isso porque nenhum de nós sabia lavar roupa direito. E também porque éramos preguiçosos. Tudo que eu tinha era azul claro porque eu lavava junto minha roupa branca e minhas calças jeans.

— Seja sincero. Você não tem a menor intenção de dormir no sofá, não é?

— Nenhuma, nenhuma.

— Nós não conhecemos bem um ao outro, Mike. E se acharmos amanhã que isto tudo foi um grande erro?

— *E se* é coisa que não faz parte de meu vocabulário. No dia em que vi você no restaurante com aquele chapeuzinho maroto senti que ia querer fazer amor com você. E quando você sorriu para mim senti este... este... que diabo, não sei dizer o que foi, mas *alguma coisa* foi.

— Eu sei. Também senti. E tenho que confessar uma coisa. Ouvi violinos, sim... — Apagou a luz, pegou a mão dele e o levou pela escada.

Cinco

Jane jogou sua pasta, bolsa, tênis e chapéu sobre o banco de trás do carro, os nervos tremendo de medo. Deu um assobio agudo chamando Olive, que veio correndo.

— Vamos, vamos, menina. — Trixie disse que precisava de nós com urgência. Vamos afivelar seu cinto e cair na estrada.

Assim que o motor deu o sinal de partida, Jane pôs o carro em movimento, virou rapidamente a esquina e começou a correr na estrada, a cento e vinte ou mais, a caminho da fazenda McGuire.

O que poderia estar acontecendo de errado? Havia lágrimas na voz de sua madrinha quando ela telefonou.

— Venha depressa, preciso de você, minha Jane — Trixie havia se debulhado em lágrimas. Por tudo que Jane sabia dela, Trixie não era de chorar assim. Ela era a pessoa mais feliz, mais satisfeita que Jane já tinha conhecido. Era também dura na queda, e muito direta e obstinada. *Fred. Deve ter acontecido alguma coisa com Fred. Oh, meu Deus, por favor, Fred não,* rezava Jane. Mesmo sendo uma pessoa forte, Trixie desabaria se ficasse sem Fred.

Cinco minutos depois, Jane metia o pé no freio e dava um cavalo-de-pau para parar em frente à casa de Trixie e Fred.

— Depressa, Olive. Muito bem. — Olive subiu correndo para a porta da frente, com Jane logo atrás. Jane abriu a porta e viu Trixie sentada no chão, com um enorme cachorro com metade do corpo em seu colo e metade fora. Fred estava zanzando em torno, com os olhos úmidos.

— Meu Deus, o que está havendo? — perguntou Jane, olhando para um lado e para o outro. Sentia-se aliviada ao ver que pelo menos ambos estavam bem. — Vim o mais rápido que pude. De onde saiu este cachorro?

Olive foi até o enorme pastor Malinois, deitou-se na frente dele e fitou-o olho no olho, como se estivesse se apresentando.

Lágrimas escorriam pelas faces de Trixie.

— Eu nunca deveria tê-lo trazido — lamentava ela. — O veterinário acabou de sair. Examinou-o e não encontrou nada de fisicamente errado com ele, mas ele não quer comer e fica só deitado aqui. — Debruçou-se sobre o cachorro e fez um carinho nele.

— Já fizemos tudo que podíamos imaginar para que ficasse contente, mas ele está sentindo falta de seu *handler*. Acho que está se sentindo muito triste. — Jane se aproximou para poder vê-lo mais de perto.

— Onde você o pegou?

Trixie olhou para cima. Estava com olheiras.

— Trouxe-o da delegacia de polícia para cá. Você precisava ter visto, Jane. Ele era um cão feroz, rápido no ataque. É um policial K-9, com distintivo de verdade, colete à prova de balas e tudo mais. Seu *handler* foi transferido, e o departamento tinha que aposentá-lo. Então ele foi posto para adoção. Todos os policiais de lá estavam de olho nele. Mas eu simplesmente não podia deixar que ficassem com ele e fizessem dele um cão de guarda ou um cão de caça. Pensei que, se *eu* o trouxesse, Fred e eu poderíamos lhe dar uma vida boa, uma vida fácil e confortável. Mas ele está infeliz, e estou com medo de que, se não sair dessa, acabe morrendo. Achei que você, sendo psiquiatra, poderia ter alguma idéia.

Olive rastejou para a frente e lambeu o rosto do canzarrão. Obviamente ela percebia que alguma coisa não ia bem. Olhou de volta para Jane e sua expressão dizia: faça alguma coisa!

Jane ajoelhou-se junto de Trixie.

— Não sei nada a respeito de como funciona a mente de um cachorro, a não ser a de Olive, e mesmo assim só porque eu a trouxe para casa quando era ainda bem nova. Você telefonou para o antigo *handler* dele?

Trixie assentiu.

— Disse que ele provavelmente está sentido falta do trabalho.

— Bom, então você já tem sua resposta. Tem que fazer com que ele volte a ter um esquema de trabalho. — Jane sentou-se e cruzou as pernas à moda ioga. — Pense o seguinte, Trixie. O que é que você faria se alguém lhe tirasse de repente o computador e todos os seus livros de pesquisa e dissesse que você está velha demais para continuar escrevendo? Você também ficaria na maior fossa.

Fred sentou-se em uma cadeira do lado oposto.

— Acho que ela tem razão, Trixie.

Trixie parecia estar pensando um pouco na sugestão. — Tudo bem, vamos dizer que você esteja certa, Jane. Mas como é que vou fazer para que ele continue trabalhando? Somos escritores e não policiais.

— Use sua imaginação de escritora! A que ele estava acostumado? A rodar em um carro de polícia com uma sirene soando? E usando seu colete? Não é isso? Seu *handler* provavelmente usava uniforme e portava uma arma. O que já ouvi dizer a respeito dos K-9 é que estão acostumados a rastrear criminosos e a farejar explosivos e drogas. Como vê, você tem aqui um campo enorme e variado — disse ela, estendendo os braços para ilustrar o que dizia. — Você poderia, se quisesse, comprar uma daquelas lâmpadas rotativas vermelhas que eles têm na Radio Shack e uma buzina musical, e percorrer a área perseguindo vivamente alguma coisa imaginária ou algo semelhante. Alugue uma roupa de policial. Eu sei que você e Fred têm todo tipo de armas. Ponha uma na cintura e bola pra frente, moça!

— Você acha que isto daria certo, Jane, quer dizer, que isto iria realmente dar resultado? — perguntou Trixie.

— Sim, Trixie, acho que sim. Você poderia até ir ao depósito da polícia e pegar um carro usado. Se você não sair com ele para a estrada, aposto que pode fazer o que quiser com ele. Sabe de uma coisa? Vou mandar minha nova secretária cancelar todos os meus compromissos e darei um pulo com você até a delegacia de polícia agora mesmo. Olive pode ficar aqui com... Como é o nome do cachorro?

— Flash — disse Trixie. — Vamos *comprar* um carro de polícia. Ele é esperto demais para se deixar enganar por alguma coisa que não seja de verdade.

— Então vamos fazer isto.

Trixie levantou-se do chão.

— Fred, está a seu cargo. Pegue o equipamento dele, de modo que ele o veja, e ponha na cintura uma de suas armas. Assim que eu voltar, vamos trabalhar!

A cabeça de Flash se ergueu como se estivesse sentindo que alguma coisa estava para acontecer.

Olive latiu.

Na delegacia de polícia, Trixie teve de usar todo o seu poder de persuasão para convencer o sargento de plantão de que ela queria fazer negócio. Por fim, com a promessa de pagar todas as comemorações do Natal e do Quatro de Julho, Trixie conseguiu um carro de polícia totalmente equipado e duas sacolas com maconha que ela planejava esconder em sua fazenda para fazer Flash ir procurar. Essas coisas corriqueiras, como título de propriedade e seguro do carro, seriam discutidas nos próximos dias. A promessa de Trixie de não levar o carro de polícia para a estrada principal, uma vez que o levasse para casa, selou o acordo. Toby Ellis deu-lhe um de seus uniformes usados, enquanto Chuck Trask lhe entregava um par de botas.

Trixie e Jane saíram lado a lado da delegacia de polícia.

— O que faço se isto não der resultado, Jane?

— Acho que vai dar, Trixie, acho mesmo.

— Não faz nem duas semanas e eu e Fred já estamos apaixonados por este canzarrão — disse Trixie, entrando no velho carro de polícia. — Primeiro fiquei com medo dele, como você pode imaginar. Fred também. Quando fica em pé, é um cão que realmente apavora. — Quando Jane se voltou para pegar o próprio carro, Trixie a chamou novamente.

— Espere um segundo, Jane, tenho um plano. Vou seguir você até sua casa e estacionar em frente de modo que ele não veja o carro. Depois subirei correndo e descerei com a indumentária completa. Enquanto estiver fazendo isso, você vai até o campo e enterra uma destas sacolas. Eu guardo a outra em lugar seguro. É impermeável, de modo que, felizmente, ele não vai sentir o cheiro. Que horas são?

— Duas horas. Por quê?

— Flash trabalhava no turno das três às onze. Ele sabe quando são três horas. Juro por Deus que sabe. Temos então uma hora inteira para armar esta encenação. Vamos lá, Jane! — disse Trixie animadamente enquanto ligava o motor.

Às três em ponto, Trixie fez sua entrada solene no *living*. As sobrancelhas de Fred se arquearam até quase se juntar com o cabelo. Jane prendeu a respiração e Olive se soltou com uma série de pulos altos e latidos excitados.

Trixie, resplendente em seu uniforme negro maior do que ela, o cinto com a arma preso em torno de seus estreitos quadris, bateu com a mão no coldre e gritou:

— De pé, Comissário Flash, está na hora de trabalhar! — Caminhou afetadamente a seu redor de modo que Flash pudesse ver suas reluzentes botas e as pernas negras das calças. Ele levantou-se nas patas traseiras e latiu. — Eu disse, vamos, Comissário Flash!

Jane riu quando Flash, com as pernas enfraquecidas e bambas, encaminhou-se para a porta de entrada.

— Alto! Pare! — gritou Trixie. — Equipamento completo. O que inclui o colete. Vem cá!

Fred pôs a mão na boca para esconder o riso enquanto Trixie enfiava Flash em seu colete à prova de balas.

— Alguém realmente deveria tirar uma foto disto — murmurou Jane, à meia voz.

Trixie abriu a porta da frente. Flash disparou em direção ao carro de polícia.

Olive ficou na soleira da porta, ganindo.

Sirene ligada, luzes de alerta piscando, Trixie empurrou o pedal até o fim, deu uma guinada na curva e desceu velozmente a poeirenta estrada que cortava os campos que rodeavam a casa. Por duas vezes Fred e Jane ouviram o som de disparos.

— Droga, eu devia ter ido junto — resmungou Fred. — Ela está se divertindo sozinha.

Jane pôs os braços em torno de seu peito e abraçou-o com força.

— Você pode fazer isso da próxima vez. — Fred devolveu-lhe o abraço. — Você é uma psiquiatra danada de boa. Acho que deveria aumentar sua clientela e incluir cachorros.

— Acho que não — caçoou Jane. Por outro lado, se ela tivesse que tratar de outros Brian Ramseys, até que seria mesmo uma possibilidade.

— Nesses anos todos em que vivi com Trixie — disse Fred, pensativo — nunca, mas nunca mesmo, a vi chorar. Ela vinha chorando todos os dias desde que trouxe Flash para casa. Chegou a dormir aqui na cozinha com ele. Ficava ninando aquela cabeçorra em seu colo e cantando para ele. Cozinhou para ele carne, frango, fígado, tudo, tentando despertar o seu apetite. Ela teria sido uma mãe maravilhosa.

Jane olhou de soslaio para Fred e viu o amor iluminando seus olhos. Ela daria tudo para ter um amor assim, pelo menos uma vez na vida.

— Eu sei, Fred. Não sei o que seria de mim se não fossem vocês dois. Toda pessoa precisa amar alguém e ter alguém que também o ame. — Fitaram-se por um instante. — Acho que Flash vai ficar muito bem. Tenho certeza de que o problema dele não era mais que a ansiedade causada pela separação. Primeiro, seu *handler* vai embora, depois é afastado do único tipo de vida que conhece. Acho que vocês não vão precisar mais de mim, e Olive está com cara de quem está se preparando para ter um ataque; por isso, é melhor eu voltar para casa.

— Como vão as coisas com o novo namorado? — perguntou Fred, enquanto acompanhava Jane até o carro.

— Estão indo muito bem. Na verdade, não poderiam estar melhores. Gosto realmente dele e temos muitas afinidades: nosso trabalho, amigos comuns, casas velhas, etc. — Abriu-se súbito em um grande sorriso. — No início ele e Olive não se entenderam muito, mas agora estão se dando muito bem. Você sabe como Olive é possessiva em relação a mim. Outro dia perguntei se gostaria de ser meu parceiro no programa da rádio e ele disse que sim, o que significa que a rádio pode passar o programa para duas vezes por semana, como sempre quiseram fazer. Mike e eu não decidimos ainda se seria melhor trabalharmos em dias alternados ou com opiniões complementares, como faz aquele casal que fala de assuntos econômicos. É o diretor da rádio quem vai resolver. Estou mais inclinada a ter os dois trabalhando juntos. Acho que provocaria muito mais o senso crítico do espectador. E, evidentemente, teria uma vantagem adicional, de que com isso eu o veria mais vezes. Ele vai participar comigo de um programa na próxima semana como meu convidado especial. Vou fazer-lhe algumas perguntas a fim de que os ouvintes se familiarizem com ele.

— E aquele paciente a respeito do qual você andou conversando com Trixie e comigo?

— Cancelou a consulta novamente na semana passada. Disse que tinha que viajar para fora da cidade. Ele tem uma consulta marcada para amanhã. Vamos ver. Não se preocupe comigo, Fred. Eu dou conta do recado.

— Depois de Trixie, gosto de você mais do que de qualquer outra coisa no mundo, Jane. E não quero ver você perder nem um minuto preocupando-se com alguém como ele.

— Eu lhe conto o que estiver acontecendo. Dê um beijo em Trixie por mim. — Abriu a porta do carro e Olive pulou para dentro. — Por falar nisso, como vai indo o novo livro?

— Para variar, estou escrevendo a maior parte, mas não tem importância. Trixie tem estado tão envolvida com Flash que não conseguiria pensar em assassinatos e violência. De qualquer forma, sei o que ela iria escrever. Apenas leva mais tempo. Mas, se isto deixa Trixie feliz, por mim tudo bem.

Jane deu-lhe um abraço de despedida. Olive sentou-se no assento do motorista e ofereceu-lhe sua pata. Fred segurou-a e apertou-a.

— Cuide bem dela, Olive.

* * *

Trixie McGuire ajoelhou-se junto à moita, com o pastor Malinois em guarda. Seu enorme corpo arquejava e suas narinas farejavam antecipadamente enquanto esperava pelo sinal de Trixie.

— Vai, rapaz!

Flash cruzou o campo a toda, cobrindo em cada passada uma distância maior do que a que Trixie poderia cobrir em cinco. A seguir parou.

Sem fôlego, com a arma preparada, Trixie o alcançou, abaixou-se, rastejando e soltou para o ar uma série de disparos.

— Este momento — murmurou consigo — decididamente mereceria uma foto.

Enquanto Flash farejava tudo em torno, ela pensava na *Bite Suit** que teria de comprar e nas sessões de treinamento de que ela e Flash teriam que participar para manter aquela simulação. Que tempo teria ela para escrever?

— Eu acho que vou me aposentar — murmurou novamente. Deu um assovio agudo para o cachorro, que veio na corrida.

— Achou alguma coisa? — O cão partiu de volta para o carro. — Acho que não — disse ela para si mesma, seguindo-o. — Vamos tentar em uma outra área. Está por aqui, em algum lugar, rapaz.

De volta ao carro, Flash tomou seu lugar no assento de trás, ofegante com o esforço. Seus olhos estavam brilhando e suas orelhas continuavam de pé. Obviamente estava em seu elemento. Trixie sorriu e ligou a sirene e a luz giratória. Dirigiu o carro de novo para o lugar de onde viera. Mais tarde, ao conversar com Fred, ela iria jurar que tinha ouvido Flash suspirar de alegria. Subitamente ela pisou o freio e derrapou em estreito círculo sobre duas rodas.

— Acho que vi alguma coisa, Flash! — Assim que ela estacionou o carro, acionou o controle remoto para abrir a porta de trás e o cachorro já saltou para o chão correndo. Trixie deixou a sirene ligada e as luzes piscando enquanto perambulava atrás do cachorro. Enfiou um outro pente de balas na arma e, tal como já fizera, deu disparos para

* Roupa à prova de mordeduras. (N. T.)

todos os lados. Repetiu o processo mais uma vez até que ficou cansada demais para continuar. — Foi uma furada esta noite, meu garoto. Talvez amanhã tenhamos mais sorte. Se eu ainda estiver viva — murmurou, sem fôlego. — Vamos, rapaz. Vamos para casa e vou dizer a Fred que você voltou a ser o mesmo. Esta minha afilhada é mesmo muito sabida, não é?

Já passava de meia-noite quando Trixie abriu duas garrafas de cerveja e acendeu um cigarro. Flash estava sentado entre ela e Fred no sofá, coisa que até então não fizera. Fred lhe dava alguns biscoitos enquanto Trixie falava. — Eu estive pensando, Fred. Estamos ficando com mais idade e Deus sabe que temos mais dinheiro do que precisamos para os gastos. Acho que vou entrar em uma meia aposentadoria. Hoje me diverti como há muito não acontecia. E isso me deixou um gosto bom na boca. Quero mais. Quero passar um tempo fazendo coisas boas com Flash e ter prazer com ele.

— Vai desistir de escrever, Trixie? Você deve estar brincando. É só o que você sabe fazer. Ou que ambos sabemos fazer.

Trixie tinha se preparado para toda e qualquer resposta.

— É porque nunca usamos nosso tempo para fazer qualquer outra coisa. Deixamos que nosso editor nos obrigasse a escrever um livro atrás do outro. Depois que conseguimos dois *best-sellers* e ficou claro que valíamos a pena do ponto de vista comercial, deveríamos ter chamado alguns dos agentes e estabelecido nossos prazos, de modo que pudéssemos ter nossa própria vida. É isso aí, Fred. Não tivemos uma vida.

Fred parecia perturbado.

— Então, o que você propõe, querida?

— Não quero me ferir tentando me vingar dos outros. Então, que tal você escrever os livros e eu revisá-los? Podemos falar com Frasier e dizer a ele que vamos voltar a entregar só dois livros por ano e, se ele não gostar, que vá para aquela parte.

Fred parecia atordoado.

— Eu... bem... — gaguejou.

— Eu sei que isto é totalmente inesperado, mas alguma coisa aconteceu comigo no momento em que decidi assumir este cachorro.

Foi como quando pegamos a Jane. Ela era tão sofrida, tão hostil e tão infeliz que só queria deitar-se e morrer, tal como aconteceu com Flash. Nós a salvamos, Fred. Você e eu. Mas ela não precisa mais de nós e que droga, Fred, gostei de sentir que alguém precisava de mim. Eu me sentia mais importante naquela época com Jane e sei que você sentia o mesmo. Preciso me sentir necessária, mesmo que seja apenas para um cachorro. Estamos velhos, Fred. Qualquer que seja o tempo que eu ainda tenha neste mundo, quero usá-lo fazendo algo de bom, para alguma coisa ou para alguém. Neste momento este alguém é um cachorro. Isto é o melhor que posso dizer a título de explicação. Posso editar o livro na parte da manhã e acelerar um pouquinho quando você estiver indo devagar, mas isto é tudo que estou querendo fazer de agora em diante. O que você acha?

— Acho que já não era sem tempo! — gritou ele, segurando-a e abraçando-a bem apertado. — Mal posso esperar para ligar para Frasier e lhe dar esta notícia. Gostaria de ter um daqueles telefones em que você vê a outra pessoa quando fala. — Afastou-se dela. — Tem certeza de que não quer simplesmente abandonar tudo de vez?

Ela negou com a cabeça.

— Não. Pelo menos ainda não. Acho que temos que ir diminuindo aos poucos. Passar de três livros por ano para dois já está bom por enquanto. — Terminou de beber sua cerveja. — Sei que não vou conseguir continuar dando voltas por estes campos, atirando com minha arma e correndo atrás de Flash por mais de um ou dois anos. Já estou com setenta e muitos — murmurou ela com a boca encostada no gargalo. Aconchegou-se de encontro ao grande cão. — Fred, você precisava ter visto. Ele *adora* a sirene e aquelas luzes girando. A excitação de tudo isso é a razão da vida dele. Vou ligar amanhã para Ramos, o sargento de plantão, e pedir o telefone do cara que treina os K-9. Vou oferecer a ele uma pequena fortuna para vir aqui e trabalhar com Flash um dia por semana. Para ficar mais convincente, vou trazer Olive para ser adestrada também. — Ficou olhando fixo para a frente, os pensamentos em redemoinho.

— Estou contigo, minha fofinha. Cem por cento contigo. Também me sinto muito apegado a este cachorro e o que for feito para que ele fique feliz também me alegra. É muito bom que Jane conheça tão bem sua profissão ou estaríamos cantando em outro tom.

Aconchegaram Flash entre eles.

Trixie se levantou.

— E agora, quem é que vai escovar os dentes de Flash hoje à noite? Você ou eu?

— Eu escovo — ofereceu-se Fred. — Vai dormir, você. Flash e eu vamos ficar sentados ainda um pouco e ver aquela reprise de *Casablanca.*

— Talvez você tenha que lavar as patas dele, também. Estou com a impressão de que vai querer dormir com a gente daqui em diante. Até amanhã de manhã, Fred. — Abaixou-se para beijá-lo e percebeu que em vez disso estava beijando o nariz de Flash.

— Ei, Romeu — disse Fred —, ela é *minha* namorada!

O olhar de Jane, cruzando a sala, pousou no aquário. Dentro de alguns minutos Mike chegaria, e a tensão em seus ombros diminuiria, pensou ela, com o coração dando um salto. Tomou um gole de sua xícara de chá verde, os olhos no pequeno relógio próximo a sua cadeira. Até agora Brian Ramsey ainda não tinha desmarcado a consulta, mas eram apenas 3h45. Ele já havia cancelado quando faltavam três minutos para as quatro; portanto, poderia ainda vir a fazer o mesmo.

Seu intercomunicador soou.

— Dr. Sorenson está aqui, Dra. Lewis — anunciou sua nova funcionária temporária em tom muito pouco profissional.

Jane levou um susto. Apertou o botão e disse:

— Mande-o entrar, Wynona, e, por favor, fale em voz um pouco mais baixa quando anunciar alguém.

A porta se abriu e Mike apareceu.

— Uau! — disse ele, olhando para trás. — Saia de couro, cabelo espigado, batom verde e *piercing* na sobrancelha — disse rindo ao desabar em uma cadeira próximo a Jane.

— As aparências enganam. Na realidade ela é um gênio em termos de organização e perfeita em termos de arquivo e contabilidade. Estou com quase tudo em dia graças a ela. — Inclinou-se em direção a Mike. — Só gostaria que ela se vestisse de forma um pouco mais conservadora. Tento não ficar olhando para ela — sussurrou. — Mas é só até Lily voltar. Quer um café ou um chá? Wynona também faz um café muito bom.

— Está bem, então aceito um café. O que você está achando, será que ele não vai aparecer?

— Meu palpite é que vai. Eu lhe disse que se cancelasse mais uma vez no último momento mandaria a conta para ele. Não gostou. — Entregou a Mike uma caneca. — Francamente, acho que isto já é uma espécie de jogo. Ele está brincando comigo. Você leu o dossiê. É tudo que há a respeito. O que você acha?

Mike inclinou-se por sobre a mesa que separava as duas cadeiras.

— Francamente?

— Claro que francamente. Que pergunta mais descabida — disse ela, olhando para ele um tanto espantada.

— O que acho é que você associou este rapaz com o estupro de sua amiga na universidade. Acho que ele disse ou fez alguma coisa que detonou suas lembranças sobre aquela noite. Posso estar errado. Vamos verificar isso quando ele chegar e, a partir daí, ver o que deve ser feito. Na pior das hipóteses, nós o mandamos passear ou o apresentamos ao meu rapaz das pilhas, que, por sinal, acaba de doar toneladas delas a duas escolas diferentes. Pergunte-me por quê, Jane.

— Por quê, Mike?

— Para que ele possa comprar mais pilhas, é claro. Isto faz sentido para você?

— Nenhum, nenhum.

— Santo Deus, ainda estamos batendo na mesma tecla. — Deteve o olhar no aquário. — Gosto de ver que você escolheu peixes grandes em vez de uma porção de pequenininhos. Você dá nome a eles, não dá?

— Claro. Aquela é a Gracie e o mais comprido é o Slick. — Jane deu um salto quando o intercomunicador tocou.

— O Sr. Ramsey está aqui — disse Wynona, com uma voz suave e sensual.

Jane revirou os olhos, apertando ao mesmo tempo o botão de resposta.

— Obrigada, Wynona. Por favor, mande-o entrar. Ah, Wynona, traga um café para o Dr. Sorenson. Duas colheres de açúcar, sem creme. E pergunte ao Sr. Ramsey se também quer um café ou um chá.

Instantes depois a porta se abriu. Jane se levantou.

— Fico contente por ter vindo hoje, Brian. Por favor, fique à vontade.

Assim que ele se sentou, Jane fez as apresentações.

— Como lhe disse, o Dr. Sorenson vai participar de minhas consultas durante um período e vai também fazer parte de meu programa de rádio. Ele já se familiarizou com seu caso e vai conduzir a sessão. Vou ficar observando e fazendo anotações.

Mike iniciou a sessão com perguntas de rotina, perguntas que Jane sabia serem só de aquecimento. À medida que a sessão progredia, Jane se via realmente impressionada com os métodos de Mike. Não gostava do modo como Brian permanecia com os olhos fixos nela. Pensou no que Mike dissera e se perguntou se ele estaria certo. Mal podia esperar que os cinqüenta minutos terminassem.

— Corrija-me se eu estiver errado, Sr. Ramsey — disse Mike. — O senhor disse que não houve a menor mudança em sua situação? Isto significa que o senhor não fez o menor esforço, ou que sua esposa o está mantendo a distância?

— Minha esposa arrumou suas coisas e foi para a casa de sua mãe.

— A mãe dela mora perto daqui?

— Em Nova Orleans. O que não é exatamente ali na esquina. E como tenho que tratar de meus negócios... Mas ela me liga.

— O senhor não telefona para ela?

— Não.

— Não? Alguma coisa não está fazendo sentido aqui. O senhor veio procurar a Dra. Lewis em busca de ajuda. Falar é o primeiro passo para isso. Estabelecerem juntos um plano é o segundo passo. E tentar elaborar o que o senhor for percebendo do problema é o terceiro passo. Segundo as anotações da Dra. Lewis, ela lhe sugeriu todos os três passos. Por que sua esposa foi embora?

Ramsey remexeu-se na cadeira.

— Porque não consigo superar o que aconteceu com ela.

— E por quê? O senhor pensou sobre isso?

— Claro.

— Então, por quê?

— Porque não tenho muita certeza de que ela não tenha feito alguma coisa para provocar aquilo. O senhor sabe, algum olhar ou um gesto. As mulheres estão sempre dando aos homens aquele olhar de 'chega mais perto', provocando a gente, encorajando. Elas nos fazem todos os sinais para irmos em frente e, quando a gente vai, dão um 'chega pra lá'. Mesmo sendo um psiquiatra, o senhor é homem e sabe muito bem como é que a coisa rola.

Jane escreveu sua resposta, palavra por palavra, perguntando-se por que aquela resposta não tinha surgido antes. Ela havia feito praticamente as mesmas perguntas.

— Olhares de 'chega mais perto' não são um convite ao estupro. Mulher alguma quer ser estuprada, ser violentada. — No rosto de Ramsey surgiu um ar de riso diante da afirmação de Mike. — O que faria você se alguém o estuprasse? Porque, quer creia ou não, homens também estupram outros homens, freqüentemente.

Ramsey olhou fixo para Mike.

— Se um cara tentasse me violentar, seria o dia mais infeliz da vida dele. Isso nunca aconteceria, doutor. Nunca — vociferou. — Se algum cara me olhasse meio enviesado, iria se ver comigo.

— Quanto você pesa? Setenta quilos? Oitenta? Quanto é que sua mulher pesa?

— Ah, sei lá. Uns cinqüenta e poucos, talvez. Ela não é gorda, mas também não é uma Olívia Palito.

— Então presumo que você acha que sua mulher deveria ter lutado com o agressor? — Quando Ramsey assentiu com a cabeça, Mike continuou. — Mas provavelmente o agressor deveria ter uns trinta ou quarenta quilos a mais que ela. A menos que tenha feito um curso de defesa pessoal, que chance você pensa que ela poderia ter? E se, ao tentar lutar com ele, ela simplesmente o tivesse irritado ainda mais? Ele poderia ter feito mais que estuprá-la, poderia tê-la matado. — Fez uma pausa longa. — Será que você preferiria que ela nunca tivesse contado isso a você?

Ramsey olhou para o aquário e depois para a xícara que estava segurando. Girou a cabeça para encarar Mike Sorenson.

— Não. Sim. Meu Deus, não sei dizer. O que sei é que, com os diabos, queria que esta coisa nunca tivesse acontecido.

Mike ergueu as mãos.

— Por que você está aqui buscando o auxílio de uma psiquiatra? É sua mulher quem deveria estar aqui. Vocês deveriam estar em terapia juntos e, a seguir, separadamente. Neste instante mesmo, a meu ver, você está desperdiçando o tempo de todos e o dinheiro da companhia de seguros. Então, Sr. Ramsey?

Ramsey pousou a xícara de café na mesa.

— Minha mulher não deu queixa do estupro na delegacia de polícia. Ela queria, mas eu não deixei. Vivemos em uma cidade pequena. Tenho um negócio. Todas as pessoas iriam comentar. Como é que ia ser? O senhor sabe como as pessoas são fofoqueiras. Isto me arruinaria financeiramente.

— Entendo. Há dinheiro em jogo. Como o senhor não consegue superar esta situação, já pensou em divórcio?

— Acho que ambos queremos terminar com o casamento — disse ele, olhando de viés para Jane.

— Vocês tinham problemas antes de sua mulher ser estuprada?

— Problemas sem importância. Nada de sério.

— Gostaríamos que você trouxesse sua esposa aqui na próxima sessão. Com isso poderíamos traçar um plano de ação. Se isto não lhe agrada, então recomendaria à Dra. Lewis que o liberasse e o deixasse buscar auxílio em outro lugar.

— Sabe de uma coisa? Acho que essa é uma boa idéia — disse Ramsey, levantando-se. Quando foi pegar seu casaco, Jane reparou que suas mãos eram grandes e fortes. Mãos de jogador de futebol. De onde teria vindo este pensamento?, perguntou-se ela, tremendo. Abriu as cortinas e ficou no calor que entrava pela janela.

— Na próxima vez que você vir Todd Prentice, diga-lhe que mandei um abraço — gritou ela, para sua própria surpresa.

Ramsey parou de gesticular e virou-se para Jane, com um ar de dissimulação estampado no rosto.

— Eu digo — disse ele, fuzilando-a com um olhar frio.

Jane estava ofegante.

Não houve apertos de mãos nem cumprimentos de despedida. Ele estava ali e no minuto seguinte já partira.

Jane olhou pela janela, com a resposta e a expressão de Ramsey martelando em sua mente. Ele conhecia Todd Prentice. *Ele o conhecia*. Quando ela mencionara seu nome, não tinha acreditado realmente que pudesse haver alguma ligação. O que significava isso?

Mike levantou as mãos.

— Há *alguma coisa* com este cara que... Agora vejo por que você diz que ele lhe causa arrepios. — Levantou-se e caminhou até onde Jane estava. — Quem é Todd Prentice?

Jane cruzou os braços e se abraçou. Ela se sentia como se seu corpo estivesse contraído da cabeça aos pés.

— O zagueiro com quem Connie Bryan ia se casar. Aquele de quem lhe falei. Ele mora em Crowley. — Pensou na hipótese de expressar sua preocupação com a ligação entre Prentice e Ramsey, mas decidiu o contrário. Provavelmente era apenas coincidência, nada que valesse a pena aprofundar.

Mike concordou.

— Tem razão. Acho que você apenas havia mencionado o nome dele antes. — Pôs os braços em torno dela e puxou suas costas contra o seu peito.

— Ramsey está fora de seu caminho agora e é uma coisa a menos para você se preocupar. E não vai querer me dizer que não estava se preocupando com ele. Você estava mais rígida que uma tábua. Como este era seu último paciente, que tal irmos beber alguma coisa e relaxar?

— Parece um bom programa — disse Jane, virando-se. — Você poderia também me levar para jantar. Sobremesa... em minha casa. Está a fim de brincar e se divertir um pouco ?

— Só se você vier com aquele chapeuzinho maroto e uma cinta-liga preta — sussurrou Mike em seu ouvido.

Com o rosto enrubescido, Jane deu-lhe o braço e apagou a luz.

— Feche tudo, Wynona, e não se esqueça de regar as plantas, dar comida aos peixes e lavar a cafeteira antes de sair. Nos vemos amanhã. Uma boa-noite para você.

Assim que saíram, Mike quis confirmar a promessa.

— Então vamos...?

— Vamos o quê? — provocou ela.

— Sim ou não?

Ela se voltou para ele e olhou-o bem nos olhos.

— Só se você concordar em ficar *nu* no meio da cama, com a bunda para o alto, e cantar *Jingle Bells* rebolando-se todo. Por que só você iria se divertir?

Ele abriu a boca.

— Diga que você não está falando sério. Diga que está brincando.

— Eu nunca brinco, Dr. Sorenson. Vai fazer isso ou não vai?

— Vou pensar no seu caso — disse ele, conduzindo-a para seu Corvette de suspensão baixa.

— Nada disso, tem que decidir agora, Doutor. Meu chapéu está no meu carro, e nós estamos indo no seu.

Mike deu com a cabeça no volante.

— Então pegue o diabo do chapéu!

— Oh! Viva! — disse Jane, controlando seu riso até sair do carro.

Mike bateu com a cabeça de novo. Ele gostaria de saber o que havia naquele chapeuzinho bobo que lhe dava um tesão imediato.

— Você é uma mulher bonita, Jane Lewis — disse Mike mansamente, quase reverentemente.

Jane ficou perturbada e confusa. Nunca ninguém lhe dissera isso. Ela não sabia muito bem como responder a esse cumprimento. Sorriu. Talvez porque, quando você está apaixonado, parece diferente aos olhos do parceiro, como no filme *Seu Milagre de Amor*. Ela não tinha a menor dúvida de que estava apaixonada por Mike Sorenson. O que a surpreendia é que tudo tivesse acontecido tão rápido. Fazia apenas duas semanas!

— Acho que desejo mais você do que já desejei qualquer outra mulher — disse Mike, admitindo algo que o tornava momentaneamente vulnerável. — Acho que amo você, Jane Lewis — sussurrou ele, com voz rouca.

— Acho que também te amo, Mike Sorenson.

Mike encontrou seu olhar firme.

— Como foi que isto aconteceu? Nós mal nos conhecemos e no entanto parece que já vivi com você por toda a minha vida. Meu Deus, você me pegou de um jeito que mal consigo esperar a hora de vir para cá depois do trabalho.

Jane sentiu que seu rosto ficava vermelho. Homem algum antes lhe dissera que a amava. Ela já estava começando a duvidar de que algum dia isso aconteceria.

— Não sei como aconteceu. Só sei que aconteceu. E, se você quer saber, não posso esperar até você chegar a uma conclusão. Mesmo que isso não dure, eu quero. E, se for adiante, também quero. Tudo que quero é estar com você, Mike.

Mike a observava. Jane era uma em mil. Uma mulher em quem nada era artificial. *Um espécime raro,* pensou ele. Ela não tentava enganá-lo ou manipulá-lo. Todas as coisas falsas que tantas mulheres usam para seduzir um homem não faziam parte da maneira de ser de Jane. Ela era sincera até em excesso, direta, até mesmo franca demais. Ele a amava de fato. Sabia isto em seu íntimo.

— Eu estava pensando — disse Jane, hesitando um pouco — como seria acordar com você junto a mim de manhã e não ter que sair correndo para algum lugar ou para fazer alguma coisa marcada em uma agenda. — Prendeu a respiração, esperando que ele a olhasse com estranheza. Mas não olhou e ela prosseguiu, confiante. — Estava pensando como seria ter um filho com você. Que tipo de pai você seria. Você seria durão ou permissivo? Trocaria fraldas e faria mamadeiras? Embalaria o bebê para dormir e se levantaria no meio da noite? Você me abraçaria e diria que o bebê é tão bonito quanto eu?

— Você pensa em um bocado de coisas, não?

Ela sorriu e abaixou os olhos

— Hum, hum.

— Bem, acontece que de minha parte também venho pensando em algumas coisas — disse ele, puxando-a para junto de si. — Venho pensando que você é o tipo de mulher que andei procurando por toda a minha vida. Você é sincera e íntegra. Gosto da maneira como você trata sua cadela e seus padrinhos. Gosto dessa maneira terna com que fazemos amor. Gosto de você não por não reprimir o que sente. Gosto de você ter partilhado seus segredos comigo. Queria ter alguns para também partilhar com você.

Lágrimas umedeceram os olhos de Jane.

— Você não poderia ter dito nada mais bonito. Vou me lembrar disso para sempre. Obrigada.

Mike olhou-a nos olhos. Vendo que seus lábios úmidos se entreabriam como em convite para um beijo, ele os tocou com a boca e provou sua doçura. À medida que o beijo se aprofundava, ardentes chamas acendiam seu corpo, e a pulsação acelerada de seu coração repercutia em seus ouvidos.

O tempo se tornou eterno para Jane. Bem no íntimo ela sentia um desejo de ficar para sempre dentro de seu abraço. Para sempre em sua vida. Cílios fartos e louros cobriram seus olhos verdes e ela ouviu a própria respiração se tornar cada vez mais ofegante enquanto ousadamente trazia sua boca de encontro à dele, oferecendo-se, beijando-o profundamente, sequiosamente, gravando aquele momento em sua memória.

Naquele instante viu que aquele homem realmente lhe pertencia, por mais breve que fosse o tempo que ficassem juntos. Ela o tinha encontrado, um homem que podia fazê-la sentir-se como a mulher que sempre soube ser.

Os dedos de Mike eram suaves ao dançarem por entre seus cabelos. Ele percebia o que ela estava sentindo. Há necessidades da alma que estão além das necessidades do corpo.

— Eu te amo.

Jane o procurou com seus lábios, possuiu-o com suas mãos, sua própria paixão crescendo à medida que sentia o prazer que lhe estava dando. A dureza de seu sexo mostrava-se terna e vulnerável sob sua mão enquanto ela o sentia tremer de excitação e desejo. As mãos dele não abandonavam seu corpo, procurando, explorando, tocando. Ela queria deitar-se e entregar-se a ele e ao mesmo tempo queria possuí-lo, tocá-lo, guardá-lo em sua memória e conhecê-lo como jamais conhecera outro homem. Em vez de lhe ser estranho, o corpo dele lhe era tão familiar como o seu. Ela sentia seu corpo cantar de prazer.

Jane sentia-se tomada pela fome que ele fazia nascer dentro dela.

— Agora, Mike, por favor, agora! — disse, ofegante, sentindo-se como se fosse morrer se ele não o fizesse, mas ainda não querendo dar um fim àquele prazer tão intenso.

Ficaram deitados juntos, as pernas enlaçadas, a cabeça dela no ombro dele enquanto ele explorava com os dedos a pele macia de seu braço e a plenitude de seus seios. Os lábios dele estavam em seus cabelos ou provocativamente pousados em sua testa.

— Você é uma amante maravilhosa — disse ele, a voz ainda enrouquecida de paixão.

Jane suspirou, mais feliz do que nunca. Quem poderia querer mais? Porém, ela queria! Um diabinho pousou-lhe no ombro.

— Agora, de pé e em ação, meu caro! Você prometeu cantar e dançar em cima desta cama. Eu quero ver você... rebolar e cantar.

Mike semicerrou os olhos como se alguém tivesse acabado de lhe enfiar uma faca no ventre.

— Jane, tem dó. Eu não conseguiria rebolar.

— Se eu puser meu chapéu maroto, ou sei lá como você o chama, acha que vai ajudar? — Deslizou para fora da cama para pegar o chapéu sobre a cômoda. — Ah! — disse ela, colocando-o com firmeza sobre seus cabelos encaracolados e espichando a perna para colocar a cinta-liga preta.

Mike se ergueu apoiando-se no cotovelo.

— Quero que você queime este chapéu, Jane. Jure que você vai queimar este chapéu amanhã.

— Tudo bem. Mas agora dance! E com entusiasmo!

Seis

Jane virou-se para o lado, abriu um olho para ver o relógio na mesinha-de-cabeceira e depois o lado vazio da cama. Deslocou-se para tocar o travesseiro em que Mike dormira antes de aproximar a cabeça para cheirá-lo. Um dia desses iria perguntar a ele o nome de sua colônia. Era tão *sexy*, tal como ele. Havia um sorriso em seus lábios quando o telefone tocou. Pensando que era Mike chamando para dar bom-dia, respondeu com um alegre *bom-dia*!

— Dra. Lewis?

O sorriso sumiu.

— É ela mesma — respondeu para aquela voz desconhecida.

— Desculpe ligar tão cedo, Dra. Lewis. Aqui é Emily Quinn, secretária da Dra. Sharon Thomas. A Dra. Thomas está hospitalizada. Teve uma apendicite supurada e realizaram a cirurgia ontem. Ela está bem, mas está preocupada com seus pacientes. Pediu-me para ligar para a senhora e perguntar se poderia se encarregar de suas horas de consulta gratuita na clínica por algumas semanas. São todos pacientes de rotina, exceto uma. Se a senhora estiver de acordo, posso deixar os registros em seu consultório quando for para o trabalho esta manhã. O horário de atendimento é das quatro às seis.

Jane não hesitou.

— Vou ter que fazer alguns remanejamentos, mas posso fazer isto, sim.

— Obrigada, sei que ela lhe ficará muito grata.

— Há alguma coisa mais que possa fazer pela Sharon? — perguntou Jane.

— Não, mas vou dizer a ela que a senhora perguntou. Ah, e se a senhora decidir mandar-lhe flores, ela está no quarto 206, e margarida é sua flor predileta. Estarei lá por volta das oito. Muito obrigada de novo, Dra. Lewis.

Jane desligou o telefone e pendurou as pernas para fora da cama. Ficou olhando seus tênis e seus trajes de corrida sobre a cadeira. Poderia dar uma corrida de uns três quilômetros e ainda chegar ao consultório por volta das oito.

— Ah, deixa isso pra lá — murmurou, encaminhando-se para o chuveiro. Tomou nota mentalmente de pedir a Wynona para encomendar para ela uma esteira. Talvez ela e Mike pudessem revezar-se correndo nela. E cair e fazer amor no chão seria gostoso. Realmente gostoso. O sorriso voltou a seu rosto enquanto se enfiava sob o jato d'água.

Este pensamento continuou a ocupá-la até estacionar o Honda em frente à casa de Trixie.

— Olive, é Trixie quem está cuidando do cachorro hoje, de modo que você poderá se divertir bastante com Flash. Venho pegar você quando voltar para casa, está bem? Mas vai com calma com aquele grandalhão, tá?

Deu um toque na campainha e esperou até ver a porta da frente se abrir. Flash correu para fora para cumprimentar Olive. Jane ficou olhando o descombinado par enquanto se cheirava. *Amor verdadeiro*, pensou, rindo sozinha. *Os seres humanos talvez pudessem aprender uma ou duas coisas com os cachorros. Vou perguntar a Mike o que ele acha.*

Jane chegou a seu consultório no momento em que Wynona entrava no estacionamento. Estacionaram lado a lado e subiram juntas para o consultório, com Jane explicando os itens do dia na agenda.

— A Srta. Quinn vai chegar agorinha mesmo. Faça o que puder com minha própria agenda e, se tiver que cancelar alguma consulta, tudo bem. Ligue para o Dr. Sorenson para lembrá-lo de que ele tem que estar na rádio quinze minutos antes. Depois ligue para a clínica e diga que estou assumindo os clientes da Dra. Thomas nas próximas semanas, até ela se recuperar. Tenho certeza de que já sabem, mas, em todo caso, faça isso. Quero ver os registros dos pacientes assim que a Srta. Quinn sair. E café logo que você possa fazer, Wynona. E, antes que me esqueça, ligue para a Floricultura Sadie e mande que enviem uma cesta de margaridas para a Dra. Thomas no hospital, quarto 206. Ou melhor, Wynona, diga que mandem duas cestas. Tenho certeza de que o Dr. Sorenson gostaria de enviar uma também. Apenas recomende que não façam arranjos iguais para ambas. Mande que ponham em minha conta.

— Sim, senhora. Vou cuidar de tudo. A senhora quer rosquinhas com o café?

— Minha boca diz que sim, mas meus quadris dizem que não. Nada de doces de qualquer tipo, obrigada. Esta argolinha na sobrancelha não machuca?

Wynona ergueu a mão para tocar a sobrancelha direita.

— Não — disse ela, balançando o *piercing* para cima e para baixo. — Tenho um no umbigo também. E também não dói.

Jane fez uma careta. Ela se lembrava de como tinha ficado biruta quando decidira furar as orelhas. Insistira para que Trixie fosse com ela, no caso de alguma coisa dar errado.

— Para que isso, Wynona? Por que é que você se mutila assim?

— Eu não vejo isso como mutilação. É tudo uma questão de ter ou não uma mente aberta. Meu namorado gosta. Ele tem seis. — Wynona pegou as chaves para abrir a porta do consultório. — A senhora nunca faz nada por impulso, Dra. Lewis? Quando eu ficar velha e estiver sentada em uma cadeira de balanço, quero poder contar a meus netos que experimentei todo tipo de coisas, até as mais inusitadas e maravilhosas. — Ficou segurando a porta para Jane entrar.

— Entendo — disse Jane sacudindo a cabeça como se quisesse evitar teias de aranha. Ela estava pensando em Lily Owens, que era simples, elegante e atraente e se parecia com a saudável garota da sala ao lado. — Volte logo, Lily — murmurou para si mesma enquanto se encaminhava para o seu escritório.

Wynona acendeu as lâmpadas do teto.

— Não, a senhora não entende, mas não faz mal. Eu vou levar seu café assim que estiver pronto.

Jane inclinou a cabeça enquanto a porta se fechava atrás dela. Wynona era mais fácil de engolir com uma xícara de café na frente.

Vinte minutos depois, o intercomunicador de sua mesa tocou.

— A Srta. Quinn chegou, Dra. Lewis.

Emily Quinn tinha uma aparência tão agradável quanto Lily. Jane rodeou a escrivaninha para apertar a mão da secretária, que estava vestida com um discreto terninho cinza-chumbo.

— Quando eu disse à Dra. Thomas que a senhora aceitara substituí-la, ela ficou muito aliviada. Ela disse que sabe que seus pacientes vão ficar em boas mãos. — Emily sorriu para Jane ao colocar a pilha de arquivos sobre a escrivaninha. — Como lhe disse por telefone, a maior parte é de pacientes de rotina. Apenas uma, a Srta. Vance, é um caso mais sério. Está muito fragilizada, por isso, no caso dela, a senhora vai ter que ficar disponível vinte e quatro horas por dia. A senhora quer me perguntar alguma coisa antes que eu saia?

— Não. Vou dar uma lida nos arquivos. Se tiver alguma pergunta, telefono. Caso você fale com a Dra. Thomas, mande-lhe um abraço e diga que faço votos de que se recupere logo.

— Eu digo. — A moça caminhou pela sala, dirigindo-se para a porta. — Ah, por falar nisso — disse —, gosto do seu programa na rádio. Ouço sempre que posso. Minha mãe acha que a senhora é a maior. Creio até que já lhe telefonou uma ou duas vezes para falar de meu irmãozinho — disse, revirando os olhos.

— É bom saber disso — retrucou Jane com um sorriso de satisfação encurvando-lhe os lábios. — Obrigada por me dizer.

Wynona entrou com o café. Comparada com a Srta. Quinn... não, não havia termo de comparação. Neste dia, Wynona estava metida em um macacão esporte verde-escuro com um enorme emblema dourado no bolso em cima do peito. Jane pensou consigo mesma que ela parecia uma grande vagem já começando a ficar amarela por excesso de rega.

— Queria ter a coragem de me vestir assim — disse Emily Quinn quando Wynona saiu.

Jane olhou espantada para a jovem.

— Queria?

— A senhora deve ser uma mulher do século vinte e um, Dra. Lewis. A Dra. Thomas jamais contrataria alguém com essa aparência. Ela diz que a imagem é importante.

— Ela tem razão — disse Jane inclinando a cabeça em assentimento. — Wynona é temporária. Ela está apenas substituindo minha assistente que está de licença-maternidade. E esta história de 'mente aberta' é muito bonita, mas acho que tem seu lugar, e o consultório de uma médica não é bem este lugar. Porém, tenho que admitir que há momentos em que eu bem que gostaria de ousar jogar tudo para o alto e me vestir e usar meu cabelo do jeito que me agradasse. Mas eu nunca 'transgredi as regras'. Cresci acreditando que meu nome era Jane-feiosa.

— Combina bem com o modo como me chamam: — "Emily não-me-toques." — A jovem acenou com a mão fechando a porta atrás de si.

— A todas as Emilys certinhas e Janes feiosas do mundo — disse Jane, erguendo a sua xícara de café.

Daí a instantes Jane estava tão entretida nos arquivos de Betty Vance que um bomba poderia ter estourado do lado de fora da janela e ela nem teria notado. Quando terminou de ler os longos relatórios, fechou o arquivo e recostou-se na cadeira. Betty Vance estava tão traumatizada que era uma suicida em potencial. Estava também tomando altas doses de Valium.

Jane fechou os olhos e refletiu seriamente sobre o caso de Betty Vance. Deveria seguir o caminho de Sharon Thomas ou abrir sua própria trilha? Ela não era a favor de Valium ou de qualquer outra droga, a menos que fosse absolutamente necessário. Tratar de uma paciente dopada, a seu ver, não dava o menor resultado. Talvez ela não fosse a pessoa mais indicada para tratar de Betty Vance. Ficar mimando pacientes não era do seu feitio. Crianças, sim. Adultos, não. Na maioria dos casos, seis meses de tratamento com sessões uma vez por semana já poderiam mostrar algum resultado. Mas sempre havia exceções. Talvez Betty precisasse de mais tempo, duas ou três sessões por semana — e talvez não pudesse ter esse tempo pelo fato de seu atendimento ser gratuito.

Que diabo, ela agora estava perturbada. O perfil de Betty Vance e seus registros iriam consumir todo o seu dia, o que significava que ela teria que tomar um cuidado extra com seu programa de rádio para mantê-lo na ordem do dia. Hoje precisaria estar bem viva e com presença de espírito, já que teria Mike sentado a seu lado. Suspirou enquanto estendia a mão para sua xícara de café.

— Wynona, mais café!

O sorriso de Jane foi ao seu auge quando Mike Sorenson entrou no estúdio pequeno e abarrotado. Ele olhou ao redor com uma expressão que expressava sua perturbação.

— Você estava esperando... o quê? — perguntou Jane. *Meu Deus, ele parece estar no ponto para se comer.*

— Não sei. Talvez algo maior ou um pouco mais sofisticado. Meu *closet* é maior do que isso. Isso não te afeta?

— Só se o programa estiver muito devagar. Na maior parte das vezes nem penso no que está em volta. Fico ocupada demais, falando e ouvindo. É só uma hora. Você acha que alguns circuladores de ar ajudariam?

— Você está brincando? Os circuladores de ar só servem para mascarar cheiros. Não ia dar para respirar.

Jane fingiu ficar ofendida.

— Isto quer dizer que você não ficou impressionado?

Ele deu de ombros.

— É melhor que Tom não saiba o que você está sentindo. Para ele, isto — disse ela, descrevendo com o braço um grande arco — é o paraíso. Ele tem até uma plaquinha em sua mesa que diz *Shangri-la*. Por falar nisso, tomei a liberdade de enviar a Sharon Thomas uma cesta de flores em seu nome. Ela está no hospital. Teve uma apendicite supurada.

Vou assumir suas horas gratuitas de clínica, o que significa que vou chegar mais tarde hoje.

— De qualquer forma não poderia ir hoje à noite, Jane — disse ele, com a voz cheia de pesar. — Tenho Rotary e um jantar marcado com um antigo colega de escola. Eu não o vejo há anos. Já tinha até me esquecido disso quando minha secretária me lembrou hoje de manhã. Tudo que posso fazer é comer um cachorro-quente no Roy's, se você tiver tempo depois do programa.

— Está ótimo um cachorro-quente no Roy's depois do programa. Com tudo em cima, é claro. — Jane sorria ao tomar seu lugar. — Hoje vamos falar de sentimentos — disse ela, assumindo seu ar profissional enquanto pegava seus fones de ouvido. — Mantenha os olhos em Tom. Relaxe e tudo vai dar certo. — Jane esperou o sinal de entrada.

— Este é o *Fale Comigo* e eu sou a Dra. Jane Lewis falando com você da capital mundial das rãs. Mas a essa altura vocês já estão cansados de saber que Rayne é famosa por suas rãs. Hoje está aqui comigo o Dr. Mike Sorenson, meu novo parceiro. E hoje vamos falar de sentimentos — amor, ódio, alegria, raiva, o que você estiver sentindo. Ligue para nós pelo 1-800-888. A Shelly já está na linha. Fale comigo, Shelly.

— Sim, Dra. Lewis. Estou muito preocupada porque amo meu cachorro mais que a meu namorado e não sei o que fazer quanto a isso.

Jane olhou para Mike e abriu o maior sorriso. — Há quanto tempo você tem seu cachorro, Shelly?

— Há cinco anos. E ele já me viu passar por poucas e boas. Não sei o que teria feito sem ele quando meu pai morreu.

— Entendo. E há quanto tempo você e seu namorado estão juntos?

— Seis meses.

— E ele já viu você passar por poucas e boas?

— Não. Neste último ano minha vida tem sido bem normal.

— Eu não me preocuparia com seus sentimentos a respeito de seu cachorro, Shelly. É perfeitamente natural que se tenha afeto profundo por um animalzinho de estimação, especialmente se ele já passou por momentos difíceis junto com você. Minha *springer spaniel* significa tudo no mundo para mim. É minha companheira permanente, minha confidente, meu confessor. Ela me ama incondicionalmente e me dá muita alegria. Quanto mais tempo você e seu namorado ficarem juntos, mais possibilidades haverá de que o sentimento de um pelo outro cresça. Mas nunca tente compará-lo com o que você sente por seu cachorro. Cada relação é única, e você pode gostar de seu cachorro o quanto quiser. O único problema é se o seu companheiro se tornar ciumento. Me ligue novamente se isto acontecer, mas, se não for possível, sinta-se livre para amar seu cachorro o quanto seu coração pedir. O ouvinte seguinte é Dan. Pode falar, Dan.

— Olá! Escute — disse uma voz masculina e rude vinda da linha. — medo é um sentimento?

Jane fez a Mike um sinal com o polegar.

— Sim, Dan — disse Mike, inclinando-se em direção ao microfone. — Medo é um sentimento muito forte. De que é que você tem medo?

— É o seguinte, cara, sei que você vai achar que sou maluco, mas estou lhe dizendo que vi um fantasma e isso está me deixando com um medo danado.

Mike sentou-se mais ereto, o interesse atiçado.

— Preciso que você me dê mais informações, Dan. Primeiro, se é um fantasma de homem ou de mulher, de que idade mais ou menos, e onde você o vê.

— Você... você está acreditando em mim?

Mike compreendeu a incredulidade de Dan.

— Claro que acredito. Já fiz muitas pesquisas a respeito de paranormalidade. Agora me diga como é o seu fantasma.

— É uma mulher, uma mulher de meia-idade. Ela fica em meu banheiro. Eu a vejo pelo espelho quando estou fazendo a barba, mas em nenhum outro lugar. Ela fica abrindo a boca como se estivesse tentando falar, mas não consigo ouvir nada.

— Você já tentou falar com ela?

— Eu, não!

— Antes de mais nada, Mike, deixe-me garantir que não há absolutamente motivo para ter medo. Fantasmas não podem lhe fazer mal. Repito: eles não podem lhe fazer mal. O que sugiro que você faça é que fale com ela, pergunte a ela o que ela quer. Está bem? Você consegue fazer isso?

— Tá, mas o que ela *poderia* querer?

— Por alguma razão ela não conseguiu passar para o outro lado. Minha opinião é a de que, ao morrer, ela deixou alguma coisa por fazer ou algum assunto por terminar que não deixa seu espírito descansar em paz. Ela está pedindo que você a ajude, Dan. Ligue para nós novamente depois que você tiver conversado com ela. E conte o que aconteceu. — Mike sorriu para Jane. — Agora é a Georgia quem está na linha. Fale comigo, Georgia.

— Oi! — disse uma voz jovem. — Eu gosto de dois garotos da minha escola. E não consigo decidir qual escolho.

— Quantos anos você tem, Georgia? — perguntou Mike.

— Dezesseis.

— Você não é obrigada a escolher. Não há nada de mal em se encontrar com os dois.

— Mas minha mãe disse que tenho que me relacionar ou com um ou com outro.

— Pode chamar sua mãe ao telefone, Georgia? — Mike e Jane ouviram quando Georgia passou o telefone para sua mãe.

— Estou aqui — disse a mulher. — E não aprovo ela ficar se encontrando com dois rapazes ao mesmo tempo.

— Ela tem apenas dezesseis anos, mamãe — disse Mike. — É ainda jovem demais para ter qualquer tipo de compromisso, e ficar com um garoto, e apenas com um, *é* assumir compromisso. Por favor, pense na hipótese de deixar campo livre para ela. Muito em breve ela já não terá essa chance.

— Não sei — disse a mãe.

— Se ela ficar saindo com um mesmo rapaz por muito tempo, vai ficar marcada como namorada dele. E o que acontece é que outros rapazes não vão procurá-la, o que significa que não terá a oportunidade de conhecer outros garotos.

— Aqui é a Dra. Lewis, mamãe, e gostaria de acrescentar uma coisa ao que o Dr. Sorenson disse. Primeiro, estou totalmente de acordo com ele. Acho que é importante para uma menina da idade da Georgia relacionar-se com rapazes diferentes. São esses encontros que dão a uma menina a possibilidade de saber que tipo de rapaz lhe serve, para que mais tarde possa tomar uma decisão da maior importância: com quem vai se casar. Além disso, se sair apenas com um rapaz, a possibilidade de se permitir ter relações sexuais antes do casamento é muito maior e...

— Está bem, está bem, vocês ganharam — disse a mãe, concordando. Eles ouviram o telefone sendo desligado.

— Alô, Dra. Lewis? É a Georgia de novo. Obrigada — disse ela com a voz sussurrada.

— De nada, Georgia. Boa sorte. Vocês estão ouvindo a Dra. Lewis e meu parceiro, o Dr. Mike Sorenson, em *Fale Comigo*.

A estação cortou para um comercial, dando a Jane e Mike uma pausa.

— Foi divertido — disse Mike. — Trabalhamos bem juntos, mas isso eu já sabia que aconteceria. Tudo que fazemos juntos fica bem. — Piscou o olho e deu-lhe um olhar *sexy*.

— Pimenta, cebola, chucrute, mostarda. Mal se vê o cachorro-quente — comentou Mike mordendo seu cachorro-quente simples. — Você é a única mulher que conheço capaz de comer uma coisa dessas e não se preocupar se está pingando na roupa ou sujando o rosto todo. Eu te amo, Jane Lewis. Por ser você mesma. Mas pensei realmente que você fosse vegetariana como Olive.

— Eu sou, mas quando se trata de cachorro-quente... eu simplesmente não consigo resistir — disse Jane, molhando os lábios enquanto olhava para o outro lado da rua.

Uma enorme picape Chevrolet vermelho-escura estava virando a esquina, cantando pneus. Em um relance ela percebeu quem era o motorista: Brian Ramsey. Será que era mesmo? Parecia Brian, mas ultimamente ela o via todas as vezes que se virava para trás, o que sabia ser impossível.

Uma mulher passeando com um *poodle toy* se abaixou com sua pá de apanhar cocô em frente ao posto telefônico. Isto era algo rotineiro. Sam Wallace varrendo a calçada em frente a sua loja de ferramentas também era coisa de rotina. Ela acenou para Sara Titus, sua ex-professora do primeiro grau.

Olhou para cima e se perguntou em que momento o céu tinha ficado tão cinzento. Havia nuvens de tempestade a oeste. Poderia chover antes do final do dia e provavelmente por toda a noite. Ela detestava a idéia de passar a noite sozinha, especialmente se chuvosa. O que foram suas noites antes de Mike entrar em sua vida? Talvez ela pudesse ir até a fazenda e fazer uma visita a Trixie e Fred. Talvez a convidassem para jantar quando passasse para pegar Olive. Por outro lado, ela poderia ir para casa e terminar de ler o novo livro de Trixie e Fred, poderia abrir o computador e verificar o arquivo pirata de Trixie ou ir até o departamento de promoções da loja E-Bay e ver o que havia em oferta. Olhou para Mike e sorriu.

— Já estou sentindo sua falta.

— Eu também. Olha, tenho que correr, senão vou ficar atrasado. Ligo para você à noite.

Jane de certo modo esperava que Mike a beijasse ali mesmo na rua. Por um segundo pareceu que ele estava pensando o mesmo, até que viu Jasper Dewey olhando para eles.

— Rapagão bonito — exclamou Jasper quando Mike se afastou. — Como vai sua mãe, minha menina?

— É, ele é um rapaz bonito, Sr. Dewey, e é todo meu. Mamãe já morreu há algum tempo, mas obrigada por perguntar. Tenha um bom-dia — disse Jane, voltando-se para andar na direção oposta.

Todo mundo sabia que o amável e carinhoso Jasper Dewey estava senil e não se lembraria de nada no minuto seguinte. Mais cedo ou mais tarde um dos donos da loja iria levá-lo em casa e devolvê-lo a sua esposa, que fingiria espanto por ele ter-se perdido e ter ficado perambulando. Mas todo mundo sabia também que Matilda deixava que isso acontecesse para que ela pudesse ter uma hora de paz e sossego para ver suas novelas.

Jane usou seu celular para ligar para o consultório antes de ir para a clínica e soube que estava tudo bem, que não tinha havido chamadas de emergência e que sua última consulta era às cinco horas. Desligou e telefonou para a fazenda. Trixie atendeu ao segundo toque.

— Olive está bem? Ela não está sendo um peso a mais para você, não?

— Por Deus, não. Ela está fazendo uma farra com Flash.

— Ah, que bom.

— Ouça, Jane, eu preciso que você me faça um favor, já que está na rua. Pare na Radio Shack, pegue um *scanner** da polícia e um *kit* de radiotransmissor e receptor.

— Tudo bem. Não vou nem perguntar por que você está querendo isso.

— Para Flash, é claro, como se você não soubesse — riu Trixie.

— Estou indo para a clínica agora — disse Jane. — Uma de minhas colegas está no hospital e estou assumindo os pacientes dela. Vou chegar tarde hoje. Guarde o que sobrar para mim se você fizer o jantar.

— É Fred quem vai fazer. Flash e eu vamos trabalhar. Eu disse tra-ba-lhar. Flash conhece a palavra, Jane. Olive também está indo fazer a ronda conosco, literalmente e não figurada. Ligue para meu celular quando você chegar à fazenda e eu a levo rápido para casa. Não se esqueça de passar na Radio Shack.

— Não vou esquecer. Dê uma beijoca em Olive por mim.

— Dou. Câmbio e desligo.

Jane fechou o celular e enfiou-o em sua bolsa. Câmbio e desligo. Obviamente, as palavras em código eram para Flash ouvir. Jane riu por todo o caminho para a clínica do trabalho que Trixie estava tendo por causa daquele canzarrão. Mas é que Trixie também sempre tivera um grande coração.

A clínica era um edifício pequeno de tijolos vermelhos, com hera

* *Police Scanner* — Radiorreceptor que opera em todas as freqüências, incluindo as da polícia e do corpo de bombeiros. (N.T.)

subindo pela fachada. Dezoito mil metros quadrados de área com quartos de dez por dez e uma enorme área de recepção. Não havia o menor luxo. Alguns quadros ou aquarelas e algumas plantas verdes teriam feito uma diferença enorme. Como esperavam que pessoas com problemas mentais não se sentissem deprimidas nessa atmosfera de um cinza metálico? As clínicas gratuitas não tinham verba para despesas extras, é o que Trixie dizia. Ela também tinha razão.

Jane se apresentou, verificando que a sala de espera estava abarrotada de gente, deixando seis pessoas de pé no estreito corredor. Foi conduzida a uma pequena sala sem janelas, com uma mesa, uma cadeira giratória, uma cesta de papéis e uma cadeira para o paciente. Abriu sua pasta e tirou os arquivos da Dra. Thomas. Colocou-os ordenadamente diante dela, a caneta e um bloco de notas da clínica junto a eles e esperou o primeiro paciente.

Durante uma hora e meia ela falou, ouviu e fez abundantes anotações sobre cada paciente com uma sessão de meia hora. Abriu a última pasta de arquivo, a de Betty Vance, e preparou-se para receber sua paciente mais difícil.

Jane tentou encobrir sua surpresa e choque, virando a cabeça e tossindo, quando Betty Vance entrou na sala, com dez minutos de atraso para a consulta. Ela poderia ter posado como sósia de Connie Bryan se tivesse tido tempo de lavar o cabelo e fazer uma escova, maquilar-se e vestir algo com que não tivesse dormido. Tudo nela era sem vida e gasto. Estava também muito magra e seus olhos opacos e vazios. Suas mãos brincavam com um maço de lenços de papel.

— Eu sou a Dra. Lewis. Mas gostaria que você me chamasse de Jane. Você se incomoda se eu a chamar de Betty? Eu estou substituindo a Dra. Thomas porque ela está no hospital. Eles lhe explicaram isso na entrada, quando você chegou, não?

— Ligaram para minha casa para me avisar. Na realidade, não é a minha casa. Eu estou em casa de um amigo. Meu nome todo é Elizabeth Marie Vance e você pode me chamar de Betty, sim.

— Foi seu amigo quem trouxe você aqui hoje?

— Foi. Os remédios me deixam meio zonza e não gosto de dirigir quando tomo remédio.

— Me mostre o que você está tomando. — Jane franziu as sobrancelhas ao ver como as mãos da jovem tremiam enquanto tentava abrir a bolsa.

Betty revirou tudo na bolsa e tirou três vidros de pílulas. Jane se assustou quando olhou para eles e a seguir para o arquivo sobre sua mesa.

— Eu pensei que você só estava tomando Valium. Tomar outros medicamentos junto com o Valium é o que faz você estar tão trêmula. É remédio demais. Você pode causar um grande dano a si mesma. — Jane pôs os remédios de lado. — Você não vai mais tomar remédios, Betty. Eu li as anotações sobre seu caso e acho que podemos fazer outras coisas para ajudá-la.

— Não tomar os meus remédios? Mas preciso deles para dormir. Do contrário vou ficar sentada, pensando.

— Quando foi a última vez que você saiu para dar um passeio? Quando foi a última vez que foi cuidar de seu cabelo? Quando foi a última vez que fez alguma coisa para você mesma? Quanto você perdeu de peso? Você não tem vontade de ficar bem? — perguntou Jane, incisivamente, mas não sem carinho.

— Claro que tenho. — A jovem pareceu ficar chocada com as perguntas, mas a seguir sua fisionomia se abrandou. — Talvez isto não seja bem verdade. Há dias que quero, há dias que não me importa. A maior parte do tempo gostaria de estar morta. Eu não posso... eu não.... por que você está sendo tão dura comigo? Eu estou tentando.

Jane inclinou-se para frente, as mãos na borda de sua mesa.

— Você já está tentando há seis meses, mas, segundo esses relatórios, você está exatamente no mesmo lugar. Enquanto estiver sob os meus cuidados não vai tomar remédios, a menos que seja absolutamente necessário. Se isto a irrita, você pode se levantar e ir embora se quiser, mas não vai se sentir melhor. Isto eu posso lhe garantir. Gostaria que conversássemos. Quero que me diga o que aconteceu com você, por mais doloroso que possa parecer. Eu sei que você já contou à Dra. Thomas e sei que está tudo nos registros, mas quero ouvir você mesma me contar. Sei que posso ajudá-la, se você deixar, Betty.

Era toda a história de Connie Bryan novamente. A única diferença era que a garota estava viva para contá-la. Quando terminou sua dolorosa narrativa, Betty encarou Jane, com olhos vidrados e sem vida.

Jane umedeceu os lábios. Ela tinha de ir com cuidado. Ousaria arriscar com a paciente da Sharon? Sharon dissera que ela era frágil. *Não tão frágil quanto Connie,* pensou Jane. *Betty tinha enfrentado, buscara ajuda profissional. O que significa que ela tem certa garra, mais ânimo, vontade de sobreviver.*

— Por que você não foi à polícia?

— Porque o homem que eu estava namorando disse... ele disse... que isto não seria bom para ele. Tínhamos acabado de nos mudar para cá. É uma cidade pequena. As pessoas comentam nas cidades pequenas. Elas apontam com o dedo e cochicham. Eu dei ouvidos ao que ele dizia. Não devia. Ele se voltou contra mim também. Não conseguia chegar perto de mim. Posso dizer que eu o revoltava. Ele nunca disse isso, mas eu podia ver em seu rosto. Então me mudei. Mas ele não quer me deixar em paz. Tenho medo dele. Ele é mais velho que eu. Não que a idade faça diferença, mas... eu arrumei minhas coisas e fui para a casa de minha tia em Nova Orleans, mas ela tinha filhos adolescentes. Não consegui lidar com isso, nem ela. Então liguei para meu amigo e ele foi lá e me trouxe. Estou em casa dele. E tudo que faço é chorar e pensar. Ele também vai acabar se aborrecendo comigo. Eu tinha um bom emprego em Lafayette que perdi porque estava com os nervos à flor da pele. Minhas economias já estão quase acabando, e meu seguro vai expirar logo, logo. Não sei o que fazer. Tenho medo o tempo todo. Não agüento ficar sozinha.

Jane a observava enquanto a jovem chorava no lenço de papel que tinha na mão.

— Você não acha que está na hora de arregaçar as mangas e tentar recuperar sua vida? Você não pode simplesmente fingir que nada aconteceu. É fato e você vai ter que lidar com isso. A primeira coisa que precisa fazer é dar queixa na polícia. Depois, ter uma conversa com as pessoas do centro de atendimento, por mais doloroso que possa parecer. Vejo que estamos com seis meses de atraso e todas as provas já foram eliminadas, mas sua palavra é suficiente. Nada disso vai ser fácil. Mas, se você quer resgatar sua vida, então tem que lutar por ela. Vou ajudá-la de todos os modos possíveis. Mas nada mais de remédios. Você consegue fazer isso?

— Não sei. O que posso fazer é tentar. E se... e se ele ligar ou quiser me ver?

— Você está falando do homem com quem estava vivendo? — perguntou Jane, perplexa com a pergunta.

— Sim.

— Não entendo por que tem medo dele. Ligue para ele, diga-lhe que não quer mais vê-lo. Que está tudo terminado. As pessoas fazem isso todos os dias da semana. Ele é uma pessoa violenta? Você disse que ele não queria ficar perto de você, nem tocá-la. Isto me diz que está tudo terminado. Ou você está apaixonada por ele? Você tem que me ajudar a entender.

Betty recostou-se na cadeira. Parecia exausta. Falar parecia ser um grande esforço.

— Brian nunca foi violento comigo. Ele tem realmente um temperamento difícil. Perde a paciência rápido quando alguma coisa não sai como ele quer. Não, não estou apaixonada por ele. Acho que nunca estive. Por um tempo... ele me cativou com presentes, flores, jantares caros. Ele é incrivelmente astuto. Sabe como deve fazer as coisas. Queria que me casasse com ele, mas não estava preparada para isso. Tenho vinte e nove anos e ainda não fiz nem metade das coisas que eu disse que faria antes de me estabelecer. Concordei em me mudar para cá e tentar. Acho que desde o início sabia que não ia dar certo. Ele tentou fazer com que eu mudasse. Não gostava das minhas roupas, não gostava do meu cabelo, não gostava da minha maneira de dirigir. Não sei cozinhar realmente; então, ele ficava me criticando. Jogo minhas roupas para qualquer lado e ele tem mania de arrumação. Gosto de dançar, e ele não. Ele me adulava, exibia seu dinheiro, e acabei caindo nessa. A verdade é que não temos nada em comum. Nenhum de meus amigos gostava dele. Agora, por causa dele, não tenho mais amigos. Com exceção de Chuck.

Jane prendeu a respiração. Se ela perguntasse a Betty se o Brian de que elas estavam falando era Brian Ramsey, ela teria de certo modo que se explicar. Sua mente estava totalmente oca quando tentou lembrar qual era a regra profissional. Podia sentir o tremor das próprias pernas começando a subir-lhe pelo corpo. Se não se controlasse, iria desabar diante de sua paciente. *Não pergunte. Finja que você não ouviu bem o nome,* disse a si mesma. Não era o mesmo Brian. Brian Ramsey era casado. Seu problema era sua esposa. Esta garota não era casada. Deveria haver centenas de Brians nos três municípios adjacentes. *Não veja nisso alguma coisa que não existe. Vá em frente, Jane.*

— Há alguma coisa mais que você gostaria de me dizer, Betty?

— Acho que já disse tudo.

— Havia algo familiar em seus agressores? Nada mesmo? Pense bem. Fazia frio ou calor? Como era o cheiro deles? Você sentiu de que tecido era alguma de suas roupas? Algum deles disse ou fez algum gesto de que você possa se lembrar? Havia alguma coisa nas mãos deles que a machucou? Você não precisa dar agora todas as respostas. Mas gostaria que você pensasse nisso. Se você se sente bem com seu amigo, converse com ele a respeito. Ele é homem e pode ser capaz de lhe fornecer algum dado importante. Você vai ter que reviver tudo. Eu lhe disse, não vai ser fácil, mas você tem que lutar. Vou lhe dar meu cartão. Você pode entrar em contato comigo a qualquer hora do dia ou da noite. Se precisar de mim, vou atender. Isto é uma promessa. E, se quiser, posso marcar consulta para você todos os dias. Pode ser no final do dia, pela manhã ou na hora do almoço. Gratuitas. Você está de acordo com isso?

— Por que você está fazendo isso por mim? Eu nem sequer sou sua paciente.

Jane quase ia contando, sem pensar, a história de Connie. Mas em vez disso mordeu a língua.

— Porque quero ajudá-la. Quero ver você recuperar a vida que tinha. Quero ver você voltar a dançar. Quero saber que você acordou com um sorriso no rosto. O pior já passou. Você tem que levar a vida adiante. Sua vida será o que você vier a fazer dela. Você. E só você. Eu posso ajudá-la, as mulheres do centro de atendimento podem ajudá-la, mas o esforço maior tem que ser seu. O fato de estar aqui mostra que não está gostando do modo como está vivendo. As pessoas se preocupam com você. Realmente se preocupam, Betty.

— Amanhã é sábado, depois é domingo. Os fins de semana são ruins. Não sei por quê.

— Porque as famílias se reúnem. Os casais fazem coisas juntos. Todo mundo parece estar com um par. Os fins de semana representam dois dias de lazer. Eu posso abrir meu consultório amanhã e você pode vir para uma sessão. Podemos conversar um pouco mais. Que tal se eu for com você à delegacia de polícia? Tenho que passar pela Radio Shack e pegar uma coisa para minha madrinha primeiro, mas depois podemos ir até a delegacia de polícia. Fico com você enquanto estiver dando o depoimento. Posso ir com você ao centro de atendimento e esperar enquanto fazem sua inscrição e lhe designam um conselheiro. E posso deixá-la em casa. Aqui está meu cartão. E lembre-se de que pode me ligar a qualquer hora do dia ou da noite.

Betty estendeu a mão para pegar o cartão. Jane notou que olhava para os três vidros de pílulas.

— Eles são uma muleta, Betty. Há um momento em que é preciso jogar fora uma muleta se quiser voltar a andar com seus próprios pés. Vou guardá-los para você. Se os quiser de volta, eu lhe devolvo.

— Quanto tempo isso vai durar? — perguntou ela, de forma quase inaudível.

— Não sei, Betty. Está em suas mãos e no esforço que você estiver disposta a fazer.

— Tudo bem.

— Tenho uma última pergunta. Em sua opinião, Bri..., o homem com quem você vivia, amava você?

— Acho que sim. Ele disse que eu fazia lembrar alguém. Alguém que ele conheceu. Isto é importante?

Jane pensou, por um louco instante, que podia sentir o sangue borbulhar nas veias.

— Não tenho certeza. — *Não faça mais perguntas, Jane. Não volte para aquela estrada.*

— Vou dizer a Chuck que você vai me levar em casa. Você gostaria de conhecê-lo?

— Gostaria, sim, Betty. Ele deve ser um amigo muito especial para cuidar de você do jeito que está cuidando.

— Ele é um bom amigo. Assim que eu tiver registrado a queixa, todo mundo na cidade vai ficar sabendo — disse Betty, começando a chorar.

— Há realmente possibilidade de que muitas pessoas venham a saber. Mas você tem que se lembrar que não fez nada de errado, Betty. Tive uma idéia. Veja o que você acha. Que tal se depois do centro de atendimento pararmos na Sociedade de Proteção aos Animais e apanharmos um cachorro para você? Um cachorro grande e bonito, que lhe ficará muito agradecido por tirá-lo de uma jaula e dar-lhe uma nova vida. Do mesmo modo que você vai ter uma nova vida. Sabe o que mais? Sei exatamente qual a pessoa que pode ajudar você a adestrar o cachorro, mas você vai ter que dirigir até lá. Todos os dias. A estrada para uma vida nova tem muitas curvas e voltas. Está disposta a isso?

— Vou fazer o máximo possível. Prometa que você vai ficar comigo enquanto eu estiver dando o depoimento.

— E a cada passo do caminho. E o centro de atendimento? Pode assumir isso?

— Sim.

— O cachorro?

— Esta é a parte mais fácil. Sim.

— Então vamos.

Sete

Eram dez horas quando Jane entrou em casa, com cada nervo do corpo vibrando e se contraindo. Correu direto para a cozinha e tomou um grande gole da garrafa de *bourbon* de Trixie. Seus olhos lacrimejaram quando tossiu e saiu cuspindo. Olive ganiu a seus pés. No momento em que ela parou de tossir, acendeu um dos cigarros de Fred e começou a tossir ainda mais. Olive bateu com as patas em suas pernas, aflita.

— Está tudo bem, Olive — disse ela, meio sufocada. — É que estou passando por um mau momento. Só preciso relaxar e parar um pouco. Vou fazer um chá, sentar em minha sala de estar toda torta e vou lhe contar como foi meu dia.

Olive abaixou-se até o chão, mas seus olhos castanhos não deixaram Jane nem por um momento enquanto ela se movia de um lado para o outro na cozinha.

A cozinha era o lugar favorito de Jane. Era grande, antiquada, e Jane via uma beleza antiga e acolhedora em todos os seus pequenos recantos. Hoje, porém, nem toda a beleza e aconchego do mundo a ajudariam a sentir-se melhor.

Ela se perguntou se deveria colocar algumas toras na lareira ou simplesmente ir para a cama. Seria gostoso sentar-se junto ao fogo na velha cadeira de balanço que Trixie lhe tinha comprado em uma venda de móveis usados, tomar chá de ervas e ficar olhando as chamas. A cadeira de balanço era suficientemente grande para acolher não só a ela, como também a Olive. Tudo que tinha a fazer era afofar as almofadas de um vermelho vivo e ela estaria bem instalada. *Para fazer o quê?*, gritava sua mente.

Para ler e reler o arquivo de Betty.

Jane acendeu o fogo, preparou o chá, pegou um xale de lã de crochê e sentou-se. Olive subiu para a cadeira e deitou-se meio de lado sobre seu colo.

Jane estava lendo pela terceira vez quando sentiu uma mão pousando suavemente em seu ombro. Voltou-se, pensando que só poderia ser Mike, já que Olive nem se mexia para olhar para cima.

— *A senhora está descobrindo coisas importantes, não está, Dona Jane? Eu gosto um bocado desta cozinha. Às vezes me sento nesta cadeira de balanço quando a senhora está no trabalho. Gostaria de poder ajudá-la.*

— Billy! Também gostaria que você pudesse me ajudar! Tive um dia terrível sob muitos aspectos. Estou começando a duvidar de meus próprios juízos. E para uma pessoa com a minha profissão isso não é bom. Ouça, presumindo-se que eu acredite que você seja um fantasma — o que não acredito —, você pode... você pode... você sabe, circular por aí, verificar certas coisas e relatar a mim o que viu? Sempre me disseram que em sonhos tudo é possível. Você pode fazer isso?

— *Por quê?* — perguntou Bily, esticando-se para sentar-se na bancada da cozinha. Balançava suas pernas para a frente e para trás, seguindo um ritmo que só ele parecia ouvir.

Jane fechou os olhos.

— Porque está acontecendo alguma coisa. Pelo menos acho que alguma coisa está acontecendo. Estou nervosa porque posso estar deixando passar ou não estar percebendo algum dado fundamental. Estou simplesmente apavorada — disse ela belicosamente.

— *Seu paciente não é casado* — disse Billy.

— Qual paciente? Betty Vance ou Brian Ramsey?

— *Brian Ramsey não é mais seu paciente. Mas ele também não é casado.*

— Como você sabe?

— *Eu sei.* — Ele disse isso com tal autoridade que Jane pestanejou.

— A senhora está deixando isto sair de suas mãos. Precisa manter o controle. Não deveria delegar responsabilidades. A senhora sai perdendo quando não fica à frente das coisas.

— E você pensa que não sei disso? Eu sei, pode acreditar.

— Eu queria que seu trabalho não lhe desagradasse tanto.

— Não desgosto do meu trabalho. Apenas algumas vezes acho que não pertenço a essa profissão. Tantas pessoas dependem de mim e acho difícil estar disponível para todas. Sem falar no fato de tentar estar em vinte lugares ao mesmo tempo. É coisa demais para mim. Estou cansada, preciso parar um pouco.

— O que a senhora precisa fazer é escolher uma coisa e levá-la até o fim. Marque seu ponto de partida e trabalhe nesse problema até chegar a uma conclusão. A senhora não tem hipóteses?

— Aos montes — disse ela, revirando os olhos. — Você está certo. Vou começar com Brian Ramsey. Foi com ele que tudo isso teve início. É a primeira coisa que vou fazer amanhã de manhã.

— E quanto ao Dr. Sorenson?

— O que você quer saber?

— A senhora vai lhe pedir ajuda?

— Ainda não decidi. Que horas são?

— Não tenho a menor idéia. Lembre-se de que já lhe disse que o tempo não conta do lado de cá.

Olive latiu e saltou da cadeira. Jane despertou com um sobressalto. Sentiu-se paralisada entre as almofadas vermelhas ao ver a porta dos fundos abrir-se e Olive sair. A porta fechou-se atrás dela. Olhando para o relógio, viu que já era meia-noite e quinze. Quanto tempo teria dormido? Não tinha muita certeza da hora em que se sentara e por quanto tempo ficara lendo os arquivos de Betty Vance, mas achou que foram umas duas ou três horas. Será que Mike havia ligado? Espichou o pescoço para ver a secretária-eletrônica no balcão. A luz vermelha não estava piscando.

Voltar a dormir está fora de questão, pensou Jane olhando atentamente pela janela da cozinha. Ela gostaria de poder desligar-se dos sonhos com aquele garoto, Billy Jensen. Suspirou. Bem que poderia aproveitar um pouco este tempo. Preparou a cafeteira e, enquanto ela ia pingando, abriu seu computador e enfiou o disquete no *drive*.

Eram três da manhã quando Jane retirou o disquete e desligou o computador. Diante dela havia uma pilha de impressos. Como sabia o número do seguro social de Brian Ramsey por seu seguro saúde, ela agora podia ter um esboço do perfil do homem que fora seu paciente há poucos dias. Não foi surpresa ver que tinha freqüentado a Universidade de Louisiana e jogado nos Bengal Tigers. Ela já suspeitara tratar-se de um jogador de futebol por causa de suas mãos e seu porte. O que causava espécie, no entanto, era que, embora tivesse freqüentado a escola com uma bolsa integral de futebol, só tivesse feito seu mestrado com mais de trinta anos.

Perto da pilha de impressos de Ramsey estava o histórico de Betty Vance, também cortesia do arquivo pirata e da Internet. Era consideravelmente mais incompleto que o de Ramsey, mas de qualquer forma igualmente útil. Pelo menos agora ela não estaria trabalhando totalmente no escuro.

Enquanto levava a xícara de volta para a cozinha, imagens de Mike lhe surgiram diante dos olhos. Será que ele estava dormindo? Claro que estava. Passava das três da manhã. Estaria sonhando com ela? Por que ele não tinha telefonado? Ele disse que ligaria. Não era do seu feitio dizer que faria alguma coisa e depois não cumprir o que dissera. Ela lavou a cafeteira, encheu-a novamente para a manhã e sentou-se para fumar um cigarro.

Quando viu as luzes de um farol refletidas na parede da cozinha, Jane levantou-se de imediato. Mike! Correu para a porta, mas em vez de Mike ela viu o esfrangalhado carro de polícia de Trixie parar ruidosamente, com as luzes azuis e vermelhas piscando. Quando Olive surgiu do nada e começou a latir, Jane se deu conta de que esquecera de chamá-la para dentro de novo.

— Estamos fazendo a ronda noturna — berrou Trixie por sobre a estridente sirene.

— Está brincando! — berrou Jane em resposta.

Encaminhou-se para o carro e enfiou a cabeça pela janela do passageiro.

— Estamos sim, não é brincadeira! — disse Trixie tentando cobrir o alto ruído da sirene.

Pegou o radiorreceptor-transmissor.

— Estou em casa de Jane, Fred. Sim, está tudo bem. Chego em casa num instante. Câmbio e desligo.

— Meu Deus! — disse Jane, assombrada — Quando é que vocês dois dormem?

— Não dormimos. Tiramos cochilos.

Apertou o botão para abrir a porta de trás.

— Vai, Flash! — O enorme cão saltou do carro, com Olive disparando atrás dele.

— Pensei que você tinha prometido que não andaria pelas estradas principais.

— Eu prometi. E não prometi.

— Hein?!

Trixie desligou a sirene.

— Realmente, fiz uma promessa. E não estou dirigindo em estradas abertas. Venho através dos campos. E você, por que não está na cama dormindo? Sabe que horas são?

— Sei. É que foi uma daquelas noites — respondeu. — Por falar nisso, antes que me esqueça, Betty, aquela moça que veio comigo... Ela encontrou uma cadela linda, uma Labrador amarela chamada Golda. O dono dela morreu e não havia ninguém para ficar com ela. Ela se apegou de imediato a Betty. Ainda está um pouco confusa, mas vai ficar bem. Com isso você vai ter mais um cão para fazer companhia a Flash durante as aulas de adestramento.

Trixie encarou Jane.

— Você acha que sou maluca, não acha?

Em vez de esperar uma resposta, ela disse:

— E acho que não tem culpa disso. Mas sabe de uma coisa? Não estou nem ligando. Estou tendo a vida que pedi a Deus. Flash tem tanta energia que chega a ser surpreendente. Ele já encontrou a primeira sacola com as drogas. Fred tornou a embrulhá-la e a escondeu novamente. Escondeu também algum dinheiro. Enquanto estamos aqui, ele está enterrando diferentes mochilas e pastas com alguns dólares em cada uma. Flash é um *expert* quando se trata de dinheiro.

— Eu não acho que você seja maluca — disse Jane, defendendo-se. — Talvez um pouco excêntrica, mas maluca, não. Acho incrível o que você está fazendo! Você salvou a vida de um policial. Nunca vi cachorro mais feliz; você o amansou com esta sua barganha. Também nunca vi você tão feliz, Trixie. E é isso que importa. Você tem a sorte de poder bancar tudo isso. Você e Fred têm todo o meu apoio — disse Jane, entrando no carro e tomando a mão de Trixie para apertá-la.

— Onde está seu namorado?

Jane deu de ombros.

Trixie abanou a mão com ar de descuido.

— Um pouquinho de mistério é bom para um romance.

Jane abriu a porta do passageiro, entrou no carro e abaixou a janela.

— A primeira coisa que ia fazer de manhã era ligar para você e lhe pedir um favor. Mas já que você está aqui... Eu queria que Betty Vance fosse passar um fim de semana na fazenda com você e Fred. Ela está muito instável e não quero que fique sozinha. Eu poderia trazê-la para cá, mas quero ir a Baton Rouge e investigar umas coisas na Universidade. Tive um sonho e percebi que tenho que seguir todas as minhas pistas até o final. O que significa que tenho que voltar ao que chamo de a cena do crime. Vou levar Olive comigo; portanto, ela não vai atrapalhar você com Betty e um cachorro estranho. Se uma das duas precisar de mim, é só me ligar pelo celular. Creio que, se ela ficar com você, vai ficar bem. Não quero que ela pense que estou fora de seu alcance. Está um tanto insegura, mas acho que, bem dentro de si, tem uma força e garra que espero venham a lhe servir. Precisa saber que há pessoas que se preocupam com ela. Você é exatamente a pessoa com quem ela conta, Trixie.

— Isto é uma das coisas mais bonitas que você já me disse, minha menina. Estou passando pelo melhor momento da minha vida. Na minha idade, já é um milagre.

Ficaram sentadas no carro de polícia, esperando os cachorros voltarem, ouvindo as vozes transmitidas pelo rádio *scanner* da polícia. A distância, elas podiam ouvir o som dos dezoito carros que rodavam na estrada principal.

Jane ordenou os próprios pensamentos. Tinha algo mais a perguntar a Trixie, mas não sabia como sua madrinha iria reagir. Só havia um meio de saber: perguntando.

— Trixie, o que você diria se lhe contasse que estou pensando em largar minha profissão, que não quero mais ser psiquiatra? — Prendeu a respiração, esperando.

Os olhos de Trixie buscaram os de Jane, tentando adivinhar seus pensamentos.

— Como a maior parte dos psiquiatras são malucos mesmo, eu provavelmente perguntaria por que você demorou tanto tempo para fazer isso. A vida é curta, Jane. Para ser feliz, você tem que fazer o que tem vontade de fazer. Se você não consegue sair para seu trabalho assoviando, é que este trabalho não é bom para você. Isto é um ditado alemão — disse ela astutamente. — Porém, acho que teria que lhe perguntar por quê.

Jane inclinou a cabeça e olhou as próprias mãos.

— Acho que entrei nisso por razões erradas. Não porque eu tivesse vocação ou algo semelhante. Mike, por exemplo, diz que sabia exatamente que queria ser um psiquiatra e tudo que isto envolvia. Eu nunca soube nada disso. Forcei-me a isso, por sentimento de culpa, creio.

— Culpa em relação àquela sua colega de colégio? — Como Jane concordasse, Trixie perguntou: — Se você desistir de seu trabalho, o que vai fazer da vida?

Jane suspirou.

— Não sei. Tudo que sei é que a carreira médica não é a minha. Deveria ter visto isso há muito tempo, quando eu não conseguia decidir que ramo da Medicina seguir. Primeiro queria fazer pediatria, depois clínica geral, a seguir psiquiatria. Fixei-me na psiquiatria porque pensava que poderia estar, a meu modo, fazendo alguma coisa para ajudar Connie Bryan, mas fracassei. Agora tenho consciência disso.

— Oh, Jane, minha filha. Que tipo de coisas você andou pensando?

Jane balançou a cabeça.

— Não sei qual a profissão que me é mais adequada, mas no momento não é isso que importa. Antes de fazer *qualquer coisa*, de tomar qualquer decisão, tenho que manter a promessa que fiz a mim mesma e fazer alguma coisa para ajudar a Connie. O fato de ela estar morta não conta. Tenho que fazer alguma coisa, do mesmo modo que você fez pelo Flash. Santo Deus, veja até onde você está indo por este animal. Não fiz nem um terço disso no que diz respeito a Connie e ela é um ser humano. *Era* um ser humano. — Jane virou a cabeça para a janela, para ficar sozinha com seus pensamentos.

— Jane — disse Trixie mansamente —, Fred e eu viríamos aqui no domingo para conversar com você sobre algumas coisas. — Jane voltou de novo a cabeça, os olhos umedecidos. — Você sabe que ganhamos um monte de dinheiro ao longo desses anos e que está todo empregado em diferentes aplicações que irão para você no dia em que morrermos. Estávamos pensando se você se importaria que tirássemos uma parcela desse dinheiro e arrendássemos parte de seu terreno, já que faz limite com o nosso, para montar uma escola para cães K-9. Uma escola de verdade, que seria fundada por nós. Contrataríamos adestradores, compraríamos nós mesmos cachorros e depois os doaríamos para os diversos departamentos de polícia de todo o país. Quando chegassem à idade de se aposentar, como Flash, nós os pegaríamos de volta e deixaríamos que passassem o resto de seus dias na fazenda.

As lágrimas rolavam pelas faces de Jane.

— É evidente que não me incomodo. Eu lhes disse desde o início que não queria o dinheiro de vocês. Papai me deixou muito bem, e eu mesma poupei meu dinheiro ao longo de anos. A verdade é que *nunca mais* precisaria trabalhar. Se você quer a minha bênção, já tem. Você vai criar cães também?

— Vou fazer tudo a que tenho direito. Quer entrar nisso conosco? Isto é, quando e se você realmente largar seu trabalho.

Jane nem parou para pensar na resposta.

— Claro que quero. Gostaria muito de fazer uma coisa dessa natureza.

— E o que faria com seu consultório e o programa na rádio?

— Estava planejando cuidar disso depois do primeiro dia do ano. Meu contrato com a rádio termina em 3 de janeiro. Poderia vender meu consultório, e Mike poderia assumir o programa. É a pessoa ideal para isso. Ei, e poderíamos pensar em fazer um programa sobre cachorros. Uau! Como é que tudo isso veio assim, no meio da noite, Trixie?

— Simples questão de sorte! Você estava acordada, eu vim até aqui. Acho que a sintonia foi perfeita — disse Trixie, rindo.

— Você vai desistir por completo de escrever?

— Ainda não. Temos ainda mais dois livros com contrato assinado. Não disse nada antes porque Fred e eu queremos ter certeza de que vai dar tudo certo, mas nosso agente acaba de vender nossos quinze últimos livros, em um pacote, para uma empresa cinematográfica de Hollywood. Fred recebeu um telefonema dizendo que devem fechar a negociação por volta das seis horas. Cinco milhões, Jane. Lógico que o imposto de renda vai comer uma boa parte disso, mais o Estado e o nosso agente, mas mesmo assim vai sobrar bastante para realizar o projeto K-9, uma grana que pode ser uma garantia no caso de as coisas não darem certo ou os preços subirem. Um fundo de reserva, por assim dizer.

— Parabéns, Trixie! Estou tão orgulhosa de você que poderia até explodir. Você não acha que sou do tipo que abandona tudo pela metade, acha?

— Você? Jamais!

— Você acha que Mike vai pensar isso de mim quando eu lhe contar meus planos?

— Se pensar, então não é o homem certo para você. Ah, aí vem meu parceiro. Está na hora de levantar acampamento e ir embora — disse Trixie, saindo do carro. Jane saiu também.

— Viva! Olhe só, Jane. Flash conseguiu de novo! Muito bem!

Trixie suspendeu uma sacola de plástico cheia de tecido e de uma substância estranha.

— Duas notas de dez dólares! Este cachorro é mestre em farejar dinheiro, tanto quanto drogas. Para o carro, Comissário Flash! Por esta noite, chega. — Flash latiu e saltou para dentro do carro. — Este cachorro é a maravilha das maravilhas.

Olive ficou pacientemente de pé, à espera de ser também recompensada.

— Dois biscoitos chegando! Bob Henry me disse para dar sempre a Flash um biscoito quando a tarefa estivesse terminada. Ele costumava também levá-lo ao Burger King nas noites de quinta-feira.

— Esses regalos fazem bem. Eu sempre os dou a Olive. Ela adora hambúrgueres de legumes. — Jane se abaixou para acariciar a cabeça de Olive.

— Logo, logo vai amanhecer. Gostei de você ter parado aqui, Trixie. Sinto como se todo o peso do mundo tivesse sido tirado das minhas costas. Então, quanto a Betty Vance, tudo bem?

— Mande-a para minha casa. A que horas você vai para Baton Rouge?

Trixie afivelou o cinto de segurança de Flash no banco de trás, fechou a porta, deu a volta para o lado do motorista e posicionou-se atrás do volante.

— Assim que eu tomar um banho de chuveiro e me aprontar. No caminho ligo para Betty.

— Então está bem. Nos vemos. Faça uma boa viagem — disse Trixie. Acendeu a luz giratória, ligou a ignição e deu a volta saindo por dentro do campo aberto em direção a sua casa.

Sorrindo, Jane via as luzes brilhando até que o carro de polícia ficou fora de vista.

— Olive — disse ela olhando para baixo —, tecnicamente falando, acabo de deixar meu trabalho! Sinto-me tão leve que poderia voar se tentasse. Vamos, vamos tomar nosso café da manhã. Depois vamos até minha *alma mater* para ver o que podemos encontrar a respeito de meu ex-paciente. Talvez possamos ir até Slidell.

— Au!

* * *

Jane estacionou o carro no Estacionamento para Visitantes. Permaneceu sentada, em silêncio, com Olive próximo a ela, como se estivesse observando o *campus* que se desdobrava diante dela.

— Eu morava aqui, Olive. Passei quatro longos anos de minha vida estudando e caminhando por esses gramados. Acho que era feliz até aquela noite terrível. Não sei, talvez nem fosse feliz e apenas pensasse que era. Vamos, garota, vamos andar pelo mesmo caminho, e depois você vai esperar um pouquinho por mim enquanto vou à biblioteca.

Era uma manhã tranqüila, com poucos estudantes perambulando pelos gramados. Os sábados eram dias para dormir, ainda mais depois das festas que duravam a noite toda. Havia alguns estudantes mais sérios que conseguiram levantar-se e sair, estudantes como ela. Pareciam tão jovens! Será que ela fora também tão jovem assim? Claro que sim. Mas no momento ela se sentia tão vulnerável que teve vontade de correr de volta para o carro e se afundar no banco de trás. Seu sentimento de culpa estava ameaçando cortar bruscamente seu suprimento de ar. Aspirou longa e profundamente.

De algum modo deu um jeito de chegar até o pátio interno. Ali, diante dela, estava a Biblioteca Troy H. Middleton. Olhou para as bicicletas acorrentadas aos mirtos. Há muitos anos ela também acorrentava a sua bicicleta a alguns desses mesmos mirtos. Continuou a contemplá-los como se estivesse vendo o local pela primeira vez. Depois se virou e enveredou pelo caminho que houvera percorrido naquela noite com Connie Bryan. A única diferença entre aquela ocasião e a de agora era a época do ano. Fazia calor naquela noite de primavera, com as azáleas e as oliveiras todas floridas. O cheiro adocicado das perfumadas oliveiras era quase irresistível. Sentiu uma enorme vontade de sentar-se em um daqueles bancos, mas não havia tempo. Talvez mais tarde pudesse andar até o campo de esportes, fazer seu caminho de volta para o pátio e sentar-se um pouquinho. De vez em quando olhava para cima para ver se as lâmpadas ainda estavam lá e intactas. Estavam. Parou e olhou ao redor para reconhecer o terreno. Até onde a vista alcançava, podiam-se ver os telhados de telha vermelha em estilo europeu. Aqueles telhados vermelhos tinham sido uma das razões de ela ter-se matriculado na Universidade de Louisiana. Seus ouvidos se aguçaram quando o relógio na grandiosa torre do sino deu as horas. Ele batia a cada quinze minutos. Jane olhou para seu relógio. Estava certo, até nos segundos.

Continue andando, Jane. Faça o que você mandou Betty Vance fazer. Reviva a experiência, lembrou a si mesma. *Não importa o quão penosa possa ser, reviva-a. Talvez venha a lembrar-se de alguma coisa.*

A primeira coisa de que se lembrou foi de que se sentia inferior em relação a Connie — que era bonita, popular, a Rainha do *Homecoming*. Ela tinha perguntado a Jane se estava namorando alguém.

— *Não, não estou namorando ninguém ou, melhor, não estou nem saindo com alguém* — Jane retrucara.

— *É que você ainda não encontrou o homem certo, Jane. Mas você vai encontrar, no momento exato. O momento em que você olha nos olhos de alguém e sente que aquele pessoa é o seu destino é uma coisa que não tem igual no mundo. Todd e eu vamos ter uma vida maravilhosa. Temos nossa casa já toda planejada, a mobília, até os pratos de cozinha e os jogos americanos. Queremos quatro filhos e nenhum dos dois se importa se serão meninos ou meninas, desde que sejam saudáveis. Até já escolhemos os nomes. Eu vou fazer doces e decorar a casa para os dias de festa. Vamos ter árvores de Natal em todos os cômodos da casa. Todd e eu adoramos o Natal. Nosso primeiro encontro foi exatamente na véspera do Natal, no primeiro ano em que estávamos aqui na universidade...*

— *Você tem sorte, Connie. Desejo a você toda a felicidade do mundo* — dissera Jane.

Instintivamente, Jane parou no lugar exato em que ela e Connie pararam naquela noite. Sentiu um pânico momentâneo à medida que sua mente saltava para trás.

— Ei! — estrilou uma voz em sua mente.

Jane susteve a respiração e voltou-se para o local de onde, ao que se lembrava, viera o som. Podia revê-los ali, cinco negras figuras bem atrás delas e uma mais distante, bem afastada do grupo. Eram todos altos e de ombros largos como jogadores de futebol. Medo e raiva deram um nó dentro dela.

— *Ora, ora, vejam só, caras. Que gracinha de garota nós achamos. A beleza da escola, pra dizer a verdade.*

Jane começou a tremer à medida que essas assustadoras imagens do que estava por vir retornavam à sua mente. Ela podia ouvir Connie perguntar a eles o que queriam, depois ver três dos rapazes puxando-a para dentro das moitas.

— *Qu'é isso, rapazes, vamos parar com isso. Não tem a menor graça* — dissera Jane ofegante, antes que uma mão fosse apertada sobre sua própria boca.

— *Não estamos querendo fazer graça; portanto, cale essa boca. Se der mais um pio, vai levar um cachação no pescoço. Temos planos em relação à Senhorita Rainhazinha do* Homecoming, *não é, caras?*

As lembranças eram tão reais que Jane chegava a sentir os braços de um dos rapazes em torno dela, segurando-a com tanta força que mal conseguia respirar. Lembrava o quanto lutara, sacudindo-se com violência e empurrando os braços dele, mas ele era forte demais.

Vacilou súbito e deu um passo atrás ao recordar o momento em que um deles lhe dera um soco no estômago. Suas pernas se dobraram com seu peso e ela sentou-se no chão. A sillhueta escura do sexto rapaz, o tal sujeito esquisito, aparecia de novo confusamente diante dela, tal como já acontecera. Ele era mais alto e mais espadaúdo que os demais. Ela se lembrava que ele fora embora correndo e que ela pensara que talvez não fosse um deles e estivesse indo buscar socorro.

Como seqüências de um filme, as lembranças voltavam, uma atrás da outra. Os três rapazes que tinham levado Connie, dando-se tapinhas nas costas e congratulando-se. Haviam estuprado a Rainha do *Homecoming*. Viva!

Lágrimas encheram os olhos de Jane tal como acontecera naquela noite pavorosa. Ela podia sentir sua raiva crescendo. Lembrava de ter-se levantado e golpeado o rapaz mais próximo a ela, fazendo-o cair.

— *Esta puta dessa baleia encalhada precisa de uma lição. Qual de vocês quer essa Miss Leitoa?* — dissera um deles. — *Ninguém se habilita?*

Um grito subiu-lhe à garganta, mas foi sufocado por uma mão forte. Morda-o!, gritou sua mente. Morda-o!

Jane respirou de novo profundamente, tentando acalmar-se. Uma mordida daquelas com certeza deixara uma cicatriz, pensou ela, olhando Olive que estava próxima. Por longos minutos ela continuou sentada, olhando para o espaço, pensando, catalogando e analisando.

— Volte para o carro, Olive. Vou até a biblioteca para ver quem integrava as equipes de luta livre e os times de futebol daquele ano.

Jane abriu a porta do carro e deixou Olive bem instalada com algo para roer.

— Não ouse abrir a porta! Não demoro.

Já era de tarde quando Jane voltou para o carro. Ouviu um ruído agudo de parada do carro circular. Voltou-se para reviver outra velha lembrança. Ela tinha tomado aquele transporte diariamente para ir de um lado ao outro do enorme campus. Subitamente parecia que fora há um século.

Olive latiu de alegria com o retorno de sua dona.

Jane entrou no carro e pegou a maçã que apanhara no balcão da cozinha ao encaminhar-se para a porta dos fundos no início da manhã.

— Não. Esta maçã é minha. Eu lhe dei algo para roer, não se lembra?

— Ssshhh, quero dar uma olhada em toda essa papelada que imprimi. — Olive sentou-se tranqüilamente, olhando para fora da janela. — Olha só isso, Olive. Não acredito. Brian Ramsey estava um ano abaixo de mim na escola. Ele era zagueiro do time de futebol. O resto da primeira linha se formou junto comigo. Consegui os perfis de toda a turma, mas só vou ler quando chegar em casa. Eram todos rapazes de aparência máscula, mas nenhum tão musculoso quanto Ramsey. Aposto que nenhum tinha as mãos parecidas com as dele. Peguei os endereços de todos os jogadores no cadastro dos alunos — de todos os caras de luta livre e da primeira e da segunda linhas do time de futebol também. Todos moram em Louisiana. Estou com meu trabalho todo já bem encaminhado, Olive, mas vou seguir em frente. Ainda estou com *a sacola*. Devo ter sido inspirada ao guardá-la. Graças a Deus nunca a joguei fora. Um pequeno passeio e a seguir vamos para Slidell.

Olive andou tranqüilamente ao lado de sua dona enquanto Jane se encaminhava para a União dos Estudantes e os campos de esportes. Desceu até o centro, com os olhos se voltando para a esquerda e para a direita. Ali estavam o David Boyd Hall, o Charles E. Coates Hall e o James W. Nicholson Hall. A fonte ao lado do Tomas W. Atkinson Hall era a mesma e ainda jorrando água. Quantas vezes ela não se sentara naqueles bancos, pensando na vida. Continuou a andar, parando a cada momento para que Olive pudesse farejar e abaixar-se. Lá estava o letreiro vermelho da Disco Tim, ainda em funcionamento.

Andou em direção ao pátio interno para admirar a magnífica árvore no meio. Ela devia ter umas cinqüenta fotos dessa árvore, tiradas ao longo de seus quatro anos na Universidade. Perguntou-se onde estariam. Provavelmente empacotadas em alguma caixa na garagem.

— Está vendo aquela coisa subindo pela árvore, Olive? Chamam-se aspidistras, ou seja, plantas com casca de ferro. Não se consegue matá-las. Vivem eternamente. Acho que já vimos o bastante. Está na hora de irmos embora.

Mike Sorenson subiu aos saltos os degraus, procurou sua chave e entrou em casa de Jane. A casa estava silenciosa demais. A esta altura, Olive já deveria ter vindo saudá-lo.

— Jane! Onde você está? — cantarolou ele. — Trouxe umas *rosquinhas* doces fresquinhas!

Não obtendo resposta, correu para o segundo andar. Franziu as sobrancelhas ao ver a cama cuidadosamente feita. Ainda era muito cedo para se fazer a cama. Jane geralmente só a fazia quando já estava saindo para o trabalho. Verificou as toalhas no banheiro. Estavam úmidas, e o chuveiro ainda molhado. *Droga. Ela não tinha dito nada a respeito de sair cedo naquela manhã.*

Mike voltou para a cozinha no primeiro andar. De lá poderia ver os fundos da casa para saber se Jane tinha saído com o carro. No momento em que entrou na cozinha viu o bilhete colado no pote de biscoitos.

Mike,

Resolvi ir até Baton Rouge para verificar algumas coisas. Não sei se estarei de volta hoje ou não. Posso decidir ir até Slidell. Se for, só estarei de volta amanhã. Pensei que você ia me ligar ontem à noite. Senti falta de falar com você. Olive está comigo. Deixe seu celular ligado hoje. Se puder, ligo para você. Tomei algumas decisões muito sérias na noite passada. Quero conversar com você a esse respeito.

Jane.

Mike abriu a sacola de rosquinhas açucaradas. Sua mente se agitava enquanto mordiscava os doces. Estava começando a suar frio. Será que essas decisões tinham algo a ver com ele? Será que Jane tinha ficado frustrada por ele não ter ligado na noite passada, como prometera? Leu o bilhete novamente. Era muito formal, ela não tinha nem assinado *Com amor, Jane*. Se ela lhe tivesse deixado um bilhete, ele teria assinado *Com amor, Mike*. E também não teria começado um bilhete simplesmente com o nome dela. Teria escrito *Querida Jane*. Por que ela não escrevera *Querido Mike*? O suor molhava suas sobrancelhas. Enxugou-o com a manga da camisa.

Sem nada para fazer, ele também não sabia o que fazer de si mesmo. Deveria ir para casa? Ou esperaria ali? Se ele quisesse esperar, poderia pegar o *kit* de ferramentas na garagem e consertar todas as coisas tortas da casa. Ou ligar o computador de Jane e fazer algum trabalho. Inspirou fundo. Que trabalho? Ele andava tão em dia com seu trabalho que nada havia para fazer, exceto esperar alguns telefonemas. Quem sabe poderia ligar para seus pais. Ou talvez procurar o tal fantasma que se supunha habitar a casa. Por outro lado, talvez fosse melhor voltar para casa, ir para a cama e dormir o dia inteiro. Optou finalmente pelo escritório de Jane e seu computador.

Memorizou a posição das coisas na escrivaninha de Jane antes de sentar-se. Se mexesse em alguma coisa, teria condições de repô-la em sua posição original. As pessoas não gostam que se mexa em suas coisas. Ele mesmo era uma delas. Olhou para a pilha de papéis impressos. Data de hoje. O que queria dizer que Jane trabalhara no computador depois da meia-noite. O disquete estava enfiado só até a metade do gabinete. Ele não se sentiu em absoluto culpado quando começou a ler todos os arquivos. Quando terminou, recostou-se na cadeira giratória. Aparentemente, os arquivos nada mais eram que informações a respeito de Brian Ramsey e Betty Vance. Mas era óbvio que Jane lera alguma coisa nos arquivos que a fizera ir a Baton Rouge. Uma picada de medo percorreu-lhe os braços. Pousou os olhos no arquivo de Betty Vance. Quem seria essa tal Betty Vance?

— Estou sentindo sua falta, Jane Lewis — murmurou Mike, recostando-se na cadeira e fechando os olhos.

Oito

Trixie McGuire olhou para seu marido por cima da mesa da cozinha, com os dedos cerrados em torno da xícara de café.

— Não gosto do jeito dessa moça, Fred. Não sou uma psiquiatra como Jane, mas já vivi bastante e o que vejo me preocupa. Ela passou dos limites há muito tempo. Não preciso de um tratado ou de um histórico do caso para ver que essa mulher vai dar muito trabalho a Jane. E ela nem é paciente dela. Bom, ela é e não é.

Pegou sua xícara para tomar um gole, quando se lembrou de uma coisa.

— Estou com um mau pressentimento. Alguma coisa vai acontecer e todo mundo vai ficar em maus lençóis. Muita merda vai ser jogada no ventilador. O que você acha, querido?

— Acho que temos que dar uma chance a ela, meu bem — disse Fred, estendendo a mão por sobre a mesa e dando um tapinha na dela. — Esse olhar esgazeado que ela tem é resultado das drogas que vem tomando. Seis meses de drogas fortes fariam o mesmo com você. Jane deve ter alguma esperança em relação a ela. — Retirou a mão e deu-lhe um sorriso tranqüilizador. — Olhe, foi a conselho de Jane que ela comprou um cachorro e veio para a fazenda — disse ele, apontando para fora. — Olhe para ela, meu bem. Ela está realmente segurando firme aquela coleira. Pode ser que essa cadela represente uma nova segurança para ela. — Seu olhar voltou-se para a esposa. — Não estou dizendo que você esteja errada, Trix. O que me preocupa é a nossa Jane, o que ela disse a você. Num piscar de olhos quer jogar a toalha e sua carreira no chão. É boa naquilo que faz. Seria uma grande pena se ela de repente jogasse tudo para o alto.

Trixie deu um suspiro de resignação.

— Temos que confiar no julgamento de Jane. Ela tem uma boa cabeça sobre aqueles ombros. Ela não vai correr riscos com essa moça. Aquelas coisas todas que você me contou ontem... Ela só está tentando minorar a própria culpa, ou o que acha que é sua culpa, em relação a sua colega de escola. Se precisar de nós, estaremos aqui.

— Fred, estamos *velhos*. E não estamos querendo ver isso. Sentamos em nossos respectivos traseiros há tanto tempo escrevendo livros que perdemos a noção do que está acontecendo no mundo de hoje. Temos momentos maravilhosos com bastante freqüência. E olha que já estamos um tanto *bambos*, Fred. Graças a Deus nossas cabeças ainda funcionam bem. Precisamos fazer alguma coisa por Jane antes que nosso tempo acabe.

Como que em desafio, Fred estalou os suspensórios coloridos e a seguir ajeitou os óculos.

— Deixe de ser tão mórbida, Trixie. Planejo viver para sempre. Nós devemos ficar fora dos assuntos de Jane, a menos que nos peça ajuda.

— Ou seja, que eu não me meta no que não é da minha conta. Não é isso? Isso não vai acontecer, Fred, pode tirar essa idéia da cabeça. Você está me enchendo o saco, mesmo sem querer, Fred. — Quando ela colocou de novo a caneca de café na mesa, o café espirrou por toda a superfície. Seus olhos brilhavam furiosamente.

Fred suspirou.

— Ora, vamos, Trixie. Sabemos que você não consegue ficar zangada comigo por mais de dez minutos. Só não quero ver você com tanta raiva ou começar a agir precipitadamente, dando murros em ponta de faca.

Fred empurrou rápido sua cadeira para trás.

— Tenho que ir trabalhar. Por falar nisso, já chegamos a alguma conclusão quanto ao que seria capaz de fazer sair mais sangue de uma ferida, se um machado sem corte ou um machado afiado?

— Olhe em meu livro, na rubrica *sangue*. Acho que um machado cego deve provocar mais sangue. Mas não estou conseguindo pensar nisso agora, Fred.

— Que tal você pensar no caso daquelas três pílulas que ainda tenho no meu vidro de Viagra? — disse ele, com um sorriso moleque no rosto.

A boca de Trixie abriu-se em um sorriso.

— Você tem três?

— Tenho. Use aquela coisa que tem uns brilhos no ombro — disse ele, piscando para ela.

— Três! Eu pensei que já tínhamos usado todas. Olha, Fred, este é um momento maravilhoso. Eu devia estar sem óculos quando olhei aquele vidro.

Fred estalou os suspensórios pela segunda vez enquanto olhava provocativamente para a esposa.

— Já conversamos alguma vez sobre o que aconteceria se você tomasse uma e eu outra?

— Já, sim. Um de nós morreria no final da noite.

— Ah, é. Tem razão. Tinha até me esquecido.

— Uma chega, Fred. Não deixe de trocar os lençóis. Ponha aqueles com flores cor-de-rosa. Vou gostar de fazer amor em um campo de flores cor-de-rosa.

Fred não precisava de nenhum estímulo a mais. Deu meia-volta e saiu da cozinha assoviando, com os dedos enroscados nos suspensórios.

Trixie emitiu um som sibilante ao acenar-lhe em despedida. Caminhou para a varanda nos fundos, onde Flash estava sentado próximo a Betty Vance e Golda.

— Está bonito aqui fora, não está?

— Está, sim. Quem cuida de seu jardim? Nunca vi tantas flores bonitas nesta época do ano.

— Temos um jardineiro uma vez por semana. Ele cuida de tudo. Como é que você dormiu na noite passada, minha querida, sem aquelas pílulas?

— Não muito bem. É por isso que estava tomando pílulas para dormir e o Valium e mais aquele remédio cujo nome nem sei dizer. E antes que a senhora pergunte, não, a Dra. Thomas não sabia que eu estava tomando pílulas para dormir. A Dra. Lewis disse que vai levar um tempo até a droga ser eliminada de meu organismo. Acho que, na verdade, fico com medo de ir para a cama. Tenho medo de voltar a sonhar com tudo aquilo de novo.

Trixie atentou para a informação.

— Os sonhos não podem feri-la, Betty. Você precisa não pensar mais nisso. Não acho que você esteja fazendo isso. Não sei, talvez você nunca faça. Há pessoas que gostam de alimentar coisas como esta. Você sabe, para obter atenção, ter desculpas para não levar adiante uma vida que talvez não fosse lá essas coisas. Espero que você não seja uma dessas pessoas, Betty — disse Trixie incisivamente.

Betty olhou-a de soslaio.

— Eu não sou assim — exclamou. — Minha vida era tão boa quanto a de qualquer outra pessoa antes de ser agredida. Eu tinha um emprego ótimo, dinheiro no banco, carro, mobília e apartamento próprio. É muito fácil para a Dra. Thomas e para a Dra. Lewis e mesmo para a senhora, Sra. McGuire, serem severas e duras e dizerem: — *Ora, vamos, vamos superar isso juntas. A vida continua.* Não faça juízo dos outros até você ter uma faca na garganta e um homem segurando-a no chão enquanto outro a estupra.

Trixie concordou. Não estava nem um pouco ofendida.

— Esse desabafo veio muito de dentro, Betty. Você me passou realmente um pito. Isto é bom — disse ela, batendo com a mão no joelho de Betty. — Jane estava certa a seu respeito. Ela acha que você tem uma força e garra bem dentro de si em que pode se apoiar. Acho que a pergunta é: por que você não ousa? Você sobreviveu, ou seja, você ultrapassou o pior. Você está viva. Eu poderia lhe mostrar uma estatística de quantas não sobreviveram. Do meu ponto de vista acho muito melhor estar viva. É a minha opinião, Betty.

— Não sei. Acho que é mais fácil deixar rolar.

— O que vai acontecer quando seu amigo parar de ajudá-la? Isto pode acontecer, você sabe. Para onde você irá? O que fará?

— Espero que não chegue a esse ponto, que minhas sessões no centro de atendimento me ajudem. A Dra. Lewis concordou em me receber para consulta diariamente. Espero que isto possa ser muito bom.

— Eu também. Mas você não pode depender inteiramente dos outros. Se você quiser sair dessa, é *você* quem tem que fazer o esforço maior.

Trixie inclinou-se para a frente e fez um carinho em Golda.

— É uma cachorra bonita, esta que você conseguiu. Flash parece gostar dela também.

Betty pôs os braços em torno da grande cadela e abraçou-a com força.

— Ela dormiu em minha cama na noite passada. Acho que está assustada. Talvez sinta falta de seu dono.

— Sim, sei o que é isso. Flash sentia tanta falta do seu trabalho que quase o perdemos. Mas, como você pode ver, ele agora está muito bem. Na verdade, temos um bocado de trabalho para mantê-lo feliz, mas ele nos dá muita alegria em troca.

Trixie ergueu-se.

— Há alguma coisa que possa fazer por você, Betty? Que tal almoçarmos?

— Seria bom. Depois vou me sentar ao sol por um momento e talvez leve Golda para dar um passeio, se estiver bem assim. Estou vendo algumas nuvens de tempestade chegando. A meteorologia diz que vai chover no final da tarde.

— Acho que ela deve estar certa — disse Trixie olhando para cima em direção às escuras nuvens a leste. — Chamo você quando o almoço estiver pronto. Você precisa engordar. Está quase tão esquelética quanto eu. — Trixie esperava pelo menos um leve sorriso em resposta, ou talvez até uma risada. Em vez disso, Betty olhou para o jardim enquanto continuava a dar palmadinhas na cabeça de Golda.

Os ombros de Trixie estavam caídos quando chegou na cozinha. *Esta moça não vai superar isso nunca. Ela vai até tentar mostrar que faz alguma coisa, mas isto é o máximo que vai conseguir. Jane, minha filha, você vai ter que dar por encerrado seu trabalho no que se refere a ela.*

Eram já quase quatro horas quando Jane virou a esquina entrando em uma rua de árvores enfileiradas, com casas bem cuidadas de dois andares por trás das calçadas. Gramados verdes e aparados, como os dos campos de golfe, eram abundantes. Era uma rua bonita. Uma rua bonita para se crescer nela. Ela se perguntou se Connie teria deslizado de *skate* por aquelas calçadas e andado de bicicleta indo e voltando da escola. Gostaria de saber. Será que Connie tinha amigos morando na mesma rua ou nas ruas vizinhas? Tomou nota mentalmente de perguntar onde era o cemitério. O mínimo que poderia fazer era pôr algumas flores na sepultura dela.

Da janela do carro, verificou os números das casas nas caixas de correio. Quando encontrou o que estava procurando, respirou fundo. Será que estava fazendo o mais certo vindo até ali? Esperava que sim. Certo ou errado, ela tinha de fazer isso. Era algo que já deveria ter feito há muito tempo.

O estrondo de um trovão ecoou sobre sua cabeça. O vento assoviava por entre as árvores no momento em que Jane entrou pelo sinuoso caminho lateral emoldurado dos dois lados por grama baixa e bem tratada. Quantas vezes teria Connie passado por este mesmo caminho?

Era uma varanda bonita, semelhante à que Mike descrevera para ela. Tapetes de fibra verdes, confortáveis cadeiras de balanço brancas com almofadas coloridas e pequenas mesas com plantas em cima. Ela se perguntou se alguém já se sentara ali alguma vez. Pareciam todas muito novas, quase sem uso. Os ventiladores no alto giravam, mas não devido à eletricidade. O vento estava mais forte e a comprida varanda parecia um túnel de vento. Ela se perguntou se as plantas em vasos e as samambaias penduradas agüentariam ou se seriam derrubadas.

Jane engoliu em seco no momento em que tocou a campainha que ressoou no interior. A chuva começava a cair do céu já escuro no minuto em que uma réplica mais velha de Connie abriu a porta. Era uma mulher delgada e miúda, com cabelos louros e curtos, na última moda. Era enfermeira, se Jane não se enganava. O pai era professor. Provavelmente já estavam ambos aposentados ou prestes a aposentar-se.

— Sra. Bryan?

— Sim?

— Eu sou Jane Lewis. Era amiga de Connie — disse ela, entregando à mulher seu cartão profissional.

— Entre, por favor. Vou chamar meu marido na oficina. Estou certa de que terá prazer em conhecê-la. Um momento. Acabei de fazer um café, você aceita?

— Sim, obrigada. Gostaria mesmo de um café.

Jane olhou a sala de estar ao redor. Confortável, foi seu primeiro pensamento. Contraiu os olhos, tentando imaginar Connie deitada no chão, com um livro aberto diante dela e ouvindo ao mesmo tempo a televisão. Provavelmente tocava o piano que estava no outro extremo da sala, em cima do qual havia fotos suas, da primeira infância ao tempo de colégio. Um enorme quadro com sua imagem em vestido de baile amarelo claro estava pendurado sobre a lareira. Jane engoliu em seco novamente. Os pais dela provavelmente estavam na oficina cochichando e se perguntando o que ela estaria fazendo ali depois de tantos anos. *Meu Deus, por favor, que esteja certo o que estou fazendo.*

— Dra. Lewis, este é o meu marido, Quentin. Meu nome é Adele. Sente-se, por favor. Vou trazer o café.

— Por favor, me trate por Jane.

— Tudo bem, Jane — disse Quentin Bryan mansamente.

Ele era baixo e atarracado, quase redondo como uma bola de futebol e totalmente careca. *Não parece nada cordial*, pensou Jane. Chegou a pensar em ir de imediato embora.

— Creio que não me lembro de ter conhecido você, Jane. Ou será que é minha má memória?

— Não, nunca nos encontramos, senhor.

— O que a traz a Slidell?

— Vim até aqui depois de ter passado a tarde na Universidade. Muitas vezes pensei em vir aqui ao longo desses anos, mas nunca cheguei a ter coragem. Tenho algo a contar a vocês. Deveria ter contado há muitos anos, mas prometi a sua filha que não contaria.

Uma expressão fria e irritada estampou-se no rosto dele.

— Minha jovem, acho melhor esperar até que minha mulher chegue antes de você me dizer seja lá o que for.

Havia tamanha frieza na voz do homem que Jane tremeu dentro de sua suéter abotoada.

— Já estou aqui, Quentin. O que você veio nos dizer, Dra. Lewis?

Jane limpou a garganta.

— Antes de lhes contar, poderiam me dizer por que Connie se suicidou?

Lágrimas assomaram aos olhos de Adele.

— Nós não sabemos. Ela se matou durante a noite. Quentin a encontrou na manhã seguinte, quando ela não desceu para o café. Não podemos sequer imaginar que motivos ela teria. Ela ia se casar logo depois de formada e estava tão apaixonada. Todd ficou tão deprimido que não conseguiu nem ir à própria formatura. Ele também não atinava com qualquer razão. Foi um choque para todos nós.

Jane respirou fundo.

— Eu sei por quê — disse ela, o mais calmamente que pôde. — É por isso que vim aqui. — Jane umedeceu os lábios. — Na noite antes de nossa prova final, estávamos voltando da biblioteca para nosso quarto. Seis rapazes saíram de dentro das moitas, assustando-nos. Três deles agarraram Connie e a arrastaram para trás dos arbustos. A seguir a estupraram. Fiz o que pude para ajudá-la, mas me mantiveram afastada dela. — Apesar do horror estampado no rosto deles, ela prosseguiu. — Depois disso, supliquei a ela que fosse ao centro de atendimento ou à polícia para dar queixa, mas se recusou. Fez-me prometer que não diria nada a ninguém. Por alguma razão ela tinha certeza de que Todd não mais a quereria e romperia o compromisso. Ficou em meu quarto por toda aquela noite.

Jane observou, com o rosto contraído, quando o pai de Connie passou o braço em torno dos ombros de sua mulher, que chorava.

— Connie queria que eu jogasse fora suas roupas. Não queria nada que lembrasse o acontecido. Coloquei-as em uma sacola de papel, pensando que talvez pudesse vir a usá-las como prova se mudasse de idéia a respeito da queixa. Ainda estou com a sacola, e o ADN deve estar ainda impregnado nelas, tal como estaria naquela época. Poderia ter trazido a sacola comigo, mas não tinha certeza se viria aqui, até chegar à Universidade e tomar essa decisão.

— Isto é um absurdo! — explodiu Quentin Bryan. — Por que está fazendo isso conosco? Que motivo você pode ter para vir até aqui e remexer tudo isso? Não quero ouvir nada disso e minha mulher também não. Se Connie tivesse sido estuprada, teria dito a nós. Ela era uma boa menina. Não tinha segredos para nós. Que droga, ela teria nos contado!

Adele Bryan tomou as mãos do marido nas suas.

— Calma, Quentin — disse ela, com voz firme. — *Quero* ouvir isso, sim. Eu *preciso* ouvir isso.

Voltou-se para Jane.

— Connie não era mais a mesma quando voltou da Universidade, Dra. Lewis. Conversava conosco, sorria de vez em quando, mas parecia estar sem vida. Perdeu totalmente o interesse pelos preparativos do casamento e disse que não iria à formatura. Nunca nos deu qualquer explicação. Não sabíamos o que fazer diante disso, nem nós nem Todd. Ele fez tudo que pôde para tirá-la do que chamava de sua fossa. Ele achou que ela talvez não tivesse ido bem nas provas finais. Quentin está errado. Ela jamais teria nos contado uma coisa dessas. Você... você sabe o nome dos rapazes?

— Não. Estava muito escuro. Algumas das luzes do campus estavam queimadas. Era por isso que estávamos voltando juntas da biblioteca.

— Por que só agora você se sente obrigada a vir aqui e a nos contar isso? — perguntou Quentin Bryan secamente.

Jane cruzou as mãos no colo.

— Achei que vocês tinham o direito de saber. Não queria que pensassem que foi por algo que um dos dois tivesse feito ou que tinham falhado com ela em alguma coisa. Eu queria ter vindo antes, mas... não vim. E, naquela época, duvido que tivessem acreditado em mim.

Inclinou-se um pouco para frente.

— Vocês sabem que Todd Prentice se casou? Menos de um ano depois. Sua esposa é riquíssima e eles têm três filhos: Joshua, Alice e Peter.

Adele estava ofegante.

— Eram os nomes que Connie queria pôr nos dela. — Virou e agarrou-se a seu marido.

Jane franziu as sobrancelhas ao ouvir a declaração da Sra. Bryan.

— Eu o encontrei em um evento de arrecadação de fundos há alguns anos. Eu o conhecia de vista, mas até então nunca falara com ele pessoalmente. Por alguma razão veio me procurar. Na hora achei aquilo muito estranho, e ainda hoje continuo achando.

— O que tem tudo isso a ver com a morte de Connie? — gritou o Sr. Bryan. — Ela se suicidou. Pelo amor de Deus, você não pode deixá-la descansar em paz?

Adele enxugou os olhos em um maço de lenços de papel que o marido lhe pôs nas mãos.

— Calma, Quentin. Eu quero ouvir tudo isso. — Com mãos trêmulas ela pegou sua xícara de café. — Durante anos eu nos culpei pela morte de Connie — disse ela a Jane. — É de certo modo um alívio saber que não foi por causa de alguma coisa que tivéssemos feito. Mas fiquei intrigada. Toda essa história de Todd se casar, ter filhos e ir procurar você no evento de arrecadação de fundos. Você deve achar que isso tem importância, do contrário não teria mencionado. O que isto significa, Dra. Lewis?

Jane respirou fundo.

— Eu não sei, Sra. Bryan. Também estou procurando respostas. E alívio. Sempre me arrependi de não ter segurado Connie pela mão e de tê-la obrigado a buscar auxílio. Durante todos esses anos carreguei essa culpa dentro de mim.

Tomou um gole de seu café e disse a si mesma que ela precisava falar tudo que lhe passava pela cabeça. *Tudo.* Ao deixar a casa dos Bryan ela não queria ter de voltar por ter esquecido de contar os mínimos detalhes.

— Eu sou psiquiatra. Há pouco tempo recebi como paciente um homem que era jogador de futebol na Universidade. Havia nele alguma coisa de estranho e que não fazia sentido. Ele *disse* que era casado. *Disse* que sua esposa tinha sido estuprada. *Disse* que não conseguia mais tocar nela. Disse tudo aquilo que Connie me havia dito que aconteceria com Todd Prentice. Na noite passada fui para o computador e imprimi tudo que encontrei a respeito dele. A seguir, hoje de manhã, fui à Universidade e peguei as fotos de todo o time de futebol. Não tenho como provar isso, mas acho que os agressores de Connie eram jogadores de futebol e que meu paciente era um deles. Ele não é mais meu paciente, aliás. Outra coisa, não é casado.

Torceu as mãos e vacilou ao dizer:

— Eu mordi um dos rapazes que nos atacaram. Mordi-o com tanta força que pegou o osso. Ele deve ter a cicatriz até hoje. Foi isso que vim aqui dizer.

— Você devia ter ficado longe de nós. Não precisávamos saber de toda essa nojeira — vociferou o Sr. Bryan.

— Mais uma palavra, Quentin, e juro que saio por aquela porta e nunca mais volto.

Num acesso de indignação, Quentin Bryan saiu da sala. Em algum lugar da casa uma porta bateu.

— E o que você vai fazer agora?

— Antes soubesse. Vir aqui foi minha maior dificuldade. Vou voltar para casa e repensar tudo isso. Meu cérebro está acelerado demais neste momento. Mas não vou deixar morrer este assunto. Quero levar isso até o fim, seja ele qual for. Só queria que vocês soubessem disso.

— Como... como você soube o nome dos filhos de Todd? — perguntou Adele.

— Ele mora em Crowley. Liguei para a casa dele hoje de manhã e fingi que estava fazendo uma pesquisa a respeito dos nomes mais populares para bebês. A empregada soltou logo os nomes, um atrás do outro.

— Você gostaria de ver o quarto de Connie?

— Sim.

— A única coisa que fiz foi fechar a porta naquele dia. Não mudamos nada, nem mexemos em nada. Não que seja um santuário ou algo semelhante. Só que eu não iria conseguir... conseguir...

— Eu entendo, Sra. Bryan.

Era o tipo de quarto que uma garota como Connie teria. *Posters* na parede, seu próprio telefone marca Princess. Um cabideiro com sua jaqueta de chefe de torcida e pompons pendurados nas mangas. Patins de rodas e outros de patinação no gelo pendurados nos pinos mais baixos. Prateleiras de livros. Chinelos e robe nos pés da cama. Pilhas de revistas *Ms* e *Cosmo* no chão, junto a sua mesa de estudo. *Um computador coberto com uma capa.* Um quarto cheio de coisas, um quarto confortável. Um quarto seguro.

— Connie e eu fizemos este acolchoado no verão quando ela completou dez anos. Ela adorava costurar e fazer colchas de *matelassê*. Ia levar esta quando se mudasse para sua nova casa com Todd. Quentin e eu compramos para ela uma máquina de costura como presente de casamento. Uma máquina que fazia de tudo. Ela nem chegou a tirá-la da caixa. Quentin a levou para o sótão. Connie disse que Todd ficou desapontado por causa da máquina de costura. Ele esperava um presente em dinheiro.

— Não ligo muito para o Sr. Todd Prentice — disse Jane asperamente.

— Quentin e eu também não. Mas era a escolha de Connie e ela estava tão feliz. Tinha a vida inteira planejada. Eu me pergunto se os dois teriam dado certo. Ele não levou muito tempo para se casar. Um ano não é um luto muito longo.

Jane deu mais alguns passos pelo quarto.

— Connie deixou algum bilhete de despedida?

Adele negou com a cabeça.

— A senhora olhou no computador?

— Santo Deus, não! Eu lhe disse, fechamos a porta. Eu não piso neste quarto há anos. Quatro, para ser mais exata. Quentin também não.

— A senhora se importaria se eu levasse estes disquetes? — disse Jane, apontando para uma caixa de plástico com uma dúzia ou mais de disquetes coloridos. — Trago tudo de volta. Talvez haja ou não alguma coisa neles.

— Leve, mas não diga nada a Quentin. Ponha-os em sua bolsa. Você acha que eu deveria arrumar este quarto?

— Se a senhora tiver vontade. Um primeiro passo pode ser deixar a porta aberta. Quando a senhora se sentir capaz, vai fazer o que vier à cabeça.

— Meu marido é um homem bom, Dra. Lewis. Connie era sua filhinha querida. Sabe o que se diz de alguém ser a filhinha do papai? Ela era isso e muito mais. Ele a levava para pescar, acampar, fazer caminhadas. Lavavam o carro juntos. Ele a adorava realmente. Sentiu de tal maneira a sua morte que se aposentou porque não tinha mais cabeça para continuar trabalhando. Continuei a trabalhar porque isso me ajudava a superar minha dor. Mas vou me aposentar na próxima primavera.

Jane pôs os disquetes do computador na bolsa e virou-se. — Tenho que ir embora. A senhora pode me dizer onde fica o cemitério? Gostaria de comprar algumas flores e levar até lá.

— Posso levá-la. Não é longe. — Jane fez que não com a cabeça. — Obrigada, mas isto é algo que quero fazer sozinha. Tenho que pedir desculpas a sua filha. Acho que ela vai compreender.

Adele Bryan consentiu.

— Acho que eu... acho que vou deixar esta porta entreaberta. Por enquanto. Talvez amanhã abra um pouco mais. Gostei que você tivesse vindo aqui. Deve ter sido dificíl para você. Agora, para ir ao cemitério você...

* * *

A lápide era quadrada e simples. As palavras cinzeladas diziam *Connie Bryan, filha amada*. Não havia datas, nem ornamentos de qualquer tipo no mármore. Jane colocou as flores que comprara no mercado aos pés da lápide. Ajoelhou-se sob a chuva que caía. E falou até não ter mais palavras.

— Sei que você não está aqui, Connie. Sei que sua alma, seu espírito, está em algum outro lugar, mas a parte sua que conheci tão rapidamente está aqui. Vou voltar. Não sei quando, mas vou ter respostas para você. Devo muito a você.

Jane ficou de pé com esforço. O frio a enregelava até os ossos. Ao voltar para o carro, com Olive lambendo-lhe o rosto, ela ligou o aquecimento. Sentou-se, tremendo, no carro que se enchia de vapor, com as lágrimas escorrendo-lhe pelo rosto. Quando é que ela se sentira tão impotente? Enxugar os olhos e assoar o nariz não fizeram com que se sentisse nem um pouco melhor.

O celular que estava sobre o painel chamou-a de volta. Já era hora de entrar em contato com Trixie e com Mike.

— Como foram as coisas, Trixie? Betty está bem? Houve algum problema?

— Está tudo bem, Jane. Onde é que você está, querida?

— Em Slidell. Vim dirigindo desde a Universidade. No momento estou no estacionamento do cemitério. Os pais de Connie não sabiam do estupro. Absolutamente nada, Trixie. Eu lhe conto quando chegar em casa. Onde a Betty está agora?

— O amigo dela veio buscá-la há pouco. Ela passou a manhã jogando damas com Fred, depois leu o jornal e brincou com os cachorros. Almoçou bem e levou Golda para passear. Voltou quando começou a chover. Ela não fala muito e não se oferece para ajudar em nada. Responde quando você lhe faz uma pergunta, mas é só. Eu saí com Flash por volta das três horas. Minha bateria está acabando, Jane. Vou ter que desligar para recarregá-la.

Jane girou a chave da ignição, passou a marcha e a seguir ligou os limpadores de pára-brisas. Telefonou para Mike enquanto esperava que o descongelador limpasse os vidros.

— Mike, é Jane.

— Onde é que você se meteu? Você tem idéia de que horas são? Passei o dia todo esperando você me ligar. Se você fizer uma coisa dessas de novo, sem falar comigo antes, vou lhe dar umas palmadas.

— Conversa fiada, conversa — disse Jane vagarosamente. *Ele se preocupa. Ele realmente se preocupa.*

— Onde é que você está?

— Estou saindo do cemitério de Slidell. Precisava dizer adeus. Estou indo para casa. Está chovendo a cântaros, por isso vou ter que ir devagar. Devo chegar em casa lá pelas nove horas. Seria ótimo se houvesse um jantar gostoso e quentinho e uma garrafa de um bom vinho. Dá para buscar alguma coisa no Roy's?

— Você está bem, Jane? Sua voz está um tanto estranha.

— Acho que não. Eu revivi tudo, Mike, e isto me fez lembrar de mais algumas coisas. Depois fui até a casa dos Bryan e contei tudo a eles. Adele Bryan me deixou pegar os disquetes de computador de Connie. Espero poder encontrar alguma coisa neles.

Ouviu uma buzina atrás de si.

— Escute, o trânsito está intenso e tenho que prestar atenção na estrada, por isso vou desligar. Senti sua falta hoje. Pensei muito em você.

— Eu teria ido com você, Jane. Você pode estar se metendo em algo perigoso aí. Você está se deixando ficar pessoalmente envolvida. Isso não é bom.

— Só sei fazer as coisas assim, Mike. Chego aí logo. Te amo. — disse ela, tímida.

— Se você soubesse como fiquei preocupado...Também te amo. Tanto que meus ouvidos estão doendo com este sentimento. Nunca disse isso a outra mulher em toda a minha vida. Em você, o que mais dói, Jane?

Jane ria quando cortou a ligação.

* * *

Ela correu para seus braços e deu-lhe um abraço tão apertado que ele gemeu.

— Há quase dois dias que não o vejo, Mike. — Beijou-o até que ele a beliscou para que o soltasse. Fingiu que estava precisando tomar fôlego. — Isto é para que você não se esqueça de mim enquanto tomo um banho de chuveiro e lavo meu cabelo. Que tal eu pôr apenas um roupão sobre o corpo nu quando acabar? Podemos comer e ir direto para a cama.

— Esta é a garota que pedi a Deus.

— O que há para o jantar?

— Frango frito, salada de repolho cru, batatas à francesa e um pouco de molho de acompanhamento. Para mim, é o suficiente. Vegetais cozidos no vapor com gergelim, semolina e bolo de frutas para você.

— Será que o seu está muito, muito gorduroso?

— Com certeza. A mesa já está posta. Posso lavar suas costas se você quiser.

— Há muito tempo não como alguma coisa gordurosa. Posso querer pegar alguma coisa do seu prato — disse ela, olhando para as panelas e potes em cima do fogão.

Virou-se com um suspiro.

— Não preciso que você lave minhas costas, mas uma massagem mais tarde seria bom.

Saiu rápido em direção à escada.

— Ponha o vinho no *freezer* para que fique gelado para o jantar — falou por cima do ombro. — Eu não demoro.

Jane jogou a cabeça para trás para deixar que o vapor quente e a força do chuveiro operassem sua mágica. Não conseguia se lembrar da última vez em que se sentira tão bem. Se ela pudesse se enfiaria na cama e dormiria direto por vinte e quatro horas, sem sonhos, para que viesse a sentir-se de novo um ser humano.

Atenta ao tempo que gastava, estava tão bem quanto prometera a Mike ao dar um passo para fora do chuveiro. Enxugou-se, espalhou talco perfumado por todo o corpo e deslizou, nua, para dentro de seu velho e confortável roupão de flanela. Com uma faixa elástica na mão, juntou no alto a massa desgrenhada de cabelos e uniu-os em um grande coque no alto da cabeça. Deu uma olhada no espelho tentando decidir com qual personagem de histórias em quadrinhos estava parecendo. Como não conseguisse se lembrar, deu de ombros e tomou o caminho de volta para a cozinha, onde Mike estava esperando por ela.

— Uuuuh, essa coisa toda gordurenta tem uma aparência horrível — disse Jane, pegando seus legumes cozidos no vapor. Mas pescou uma batata frita do prato de Mike e a seguir uma coxa de galinha. E devorou os dois.

— Você só é vegetariana quando lhe interessa. Pegue mais algumas batatas fritas. E me conte como foi seu dia, Jane.

Ela as apanhou antes que ele mudasse de idéia.

— Agora, não, Mike. Estou exausta. Não quero pensar em nada a não ser em você e em mim hoje à noite.

Ele a encarou.

— Você está se envolvendo demais pessoalmente, Jane. Nada de bom pode resultar disso. Estou começando a ficar preocupado com você.

— Não quero falar disso esta noite, Mike. Você faz seu trabalho a seu modo e levo o meu à minha maneira. Não posso simplesmente me desligar, este é o ponto essencial. Gostaria de ser um pouco mais como você e desligar-me, mas não consigo.

O que era uma mentira, pensou. Ela não conseguia se imaginar desligando-se de seus pacientes. Era isso o que mais detestava nos médicos em geral. Depois de algum tempo todos se tornam de certo modo frios — desligados. Ela tinha prometido a si mesma que nunca faria isso.

— Talvez eu devesse ter sido jardineira ou carpinteira. Provavelmente teria dado também uma boa bombeira — disse Jane, com as pálpebras pesadas.

— Acho que está na hora de ir para a cama. Vou colocar tudo na pia para o caso de Olive resolver dar uma volta durante a noite. Vamos lá, Jane.

Jane acabou de comer, depois se dirigiu para a escada e subiu. Puxou as cobertas, deslizou para a cama e já estava dormindo antes de Mike ter terminado de escovar os dentes.

Olive sentou-se no chão, olhando para ele.

— Tudo bem, Olive. Acho que vou me sentar aqui na cadeira de balanço e ficar tomando conta de sua dona. Você quer subir aqui e sentar-se comigo? — Ela ficou de pé nas patas traseiras e pôs as patas em seus joelhos. — Vamos — disse ele, estendendo as mãos para ela. Sentou-a em seu colo, alisando sua cabeça. Os cachorros eram uma ótima companhia. E Olive era única em um milhão.

Mike fechou os olhos, suspirando de contentamento. Mas eles se abriram no minuto seguinte, quando Olive saltou da cadeira e começou a correr pelo quarto com a cauda balançando de excitação.

— *Alô, Dr. Sorenson. Como está o senhor esta noite?*

Mike esfregou os olhos.

— Quem é você?

— *Billy Jensen. Olive acaba de expulsar meu cachorro, Jeeter, do quarto. Eles brincam juntos todas as noites. Há muito tempo Jeeter não tinha um amigo.*

— Eu não vi nenhum cachorro — murmurou Mike.

— *Ele fica invisível algumas vezes. Não sei por quê. Precisamos conversar, Dr. Sorenson.*

— Sobre o quê? Você é um fantasma, não é?

— *Eu não sou de seu mundo, se é isto que quer dizer.*

— Tenho certeza de que não estou sonhando?

— *Tenho.*

— Sobre o que você quer conversar? Sou todo ouvidos.

O menino riu.

— *Então o senhor deveria ter orelhas por toda a cabeça. E eu só estou vendo duas.*

Mike não pôde resistir. Abanou as orelhas como fazia quando era garoto.

— Fale comigo, Billy.

* * *

Na fazenda vizinha, Trixie McGuire aconchegou-se mais ao marido.

— Foi bom, Fred. Muito bom, mesmo. E devemos tudo isso a uma pequena pílula — disse ela, lendo a prescrição no vidro sobre a mesinha-de-cabeceira. Seus olhos estavam lhe pregando uma peça ou havia ainda três pílulas dentro do vidro? — Fred, ainda há três pílulas neste vidro. Não estou entendendo.

— Trixie, querida, não posso mentir para você. — Ele se ergueu sobre um cotovelo.

— Mas você disse... eu pensei... quer dizer... em todas as outras vezes você não tomou....

Ele balançou a cabeça.

— Nadinha. Não preciso delas. Só deixei você pensar que eu tomava. Não me pergunte por quê. Talvez porque tivemos aquele período de seca há algum tempo. E não queria que você perdesse o interesse por mim, Trixie.

— Fred, isso não aconteceria nunca. Se lhe dei a impressão...

— Não deu. Era eu. Fiquei pensando: não sou mais o homem com quem ela se casou. Eu queria continuar sendo o que sempre fui. Nossa idade está avançando, mas não me sinto velho. Não quero nunca me sentir velho. Estas pílulas me faziam sentir-me velho, Trixie.

— Não sei por que você se sentia assim.Você devia ter-me dito. Fred, não pode ser igual, estamos nos setenta. Nossos mucos estão secando. Nós tentamos ignorar isso, mas realidade é realidade. Você nunca tomou uma pílula dessas?

— Joguei as outras todas pelo ralo — confessou ele.

Trixie achegou-se mais a ele.

— Você é um homem e tanto, Fred McGuire. Estes jovens bobocas aí de fora não têm nada melhor do que você. Jogue essa porcaria desse vidro fora. Quando funcionar, funcionou. Quando não, não faz mal. Desde que você esteja perto de mim e continuemos juntos, é o que importa. Podemos dormir agora?

— Pensei que você nunca ia perguntar, minha fofinha querida.

— Adoro quando você fala comigo assim, Fred.

Flash latiu e pôs suas grandes patas na lateral da cama.

Trixie voltou-se.

—Tudo bem, garoto, agora você já pode subir. Todos já fizemos o que tínhamos a fazer esta noite. — Aninhou o cachorro perto dela. — Bom menino, sim, nós também te amamos — sussurrou.

Nove

Jane deu uma olhada no calendário da cozinha enquanto, de pé junto à pia, tomava a primeira xícara de café do dia. Uma semana para o Natal e duas semanas para o final do ano. Fechou os olhos por um instante. Seria uma semana ruim. Uma semana de muita atividade. Uma semana de tomada de decisões. E ela ainda não encontrara um presente especial para Mike, Trixie ou Fred. Talvez ela devesse fazer compras hoje, depois do almoço de Natal que seus colegas realizavam todos os anos. Ou talvez não. Ela não estava com muita disposição para fazer compras. Nem para presentes, nem para a árvore de Natal que Mike queria que armassem.

Ele queria decorar a casa também. Um projeto conjunto, como o chamou. Jane suspirou só em pensar naquele trabalho todo. Que sentido teria, afinal? Eles não estariam lá para gozar de tudo isso. Ela e Mike iriam passar a véspera de Natal com Trixie e Fred. Na manhã seguinte iriam levantar cedo e seguir de carro para Nova Orleans para passar o dia de Natal com os pais de Mike. Ao pensar nisso, seu coração começou a bater mais forte. E se não gostassem dela? E se não gostasse deles?

Jane encheu uma segunda xícara de café, pensando como ela estava temendo este almoço de hoje porque Sharon Thomas estaria lá. A mulher ligara para o consultório dela no dia anterior, dissera que precisavam conversar e que poderiam fazer isso antes do início do almoço. A voz de Sharon estava gelada e com um toque de irritação. Jane imaginou que isso provavelmente teria algo a ver com a incapacidade de Betty Vance decidir qual a psiquiatra que ela queria que a tratasse. No que dizia respeito a Jane, era uma amiga de Betty Vance, nada mais. Devolvera o arquivo dela para Sharon no primeiro dia em que a colega reassumira o trabalho. Betty ainda voltara à fazenda com Golda e telefonara a Jane para falar a respeito da cachorra. Isso, do ponto de vista de Jane, não queria dizer que estivesse roubando uma paciente.

Mike dissera que ela deveria ter cortado todos os laços com a jovem, para não deixá-la confusa. Mas Mike também não acreditava em envolver-se pessoalmente com seus pacientes. Na opinião de Jane, cortar todos os laços com Betty seria o mesmo que abandoná-la. O que ela jamais poderia fazer. Se Sharon Thomas estava criando um rolo em cima de tudo aquilo, ela simplesmente ia ter que desenrolar outra vez.

Jane pôs mais café na xícara, o que era um erro, porque isto a faria ficar correndo para o banheiro a manhã toda. Com o consultório fechado no período das Festas, ela tinha programado para a manhã uma massagem completa no corpo, um novo corte de cabelo, manicure e pedicure. Voltaria para casa apenas a tempo de tomar um banho morno e pôr o novo vestido que comprara especialmente para o almoço. Isso se ela tivesse coragem suficiente para usar aquela roupa provocante. Trixie a tinha ajudado a escolher a seda preta por afinar a silhueta.

— Você está parecendo um lápis fininho dentro dele, querida — dissera.

A trabalhada fivela dourada realçava sua nova linha de cintura. Perdera quatro quilos e meio desde que conhecera Mike. Achara o vestido simples demais e um pouco colante, até que Trixie mostrara que o vestido flertava com seus joelhos e exibia suas pernas e curvas femininas. O alfinete de diamantes que comprara para prender sobre o ombro completaria o conjunto. Seus sapatos pretos de tirinhas e a pequena bolsa Chanel com a alça de corrente dourada, presente de Trixie em seu último aniversário, fariam com que Mike olhasse duas vezes. Cruzou os dedos desejando que seu novo penteado ficasse exatamente como ela esperava.

— Estou com um pressentimento, Olive, de que Mike vai me dar uma aliança de Natal. Posso estar errada — disse ela, começando a sentir seu ânimo melhorar —, mas acho que não. Vamos à casa de Trixie hoje, menina; portanto, fique a postos. Só quero checar meu *e-mail* e depois podemos ir.

Jane ligou o computador e esperou que carregasse. Perguntava-se por que estava preocupada. Ela enviara dúzias de perguntas nos últimos dois meses a todos os amigos de Connie que havia conseguido localizar. Até aquele momento ninguém respondera. Todos as suas sondagens, todas as suas idéias estavam num beco sem saída. Olhava para a caixa de plástico com os disquetes que trouxera de Slidell. Nada de importante havia neles, com exceção de um, que só se abria com uma senha. Uma senha que não tinha e que os pais de Connie também deviam desconhecer. Pelo que ela imaginava, ele podia até estar vazio. Também não encontrara nada de interessante em relação a Brian Ramsey.

— Quem eu deveria estar investigando é aquele canalha do Todd Prentice — murmurou Jane para Olive, que já havia apanhado seu ossinho de couro cru e estava pacientemente esperando que saíssem.

— Por que não o coloquei junto com tudo isso? Vou fazer isso amanhã ou talvez hoje à noite, quando chegar em casa. Algo me diz que o pai de Joshua, Alice e Peter está metido nisso até o seu maldito pescoço gordo.

Olive deu um latido.

— Sim, sim, eu sei, estou me envolvendo de novo. E daí? Não estou nem aí. Vou deixar de falar nisso daqui a um tempo, mas primeiro vou levar isso até o fim, mesmo que seja a última coisa que faça.

Desligou o computador e fechou a caixa de plástico em que guardava os disquetes de Connie. Empurrou-a para o canto mais distante de sua escrivaninha. No último minuto estendeu a mão para um sapo de vidro verde que Beth Goins lhe dera e colocou-o em cima da caixa. Assim não pareceria tão agourenta.

* * *

Jane olhou boquiaberta sua imagem no espelho que ia até o chão. Era mesmo ela aquela criatura esbelta, de aparência tão elegante? Deu um giro e mais outro, rindo de alegria. O vestido realmente a fazia parecer mais esbelta, mais delgada do que jamais fora. Os sapatos de tirinhas eram realmente uma tentação. Virando-se para um lado e para o outro, para vê-los sob diferentes ângulos, convenceu-se de que tinha de fato pernas bonitas. Mas era seu novo corte de cabelo o que mais a deliciava. Estava agora curto, com pequenas mechas soltas sobre a testa e em torno das orelhas. O cabeleireiro tinha primeiro desbastado um pouco o cabelo, depois aplicado um produto alisante para domar seus cachos encaracolados. Jane continuava a olhar sua imagem. Nunca tinha tido uma aparência tão charmosa em toda a sua vida. A maquilagem que levara uma hora para fazer dava a impressão de que ela não estava usando maquilagem alguma, como era sua intenção. Um pouco de perfume atrás das orelhas e nos pulsos, um perfume que a vendedora lhe dissera que faria os homens caírem a seus pés e as mulheres morrerem de inveja. E pronto!

Seu ânimo arrefeceu no momento em que se perguntou o que sua mãe pensaria se pudesse vê-la agora.

— Jane-sem-graça, hein? Aqui pra você, mamãezinha querida! — disse ela, com os dedos mandando-a tomar naquela parte enquanto saía do aposento de cabeça erguida.

No geral era um daqueles típicos almoços de confraternização de Natal, com os homens em número maior que as mulheres e de uma maneira gentil fazendo-as sentir que eles eram maioria. Havia os inevitáveis tapinhas nas costas, apertos de mãos e risadinhas abafadas. As mulheres olhavam umas às outras como se calculassem o preço das roupas.

Todos os olhares masculinos da sala se voltaram para Jane quando entrou. Pela primeira vez na vida sabia o que era ser olhada apreciativamente. Era um sentimento totalmente novo para ela e algo que lhe deu prazer. Qual seria a reação de Mike?, perguntava-se. Onde estaria ele? Ela não o vira, mas viu logo Sharon Thomas pescando algo de uma bandeja de queijos.

— Feliz Natal, Sharon — disse Jane, estendendo-lhe a mão. O aperto de mão de Sharon foi deliberadamente agressivo. A hostilidade aberta no rosto de sua colega era algo que Jane não compreendia, mas recusou-se a deixar que Sharon percebesse que ela a notara.

— Você disse que queria falar comigo a respeito de alguma coisa. Quer conversar aqui ou lá fora, na sala de espera?

— Vamos para a sala de espera para eu poder fumar um cigarro — disse Sharon. — Quase não a reconheci, Jane.

Jane sentiu seu peito estufar.

— Perdi um pouco de peso e mudei o corte de cabelo. Bonito, o seu vestido, Sharon.

— É verdade que você e Mike Sorenson estão tendo um caso? — perguntou Sharon, ignorando o cumprimento.

— Sim. — Jane segurou a porta para dar passagem a sua colega. E esperou que ela acendesse seu cigarro antes de perguntar: — O que você queria conversar comigo?

Sharon soltou um anel de fumaça perfeito.

— Minha paciente, Betty Vance.

Jane mudou de posição para que a fumaça não fosse direto em seu rosto.

— Como vai ela? — perguntou, embora já soubesse a resposta.

— Ela poderia estar melhor se você parasse de se intrometer. Ela está dividida entre nós duas. Eu preferia que você não tivesse tirado o Valium dela.

— Como lhe disse em meu relatório, Sharon, ela não estava tomando apenas o Valium, como você receitara, mas dois outros remédios também. Ela poderia facilmente ter tido uma *overdose*. Quanto a *me intrometer*, ela me liga de vez em quando, mas é sempre para conversar a respeito de sua cachorra. Ela não está me pedindo conselhos e eu não os estou dando. Não estive com ela desde que a mandei de volta para você. Pelo jeito com que me falou achei que estava indo bem.

— Eu disse a ela que a liberaria se quisesse continuar com você, Jane. Ela disse que não. Esta é uma época do ano difícil para nossos pacientes, como você sabe. Betty está vivendo sozinha agora, algo que você sugeriu e acho que não foi sensato. Isto significa que vai ficar sozinha durante as Festas, um tempo particularmente perigoso para alguém como ela.

Jane estava decidida a não entrar no jogo de Sharon, especialmente em um lugar público em que todas as pessoas parecem ter dois pares de ouvido.

— Minha madrinha convidou Betty para a ceia de Natal, portanto ela não vai ficar sozinha, Sharon. Elas são agora boas amigas, e Betty os visita seguidamente. Gostaria de ficar com eles, mas estou indo a Nova Orleans com Mike para conhecer os pais dele. O que você quer que eu faça?

— Deixe-a em paz — disse Sharon com desdém.

— Não posso fazer isso, Sharon. Você também não faria isso. Pelo menos acredito que não faria. Hoje sou uma amiga de Betty Vance, nada mais.

— Isto não vai dar certo, Jane. Você dizendo a ela uma coisa, eu dizendo outra totalmente diferente. Ela é ainda muito frágil. Isto vai confundi-la ainda mais.

— Você continua dizendo que ela é frágil. Peço licença para discordar, porque aquela jovem tem uma força interior muito grande. Ela está sendo capaz de ir adiante sem o auxílio de medicamentos. Quando veio até mim, estava tão dopada que não podia nem vir sozinha para a consulta. Não conseguia se mover, literalmente. Por isso, passou uma semana dura até as drogas pararem de agir sobre seu organismo. E ela sobreviveu. Está dormindo, dando conta de um emprego novamente, tem um apartamento funcionando e está dirigindo de novo. Do meu ponto de vista isto é pra lá de bom. Posso tentar falar menos com ela, mas não vou deixar de ser sua amiga. Espero que isto fique bem claro, Sharon — disse Jane, olhando a colega direto nos olhos.

Sharon esmagou o cigarro, o corpo enrijecido de raiva.

— Sharon, talvez não seja o momento de dizer isso, mas pode ser que não a veja mais durante as Festas. Estou pensando em vender meu consultório. Se você estiver interessada, avise.

— Ora, ora, acho que a coisa com o Mike é pra valer. Vou pensar nisso. E estou falando sério, Jane, largue a Betty.

Jane contemplou o cinzeiro sujo e desejou ter um cigarro. Perguntou-se quantos dos médicos ali presentes fumavam. Deu um passo atrás quando quatro de seus colegas passaram por ela acendendo os seus. Era demais segundo o relatório da Saúde Pública. Foi sentar-se no outro extremo da sala para esperar Mike. Olhava para a elaborada decoração de Natal. Como tudo parecia festivo. A árvore era natural, seu cheiro se espalhava por toda a parte. Pacotes embrulhados em papel prateado e amarrados com grandes laços de veludo vermelho cercavam a perfumada planta. Jane se perguntou se estariam vazios ou se eram presentes para os funcionários.Vazios, decidiu, com o cinismo preponderando. Os pacotes eram apenas elementos de decoração. Afinal de contas, era o novo milênio, em que tudo era falso ou artificial, até mesmo psiquiatras conceituados.

Fechando os olhos, Jane se esforçava por lembrar como eram as árvores de Natal quando era criança. Não deviam ser algo especial, já que não conseguia se lembrar de nenhuma delas.

As árvores de Trixie eram sempre obras de arte. Ela pendurava nelas todas as suas quinquilharias de criança: trenós de brinquedo, guirlandas de massa, enfeites feitos de papel e uma marca do polegar emoldurada de fitas, com braços e pernas estirados, parecendo um besouro. Todas essas lembrancinhas eram cuidadosamente colocadas junto a seus caros ornamentos exclusivos de vidro.

Jane se lembrava claramente de que fazia enfeites com massinha de pão e os pintava quando estava em casa de Trixie. Depois Trixie os pendurava no meio da árvore para que todos pudessem vê-los. Ela os chamava de seus tesouros. Lágrimas arderam por trás de seus cílios ao lembrar-se.

— Jane! — chamou uma voz querida.

Ela se virou.

— Mike! — Prendeu a respiração. Era este o momento pelo qual ela estava esperando.

Os olhos dele percorreram sua figura.

— Não reconheci você no primeiro momento. Santo Deus, você cortou seu cabelo! — Ele parecia simplesmente horrorizado.

O coração de Jane veio à boca.

— Você não gosta... não gosta de como estou?

— Você parece... está totalmente diferente.

Um frio nó de medo formou-se em seu estômago.

— Meu... meu cabelo vai crescer de novo — disse ela em tom de desculpa, perguntando-se logo a seguir por que estava se defendendo. — Mas espere um instante. Acontece que gosto do jeito como ficou e está muito mais fácil de cuidar. Se você não gosta, o problema é seu! Eu não o censurei quando você decidiu deixar crescer a barba. — Seu olhar cruzou atrevidamente com o dele.

Os olhos dele contraíram-se nos cantos enquanto um sorriso lhe surgia no rosto.

— Espere um instante e pare de fazer suposições. Eu *gosto* dele, sim. Só que você me pegou de surpresa, principalmente porque de repente você ficou parecendo com...

— Com quê? — perguntou Jane friamente.

— Coletta.

— Coletta! Sua ex-namorada? Agora você está me insultando, Mike. — Desviou o olhar, com o orgulho e a recente autoconfiança feridos.

— Insultando você! Coletta é linda. Poderia ter sido modelo. Como é que você pode ficar insultada com essa observação, Jane?

Ela recuou, olhando-o detidamente.

— Jane, você devia ter-me dito que ia cortar o cabelo. Eu amava seu cabelo. Amava aquele encaracolado. Eu não esperava que...

Subitamente passou a gaguejar.

— Se eu quisesse uma outra Coletta em minha vida, poderia muito bem ter encontrado uma.

Jane fitou-o com sua expressão mais gelada.

— Você deveria ter calado a boca enquanto ainda era em tempo, Mike. De certa forma esta sua comparação não me cabe em absoluto.

— Desculpe, Jane. Eu não quis...

— Uma ova que não quis. Já está na hora de entrarmos. — Jane precipitou-se enfurecidamente pelo *hall* até o salão de banquetes. Sentou-se do lado esquerdo do salão. O lugar de Mike era do lado direito.

Jane conversou pouco e ouviu o superficial bate-papo enquanto tentava vê-lo por sobre o centro de mesa com flores. Abriu um guardanapo vermelho vivo, colocou-o no colo, os olhos fuzilando de raiva enquanto tentava manter as emoções sob controle. De vez em quando arriscava um olhar na direção de Mike, enquanto ouvia discursos aborrecidos de que nem se lembraria mais uma hora depois. Satisfeita de ver que ele parecia arrasado, ela relaxou.

Ela estava com uma aparência melhor do que jamais estivera em toda a sua vida e em vez de elogiá-la ele a comparava a Coletta, ou Colette, ou fosse lá que diabo de nome ela tivesse.

Quando a sobremesa chegou, Jane pediu licença para ir ao toalete, coisa que ela não tinha a menor intenção de fazer. Na sala de espera caminhou em direção à saída e, de lá, para seu carro. Pôs o carro em movimento e dirigiu-se para a casa de Trixie e Fred. Ambos eram o que tinha de mais permanente na vida, seu porto em qualquer tempestade ou rajada de vento. Era aquilo uma tempestade ou só uma rajada de vento? Por Deus, ela não iria chorar. Ela simplesmente não podia chorar.

— Acho melhor você vir aqui rápido, Fred — gritou Trixie em meio aos furiosos latidos de Flash e Olive. Fred veio caminhando pesadamente do escritório para colocar-se próximo a sua esposa.

— Por que Jane está sentada no carro assim? Há quanto tempo ela já está aí fora? Há algo errado?

— Ela acabou de chegar aqui, Fred, e eu diria que há, sim, algo de errado. Ela está chorando. Hoje foi o almoço de Natal dela. Estava tão animada. Cortou o cabelo hoje de manhã. Espere só até ver o vestido que está usando. Nosso patinho feio virou um belo cisne. Olha, ela está assoando o nariz e enxugando os olhos. Está se preparando para entrar. Rápido, sente-se à mesa e finja que você não a estava observando. Vou fazer um café.

Jane entrou na cozinha, com um débil sorriso no rosto. Ajoelhou-se para fazer um carinho nos cachorros antes de sentar-se à mesa.

— Faça um café forte, Trixie, e ponha três doses de *bourbon* nele!

— Deixa comigo! Quer falar sobre isso, minha garota?

— Olhe para mim! Me diga a verdade, você alguma vez já me viu tão bem? Não, não viu! Me esforcei para perder todos aqueles quilos. Não só me esforcei, eu *batalhei* mesmo. Fiquei cansada e de saco cheio de usar aqueles vestidos de velha e aquelas malditas roupas folgadas. Sem falar naquelas camisetas grandes e largas que me faziam suar. Também fiquei cansada de tentar fazer alguma coisa com meu cabelo para que não tivesse que viver usando chapéu. Quando entrei naquele salão de banquetes, todos os homens se viraram para me olhar. Bom, talvez nem todos os homens, mas muitos deles me olharam. Isso nunca acontecera. Me fez bem.

— Então o que a perturbou? — perguntou Trixie, colocando uma dose de *bourbon* na caneca de café.

— Eu disse *três* doses,Trixie!

Trixie continuou a entornar. Arriscou um olhar para Fred, que estava tentando olhar para todos os lados, menos para ela e Jane.

— Eu poderia tomar até mais três — disse Jane desafiadoramente.

Flash jogou a cabeça para trás e uivou. Olive esgueirou-se para junto de Jane e sentou-se a seus pés. Para não ficar atrás, latiu.

— Você estava dizendo... — continuou Trixie.

Jane engoliu o café quente até seus olhos começarem a lacrimejar. Limpou-os com as costas da mão.

— Eu pensei que com certeza os olhos de Mike iriam saltar das órbitas quando me visse. Acho que até saltaram, mas por razões opostas. Ele disse que eu parecia Coletta, sua ex-namorada. O que vocês acham disso? Depois disse que, se quisesse outra Coletta, poderia ter saído e procurado uma. E... e disse que eu devia ter dito a ele que iria cortar meu cabelo. Quem ele pensa que é?

Empurrou a xícara de café na direção de Fred e pôs a cabeça na mesa, entre os braços.

— Eu fui embora enquanto serviam a sobremesa — murmurou ela. — Paguei cem pratas por aquela porcaria de almoço. Comi um salmão que estava aguado, brócolis que estavam encharcados e de um verde cor de vômito, e uma espécie de batatas frias com gosto de grude.

Sentou-se, fazendo uma careta.

— Quero um pouco mais desse café, Trixie. É o melhor café que você já fez. Que tal um biscoito amanteigado e um sanduíche de geléia para acompanhar? — Tirou os sapatos de tirinhas e os atirou longe.

— Ah, já entendi. Não foi um almoço íntimo e pessoal — disse Trixie.

— Não houve um só momento mais solto, mais caloroso. Obrigada, Fred — disse Jane, pegando o sanduíche que ele lhe estendia. — Mas ainda há outras coisas ruins. Estão preparados para ouvir? A Dra. Thomas — aquela a quem substituí enquanto se recuperava — teve a audácia de mandar que me afastasse de Betty Vance. Foi realmente agressiva a esse respeito. Tive vontade de dar-lhe um tabefe. Detesto poses, cara, e ela assumiu uma daquelas. Estou feliz de estar largando este negócio. Detesto isso. Detesto todos esses doutores cheios de si. Detesto o fato de se desligarem de seus pacientes em um piscar de olhos. Detesto, detesto, detesto.

Trixie sentou-se diante de Jane.

— Jane, você sabe como são os homens. Eles vivem dizendo coisas sem pé nem cabeça. Não creio que Mike estivesse querendo insultar você. À maneira dele, estava lhe dando parabéns. Ele ama você. Aposto que estava apenas tentando dizer que não achava que houvesse algo de errado com a sua aparência antes.

— Tá, tudo bem — resmungou Jane. — De todos, este é o melhor café. De que marca é?

— Ele se chama a centésima prova do *bourbon* Kentucky — disse

Trixie sarcasticamente. — Você não o mandou tomar naquela parte, mandou? Você tem tendência a dizer isso quando está de saco cheio.

— Não, mas bem que pensei. Mas havia gente demais em volta que poderia ter ouvido.

Desta vez, quando Jane ia tomar um gole de seu café, errou a boca e o café escorreu pelo queixo, caindo na mesa.

— Você está bêbada, Jane — disse Fred, pegando um pano de pratos para limpá-la e também a mesa.

— Com duas xícaras de café? Não seja ridículo. Isto é um *assurdo*! — disse engroladamente, os olhos ficando meio vesgos.

Trixie soltou uma risada. Jane, que era sempre tão controlada.

— Por que não armamos sua árvore de Natal? Preciso entrar no espírito do Natal.

Fred trocou um olhar com Trixie, com uma expressão aborrecida no rosto.

— Já está montada, querida. Eli armou ontem quando veio pendurar as lâmpadas do lado de fora — disse Fred, referindo-se ao biscateiro local, que trabalhava para eles há anos. — Trixie e eu a decoramos na noite passada. Quer vê-la?

— Não. Acho que vou para casa. Obrigada por cuidarem de mim e de Olive. Ela adora vir aqui para o cuidado diário. Flash está de folga hoje?

— Sim, é nosso dia de folga.

— Então que tal levá-lo comigo para casa e vocês dois poderem ter um tempo sozinhos? Eu preciso de companhia. Além disso, aquele... aquele *doutor* pode vir inventando desculpas e Flash pode pô-lo pra correr. Não estou em condições de falar com ele. Me dá um pouco mais desse café em uma daquelas xícaras que fazem barulho quando se bebe para que eu possa tomar no caminho.

— Café, sim; *bourbon*, não — disse Fred, e tanto sua fisionomia como sua voz expressavam consternação.

— Você está parecendo *ele* — acusou Jane, levantando-se e caminhando para a porta só de meias. — Você nunca me disse o que fazer, por isso não comece a fazer isso agora. E daí, se estou me sentindo *bem*? Fazia muito tempo que eu não me sentia bem. Não estou ferindo ninguém. Meu carro está sem gasolina. Preciso que me emprestem seu carro de patrulha. Trago de volta amanhã de manhã. Vou dirigindo pelos campos.

— Você está bêbada, Jane — lembrou-lhe Fred.

Jane olhou para sua xícara de café e viu duas.

— Talvez você tenha razão. Mas, se estou, significa que não estou legal. Portanto, Flash e Olive podem ir correndo para casa que vou dirigir sozinha. A dez quilômetros por hora. Prometo.

— Não! — disseram a uma só voz Fred e Trixie.

— Sim! E vocês não vão lá, nenhum dos dois! Estou falando sério. Agora, onde é que se meteu aquela xícara que faz barulho? Estou de olho em vocês. Podem ficar com meus sapatos — disse Jane, apoiando-se no batente da porta.

— Tudo bem, Jane, mas isto contraria tudo que penso — disse Trixie, piscando para Fred.

— O que você está pensando fazer? — perguntou ele.

— Acho que, se puder embromá-la, ela vai dormir no carro e eu a levo para casa. Você me segue e amanhã ela vai pensar que foi para casa sozinha. O que você acha?

— Acho que vai funcionar. — Fred estalou um beijo no rosto da esposa. Foi buscar as chaves enquanto Trixie conduzia Jane até o carro de polícia.

— Olha, Jane, este veículo não é tão fácil de dirigir quanto parece. Quero que você se sente no banco de passageiro enquanto entro um instante e lhe explico tudo. Está bem assim?

— Cher-ta-mente! — disse Jane, tomando um gole da xícara.

— Está vendo esses acessórios? Isto aqui é para ligar o radiotransmissor-receptor e esta coisinha aqui é o que liga a sirene. Agora, recoste-se, feche os olhos e veja se consegue visualizá-los. Vou contar até quinze e aí você abre os olhos e me diz qual é o da sirene e onde devo pôr a chave da ignição.

Dez segundos depois, Trixie gritou:

— Tudo bem, ela já está fora do ar!

Trixie saiu do carro para deixar os cachorros entrarem.

— Para o carro, Flash. Olive, pule para dentro!

Atrás dela, Fred fingia dar tiros no Ford Bronco.

Alguns minutos depois, Trixie parava o carro de polícia diante dos degraus da casa de Jane. Ela saiu, deu a volta até a porta do passageiro e empurrou Jane para o assento do motorista. E daí se sua afilhada estivesse com algumas marcas roxas no traseiro por ter sentado em cima do equipamento?

— Tudo bem, aqui estamos — gritou ela, sacudindo os ombros de Jane. — Que foi que você achou? Não parece um tanque?

Jane piscou abrindo os olhos e tentou focalizá-los.

Trixie abriu a porta de trás e os cães saltaram fora.

— Vamos, Jane. Saia daí. Que tal uma boa chuveirada e um pouco de café de verdade? Você se saiu muito bem.

— Deixe disso, Trixie. Você me trouxe para casa e nós duas sabemos disso! — murmurou Jane fazendo um esforço para sair do carro. — O que foi que houve com meus sapatos?

— Você os chutou fora, querida. Como é que você sabe que eu trouxe você para casa?

— Porque eu não estava dormindo, estava pensando. A gente consegue pensar mesmo de cara cheia, sabe? Vocês dois podem ir para casa agora. Obrigada por terem cuidado de mim. Eu estou bem. — Trixie deu um assovio agudo. Tanto os cães quanto seu marido vieram correndo. — Ela vai estar recuperada amanhã de manhã. Vai com calma, querida, não é o fim do mundo, e álcool não é resposta. Tudo que o álcool faz é mascarar a dor até a próxima vez. Tire uma soneca e quando acordar nos ligue, está bem?

— Claro. Tudo bem. Cachorros, vamos!

Trixie e Fred ficaram olhando sua triste e bêbada afilhada sair trocando as pernas até a varanda da frente. Continuaram a olhar até ela abrir a porta, chamar os cães e entrar com andar trôpego. Quando ouviram o som da fechadura, olharam um para o outro.

— Eu posso ficar, Trixie, se você achar que é uma boa idéia. Posso me ajeitar na varanda de trás. A chave extra ainda está embaixo do peitoril da janela, não está?

— Não, Fred, vamos para casa e depois voltamos. Ela vai dormir sobre tudo isso. Ela devia estar muito magoada para beber desse jeito. Fico me perguntando se não há algo mais além do que nos disse.

— Quando ela estiver de novo sóbria, perguntamos a ela — disse Fred, pondo o braço em torno dos ombros da esposa.

— Não há nada que eu não seja capaz de fazer por essa menina, Fred.

— Sei disso, querida e ela também sabe. Ela não nos quer aqui, o que significa que podemos ir para casa e, como você disse, voltar depois.

— Tem razão, Fred.

Jane caminhou oscilante através das salas, passou pelo escritório, saindo no *hall* que levava ao segundo andar. Os degraus pareciam intransponíveis, como uma montanha gigante que tivesse de escalar. Segurando-se no corrimão, encaminhou-se para o andar de cima. Uma onda de vertigem a envolveu enquanto tateava o caminho para o banheiro, onde tirou o vestido de *griffe* e o atirou para o canto. Nunca mais usaria aquele vestido. Nunca. Jamais.

O jato fino e forte do chuveiro batia-lhe no corpo enquanto se sacudia sob a água quente. Fechou a torneira da água quente e abriu a fria. Estava ofegante, segurando-se na barra de toalhas para ter apoio. Sentia-se toda dolorida e com um frio que ia até os ossos, quando pulou para o tapete do banheiro. Seus movimentos eram pesados enquanto se enxugava. A pele de seus braços estava toda arrepiada quando ela estendeu a mão para sua camiseta, segurando-se na parte de trás da porta do banheiro. — É isso aí, Jane. Não tente passar disso. É isso que os patinhos feios usam. Janes feiosas não merecem mais do que isso.

Deu uma olhada no vestido preto jogado a um canto.

— Foda-se! — murmurou, passando a escova em seu cabelo cortado bem curto.

Ambos os cães estavam sentados no umbral da porta aberta olhando para ela fixamente sem nem piscar.

— O que aconteceu com aquele velho ditado 'dê o seu máximo'? Ou será que ele só se aplica aos militares e às pessoas bonitas do mundo? As pessoas que não são bonitas não podem tentar ficar bonitas? O que há de errado nisso? Ele só estava olhando para meu exterior e emitiu um juízo. Por dentro continuo sendo a mesma. Por que ele não viu isso? Esperei a minha vida toda para ter aquela aparência. Minha mãe teria me chamado de Cinderela. Agora eu volto para os meus farrapos. Por falar em mães, detesto você, Mãe!

Jane gritou com toda a força dos seus pulmões.

— Está me ouvindo? Detesto você! Olha o que você fez comigo! Foi você quem fez isto. É por sua culpa que me sinto assim. Você não podia ter-me amado pelo menos um pouquinho? Você tinha que ser sempre tão danadamente crítica? Você não podia ter-me dito pelo menos uma palavra boa, carinhosa? Uma porra de uma palavra boa, uma só. Espero que você esteja torrando no inferno!

Jane deixou-se cair no chão, com as costas contra a velha banheira com pés em garras, e soluçou. Os dois cães voaram através do banheiro, disputando seu colo enquanto ela continuava a chorar, o corpo todo tremendo descontroladamente.

— Você é um assassino de araque, Flash — disse Jane entre soluços enquanto o Malinois lambia suas orelhas. — Eu só vou me enroscar aqui por um minuto. Só um minuto.

Os cães se entreolharam enquanto Jane se enroscava em posição fetal. Quando sua respiração leve lhes disse que ela estava a salvo e adormecida, Flash encaminhou-se até o quarto e puxou do encosto da cadeira de balanço um xale de lã com um enorme buquê de tulipas roxas aplicado no centro. Arrastou-o até o banheiro. Quando ele ganiu baixinho, Olive pegou uma das pontas, enquanto ele pegava a outra. Juntos, arrastaram, moveram e puxaram devagar a leve coberta até que ela cobriu Jane completamente até o pescoço. O treinamento — de oficial subalterno — de Flash lhe estava sendo útil. Uma das primeiras coisas que aprendera fora a de cobrir um corpo. Ambos voltaram para o portal e se deitaram, com a cabeça nas patas, olhos abertos, em alerta.

Quando o cômodo ficou escuro, Olive se levantou e com uma pata deu um toque no interruptor da luz. Voltou à sua posição no umbral da porta junto a Flash. Sua vigilância não esmoreceu até as oito horas, quando as orelhas de Flash subitamente ficaram eretas no ar. De dentro dele saiu um rugido surdo. Olive virou a cabeça para olhar, através da escuridão, o caminho aberto até o *hall*. Nenhum dos dois emitiu qualquer som enquanto corriam para fora do aposento e desciam as escadas. No momento em que os faróis bateram na parede da sala de estar às escuras, Olive correu para a janela da frente e abriu com o focinho as persianas que davam para o terreno. Flash ficou observando-a antes de também erguer a pata para puxar o prendedor que movimentava as persianas no outro lado. Esperaram, as orelhas abaixadas contra as cabeças, os rabos entre as pernas. A luz giratória no teto em ponta fez da noite um dia no momento em que Mike Sorenson saía de seu carro.

Flash tocou Olive com a pata, como se dissesse: é este o inimigo? Incerta quanto ao que estaria acontecendo, Olive tremia. O Malinois percebeu a incerteza de Olive. Seus lábios se cerraram e ele começou a bater ruidosamente com as patas na janela envidraçada e a rosnar. Mike, um pé no degrau, o outro ainda no ar, recuou cuidadosamente o passo e encolheu-se, olhos postos nos cães que rosnavam ameaçadoramente na janela.

Flash continuava rosnando, com o pêlo da cabeça e do pescoço eriçados. Olive afastou-se da janela, seguindo Flash. Usou o focinho para fechar as persianas. Flash fez o mesmo. Ambos correram por dentro da casa para a porta dos fundos. Mais uma vez, o sensor de luz sobre a varanda de trás se acendeu, iluminando Mike, que caminhava pelo atalho que levava até lá. Parou no meio do caminho, ao ouvir o rosnar ameaçador de ataque. Recuou lentamente, deixando cair a chave da mão. Os cães esperaram até que o ruído do motor do carro ressoasse na noite tranqüila. No momento em que o barulho do motor foi sumindo até desaparecer, voltaram para o segundo andar.

Jane dormia profunda e pacificamente no chão do banheiro, com seus guardiães em vigilância.

Mike Sorenson entrou com seu elegante carro esporte no estacionamento lotado do Snuffy's Bar e Lounge. Sentou-se no bar e pediu um uísque com gelo. O Snuffy's fora durante muito tempo o bar favorito de muitos colegas seus. Agora olhava ao redor para ver se reconhecia alguém com quem pudesse puxar conversa, mesmo não estando com muita vontade de conversar.

Que diabos teria dado em Jane? E o que estava acontecendo com os dois cachorros que se mostravam dispostos a comê-lo vivo? Olive agira como se nunca o houvesse visto. E, o mais importante, onde estava Jane e o que estaria fazendo? Seu coração começou a palpitar ao lembrar-se da conversa que tiveram na sala de espera. Ele ficara surpreso com sua aparência. Tão surpreso que gaguejara as primeiras palavras que lhe vieram à mente. Um grande erro, Sorenson. Mas o que poderia ter dito de tão terrível? Será que não tinha o direito de mostrar-se surpreso? Que droga, ele gostava do cabelo encaracolado dela, gostava de tê-lo roçando por seu rosto quando faziam amor, gostava de passar as mãos pelos cachos em espiral. Ela podia ter dito o que ia fazer. Dizer que ia cortar o cabelo não era um pecado. Que merda! Mais do que nunca ele se dava conta de que não sabia absolutamente nada a respeito das mulheres.

Tomou um gole grande do copo de uísque enquanto girava o corpo para observar o salão. Viu alguns poucos conhecidos superficiais, mas nenhum com quem gostaria de se desabafar. Virou-se de novo para o bar e estendeu a mão para pegar um salgadinho. Terminaria sua bebida, iria para casa e ligaria para sua mãe.

Pressentiu, mais do que viu, alguém sentar-se junto dele. Um perfume familiar lhe entrou pelas narinas. Virou-se.

— Coletta!

— Mike! Achei que era você. Como vai?

— Bem. E você? — Ele tinha que sair dali e tinha que fazer isso *rápido*. A última coisa de que precisava era que Jane soubesse que ele tinha tomado uma bebida junto com sua ex-namorada.

— Bem. Por que você está bebendo sozinho? As Festas estão afetando você?

Ela era bonita, não havia dúvida. Ele estreitou os olhos para vê-la melhor. Ela parecia que havia sido *envernizada*. Ele se perguntou se seu rosto racharia se ela risse ou fizesse uma careta. Ninguém tinha sobrancelhas como as dela. Arcos perfeitos. Uma vez ele pensara em afogar-se naqueles olhos escuros. Uma vez. Anos-luz antes. Estudou seu cabelo, que estava agora mais longo e jogado para trás. Não havia um só fio fora de lugar. Como todo o resto dela, seu cabelo parecia ter laquê espalhado.

— Na verdade, não. Eu gosto das Festas. Estava a caminho de casa e esperava encontrar Jonesy aqui — disse ele, referindo-se a um amigo comum. — Porém, como não está aqui, estou indo para casa e vou trabalhar em um ou dois casos. E você, o que está fazendo aqui?

— Vim me encontrar com um amigo, que por sinal está atrasado. Ouvi dizer que você está saindo com alguém.

— É verdade. E você, está saindo com alguém?

— Mais ou menos — disse Coletta, sorrindo. — Como é o nome dela, eu a conheço?

— Jane Lewis. Duvido que você conheça. É uma colega.

— Aquela do programa de rádio? — Sua expressão era de incredulidade. — Santo Deus, Mike, ela é *horrorosa*. Já vi fotos dela no jornal local.

Mike encrespou-se.

— O que quer dizer com isso? Ela não é horrorosa. Na verdade é até muito atraente — disse Mike, lembrando-se de sua pequena rusga anterior na sala de espera do restaurante.

— Isto não quer dizer nada. Nunca pensei que ela fosse seu tipo. Você sempre ligou tanto para a aparência.

— Não, não ligo, Coletta. Tanto que vi logo quem você era, não foi? E não há alguém que a exiba mais do que você — disse Mike, deslizando do tamborete do bar. Jogou algumas notas sobre o balcão.

— Nos vemos por aí, Coletta.

No carro, com o motor em movimento, Mike fechou os olhos.

— Eu estava errado, Jane. Você não se parece em nada com Coletta. Eu não sei o que me fez dizer aquilo. Não sei que diabo deu em mim esta tarde. Eu gostaria de você mesmo que você fosse careca.

Dez

No momento em que Jane se mexeu, os dois cães deram um salto e a rodearam esperando que abrisse os olhos. Quando isso aconteceu, já estavam sobre ela, os rabos se agitando, ganindo alegremente enquanto a cutucavam para que se levantasse. Evidentemente, para eles era hora de brincar.

Jane gemeu ao esforçar-se para se pôr de pé. A Rainha Mãe de todas as dores de cabeça latejava em seu cérebro. Estendeu a mão para a beira da pia para conseguir se erguer. Colocou na mão três aspirinas. Colou a boca sob a torneira e sorveu a água, engolindo o remédio.

— Não vou fazer isso nunca mais! — murmurou.

Seu relógio sobre a bancada da pia lhe disse que eram 2h30 da manhã.

Apoiando-se na pia, ela se virou e viu o xale de lã no chão e os cães sentados perto dele. Ficou de joelhos e os abraçou.

— Meus protetores! Caras, vocês são demais! — disse, fazendo um carinho em ambos. — Que tal descermos e sentarmos na varanda de trás? Talvez um pouco de ar fresco faça esta dor de cabeça melhorar. Vocês podem dar uma voltinha enquanto fico meditando sobre os pecados do demônio do álcool.

Na cozinha, Jane abriu a porta para deixar os cães saírem. Café e um grande copo de suco de tomate com molho Tabasco era tudo de que precisava. Levou o copo consigo enquanto se arrastava de um lado para o outro da cozinha, porque erguer os pés e pô-los de novo no chão era algo que mexia até com seus ombros e pescoço, fazendo a cabeça latejar ainda mais.

Ela queria morrer.

Para poder verificar na secretária-eletrônica se havia alguma chamada, ela teria de virar a cabeça, ou quase todo o corpo, para ver se a luz vermelha piscava. Parecia muito sacrifício, por isso Jane se arrastou dando uma volta. A luz vermelha não estava piscando. Ninguém ligara, nem mesmo Mike.

Jane podia sentir o suco de tomate gorgolejando em seu estômago.

— Por favor, por favor, fique aí — pediu a seu estômago. — Detesto vomitar. Realmente detesto. — Talvez um café pudesse ajudar. Um café preto, forte, a cura de Trixie para todas as coisas. Fred discordava, dizendo que chá preto com rum é que curava tudo, até mesmo as verrugas de um sapo.

Moveu-se lentamente em direção à porta para buscar a jaqueta pendurada no cabide do lado oposto à porta e jogá-la sobre os ombros. Usou o ombro para abrir a porta com tela, estilo antigo, gostando do som rangente que fazia. Trixie dizia que era de esperar que as portas de madeira com tela rangessem e chiassem. O som era tão agradável quanto ver os primeiros vaga-lumes do verão ou a primeira chuva fina enquanto o sol ainda estava brilhando.

Jane olhou para o campo e franziu as sobrancelhas. Faróis. Provavelmente Trixie estava vindo para ver como ela estava. Como ela era boa e carinhosa. Como era zelosa. Ela não teria conseguido ir tão longe na vida sem Trixie e Fred. Tomou um gole da xícara de café enquanto esperava seus padrinhos chegarem. Flash saltou para a varanda, com a luz do sensor brilhando sobre algo que segurava entre os dentes. Jane estendeu a mão para pegar a chave reluzente. Olhou-a. Parecia a chave de sua casa. Droga, *era* a chave de sua casa. Flash latiu.

— Obrigada, Flash. — A cabeça do grande cão balançou para cima e para baixo — versão Trixie de adestramento de cães, ensinando-lhe boas maneiras. Olive ficaria igualmente bem treinada.

Jane continuou a contemplar a chave. Trixie tinha uma. Mike tinha outra. Uma terceira estava escondida sob o peitoril, presa com fita isolante. Quatro ao todo, contando com a que levava em seu chaveiro. Será que Mike viera devolver sua chave? Só de pensar, o coração começou a bater surdamente dentro de seu peito.

A viatura de polícia freou derrapando. Fred e Trixie saíram no mesmo instante, com os rostos registrando seu espanto em vê-la sentada nos degraus.

— Você está bem, Jane? — perguntou Fred, com a voz e a fisionomia cheias de preocupação.

— A má notícia é que nunca me senti tão mal em toda a minha vida. A boa notícia é que provavelmente vou sobreviver — disse Jane enquanto Trixie a abraçava com força. — Trixie, olhe o que Flash encontrou. — Entregou a chave a Trixie. — Acho que é de Mike. Devo ter ficado fora do ar porque não o ouvi chegar. Tenho certeza de que ele não iria simplesmente jogá-la e sair sem nem bater. De qualquer modo dá uma certa raiva, não acha? Droga, e eu achei que ele era *o* cara. *O homem que eu sonhava,* Trixie! Rapaz, quando faço besteira, faço besteira da grossa mesmo. Do mais alto grau.

— Pare de ser tão dura consigo mesma, Jane. Para começo de conversa, você não sabe se é a chave de Mike. Pode nem ser a chave de sua casa — disse Trixie.

— Ah, é a chave da minha casa, sim. São apenas quatro. Mandei fazer esta para Mike há pouco tempo. Ainda está brilhando. Você tem uma, eu tenho uma e há uma outra sob o peitoril. Não há o que discutir.

Trixie sentou-se nos degraus ao lado de Jane.

— Talvez ele tenha deixado cair. Talvez tenha caído de seu chaveiro. Pode haver uma dúzia de razões para você estar com ela agora. Não tire conclusões apressadas, meu bem.

Jane inclinou-se para a frente, pondo a cabeça entre os joelhos.

— Ele não telefonou — disse ela, com um gemido. — Ele podia ter telefonado e deixado um recado. Mas não ligou.

— Também pode haver uma dúzia de razões para isso — insistiu Trixie. —Talvez você não tenha ouvido o telefone tocar. Algumas vezes as pessoas não gostam de deixar recados. Quando as coisas se esclarecerem, tudo vai parecer diferente. Podemos fazer alguma coisa por você, querida?

— Me mostrem como conseguir uma cabeça nova. — Jane sabia que estava parecendo digna de pena, mas não conseguia evitar isso. No momento ela inspirava pena.

— As ressacas são uma merda — comentou Fred, com sua sabedoria, chegando já um pouco tarde demais para ajudar Jane.

Jane endireitou o corpo novamente para mostrar a eles que estava bem.

— Só vim até aqui para arejar minha cabeça. Vocês dois podem ir para casa. Estou bem. Obrigada por terem vindo me ver.

— Quer que deixemos Flash com você?

— Não, acho que ele sente sua falta. Vocês, caras, são o que há de mais constante na vida dele, tal como na minha. Ele precisa de vocês. Olive e eu vamos ficar muito bem. Vou voltar para a cama um pouco mais. Ligo para vocês amanhã de manhã.

— Pense em ligar para Mike também — sugeriu Trixie. — Ele ama você.

— Está bem, vou pensar nisso — prometeu ela enfiando a chave em seu bolso.

Foi um sacrifício subir de novo as escadas para o segundo andar, mas ela conseguiu. Parou no topo e fechou os olhos, desejando que o latejar em sua cabeça melhorasse. Como isto não acontecia, encaminhou-se devagar para seu quarto e rastejou para cima da cama. Queria que Mike estivesse ali, para apertá-la em seus braços e beijar sua cabeça, que doía.

Mike.

Talvez ela tivesse interpretado errado sua reação ao corte de cabelo. Ele tinha dito que ela parecia totalmente diferente. Diferente não significava necessariamente algo mau. Significava simplesmente diferente. Ela mesma se sentira diferente quando olhara sua imagem no espelho.

— Ai, meu Deus — gemeu. — O que está acontecendo comigo afinal? Talvez, quando eu acordar, veja que tudo não passou de um sonho mau. Você está no comando, Olive — murmurou enquanto caía nos braços de Morfeu.

Jane acordou com um sobressalto. A dor de cabeça que tinha ameaçado pô-la em órbita era agora apenas uma simples dor de cabeça. Com mais uma aspirina e uma xícara de café quente ela desapareceria. Moveu vivamente as pernas para o lado da cama. Quando o mundo parou de rodar, ela se encaminhou para o banheiro, onde tomou um banho de chuveiro e escovou os dentes. Depois ficou olhando por longos minutos seu reflexo, principalmente seu novo corte de cabelo, que lhe parecia tão bem agora quanto no almoço, no dia anterior.

— Eu gosto. Mas acho que tenho um fiscal aqui — murmurou, enquanto passava a escova pelo cachos macios e leves.

Ouviu o relógio antigo soando às dez horas em ponto. Em toda a sua vida jamais tinha acordado depois das oito. Por outro lado, nunca ficara tão bêbada.

— Vamos ver o que o mundo nos reserva para hoje, Olive. Com o consultório fechado e Mike tendo um chilique, diria que estamos por nossa conta. O que significa que podemos fazer as compras de Natal. Podemos pegar uma árvore de Natal, se quisermos, ou podemos nos sentar aqui e não fazer nada a não ser ver novelas. O que não vamos fazer é ficar com pena de nós mesmas. E não vamos pensar em Mike Sorenson.

Jane pendurou sua toalha ensopada e saiu do banheiro, com Olive nos calcanhares. Tentou não olhar para a secretária-eletrônica, mas sem querer deu-lhe uma olhadela. Seu coração pareceu dar um salto dentro de seu peito quando ela viu a luz vermelha piscando. Pôs a água para ferver, adiando o momento de apertar o botão de *play* e ouvir a voz de Mike. Quando não conseguiu mais agüentar o suspense, apertou o botão e esperou. Quando a voz de Sharon Thomas veio pelo outro lado do fio, ela disse:

— Oh, merda!

— Jane, é Sharon Thomas. Gostaria de marcar um encontro entre seu advogado e o meu no dia 3 de janeiro, se você estiver de acordo. Estou interessada em comprar seu consultório. Por falar nisso, vi Mike ontem à noite no Snuffy's. Você estava caçoando de mim quando disse que vocês estavam tendo um caso? Talvez você devesse avisar isso a ele. Ele estava, como direi, numa atitude muito íntima e pessoal com uma mulher tipo modelo, com um corpo escultural, no bar. A única maneira que tenho de descrevê-la é dizer que ela era linda de morrer. Mande seu advogado entrar em contato com o meu... Grover Mandel. Boas festas, Jane.

Não havia outros recados. Jane sentou-se e ficou olhando para sua xícara de café. A brilhante chave da casa estava colocada no centro da mesa. Ela devia tê-la tirado do bolso na noite passada e colocado ali. Estendeu a mão para pegá-la e jogou-a para o outro lado da sala. Olive foi até lá e começou a cheirá-la antes de apanhá-la e trazê-la de volta para Jane.

— Obrigada, Olive — disse ela, enfiando a chave na gaveta de badulaques.

Jane ergueu sua xícara de chá e o tomou até o fim. Depois subiu correndo e mudou de roupa. Ela iria a Crowley em algum outro dia da semana, depois que telefonasse para Todd Prentice e o convidasse para almoçar. Isto é, se conseguisse achar o cartão dele. Ela se lembrava de tê-lo posto na gaveta de sua escrivaninha. Hoje iria almoçar *bem tarde*, pensou, dando uma olhada no relógio. Depois disso... compras de Natal!

Quando Jane se sentou em sua escrivaninha, teve um sobressalto quando reparou que a caixa de arquivos com os disquetes de Connie Bryan estava em cima do monitor do computador. Ela se lembrava perfeitamente de tê-la deslocado para o lado da mesa e colocado sobre ela o sapo verde.

— Quem mexeu... — Cortou sua fala, com medo de formular a pergunta.

Ficou olhando a caixa de disquetes antes de pegá-la com suas mãos trêmulas. Será que havia mexido nela e simplesmente esquecera? Ela se lembrava claramente do dia em que ela e Olive viram seus arquivos deslizando para fora de sua pasta e caindo no chão e indagou se isto não teria algo a ver com aquela história de fantasmas. Não. Essa coisa de fantasmas não existia. Não existiam fantasmas, exceto em seus sonhos. Alguém mexera na caixa. Talvez Mike. Mas como? Olive e Flash não deixariam ninguém entrar, nem mesmo Mike.

Jane deixou o olhar passear por todo o aposento. Nada parecia fora do lugar. Tudo estava exatamente como antes. Um intruso não iria apenas mudar de lugar uma caixa de disquetes e não tocar em nada mais.

Jane esfregou as têmporas com a mão.

— Eu mesma devo ter feito isso — murmurou.

Abaixou-se para acariciar Olive por trás das orelhas. Ela estava abanando o rabo com tanta força que seu corpo todo sacudia.

— Não estou conseguindo entender isso, menina, realmente não estou — disse ela enquanto abria a caixa e contava os disquetes. Estavam todos ali, mas fora de ordem. Aquele que precisava de uma senha estava agora na parte de trás. — Sei que o coloquei na frente, com um elástico em volta. — O elástico tinha sumido e em seu lugar estava uma pequena tira de papel pregada no disco. Havia uma palavra impressa na tira: JANE.

Os dedos de Jane gelaram no ar. Engoliu em seco e olhou para Olive, que olhava para ela, em expectativa. As coisas estavam ficando cada vez mais interessantes.

— Seja lá o que for que esteja acontecendo aqui, e com certeza alguma coisa está acontecendo, vamos dar um passo de cada vez, Olive. Pequenos passos. Há uma razão para tudo. Pelo menos é o que digo a meus pacientes o tempo todo. É tão estranho eu não estar com medo. O que você acha que isto significa? Você precisa aprender a falar, Olive — resmungou Jane.

Com o coração aos pulos, Jane ligou o computador, enfiou o disquete e digitou seu nome exatamente como estava na tira de papel, em maiúsculas. Susteve a respiração, esperando para ver se ele diria 'Acesso negado'. Em vez disso, ele abriu uma lista de três arquivos. O primeiro era uma espécie de agenda de eventos, o segundo era um diário, e o terceiro, uma carta dirigida a ela.

Uma onda de perturbação a tomou, tão forte que teve de se afastar da escrivaninha para poder pôr a cabeça entre as pernas e se acalmar. Alguns minutos se passaram antes de ela sentir-se suficientemente segura para começar a ler.

Querida Jane,

Eu pretendia escrever para você assim que voltasse para casa, mas não estava em condições de fazer muita coisa, exceto tentar agir normalmente para que ninguém viesse a suspeitar do que me tinha acontecido naquela noite. Isto exigiu de mim tamanha energia que me deixou exausta. Tudo que queria fazer era dormir. Não sei, talvez nunca venha a enviar esta carta a você, ou talvez envie, quem sabe o que o amanhã vai trazer. Você foi tão boa amiga para mim naquela noite. Devia ter ouvido você. A vergonha, tal como a culpa, é uma coisa terrível.

Meus pais ficaram muito felizes quando voltei para casa, mas creio que minha mãe suspeitou de que havia algo de errado. Continuei dizendo que era tensão por causa do casamento. Tantas vezes tive vontade de contar a eles, mas simplesmente não consegui. Mesmo sabendo que continuariam me amando, passariam a me ver de maneira diferente, como se eu tivesse ficado manchada.

Todd mudou quando voltei para casa. Primeiro, pensei que era eu e não ele. Ele passou a reduzir nossos encontros e a dar desculpas para sair de minha casa mais cedo. Não fizemos mais sexo. Ele não demonstrava vontade. Achei aquilo estranho, mas ao mesmo tempo era bom porque eu não sabia o que eu teria sentido. Ele me acusava de estar mudada e insistia seguidamente para que lhe dissesse o que havia de errado. Ficava dizendo que eu tinha um segredo e me atormentava, querendo saber qual era. *Não sei explicar, mas era como se ele soubesse, Jane.*

Aí meus pais foram para a casa de meus avós para passar o fim de semana e fiquei com a casa toda para mim. Convidei Todd para vir para cá, fiz para ele um jantar maravilhoso, usei uma das roupas de que ele mais gostava e tentei seduzi-lo, sem nenhum outro motivo além de provar a mim mesma que eu ainda sentia algo por ele e ele por mim.

Ele tinha preparado todas as desculpas possíveis para não ir para a cama comigo. Foi aí que tive certeza de que ele sabia o que tinha acontecido. Sugeri que cancelássemos o casamento e ele disse que seria mesmo preferível adiá-lo temporariamente. Concordei.

Eu estava farta, Jane. E fiquei ainda mais farta quando, passados alguns dias, ouvi dizer que ele estava saindo com uma garota cujo pai era riquíssimo. Eu o interpelei e ele me disse que eram apenas amigos. Acreditei nele, porque precisava acreditar.

Então comecei a ter pesadelos realmente terríveis. Eram piores do que os que havia tido logo que voltara para casa. Mas serviram pelo menos para uma coisa: eu me lembrei de duas coisas que podem ajudar a identificar os rapazes que me estupraram. Um deles usava uma pulseira de identificação grossa e pesada, e um outro tinha no pescoço um cordão com uma espécie de medalhão que balançava como um pêndulo sobre a minha cabeça enquanto estava me estuprando. Sei que não tenho coragem de ir à polícia com essas informações agora, mas talvez venha a tê-la em algum outro momento. Sei que deveria ter ouvido você naquela noite e pelo menos ter ido ao centro de atendimento. Foi bobagem de minha parte não ter dado ouvidos a você, mas eu estava tão apaixonada que não quis fazer nada que pudesse estragar meus planos de casamento.

Agora, apesar de todos os meus esforços, não tenho mais planos de casamento. Em meu íntimo sei que está tudo terminado entre Todd e eu. Não tenho mais por ele os sentimentos de antes, e ele está deixando claro que também não sente mais o mesmo em relação a mim.

Não sei o que vou fazer, Jane, mas sei que tenho que fazer alguma coisa, sim. E fazer logo. Não posso viver assim, entre o medo e o sigilo.

Quero lhe agradecer por tudo que você fez naquela noite e pedir desculpas por não ter me despedido quando fui embora. Não nos conhecíamos há muito tempo, mas você foi a melhor amiga que já tive.

Desejo a você toda a felicidade do mundo, Jane.

Connie Bryan

Jane enxugou as lágrimas que corriam por seu rosto.

— Acho que você resolveu que não valia a pena viver — disse Jane, olhando fixo para o monitor do computador. — Que droga, Connie, você devia ter-me enviado esta carta. O que posso fazer agora, depois de todos estes anos?

Jane continuou a abrir o resto dos arquivos, mas não conseguiu encontrar mais nada que pudesse ajudá-la. Fez uma cópia em disquete da carta e escondeu-a em um dos livros de Trixie na estante. Não sabia dizer por quê. Parecia a coisa mais prudente a fazer no momento.

Quanto a saber quem teria movido a caixa de disquetes e escrito seu nome em um deles... ela ia dar uma de Scarlett O'Hara e deixar para pensar no assunto no dia seguinte! Naquele instante tinha coisas mais importantes com que se preocupar.

O cartão profissional de Todd Prentice estava bem na sua frente. De cara fechada, Jane discou o número, atenderam primeiro na mesa telefônica e passaram para a secretária de Todd.

— Eu gostaria de falar com o Sr. Prentice, por favor. Diga-lhe que é a Dra. Jane Lewis ao telefone. — Trixie lhe diria para primeiro chutar a bunda e depois ver de quem é. Pois bem, ela estava no estado de espírito ideal para isso, desde o momento em que ficara remoendo o recado deixado por Sharon Thomas.

— Jane Lewis, muito me alegra ouvi-la. A que devo o prazer de seu telefonema? — disse Todd expansivamente do outro lado do fio.

— A uma amiga comum, Connie Bryan — disse Jane friamente. — Estou ligando para convidá-lo para um almoço. Estarei em Crowley na quinta e na sexta — disse ela, esperando que ele escolhesse a primeira data em vez da segunda.

— Deixe ver minha agenda. — Houve uma pequena pausa. — Quinta-feira é impossível. Estou até o pescoço de compromissos, mas sexta-feira pode ser. Você quer recordar Connie, não é? Eu também penso nela muitas vezes. Nunca consegui entender por que ela se suicidou. Eu pensei que a conhecia, sabe? Isto prova que mesmo quando se conhece bem uma pessoa não se sabe necessariamente tudo sobre ela.

— É verdade, Todd — retrucou ela, pensando em Mike. — Nunca se conhece realmente uma pessoa ou se sabe realmente o que é capaz de fazer. Connie, por exemplo. Éramos realmente boas amigas — Jane mentiu para preparar o terreno. — Era de supor que ela se teria traído e sem querer contado o que estava planejando na carta que me escreveu depois que voltou para casa, pouco antes de... você sabe.

— Vocês duas eram boas amigas? Eu não sabia disso. Ela nunca me falou de você. Me pergunto por quê.

— Sabe de uma coisa, Todd? Ela também nunca me falou de você. Bem, eu sabia que vocês estavam noivos e tudo mais, mas só isso. Falávamos de outras coisas, aqueles segredos que as garotas trocam entre si — disse Jane, elaborando mais o que dizer à medida que prosseguia.

— Entendo. Me diga uma coisa, Jane. É para que este almoço?

A voz dele mudara ou seria imaginação sua? Parecia reservado de repente.

Jane pensou por um instante.

— Eu estou redigindo um trabalho sobre drogas para a *Jama*. Achei que você me deixaria lhe fazer algumas perguntas para obter certas informações se lhe desse depois um crédito no artigo. É algo prestigioso, um real motivo de orgulho aparecer em uma publicação de tal nível. — Congratulou-se consigo mesma por ter pensado tão rápido.

O alívio na voz dele deu calafrios na espinha de Jane.

— Mas claro, com certeza. Ficarei feliz de poder colaborar. Que tal amanhã, às doze e trinta, no Roscoe's?

— Doze e trinta está ótimo. Nos vemos lá então. — *Seu filho-da-puta miserável*, disse Jane para si mesma.

O telefone tocou no momento em que pôs o receptor de volta.

— Alô?

— Jane, é Mike. Onde você se meteu? Você está bem? Eu fui à sua casa ontem à noite e os diabos daqueles cachorros não me deixaram entrar. Por falar nisso, me assustaram tanto que deixei cair a chave no caminho de entrada.

Fez uma pausa, esperando que ela dissesse alguma coisa.

— Olha, desculpe. Você não se parece em nada com a Coletta. Você é natural, e calorosa, e terna, além de meiga e amável e... eu te amo. Realmente te amo. Se ainda tivesse alguma dúvida, ela teria acabado de vez.

— Por que diz isto? — perguntou Jane, com a voz embargada pela emoção.

— Eu parei no Stuffy's quando estava voltando para casa para tomar um drinque e adivinha quem estava no bar? Coletta! Ela estava esperando o namorado, e eu, já de saída. Quando a vi, me dei conta de que eu devia estar surdo, mudo e cego quando a namorei. Você é duas vezes mais mulher do que ela. Não, dez vezes mais.

— Só dez vezes? — caçoou ela.

— Não brigue mais comigo, Jane. Não agüento. Eu amaria você, mesmo que fosse careca.

— O que foi que você disse? — *Aquilo era um elogio ou um insulto?*

— Mesmo que você tivesse verrugas, ainda assim eu te amaria.

— De verdade, Mike?

— Mesmo que você tivesse pés de pombo e pernas arqueadas, ainda te amaria. Quero que envelheçamos juntos. Entendeu o que quero dizer? Já posso parar por aqui?

Jane deu uma risada.

— Vamos comer um espaguete no Papa Jo hoje à noite, está bem? Vou usar minha camiseta vermelha, e você pode usar a sua, de modo que se derramarmos molho nelas não vai aparecer. Pego você às sete. Senti sua falta, Jane.

— Também senti sua falta. Às sete está bem.

— O que você vai fazer hoje à tarde?

— Compras de Natal. É agora ou nunca. Estamos a apenas seis dias do Natal. Por falar nisso, achei que você gostaria de saber que Sharon Thomas está interessada em comprar meu consultório. Sabe de uma coisa? Eu não venderia para ela nem que fosse a última pessoa da Terra. Ela é uma mulher traiçoeira, ranhosa, de espírito mesquinho. Prefiro fechá-lo.

— Concordo com você a respeito de Sharon. Ela é tudo isso e muito mais. Mas eu sei de alguém que pode estar interessado. Vamos falar disso hoje à noite. Te amo, Jane.

— Eu também te amo.

Jane recostou-se na cadeira.

— Ouviu, Olive? Isto serve apenas para comprovar que nunca se deve fazer suposições ou tirar conclusões apressadas. Você tem que ser paciente e atentar para os fatos. É o que digo a todo os meus pacientes. Também digo a eles para controlarem suas emoções e que quando você bebe você perde o controle.

Começou a rir. — Só que eu mesma não sigo meus conselhos. Ele tinha explicação para tudo. Santo Deus, estou tão feliz que mal posso agüentar. Vou deixar você em casa hoje para você poder dormir depois que eu sair. Só tenho que pedir a Trixie para trazer meu carro para cá.

Olive levantou-se nas patas traseiras e bateu com uma pata na escrivaninha, latindo furiosamente. Recuou um pouco, a seguir avançou e finalmente abocanhou a bainha das calças de Jane, em sinal para que a seguisse.

— Ah, eles já trouxeram meu carro. Boa menina, Olive. Você é muito inteligente. Gosto de tudo em você. Já que você é tão boa menina, vou fazer para você alguns hambúrgueres de legumes para o jantar. Mas agora sossegue, está bem?

Jane voltou para casa por volta das cinco e meia, com os braços cheios de pacotes embrulhados em papéis de cores alegres, e no bagageiro, amarrada com uma corda, uma árvore de Natal com um metro e oitenta de altura, com uma base própria. No banco de trás, ainda por serem levados para dentro de casa, enfeites de Natal e lâmpadas coloridas.

Tinha feito o maior esforço para não pensar no disquete de Connie Bryan e em sua conversa com Todd Prentice. Ela não ia pensar em nenhum dos dois agora. O que iria fazer era tomar um refrigerante e fazer uma chamada telefônica para encomendar o presente especial de Natal de Mike. Em uma noite chuvosa, quando estavam deitados juntos na cama, depois de uma deliciosa sessão de amor, tinha perguntado a ele qual o seu desejo mais secreto e ele dissera que seria ser catapultado do *Patrick Henry* dentro de um Tomcat.* De preferência em algum lugar do Mar Adriático, dissera. Ela ia fazer isto acontecer via realidade virtual e com uma ida a Baton Rouge, onde isso era feito em estúdio. O cartão de presente com os detalhes seria enviado em entrega especial pelo correio da noite, e ela o embrulharia com um laço grande, vermelho, de cetim. Todas as vezes que pensava nisso ela ficava na maior excitação, imaginando a cara que ele faria.

Tomou nota mentalmente para lembrar-se de ligar para o consultório de Sharon no final da noite e deixar um recado dizendo, em termos bem claros, que não estava interessada em vender o consultório para ela.

— É isso aí, Olive! Eu prometi a você hambúrgueres de legumes, não é mesmo? Olha dois saindo aqui.

Antes de começar a misturar e amassar, ela tirou a chave da casa de dentro da gaveta de badulaques e colocou-a no meio da mesa.

— Sabe de uma coisa, Olive? Não estou com vontade de sair. Vou ligar para Mike e dizer-lhe para trazer a comida com ele. Assim nós podemos passar a noite juntos e montar a árvore. Estaremos em família. Você sabe como me sinto a respeito de família, Olive.

— Au!

Jane enroscou-se no sofá ao lado de Mike, com Olive aninhada na curva dos joelhos. Contemplavam a árvore lindamente decorada. Jane suspirou de satisfação.

— Você tem razão, Mike, a decoração dá nova vida a este velho aposento. E pensar que comprei tudo isso na Wallace Hardware.

* *Patrick Henry*: Porta-aviões; *F14 Tomcat*: avião de caça (N. T.)

— Eu pensei que você não queria fazer qualquer decoração, mas fico feliz de ver que mudou de idéia. Você parecia preocupada esta noite. Não quer falar sobre isso? Sou bom ouvinte.

Jane falou do almoço que havia proposto a Todd Prentice e do disquete que havia trazido de Slidell.

— Mike, sei onde pus a caixa de disquetes e me lembro perfeitamente de que coloquei o sapo de Beth Goins em cima. Lembro-me disso tão claramente quanto de meu próprio nome. Então minha pergunta para você é a seguinte: de onde veio aquela tirinha de papel que estava colada na caixa de arquivos? E como você explica isso da senha? Ninguém esteve aqui na noite passada. Você disse que nem você os cães deixaram entrar. E era a senha correta. Meu nome era a senha.

Um frio corria-lhe pela espinha e ela se achegou mais a ele. — Mike, meu sangue gelou. Vou lhe mostrar a carta que ela me escreveu naquela manhã. Fiquei tão arrasada que tive uma crise de choro.

— Você vai tentar fazer alguma coisa, não vai, Jane? Você acha que tem provas suficientes para acusar alguém?

— Sim, vou tentar fazer alguma coisa. E não, não tenho provas suficientes. Ainda não. Mas tenho um pressentimento de que vou conseguir essas provas em breve. Há algumas coisas que Connie mencionou em sua carta que podem ajudar. Além disso, há a cicatriz da mordida e a prova de ADN, que pode ser feita com suas roupas. Eu pedi a um amigo meu, advogado, que verificasse, e parece que em 1994 foi sancionada uma Lei de Violência contra Mulheres que faz com que não haja mais limitação de tempo para processos em caso de estupro com dolo, mesmo que o crime tenha ocorrido há cinco, dez ou quinze anos.

— Tudo isso está acontecendo por causa do tal de Ramsey, não é? Meu Deus, gostaria que ele nunca tivesse procurado você. Não tenho bons pressentimentos a esse respeito, Jane. Outra coisa, o que você espera conseguir indo almoçar com um canalha como Todd Prentice? Você mesma disse que ele era um canalha, não se lembra? Quanto à senha, não tenho a menor idéia.

— Não sei, espero talvez um lapso. Agora tenho a carta de Connie, para me orientar. Ela achou que alguma coisa estava esquisita, que ele parecia estar sabendo. Mas não vamos falar sobre isso hoje. Me diga, você sabe realmente de alguém que possa estar interessado em meu consultório? E o que você vai me dar de Natal? — disse Jane, fazendo-lhe cócegas sob o braço.

Ele segurou sua mão e a manteve apertada dentro das suas.

— Mencionei isto a Bill Bennett e Carl Wylie. Eles acabam de aceitar novos sócios e estão querendo se expandir. Eu diria que eles se mostraram bastante interessados. Carl e um dos sócios ficariam com seu consultório, e Bill e o outro sócio permaneceriam em Lafayette. Bill disse que entraria em contato depois de 1º de janeiro. Posso fazer as negociações por você até fecharmos um acordo. Seus pacientes vão gostar deles. Tem certeza de que é isto que você quer, Jane?

— Tenho. Já estou me sentindo como se estivesse tirando uma carga de tijolos de cima de meus ombros. Agora, vamos, não fuja da pergunta: o que você comprou para mim de Natal?

— Diga você primeiro — disse Mike com uma piscadela.

— Procurei a coisa que você mais deseja na vida. E isso é tudo que vou dizer. Agora você, me dê uma pista.

— O que mais desejo na vida é você, Jane. Qualquer coisa que não seja você seria apenas a cobertura do bolo. Eu comprei uma coisa para você que vai durar para sempre. E não vou dizer mais nada. E nem tente evitar que eu cumpra isso.

Ela pensou em sua resposta. Uma aliança é algo para sempre. Um compromisso para sempre.

— Você tem certeza de que seus pais vão gostar de mim? E se eles não gostarem, Mike?

Ele passou o nariz de leve sobre sua testa, seu queixo e depois sobre seu pescoço.

— Confie em mim, minha mãe vai amar você, e meu pai vai adorá-la. Sei disso. Sou filho deles.

— Me diga de novo como eles são. Quero me sentir como se já os conhecesse quando você me apresentar a eles.

— Mamãe é um mulher bonita, com cerca de um metro e cinqüenta e cinco de altura e um coração enorme. Ela parece estar sempre simples e elegante como uma jóia, mesmo que esteja limpando a casa. Faz o bolo de chocolate mais delicioso que já provei e que parece gritar meu nome. Sua sopa de legumes é de se tomar ajoelhado. Seus canteiros têm as flores mais bonitas da rua e não se encontra uma erva daninha em lugar algum. Ela tricota todo tipo de coisas, como roupinhas de bebê, suéteres, xales, e dá para bazares de diferentes igrejas para que sejam rifadas.

Ela apoiou a cabeça contra o peito dele e ele acariciou seus cabelos.

— Meu pai é um homem alto, de corpo redondo como um barril. Tem uma risada estrondosa, que faz você rir também. Nunca fica furioso. Acho que se pode dizer que é uma pessoa calma e equilibrada. Mas os olhos dele piscam e fica realmente perturbado quando se dá conta de que está perdendo cabelo. Vem usando Rogaine há anos sem resultado. Mas nem por isso desiste. Tem uma oficina na garagem, onde faz brinquedos que dá para os bazares, como minha mãe. Gosta de dançar. Tem uma vitrola automática na sala de estar da família com discos de todas as grandes cantoras. Ele e mamãe ouvem ou dançam todas as noites depois do jantar. Ambos gostam de pescar, de ir ao cinema e de fazer trabalho voluntário. Têm uma vida realmente cheia. Me telefonam todos os sábados. E ligo para eles todas as quartas-feiras.

Jane desenhou mentalmente uma imagem dos pais dele sentados lado a lado no sofá, a mãe dele com um vestido florido e o pai com camisa de golfe e calças folgadas.

— Parecem maravilhosos.

— Porque eles são maravilhosos. Eles vão amar você. Podemos ir para a cama agora? Não dormi nada na noite passada.

— Mike, quem terá escrito aquela senha no disquete?

— Não faço a menor idéia... a menos que...

— A menos que o quê?

— Pode ter sido seu fantasma.

Jane deu uma gargalhada e levantou-se.

— Realmente, Mike, isto é forçar demais, não acha?

— Que outra explicação você pode ter? — perguntou ele, com a fisionomia séria.

Jane encarou-o e disse:

— Fantasmas não existem.

Onze

O ar estava realmente frio, um perfeito tempo de Natal, pensou Jane ao sair do carro e entregar as chaves ao rapaz encarregado do estacionamento. Olhou ao redor, achando que o restaurante parecia um tanto diferente. Talvez os proprietários tivessem reformado a fachada. Fazia anos que ela ali estivera, e tinha sido à noite. A comida era excelente, disso se lembrava bem.

O prédio era comprido e estreito, com os salões de refeição no fundo. À primeira vista parecia ser algo de que o arquiteto se tinha descuidado. Paredes de pedra cinza e janelas estilo Tudor contribuíam para a discrepância arquitetônica.

O que lhe dava um encanto compensador era sua festiva decoração na porta de entrada. O restaurante tinha sido todo enfeitado por fora com decorações natalinas. Sobre cada porta, cada janela, nos mínimos cantos havia miúdas luzes entremeadas com festões verdes arrematados por laços de veludo vermelho. O interior era sombreado e perfumado, com um cheiro de bálsamo espalhado em todas as direções. Jane aspirou com satisfação. No momento em que entrou no vestíbulo já ouviu o zunzum de conversas e o tilintar da prataria e dos copos. Era a época do ano em que os proprietários ficavam mais ocupados. Olhou para a árvore a um canto, com seus caros enfeites dourados. Em sua opinião, sua árvore de loja de conveniência parecia mil vezes melhor. Será que era porque ela gostava de coisas simples em vez daquelas coisas berrantes? Sentou-se na sala de espera e olhou para o relógio. Esperava que Todd Prentice não tivesse decidido faltar.

Cinco minutos depois ele atravessou a porta junto com uma rajada de vento.

— Jane, espero não ter feito você esperar — disse ele, passando a mão pelos cabelos.

— Não, na verdade acabei de chegar também — disse ela, olhando discretamente para seu sobretudo de casimira e sapatos caros. Só a gravata deveria custar uns cem dólares. E ela teria que ser cega para não reparar os monogramas bordados nos punhos da imaculada camisa branca que ficaram à mostra no momento em que ele entregou seu sobretudo à chapeleira. Ele rapidamente passou o envelope de papel manilha de uma mão para a outra enquanto pegava o casaco de Jane e sorria. Segurou o cotovelo dela para conduzi-la ao salão de jantar, ignorando totalmente a recepcionista.

— A firma tem uma mesa cativa no fundo do salão. Meu sogro paga razoalmente bem por este privilégio — confidenciou ele.

— Que bom — comentou ela em tom formal.

— *É* realmente bom, pode crer. Este lugar é muito concorrido e é bom entrar e saber que você já tem uma mesa e não vai ter que esperar ou dar uma gorjeta para a recepcionista. No orçamento da firma está prevista a percentagem do restaurante. Mas isso já é assunto privado.

Prentice abriu caminho para o fundo do salão, parando aqui e ali para saudar outras pessoas ou apenas dar um tapinha nas costas de alguém ao passar. Ele tinha razão: era a melhor mesa da casa, pensou Jane, enquanto ele segurava a cadeira para ela sentar-se. Ela se perguntava o que haveria naquele envelope de papel manilha que ele colocara sobre a mesa. Provavelmente coisas que achou que poderiam ajudá-la no artigo que ela disse que queria escrever.

— Então, Jane, o que você gostaria de beber?

— Água mineral com uma rodela de limão, por favor. Estou dirigindo.

Deixou a bolsa na cadeira vizinha, desdobrou o guardanapo e colocou-o no colo.

— Eu também estou, mas vou tomar um Rob Roy duplo.

Levantou o indicador, e o garçom imediatamente apareceu. Fez o pedido e acendeu despreocupadamente um cigarro.

— Você pode fumar aqui? — perguntou Jane, surpresa.

— Sim. Posso.

Com olhos sempre atentos, perguntou:

— Já está preparada para as Festas?

— Acho que sim. E você?

— É minha esposa quem cuida dessas coisas todas. Você sabe como são as esposas. Querem ter a certeza de que vai sair tudo perfeito e nós, homens, iríamos simplesmente estragar tudo. Vamos para o nosso condomínio em Aspen todos os anos, no Natal, e ficamos lá até o Ano Novo.

Uma casa em um condomínio em Aspen. O máximo que Connie poderia ter esperado seria uma volta de trenó em Nova Jersey, se tivesse se casado com aquele dândi.

— Trouxe umas matérias para você examinar, para poupar tempo. Por que você não vai dando uma olhada enquanto ligo para o escritório para verificar algumas coisas? Deixei tudo meio bagunçado para a minha secretária.

Jane estendeu a mão para pegar o envelope. Fingiu estar passando os olhos pelos jornais sobre medicamentos, e as brochuras em papel brilhante anunciando seus mais novos produtos. Levantou os olhos uma vez para olhar o salão a sua volta e, com auxílio da parede de espelhos do lado oposto, pôde ver claramente Prentice falando no telefone do vestíbulo. Ela duvidava que ele estivesse falando para o seu escritório. Acabara de colar a lingüeta do envelope quando Todd voltou para junto dela.

— Ajuda em alguma coisa?

— Perfeito. Sinto-me uma tola. Você poderia ter posto tudo isso no correio para mim, e eu não estaria tomando seu tempo. Obrigada pela ajuda.

— Quando é que o artigo vai sair na *Jama*?

Jane deu de ombros.

— Nunca dizem. Suponho que na primavera. Aviso você ou lhe envio uma cópia.

Já chega dessa conversa fiada, disse a si mesma.

— Estou curiosa sobre uma coisa, Todd. Por que você veio falar comigo e apresentar-se naquele evento de arrecadação de fundos?

— Bom, eu... eu só estava tentando ser gentil, nada mais. Eu era da comissão organizadora.

Ela poderia ter dito que ele estava mentindo descaradamente, mas isso era de esperar.

— Ah — disse ela, rindo —, pensei que você pudesse estar procurando uma psiquiatra.

Ele jogou a cabeça para trás e riu.

— Não! Não preciso de psiquiatra.

— Nunca diga isso. Todos precisamos de alguém com quem possamos desabafar de vez em quando. Um psiquiatra é alguém preparado para ouvir e não julgar. Você quer me dizer que nunca teve coisa alguma que o perturbasse em toda a sua vida, no passado ou no presente, algo a respeito do qual você tivesse vontade de falar com alguém? — disse ela, preparando o terreno.

Ele balançou a cabeça.

— Nada, nada. Temo que não, Doutora.

— Me diga, você não vai mais a Slidell?

— Não, se puder evitar — disse ele, tomando um gole de sua bebida.

Fez sinal ao garçom pedindo mais uma.

— Minha mãe morreu quando eu ainda era garoto de colégio e meu pai se mudou para uma casa de repouso em Coral Gables, na Flórida, para ficar mais perto de seus dois irmãos. Não há motivo para eu voltar lá. Onde é que você está morando agora?

— Em Rayne. A capital mundial das rãs. Tenho consultório lá. Estive recentemente em Slidell. Parei para visitar os pais de Connie. Acho que ainda estão de luto. Creio que nunca se supera a morte de um filho. Você também deve ter ficado arrasado.

— Ah, fiquei sim. Fiquei sem poder comer nem dormir durante meses. Connie e eu tínhamos tantos planos para o nosso casamento e o nosso futuro. Não sabia o que fazer de mim durante os meses que se seguiram. Como lhe disse, não sei por que ela fez aquilo. Seus pais também não sabem. Ela não deixou nem um bilhete, nada. Foi uma época terrível. Finalmente não consegui mais agüentar e me mudei para Crowley.

Disse tudo isso de enfiada, em um fôlego só, enquanto pegava seu segundo copo de bebida. *Ensaiado* foi o termo que ocorreu a Jane.

Sabendo que estava soltando uma bomba, Jane pegou seu copo e tentou parecer natural.

— Então você não soube da notícia. Connie deixou um bilhete, sim. Mas ninguém sabia disso até muito recentemente. Parece que ela o digitou em seu computador e salvou em um disquete. Adele, a mãe de Connie, finalmente teve coragem de desmanchar o quarto da filha e indagou o que Connie poderia ter arquivado em seu computador. Um dos disquetes tinha uma senha secreta. Ela pediu a um amigo que é técnico em computadores para ir a sua casa e tentar descobrir o código para ela. Foi assim que encontraram o bilhete.

Jane ouviu a aceleração no fôlego de Prentice e olhou para ele. O sangue tinha desaparecido de seu rosto. Ele estava branco como um fantasma.

— Todd, você está se sentindo bem? Há algo de errado com sua bebida? — perguntou ela com fingida preocupação. Bem que tinha suspeitado que ele estava de alguma forma metido nisso.

— Estou, estou, estou bem, sim. É que... Meu Deus, ela deixou um bilhete?

— Na verdade é mais uma carta, pelo que entendi — disse Jane, tomando um gole de seu copo.

Ela detestava água mineral. Era tão sem graça!

— Acho que o garçom está esperando que façamos o pedido agora. Eu me sinto meio pra baixo no período de Festas. Por isso acho que vou pedir uma lagosta, camarões graúdos e *mousse* de pecã para a sobremesa. Acompanhamento à francesa, por favor.

— E o senhor?

— A mesma coisa — disse Todd ao garçom. — Você tem razão, Jane, o período de Festas tem algo meio deprimente. — A cor tinha voltado a seu rosto, e sua voz soava normal.

Ele se recupera rápido, pensou Jane, desejando que seu mal-estar tivesse durado um pouco mais. Mas ainda havia muito por vir. Muito mais. E ela era paciente.

— Me diga uma coisa, Jane. Por que você e eu nunca nos encontramos na época do colegial? Eu pensava que conhecia todos os amigos de Connie.

Satisfeita com o rumo que as coisas estavam tomando, Jane sorriu para ele.

— Eu era daquele tipo estudioso, rato de biblioteca. Quando não estava em aula, acho que passava cada minuto do meu tempo na biblioteca. Connie e eu estávamos na mesma ala, mas não tínhamos amigos comuns. Costumávamos nos encontrar em meu quarto e conversar muitas vezes na semana. Na verdade, passamos juntas aquela noite antes de nossa prova final, primeiro na biblioteca e depois em meu quarto.

Passou manteiga no pão. — Este pão francês daqui é *muuuito* bom. Como é que você consegue se manter em forma, Todd, comendo seguidamente aqui?

— Metabolismo bom — respondeu ele, distraído. — Trabalho ao ar livre e jogo tênis três vezes por semana depois do trabalho. Você literalmente sua todo o excesso quando joga tênis.

— Tenho que me decidir a praticar um esporte. Só que não gosto de ficar suando — disse Jane, pegando uma outra fatia de pão, que na realidade não estava sequer desejando. — Por falar nisso, você conhece Brian Ramsey?

Jogou as mãos para o alto.

— Ora, mas que pergunta idiota. Ele jogava futebol com você, então é evidente que você o conhece. Ele mora e trabalha em Rayne agora, como você. Aposto que você sente falta do futebol, não? Eu me lembro que vocês tinham um bom apoio da mídia no tempo do colégio. A mídia adorava os Bengal Tigers.

Mordiscou outra fatia de pão.

— Hum... é muito gostoso — disse ela, não querendo perder seu momento mesmo estando com a boca cheia.

— Será que compram pronto ou fazem aqui mesmo? Poderia sentar-me aqui e ficar comendo o dia inteiro. Vocês, homens, costumam reunir-se e ficar se lembrando de brincadeiras e coisas antigas, assim? As turmas sempre fazem isso nos filmes.

Ela balançou a cabeça.

— Por Deus, nem sei onde está metade de meu antigo grupo de debates, nem as meninas do coro. Eu deveria fazer um esforço maior para manter contato com elas, mas tenho andado tão ocupada ultimamente. Não é estranha a vida, Todd? Quem pensaria que um dia nós dois estaríamos aqui, sentados, almoçando? A rata de biblioteca Jane e o super-herói Todd dos famosos Bengal Tigers. Me diga, aonde é que vocês, homens, vão quando se reúnem? — perguntou novamente Jane, cortando uma rodela de pepino de seu prato de salada. Fingiu não ver Todd erguer o braço para pedir a terceira bebida.

— Tentamos nos reunir durante a Mardi Gras* em N'awlins. Em geral um ou dois não conseguem ir, mas a maioria aparece e festejamos por alguns dias.

— Que bonito. Vocês todos, rapazes, se reunindo. Aposto que sua mulher não gosta nem um pouquinho disso — disse Jane enfiando um tomate de cor viva na boca.

Ficou mastigando. Todd apenas piscava.

— Você não está comendo nada, Todd. Esta salada está maravilhosa. Você está bem?

— Estou, é claro. Por que você pergunta?

— Você já está na terceira bebida e está com os olhos vagando no espaço. Estou te aborrecendo?

Todd esboçou um sorriso forçado.

---

* Terça-feira gorda, espécie de carnaval no sul dos Estados Unidos. (N. T.)

— Não, você não me aborrece em absoluto. É que comi três *beignets* no café da manhã e todos os três estavam com excesso de açúcar. Eu raramente como muito na hora do almoço. Me diga, como é que você sente isso de ser uma psiquiatra? Ficar ouvindo os problemas de outras pessoas não a cansa?

— Algumas vezes. Mas você tem que ouvir seus problemas para saber como ajudá-las. Muitas vezes gostaria de vê-las progredirem mais rápido, mas cada uma tem seu próprio ritmo. Por exemplo, o Sr. e a Sra. Bryan. Eles deveriam ter procurado um terapeuta depois da morte de Connie, mas não fizeram isso. Fiquei dias conversando com eles — mentiu Jane. — Acho que os ajudei em alguma coisa. Foi uma experiência muito gratificante. Saí de lá me sentindo muito melhor. O que lhe vem à mente quando você pensa em Connie? — perguntou Jane, olhando para o garçom que estava apresentando o prato pedido.

Quando o garçom passou a Todd seu prato, Jane não conseguiu deixar de notar que ele estava ficando pálido de novo.

— Há algo errado, Todd? Os camarões não estão como você esperava?

— Não, não, está tudo bem. Foram aqueles *beignets* que comi de manhã. Eu devia ter parado na salada.

— Mas você também não comeu sua salada. Eu tenho que vir aqui mais vezes. O que estávamos dizendo, Todd?

— Não me lembro. O garçom chegou exatamente no momento em que você me perguntou alguma coisa, não sei mais o quê. — Sua voz tinha algo de desesperado.

Com o garfo suspenso a meia altura, Jane deu um sorriso de vitória.

— Ah, agora me lembro. Estávamos falando de Connie e eu lhe perguntei o que lhe vem à mente quando você pensa nela. Presumindo-se, naturalmente, que você realmente pense nela depois de todos esses anos.

— Ah, sim. Agora me lembro — disse Todd, enfiando o garfo em um suculento pedaço de lagosta do qual a manteiga escorria. — Lembro-me dos nossos dias de estudantes. De nossos planos para o futuro. De nos casarmos e termos filhos. Esse tipo de coisa. E você? — disse ele, espertamente lhe devolvendo a pergunta.

— Eu recordo seu modo de se vestir. Ela usava sempre roupas das mais elegantes. Acho que ela sabia costurar, se não me engano. Lembro muito claramente o que ela estava usando naquela última noite. Uma saia vermelha pregueada, um conjunto de lã branco e tênis Keds. Parecia tão... tão arrumadinha e tão menina de colégio. Ela deixou suas roupas no meu quarto naquela noite. Você acredita uma coisa? Levei-as comigo quando fui para casa no dia seguinte. Acho que ainda estão em meu velho baú. Pretendia enviá-las de volta, mas nunca cheguei a fazer isso. Boas intenções, aquela coisa. Acho que envolve certa preguiça de minha parte.

Apontou seu garfo para o prato dele.

— Não sei nem dizer o que você está perdendo aqui, Todd. Azar o seu ter comido aqueles *beignets* de manhã. Tem tanto alho nestes camarões que vão me sair pelos poros dentro de um segundo. — Uma garfada mais e ela engasgara. — Acho que vou dispensar a sobremesa, se você não se incomoda, Todd. Santo Deus, você viu as horas? Você não vai se ofender se eu acabar de comer e sair, vai?

— Não, não, em absoluto — disse ele, com alívio evidente na voz. — Eu também tenho que voltar para o escritório. Amanhã partimos para Aspen.

— Por favor, Todd, deixe-me pagar. Quem o convidou para o almoço fui eu.

— Mantemos uma conta corrente aqui. Não se preocupe. Foi tão bom ver você novamente. Vamos repetir isso em algum momento.

— Obrigada. Obrigada pelo material também — disse ela, indicando o envelope de papel manilha.

— Não foi nada, Jane. Tive prazer em fazer isto.

Ela colocou o guardanapo na mesa e levantou-se.

— Mantenho contato com você a respeito do artigo. Posso ligar para você se surgir alguma dificuldade?

— Claro que sim.

No vestíbulo Jane disse:

— Não espere por mim, Todd. Pode ir. Eu ainda vou até o toalete. Obrigada pelo almoço.

— O prazer foi todo meu. — Deu à moça da chapelaria uma nota de cinco dólares e estendeu a Jane seu casaco.

No toalete decorado com bom gosto, Jane sentou-se em uma cadeira forrada de veludo e aspirou profundamente. Mike iria esganá-la quando ela lhe contasse o que havia feito. Trixie chamaria a isso de um bom chute na bunda. Espetacular.

— Você tem língua grande, Jane Lewis — disse ela a seu reflexo no espelho. — Não só tem língua grande como não sabe manter a boca fechada. Agora ele sabe que você sabe.

Virou-se um pouco.

— Espera aí, o que é que eu sei? — disse, olhando-se novamente no espelho. Ela sabia que um dos estupradores estava usando uma pulseira pesada e que outro tinha uma espécie de medalhão em torno do pescoço. Sabia que Connie suspeitava de que Todd soubesse do estupro. Sabia que os pais de Connie não gostavam dele e que ele preferia ganhar dinheiro em vez de coisas úteis como presente de casamento. Sabia que ele estava mentindo quando disse que não soubera o que fazer da própria vida nos meses que se seguiram à morte de Connie. Se isso fosse verdade, como teria conhecido a mulher com quem se casaria menos de um ano depois? E ela sabia que havia algo de estranho no fato de Brian Ramsey, ex-colega de time de Todd, tê-la procurado para tratar-se. Havia algum dado faltando em tudo isso, mas no momento ela não tinha a menor pista quanto ao que seria.

— Merda! — disse sucintamente.

— Isto é tudo — disse uma camareira por trás dela entrando no toalete de senhoras.

— Com licença. Acabo de almoçar com Todd Prentice. Acho que ele vem muito aqui. Você o conhece, por acaso? — perguntou Jane, tentando todas as chances de saber coisas.

— Está brincando? — a camareira revirou os olhos. — Volta e meia ele cria um caso com uma de nós. Também é um pão-duro para dar gorjetas. Por quê?

— Oh, acabou de criar um caso comigo também e fiquei pensando que tipo de sujeito ele é.

— Ele é do tipo que corneia a mulher. Fique longe dele. É o meu conselho.

— Obrigada. É o que vou fazer. Boas Festas para você.

Atirou o envelope de papel manilha no cesto de lixo.

— Para a senhora também.

Jane saiu para a rodovia e acelerou até o limite de velocidade. A cada dois minutos olhava pelo retrovisor para ver se estaria sendo seguida. Estava tão ansiosa e tensa que achou que ia explodir.

Seguiu direto para a fazenda McGuire, para junto de Trixie e Fred. Eles saberiam fazê-la acalmar-se.

Trixie precisava parar um pouco. Embrulhar presentes de Natal era um trabalho cansativo, e ela estava trabalhando há horas. Por toda parte havia carretéis e rolos de fita alegremente colorida. Folhas e folhas de papel cobriam a comprida mesa da sala de jantar, o bufê e o aparador. Dezenas de presentes estavam alinhados contra as paredes, esperando para serem entregues na delegacia de polícia. Era a maneira de Trixie cumprir sua promessa em relação ao uso da viatura policial. Se ela conseguisse terminar, Fred entregaria os presentes a tempo para a festa anual de Natal, às sete horas. Só faltavam mais sete. Fred era absolutamente inútil quando se tratava de amarrar laços e colocar fita adesiva sem fazer dobras. Um zero à esquerda.

Flash movia-se lentamente entre os presentes, cheirando-os e cutucando-os com o focinho. Mas, se em um primeiro momento estava examinando tudo com a maior tranqüilidade, logo depois já saía correndo para a porta da cozinha, latindo.

Companhia.

— Jane, minha garota! O que traz você aqui no meio da tarde? Comece a embrulhar, querida. Fred tem que levar estes presentes para a festa de Natal antes das sete. Sei que há algo errado. Por isso, fale enquanto vai fazendo os embrulhos. Cada presente tem um nome colado em cima. Tenha o maior cuidado quando preencher a etiqueta.

Jane estendeu a mão para uma folha de papel.

— Você não vai acreditar no que fiz, Trixie. Santo Deus, eu mesma não acredito. Você me conhece e sabe como falo! Outro dia mesmo fiquei convencida de que Todd Prentice deveria estar metido nessa coisa toda. Sabe, Trixie, eu estava certa. Eu o deixei tão nervoso que pensei que iria cair do cavalo. Ele tomou três, exatamente três, Rob Roys duplos. Não comeu nada. Na hora achei que estava sendo muito inteligente. Agora já não tenho tanta certeza. Talvez eu tenha ido longe demais.

— Vamos parar um pouco. Café ou chá?

— Nenhum dos dois. Que tal um refrigerante?

Jane sentou-se no chão, alisando a barriga de Flash, enquanto voltava a falar do almoço com Todd Prentice.

— Na verdade, eu lhe disse que ainda estava com as roupas de Connie em meu velho baú. A sacola ficou com você ou está comigo? Nem me lembro direito.

— Está aqui. Você ficou de levá-la por duas vezes, mas nunca levou. Uma vez você chegou a ficar com ela na mão para levá-la e depois mudou de idéia. A menos, naturalmente, que você a tenha levado e não me tenha dito. Quando terminarmos com os embrulhos, podemos ver na garagem. Quer ir à festa com Fred e comigo hoje à noite?

— Não, obrigada. Mike está vindo para minha casa. E eu tenho ainda que acabar algumas coisas do Natal. O que é que você acha de tudo isso, Trixie?

— Acho que você está trazendo tudo à tona. Mas, para dizer a verdade, não tenho certeza se isto é bom ou mau. Qual vai ser o seu próximo passo?

— É este o ponto, Trixie, não sei. Eu acho que tenho que pegar uma lente de aumento e sair examinando o anuário do colégio para ver quem estava usando pulseiras e medalhões. Se eram jogadores de futebol, posso bem vir a encontrar alguma coisa. E preciso acabar de examinar o resto dos disquetes de Connie. Mas, além disso... daí em diante não sei mais o que fazer. Se você fosse eu, o que faria?

— Sentaria e esperaria — disse Trixie de supetão. — Se Prentice está como você diz, metido nisso, você o pôs em alerta. Me corrija se eu estiver errada. Você acha que ele estava de algum modo envolvido pessoalmente com o estupro naquela noite?

— Depende do que você considera pessoal. Ele não estava lá, se é isso que você quer dizer. Por Deus, esqueci de lhe contar a respeito do disquete. Pare de fazer o que está fazendo e preste atenção, Trixie.

O rosto de Trixie foi passando da curiosidade ao espanto e à descrença à medida que Jane relatava como conseguira abrir e ler o disquete.

— Não vou nem perguntar quem você acha que pode ter posto seu nome no disquete. Agora estou vendo qual foi o seu ponto de partida. E não estou gostando disso, Jane. Se Prentice está envolvido — e não sei como poderia estar, mas digamos que esteja —, ele vai alertar todos os outros. Não sei nem quem são esses outros. Eu deveria conseguir imaginar, já que é o que faço como meio de vida, mas não consigo. Os rapazes que agrediram sua amiga naquela noite são hoje homens adultos, com família e provavelmente têm bons empregos. Não vão querer que coisa alguma venha a perturbar suas pacatas vidinhas. Se algum deles desconfiar que você está querendo mexer nisso, não sei nem dizer o que serão capazes de fazer. Você pode estar em perigo. Você acha que Brian Ramsey foi mandado para você com uma história inventada, como uma espécie de isca? Sabe, para ver se você sabia de alguma coisa ou para ver qual a sua reação? Eu detesto clichês, mas, se for o caso, eles vão tentar tudo para deixar as coisas como estão.

— Foi exatamente o que pensei, Trixie. Mas aí surgiu Betty Vance. Estava tudo planejado ou foi uma coincidência? Foi tudo para me sondar, para ver se eu iria puxar o tapete? Mas talvez isso tudo não passe de elucubrações.

— Meu bem, como é que você se sentiria se ficasse com Flash em casa por um tempo? Dois cães são melhores que um. Ele adora você. Fred e eu vamos ficar na maior preocupação depois desses acontecimentos.

— Não, basta Olive. Ela percebe o momento em que qualquer pessoa sai da rodovia principal. Consegue, literalmente, farejar o caminhão dos rapazes da Limpeza Urbana. À noite Mike está comigo. Acho que ele pode estar se mudando para lá. Ou *espero* que ele o faça. Não estou em casa durante o dia e, assim que vender o consultório, vou ficar aqui, trabalhando com vocês. Se isso lhes dá mais tranqüilidade, posso instalar um sistema de alarme no andar de baixo.

— Faça isso, querida. Realmente me deixaria mais sossegada.

— Vou fazer o pedido logo depois do Natal, embora creia que só consigam instalá-lo depois do Ano Novo. Ninguém faz nada entre o Natal e o Ano Novo.

Jane recomeçou a embrulhar os presentes.

— E aí, quando é que sai o novo livro? — perguntou ela, mudando de assunto.

— Você está falando do *Pigskin Bloodbath* [Banho de sangue no futebol]?

— Uau! É este o título?

— Que outro poderia ser? Ele fala do assassinato de todo um time estudantil de futebol. Este foi idéia do Fred. Você sabe como ele gosta de futebol.

A curiosidade de Jane se espicaçou.

— Quem é o assassino?

— Acho que é o cara encarregado do *point spread*, que nem sei bem o que é. Em um jogo programado de campeonato ou algo semelhante. Fiquei tão ocupada com Flash que dei total liberdade a Fred e deixei que fosse em frente.

— Ah! Trixie, você se incomoda se eu for até sua sala de depósito e pegar alguns de seus livros mais antigos, aqueles que Mike não tem? Quero dar a ele de presente de Natal. Você os autografa?

— Claro, mas não lhe diga a verdade.

— Não direi.

— Vá lá e pegue. Fred vai autografá-los para você.

— Eu amo você, Trixie — disse Jane, passando os braços em torno da mulherzinha.

* * *

Eram cinco horas e já estava escuro quando ela estacionou o carro ao lado dos degraus que levavam à sua varanda dos fundos. Os pêlos em seus antebraços se eriçaram ao sair do carro, agradecendo a Fred a idéia de ter insistido para que ela tivesse sensores de luz. Subiu aos pulos os degraus e entrou em casa. Olive veio cumprimentá-la como se ela tivesse ficado ausente um mês.

— Quer ir dar uma volta, Olive? Corra em torno da casa algumas vezes, depois volte rápido. Estou trancando a porta; portanto, use a sua portinhola. Vou trocar de roupa. Gostaria que você já estivesse de volta no momento em que eu descer. Entendeu?

A *springer* olhou para ela com olhos interrogativos, o rabo abanando de um lado para o outro.

—Tudo bem, só estou assustando a mim mesma. Dez minutos.

Olive saiu se arrastando pela portinhola de cachorro e foi embora.

Jane andou pela casa até seu escritório, acendendo as luzes à medida que passava. Seu olhar varreu a sala e parou em sua escrivaninha. A caixa de arquivos estava agora em cima do teclado do computador e o sapo verde em cima do monitor. Ela deu meia-volta. O tremor de suas pernas obrigou-a a sentar-se.

— Tudo bem, o que foi que houve desta vez? — perguntou ela, com uma voz tão trêmula que ela própria mal a reconheceu.

Respondeu à própria pergunta abrindo a caixa e retirando os disquetes. Contou-os, uma, duas vezes: estavam todos ali. O elástico ainda estava embaixo da caixa. Ela sabia que seus cabelos estavam eriçados na nuca. Quase deu um salto quando sentiu uma lufada de ar frio passar por todo o aposento.

Jane passou os olhos em volta.

— Tem alguém aí? — perguntou, perscrutando os cantos escuros do aposento.

— *Só eu, Billy* — respondeu uma voz. — *Estou aqui, perto da estante. Estão acontecendo coisas ruins. A senhora precisa ter cuidado.*

Jane agarrou-se aos braços da cadeira e olhou fixo para a aparição. Por alguma razão ela não estava com medo.

— Todas as outras vezes que vi você... eu não estava sonhando, estava?

— *Eu lhe disse que não, mas a senhora não quis acreditar.*

— Então... o que você está me dizendo é que você é um fantasma. Um fantasma real, verdadeiro.

— *Sim. Eu sei que a senhora não acredita em fantasmas, mas nós realmente existimos. E nem todos saem arrastando correntes ou tentando amedrontar as pessoas. Eu prefiro a palavra espírito, em vez de fantasma, e não gosto de maneira alguma de ser chamado de assombração.*

— Tudo bem, posso aceitar isso. Acho que posso. Foi você quem mexeu na caixa de disquetes e colou aquele papel em um?

— *Fui. Ajudou a senhora?*

— Tenho certeza de que você já sabe a resposta. Me diga, como é que você sabe que havia uma carta no disquete? Ou melhor, o que é que você sabe? Partilhe seus pensamentos comigo, Billy.

— *A senhora está em um lugar muito isolado aqui. Esta casa é muito antiga e fácil de ser invadida. Mas não quero deixá-la preocupada. Jeeter e eu vamos tomar conta dela para a senhora. Ele está brincando com Olive na cozinha. Eu gostaria que a senhora ligasse para uma pessoa.*

— Quem? Mike?

— *Não. Aquela mulher sua amiga. A que está perturbada.*

— Se está se referindo a Betty, não posso fazer isso. Ela é paciente de uma outra colega e não posso interferir, não seria profissional.

— *Eu acho que ela está precisando de sua ajuda.*

— Se ela precisasse de minha ajuda, ela telefonaria para mim. Ela não telefonou a semana toda. Ela vai jantar com meus padrinhos no Natal.

— *A senhora poderia ir à casa dela, tal como foi à casa do Sr. Ramsey.*

— Não posso. Sharon me denunciaria ao Conselho se eu fizesse isso. Se ela me ligar, falo com ela. Por que não vai você visitá-la e dar essa sugestão?

— *Não posso sair desta casa. Estou preso aqui para sempre. Mike está entrando com o carro na casa. Tenha cuidado, Dona Jane.*

A aparição foi sumindo até desaparecer de todo. Jane ficou olhando para as estantes, ainda não muito convencida do que tinha visto. Ela tinha tido um dia estressante e estava cansada. Ou ela estava tendo alucinações, ou estava cochilando. Levantou-se para ir ao segundo andar quando subitamente, ao voltar-se, viu Mike parado na soleira da porta.

Correu para seus braços e abraçou-o.

Ele lhe deu um beijo e a afastou.

— Você viu Olive? Ela estava se divertindo muito lá nos fundos. Estava correndo em círculos, como se estivesse perseguindo alguma coisa. Me ignorou completamente.

Começou a tirar o casaco.

— A árvore de Natal traz um cheiro realmente bom logo que se entra. Trouxe uma guirlanda para pendurar na porta da frente. Como havia um prego lá, pendurei nele. Minha mãe sempre diz que uma guirlanda na porta da frente oficializa o Natal. Acho que ela está certa. Quer ir ver?

— Quero. Tem um laço vermelho?

— Claro. E algumas pinhas e outros enfeites.

Abriu amplamente a porta para que ela visse.

A guirlanda de Natal era quase tão grande e larga quanto aquela antiquada porta.

— É linda, Mike. Obrigada.

— De nada. Você está bem? Está com um ar engraçado.

Fechou a porta e pôs o braço em torno dela.

— Você vai pegar um vinho, vou acender a lareira e nos sentamos para você me contar o que está perturbando você.

— Parece que estou sempre com algum tipo de problema — disse Jane.

— É melhor chamar Olive para dentro, está ficando muito frio lá fora.

Olive já estava na cozinha, com o nariz mergulhado em sua vasilha de comida, exatamente como Billy dissera que ela estaria. Jane observou que ela de repente se afastava para o lado, como que buscando abrir espaço para alguém mais junto dela. Jeeter?

— *Fantasmas não existem* — murmurou para si. Olive afastou-se da vasilha e Jane levou o maior susto quando viu a comida no prato desaparecer diante de seus olhos. *Não pense no que acaba de ver. Você está precisando de óculos, Jane. Você sabe que não enxerga de perto.*

Com uma garrafa de vinho, copos e um saca-rolhas na mão, Jane saiu correndo da cozinha. Acrescentou o que tinha acabado de ver na cozinha à longa lista de coisas em que não queria pensar.

— Que tal o fogo? — perguntou Mike à direita da lareira, admirando o próprio trabalho.

— Excelente. Aposto que você foi um escoteiro dos bons!

— Tenho ainda os emblemas para comprovar. Na realidade, é minha mãe que os tem. Ela os pôs em quadros. Mães gostam desse tipo de coisas.

— Isso eu não sei.

— Ah, Meu Deus, desculpe, Jane. Eu não quis...

— Sei que você não quis. A que vamos brindar? Não consigo acreditar que o Natal já é daqui a três dias. Como é que o tempo passou tão depressa? Todo ano eu digo isso.

Mike ergueu seu copo. — Ao Natal! A nós! A nossos amanhãs, que sejam todos maravilhosos!

— Este é um brinde que vale a pena. Eu bebo a isso — disse Jane, tocando o copo dele com o seu.

— Agora me diga o que está causando esta preocupação em seu rosto.

Ela lhe relatou seu almoço com Todd e como ele tinha reagido. Depois contou o que havia acontecido em seu escritório.

— Eu estava com tanta certeza de estar bem acordada, mas a verdade é que devia estar cochilando. De qualquer modo, tive este estranho sonho, de que deveria ligar para Betty Vance. Você acha que seria bom dar um pulo ao apartamento dela para deixar um presente? Por alguma razão, ultimamente tenho prestado maior atenção aos meus sonhos. Ficaria mais aliviada se soubesse que ela está bem. Por outro lado, poderia levar o presente comigo para a casa de Trixie no domingo à noite e deixá-lo lá, já que ela vai jantar com eles.

— Eu acho que é melhor você ir sozinha. E não gosto deste negócio com o Prentice. Estou pressentindo problemas, Jane. Que diabos deu em você para dizer a ele todas aquelas coisas?

— Ele está metido até o pescoço em tudo isso. Só não sei como ou por quê.

— E você não vai deixar isso de lado, vai?

— Não, Mike, não vou. Estou me sentindo mal e cansada de me sentir culpada e com vergonha. Se agora eu puder fazer alguma coisa, vou fazer. Eu provavelmente nunca teria feito nada se Brian Ramsey não tivesse vindo me procurar. Eu passaria minha vida toda sem nunca me livrar desta terrível culpa. Você não tem idéia do que seja isso. Mas você também não aprova, não é? — disse Jane, distanciando-se dele no sofá.

O braço de Mike se espichou para puxá-la de volta para seu lado.

— Não é questão de aprovar ou não, Jane. Você está revirando a vida de outras pessoas. Ninguém fica simplesmente olhando isso acontecer. Em algum momento alguém vai bater de volta, revidar o golpe ou algo semelhante. Não quero que nada lhe aconteça. Pense nisso. Você aqui está em um lugar afastado, a oito quilômetros de distância de seus padrinhos e sem vizinho algum em frente a você. Está a um quilômetro e meio da estrada.

— Se está tentando me assustar, você está conseguindo, Mike.

— Que ótimo. Pelo menos você, para variar, está me dando ouvidos.

— Isto quer dizer que você não quer ir comigo ao apartamento de Betty para deixar um presente de Natal?

— Olha, se você está tão preocupada, ligue para ela. Deseje-lhe um Feliz Natal e desligue. Sharon Thomas não pode ver nada de errado nisso. Mesmo assim eu preferiria que você não ligasse. Você tem que aprender a deixá-los consigo mesmos.

— Eu deixei, que droga. Eu nunca telefono para ela. É ela quem me telefona. Falamos de seu emprego, de seu apartamento, de sua cachorra, de suas visitas a Trixie. Telefonemas que duram cinco minutos. Algumas vezes uma voz amiga é tudo aquilo de que uma pessoa em crise precisa para ultrapassar alguma dificuldade que surja.

— Ganhei hoje um presente de um de meus pacientes — disse ele, mudando de assunto antes que começasse uma discussão. — Adivinha de quem? — brincou.

— Do rapaz das pilhas?

— Exato. Meias de esquiar aquecidas a pilha, luvas de esquiar a pilha, um gorro de esquiar a pilha, uma garrafa térmica a pilha, uma guirlanda de lâmpadas de Natal a pilha e garantia de duração de seis horas. E uma bateria para recarregar!

Jane desatou a rir.

— Acho que isto quer dizer que você não obteve o menor progresso.

— Nem o mínimo. Ele fala, fala, fala, mas não diz nada. É tão inconsistente que chega a me alarmar. Outro dia me disse que mais cedo ou mais tarde eu iria dar de cara com o problema dele. Disse que tinha a maior confiança em minha capacidade. Foram estes os termos que usou: *dar de cara*.

— Tenho total confiança em você, Mike. Mais cedo ou mais tarde você vai mesmo topar dar de cara com a causa — caçoou Jane.

Mike fez uma careta.

— Então, quer fazer sexo ou quer comer?

— Comer — disse Jane prontamente.

— Ótimo. Você está com um hálito horrível. Comeu muito alho hoje?

Jane jogou uma almofada em suas costas, quando ele já ia saindo.

Doze

— Feliz Natal, Trixie! Feliz Natal, Fred! — disse Jane, pondo os braços em torno de ambos os padrinhos. — Mike está trazendo os presentes. Ooooh, está um cheiro delicioso aqui! Caras, não sei como vocês conseguem fazer isso. Ambos trabalham o dia inteiro, mas está parecendo que dedicaram duas semanas para decorar a casa. E está muito mais bonita que aquelas decorações cheias de coisas brilhantes que se vê na *Beautiful Homes*. Eu simplesmente adoro o Natal!

— Eu também — disse Fred, indo ajudar Mike que estava entrando com uma pilha de presentes. — Vou colocá-los sob a árvore.

— Há duas pilhas mais — disse Mike, esfregando os braços. — Brrrr. Aposto que a temperatura caiu para uns dois graus negativos. Está um tempo bom pra tomar sopa de legumes, como minha mãe costuma dizer.

— Eu também digo o mesmo — cortou Trixie, com o rosto irradiando felicidade.

Ela estava esplendorosa em uma saia de veludo vermelho até o meio da canela, enfeitada com arminho e uma suéter branca bordada com contas brilhantes.

Riu, encantada, ao pôr um chapéu de Papai Noel.

— Flash adora este chapéu! Ele o apanha e sai correndo com ele todas as vezes que pode.

Fred aproximou-se deles, batendo palmas de satisfação.

— Vai ser uma festa maravilhosa. O jantar só vai ficar pronto daqui a pelo menos uma hora. Portanto, vamos nos sentar junto à lareira e ficar olhando aquela maravilhosa pilha de presentes. Os cachorros estão enroscados aquecendo-se junto ao fogo. Quer um vinho, um drinque, ou talvez um pouco do famoso *eggnog* de Trixie?

Jane caiu na risada ao ver os suspensórios bordados com renas de Fred. Ele também estava usando um gorro de Papai Noel.

— *Eggnog*, é evidente — disse ela.

Assim que a porta se abriu, Fred fez a mesma pergunta a Mike.

— *Eggnog*, por favor. — Passou a Fred a segunda pilha de presentes e saiu para buscar a terceira e última pilha. — Para quem são todos estes presentes? — perguntou ele, com a respiração um pouco mais acelerada que o habitual.

— Alguns são para Trixie e Fred. Alguns para Flash e Olive. E deve haver um ou dois para você — disse Jane, piscando maliciosamente.

— Eu faço todas as minhas compras no meio da noite, discando o 1-800. Fiz algumas compras *on-line* também este ano — disse Trixie alegremente.

— Eu também — disse Jane, aceitando a taça de *eggnog* das mãos de Fred. — Espero que vocês não se importem por eu ter pedido que encaminhassem meus telefonemas para cá. Mike e eu estamos pensando em sair daqui direto para Nova Orleans. Isto depende, naturalmente, de quantos *eggnogs* tomarmos hoje à noite. Não creio que vá receber chamadas, mas nunca se sabe. Mike tem alguém o substituindo, de modo que com ele não há problema.

— Podemos aceitar todas as chamadas que entrarem. O que você decidiu a respeito do programa de rádio, Jane?

— Meu contrato termina em 3 de janeiro. Se os patrocinadores aceitarem, Mike vai assumir meu lugar. De vez em quando vou estar lá como convidada, para que a transição seja suave. Mas não estou me preocupando com isso. O que há para o jantar, Trixie?

— Pato assado, filé, pudim de passas e frutas cristalizadas, coquetel de camarões e lagosta, torta de siri, todo tipo de coisas gostosas.

— Santo Deus, Trixie, como você encontrou tempo para fazer tudo isso? — perguntou Jane, espantada.

Trixie olhou para Fred e sorriu.

— Achamos que deveríamos ter um jantar realmente criativo este ano. Quando o catálogo da Neiman Marcus chegou, em agosto passado, liguei para eles e pedi dois jantares, um para hoje à noite e um para amanhã. O entregador os trouxe hoje de manhã bem cedo. Tudo que tenho a fazer é apertar um botão para esquentar todas as coisas. Ficou desapontada por não ter eu mesma feito tudo? — perguntou Trixie, um tanto ansiosa.

— Em absoluto — respondeu Jane, rindo baixinho. Neiman Marcus! Santo Deus! Um jantar daqueles devia ter custado uma fortuna, mas ela não iria perguntar quanto. Se perguntasse, provavelmente perderia o apetite. Deixaria por conta de Trixie.

— Para mim também não faz diferença — disse Mike, entrando pela porta com a última carga de presentes. — Como de tudo, desde que não seja o cereal Froot Loops.

A noite prosseguiu muito bem até o *eggnog* acabar, momento em que Fred sugeriu que cantassem juntos enquanto ele tocava algumas de suas canções de Natal favoritas ao piano. Cantaram com o maior prazer, os cães latindo no pátio. Eram oito horas quando Trixie fez uma pausa nas festividades e anunciou o jantar.

Jane gostava muito de sentar-se naquela sala de jantar. Gostava sobretudo da mobília, que tinha sido da avó de Trixie. Era antiga, com arranhões e lascas, mas tinha personalidade. Trixie lhe dava polimento uma vez por semana com cera e depois com óleo de limão, para que a madeira não ressecasse. Jane sabia que um dia caberia a ela poli-la e conservá-la.

A toalha de mesa, mais uma coisa do legado da avó de Trixie, era de puro linho e havia sido lavada e passada tantas vezes que até exibia um brilho acetinado. O centro de mesa era um maravilhoso vaso de cristal lapidado, ornado com flores escarlates flutuando na água. Velas de cera de trinta centímetros de altura, em suportes de cristal, cercavam o centro de mesa, dando um toque perfumado. O arranjo de flores tinha sido escolhido de modo a não interferir nas conversas cruzadas sobre a mesa. Fred detestava quando tinha de desviar ou espichar o pescoço por cima de um centro mais alto para poder falar com alguém.

A véspera de Natal era uma tradição que Fred e Trixie tinham iniciado há muitos anos, quando Jane ainda era aquela criança infeliz, carente de afeto. Agora faria parte da tradição de Mike também. Jane irradiava alegria. Nunca tinha sido tão feliz na vida. Estendeu a mão para pegar a taça de cristal cheia de ambrosia, quando Mike piscou para ela. Ficou tão agitada que quase a deixou cair.

— Foi um grande jantar. Agora, se todos formos rápidos, podemos tirar a mesa, lavar tudo e partir para os presentes. Todos a favor, digam *apoiado*!

— *Apoiado!* — disseram quatro vozes em uníssono.

A arrumação foi toda feita em meia hora. Fred renovou a lenha da lareira, deu algumas guloseimas para os cachorros e sentou-se junto a Trixie.

— Jane sempre entrega os presentes. Nós nos alternamos para abri-los de modo a podermos dizer ooohs! e aaahs! para cada um deles. Temos feito isso há muitos anos. Leva um pouquinho de tempo, mas cada um gasta mesmo muito tempo escolhendo, desembrulhando e admirando os presentes, de modo que queremos que esta experiência dure o maior tempo possível — disse Fred.

— Acho que vou precisar de ajuda este ano, Fred. — Jane virou-se para Mike que, como ela notou, estava olhando intencionalmente para ela. — Minha pilha está em frente a mim, a sua em frente a você, e o mesmo acontece com as de Trixie e Fred. E a pilha de cachorros — quer dizer, os presentes deles — está lá, perto da *chaise longue*. Os presentes embrulhados em papel prateado com sinos devem ser abertos por último. O que significa que são presentes especiais. Não vá estragar tudo agora — disse ela, apontando um dedo para ele.

Ela estava na maior excitação. Era nesta noite que Mike iria pedi-la em casamento? Haveria uma aliança? Prometeu a si mesma que, se isto não acontecesse, não ficaria desapontada, mas ela sabia que, no caso, ficaria.

— Deus me livre de estragar tudo — disse Mike com um grande sorriso, entrando no espírito da cena.

Por duas maravilhosas horas os quatro se rejubilaram e gritaram sobre os menores e mais simples presentes, e murmuraram com puro deleite sobre os mais sérios e mais elaborados.

— T. F. Dingle! — gritou Mike. — Todos os que não tenho! Jane, onde é que você os conseguiu? Santo Deus, não posso nem esperar para começar a ler.

Ergueu os olhos para olhar Fred e Trixie.

— Vocês devem estar pensando que sou maluco, mas adoro este cara. Quando eu estava na faculdade, toda vez que saía um novo livro e eu tinha que escolher entre uma festa de colegas com três barris de chope ou o novo livro dele, o livro ganhava sempre. Você conseguiu. Nem sei como lhe agradecer, Jane. Isto deve ter-lhe dado o maior trabalho. E ainda estão autografados! — disse ele, batendo na cabeça com espanto. — Como é que você conseguiu isso?

— Bem, eu... o que eu fiz foi... — Olhou para os padrinhos como se lhes pedisse ajuda.

— Ela simplesmente nos pediu para autografá-los — disse Trixie sem pensar. — Fred e eu somos T. F. Dingle. Você é a única pessoa da cidade, além de Jane, que sabe disso. Por favor, guarde nosso segredo. Pedimos a Jane para não contar. Mas, se você vai fazer parte de nossa pequena família, tem o direito de saber.

Mike olhou para eles com ar incrédulo.

— Estão brincando comigo. Vocês dois são *ele*? — disse, olhando para os livros em sua mão. Fred e Trixie consentiram a uma só voz. — Santo Deus. Não consigo acreditar. Nem em um milhão de anos eu teria adivinhado. E vocês são *duas* pessoas! Nunca imaginaria isso também! — Ele ria e corria a mão pelos cabelos. — Tudo bem, tudo bem. O T é de Trixie, e o F de Fred. Mas de onde vem o Dingle? — Mike pôs os livros no chão e caminhou em direção a Fred e Trixie. Apertou-lhes a mão furiosamente até Trixie pedir socorro.

— Fred, quando menino, tinha um cachorro chamado Dingle — explicou Trixie, pondo a mão para trás.

— Bem, eu me sinto honrado. Realmente muito honrado — disse, voltando para seu lugar com um vasto sorriso no rosto.

Sua excitação era tanta, que fez lembrar a Jane um garotinho ganhando um presente há muito desejado — o brinquedo de seus sonhos. Ela sorriu para Trixie, agradecendo-lhe silenciosamente por ter confiado a Mike seu segredo.

— É a sua vez, Jane — disse Fred.

Jane abriu uma caixinha.

— Chaves! De onde são essas chaves?

— O novo Range Rover com tração nas quatro rodas — disse Fred, parecendo exatamente um anunciante do programa *Preço Justo*. — Vocês vão precisar dele se você e Trixie começarem com esse negócio de cachorros.

Jane sentou-se olhando para eles de boca aberta. Lágrimas vieram-lhe aos olhos quando ela disse:

— Obrigada. Muito obrigada a ambos. Vocês não deviam. Eu ia negociar meu carro depois do 1º de janeiro. De que cor ele é? — Seus olhos se acenderam com diabólico deleite.

— Verde, sua cor favorita. Está na garagem debaixo de um plástico — disse Trixie.

Jane se levantou e foi até eles, abraçando-os com força e beijando-os, um de cada vez.

— Não posso agradecer o suficiente. Vocês têm que parar de ser tão bons para mim. Vão me estragar.

— Nunca — disse Fred.

— Meu presente para vocês é para os dois — disse ela com um sorriso malicioso que mostrou todos os seus dentes. — Se não tivessem dito a Mike quem vocês eram, eu iria esperar até amanhã para que o abrissem. Mas, já que disseram, podem abrir agora.

O presente era grande e estava encostado na parede. Trixie e Fred pareciam duas crianças quando arrancaram o papel e os sininhos prateados. Ambos pararam, no maior espanto, ao verem as capas de todos os seus livros transformadas em uma colagem magnífica. Trixie limpou as lágrimas na manga de sua suéter. Fred pôs o braço nos ombros dela, com os próprios olhos umedecidos.

— Oh, Jane — gritou Trixie. — É incrível. Como é que você pode ter tido uma idéia dessas? Nunca vi nada assim em toda a minha vida. Podemos descer aquele quadro horroroso que temos no escritório e colocar este na parede em seu lugar, bem sobre a nossa escrivaninha.

— Vi algo semelhante em uma revista de decoração. Estou feliz de vocês terem gostado. É claro que tive que roubar uns cento e tantos livros de vocês e tirar as capas, mas acho que valeu a pena.

— Isto vale por uma exposição — disse Fred, admirando a colagem de diferentes ângulos.

Jane voltou-se para Mike, que parecia estar fascinado pela colagem.

— É a sua vez, Mike. Meu presente para você — disse Jane, com os olhos brilhando por antecipação.

Todos ficaram observando enquanto ele rasgava cuidadosamente o papel e lia o texto impresso. Mesmo do outro lado da sala, Jane pode ouvi-lo soltar uma exclamação de assombro:

— Está brincando comigo? É de verdade? É uma brincadeira, não é?

— Não é brincadeira — garantiu-lhe Jane. — Eu não podia lhe dar a coisa de verdade, então escolhi isto. Eles disseram que a experiência é melhor que a coisa real.

— O que é isso? Explique para nós — pediu Trixie.

Relutante, ele desviou os olhos do documento de aparência oficial.

— Aqui diz que estou autorizado a ser atirado por uma catapulta do porta-aviões americano *Patrick Henry*, em algum lugar do Mar Adriático, em um Tomcat, por meio da realidade virtual, em Baton Rouge. Tudo que tenho a fazer é marcar um horário. — Ele agarrou Jane e girou com ela até deixá-la tonta. — Ah, querida, isto é tão bom. Não posso nem acreditar. É um sonho que se torna realidade. De fato, esta noite toda é um sonho que se torna realidade. Primeiro, T. F. Dingle e agora isto. Santo Deus, nem sei o que dizer. Obrigado, parece ser insufi... — A voz parou em meio à frase. — Meu Deus, e se eu bater com o avião e ele explodir?

— Aí você apaga as luzes, tira os óculos e está de volta ao mundo real. Natal não é algo maravilhoso? — disse Jane rindo alegremente.

— Com certeza. Mas adivinhe o que vai torná-lo ainda melhor. Pelo menos espero que sim. — Enfiou a mão no bolso e puxou uma pequena caixa de veludo vermelho. — É o último presente. É para você, Jane.

Jane sabia que era aquele o momento pelo qual ela estava esperando ansiosamente. Engoliu em seco enquanto pegava a caixinha de suas mãos. A seguir, prendendo a respiração, abriu lentamente o fecho. Dentro, piscando para ela, estava a mais linda aliança de diamante que já havia visto. Ela pestanejou quando Mike ajoelhou-se sobre um joelho e pegou sua mão.

— Quer se casar comigo? — disse ele, tirando a aliança da caixa e enfiando-a em seu dedo.

— Sim, e sim, e sim — sussurrou ela, caindo em seus braços. Quando se separaram, ela perguntou: — Quando?

— Junho. Ou é cedo demais?

— Não, de maneira alguma. Junho está bem. Junho está ótimo, não está, Trixie? — disse ela, virando-se para seus padrinhos.

Trixie estava agarrada ao braço de Fred.

— Junho está perfeito! Oh, querida, estou tão feliz.

O telefone tocou exatamente no momento em que ela se dobrava para receber o beijo de Fred.

— Deixe que atendo — resmungou Fred, tentando erguer-se do sofá. Apontou um dedo para Trixie: — Lembre-se de onde estávamos e não vão adiante sem mim — disse, encaminhando-se para a cozinha.

— Quem no mundo pode estar ligando para nós em uma véspera de Natal? — perguntou Trixie, com uma expressão intrigada no rosto. — Ah, já sei, provavelmente é da delegacia de polícia. Eles nos ligaram, na véspera de Natal do ano passado também, para agradecer pelo que fizéramos no decorrer do ano. Seja gentil, Fred! — gritou Trixie.

— Eu sempre sou gentil — gritou Fred, voltando.

— Mike, quer um pouco de café?

— Quero, sim, Sra. McGuire.

— Sra. Mc Guire era a mãe de Fred — disse Trixie zombeteiramente. — Por favor, me chame de Trixie. Todo mundo me chama assim. Jane, quer café?

— Quero. Deixe que eu pego, Trixie. — Jane levantou-se de sua cadeira quando Fred empurrou com o ombro a porta giratória que levava à cozinha. — Você tinha razão, Trixie, era da delegacia de polícia, sim, mas não queriam falar com você. Querem falar com você, Jane.

— Comigo! Por quê?

— Betty... — Olhou por cima de Jane para sua esposa como se lhe pedisse 'me ajude, por favor'. Trixie levantou-se imediatamente e veio até ele.

Fred pôs o braço em torno do ombro de Jane, com uma expressão séria.

— Ela se suicidou, Jane. Eles acham que isto aconteceu ontem ou anteontem. Os vizinhos chamaram a polícia porque o cão não parava de latir. Eles querem que alguém vá buscar o cão.

— Pegue nossos casacos, Fred. Você está em condições de falar com eles, Jane? Se você quiser, faço isso por você.

Sem fala, o corpo tremendo da cabeça aos pés, Jane fez que sim com a cabeça e encaminhou-se para a cozinha. Deixou o telefone cair duas vezes antes de conseguir segurar o receptor.

— Aqui é Jane Lewis. — Ela ouviu, o rosto perdendo gradativamente toda a cor.

Quando finalmente conseguiu fazer a língua funcionar, ela disse:

— Ela estava sob os cuidados da Dra. Sharon Thomas. Vocês devem ligar para ela. O que querem que eu faça? — Esperou pela resposta. — Sim, posso estar aí dentro de quinze minutos. — Recolocou o telefone no gancho com as mãos trêmulas. Quando olhou para cima, viu Mike, Fred e Trixie esperando que dissesse alguma coisa.

Sua garganta se fechou e as lágrimas lhe encheram os olhos.

— Sabia que havia algo de errado. Tive aquele sonho com Betty. Devia ter prestado atenção. Queria ir lá sexta-feira à noite. Realmente queria. Ela me considerava sua amiga. E eu a deixei sozinha. Santo Deus, por que lhe dei ouvidos, Mike? Eu já deveria estar dando mais atenção a minhas intuições. Todas as desgraçadas vezes que as ignoro e sigo a opinião de alguém, as coisas dão errado. Agora, olha o que aconteceu — gritou Jane, torcendo as mãos.

— Jane...

— Não fale comigo, Mike. Não diga nada, porque aí vou dizer alguma coisa de que depois vou me arrepender. Tenho que ir lá. Agora mesmo.

— Eu vou com você — disse Mike.

Jane enxugou as lágrimas.

— Não. Não preciso de sua ajuda. Não quero sua ajuda. Você vem comigo, Trixie?

— Claro que vou com você. Eu dirijo. — Virou-se. — Vocês dois vão limpando tudo — disse ela, apontando o indicador para Fred.

No carro, dirigindo em alta velocidade, Trixie disse:

— Você foi dura demais com ele, não foi, Jane?

— Eu estava querendo ir lá sexta-feira à noite. Ele me fez desistir da idéia. Eu estava com um mau pressentimento a respeito de Betty a semana toda. Sharon me dizendo para não entrar em contato com Betty, e Betty não ligando a semana toda. Isto não era coisa dela. Continuo tendo aqueles sonhos malucos. Não consigo acreditar, Trixie. Como posso ter sido tão idiota?

— Vá com calma, Jane. Não é culpa sua. Não tente assumir a culpa da morte dessa moça.

— Onde foi que eu falhei, Trixie? Foi por covardia que me submeti a Sharon Thomas? Para o inferno com a ética. Esta moça era mais importante do que esse diabo de ética que Sharon disse que eu estava violando. E aí vem o Mike com seu jeitinho de arrumar as coisas — não se envolva; você não tem nada a ver com isso, fora das horas de consulta, desligue, desligue de todo. Não sou assim. Que diabo, é a minha profissão! Tudo que tenho a fazer é me lembrar de Connie Bryan, o que faço todos os dias de minha vida, e me dar conta de que foi um erro *meu*. Eu podia ter feito alguma coisa. Mas fui honrar uma promessa idiota e Connie se matou. Não me esforcei o suficiente. E agora esta menina também está morta. Não mereço praticar a psiquiatria. Não tenho nem coragem de pôr em prática minhas convicções, o que faz de mim exatamente o que minha mãe dizia: um grande *nada*!

Trixie pisou os freios com tanta força que o Bronco derrapou para a margem da estrada, jogando-as para a frente. Virou-se para Jane.

— Não ouse dizer uma coisa dessas de novo! Não é verdade! Não ouse sequer *pensar* tal coisa! Está me ouvindo, Jane? Não vou tolerar isso, nem agora nem nunca. Qual é o apartamento dela?

— Aquele lá no final.

A expressão de Trixie abrandou-se um pouco.

— Quando você diz ou pensa coisas desse tipo, isto significa que Fred e eu falhamos com você.

Jane arrependeu-se de imediato.

— Ah, não, Trixie. Você não falhou. Desculpe. Tento não pensar assim. Realmente tento, mas aí alguém me faz dar uma guinada e às vezes não consigo lidar com a situação.Vamos, vamos entrar.

Jane rezou o caminho todo enquanto entrava no prédio para que o médico legista já tivesse levado o corpo e ela tivesse que se entender apenas com a polícia local.

O pequeno apartamento estava cheio de gente. Jane pestanejou, olhando em torno. Golda correu para Trixie e atirou-se em seus braços abertos.

Um homem com um ar sombrio caminhou em direção a Jane.

— Dra. Lewis, lembra-se de mim? Sou o amigo de Betty, Chuck. Nós nos vimos brevemente no dia em que Betty foi vê-la na clínica.

— Sim, claro. Sinto muito, realmente. Eles ligaram para você?

— Eles disseram que sim, mas eu estava em casa de um amigo. Parei aqui quando estava voltando para casa, para deixar um presente. A polícia já estava aqui e essas pessoas também — disse ele, apontando Sharon Thomas, Brian Ramsey, além de outras duas que Jane não reconheceu. Vizinhos, talvez. Dois policiais estavam de cada lado da porta. Jane afogou os soluços que lhe subiam à garganta.

— Eu a avisei que isto poderia acontecer, Jane — disse Sharon arrogantemente, com o rosto enfurecido. — O que você está fazendo aqui agora?

— A polícia me pediu para vir. Mas do que é que você está falando, Sharon? Betty era sua paciente, não minha. Você era sua médica, segundo os arquivos. Você estava tratando dela regularmente, não eu. Não tente me culpar por isso.

— Eu *culpo*, sim. Eu lhe disse para se afastar dela.

— Eu me afastei dela e foi este o resultado. Você tem que olhar é para as suas razões de estar aqui. E o senhor, o que *o senhor* está fazendo aqui, Sr. Ramsey?

— A polícia me chamou. Meu nome estava no livro de endereços de Betty. Eu lhes disse tudo que sei. — Para um homem do seu tamanho parecia visivelmente abalado.

— Gostaria de ir para casa agora — disse Sharon. — É *véspera de Natal*!

— A senhora irá para casa quando eu permitir que vá para casa, Dra. Thomas — disse firmemente um dos policiais. — Preciso de uma declaração por escrito de todos vocês. Podemos fazer isto aqui, agora, ou lá na delegacia.

— Então vamos logo com isso — disse Sharon. — Gostaria de ser a primeira, para que possa sair logo. — Encaminhou-se para uma usada poltrona amarela. Olhou para ela um instante antes de empoleirar-se em seu braço. Jane sentou-se no sofá do mesmo conjunto, próximo a Brian Ramsey. Podia ver claramente toda a cozinha, onde Trixie estava, limpando a sujeira que Golda fizera. Coitadinha. Ela se voltou para Ramsey. — Por que me disse que vocês eram casados? Por que achou necessário mentir? O que há realmente em tudo isso?

Ramsey jogou a cabeça no encosto do sofá.

— Eu pensei... Oh, merda, não sei o que estava pensando. Eu amava realmente Betty. Pelo menos no começo. Devia saber que não daria certo. Eu era um homem já realizado na vida e ela era uma jovem. Eu não gostava de ir a festas, mas ela, sim. Eu não consegui aceitar o que havia acontecido com ela e também não conseguia deixá-la ir embora. Eu até queria. Tentei ajudá-la, na minha maneira desajeitada, mas já era tarde. Não sei o porquê de nada. O que sei é que ela está morta e parte disso é culpa minha. Não sei como vou conseguir superar isso.

Trixie veio para a sala.

— Vou levar Golda de volta para a fazenda. Ela vai se sentir melhor quando vir Flash e Olive. Volto logo, Jane.

Jane assentiu.

— A senhora deve ser a Dra. Lewis — disse uma mulher puxando uma cadeira para junto do sofá. — Eu sou Inez. Moro aqui ao lado. Sabia que havia algo de errado quando vi que a cachorra não parava de latir. Em geral, Golda é muito bem comportada. Betty adorava aquele cachorra. Eu a levava para passear no horário em que Betty estava no trabalho — disse a mulher. Jane balançou a cabeça. — Betty mantinha este lugar muito limpo e bem cuidado. Dei a ela mudas de algumas de minhas plantas. Olhe para elas agora. Estão florescendo. Eu achava que ela também estivesse. Ela me contou o que aconteceu com ela.

— Ela disse alguma coisa que pudesse dar uma idéia de que algo a estava perturbando? — perguntou Jane.

A mulher negou com a cabeça.

— Ela parecia estar bem. Estava dentro do espírito de Natal, chegou a comprar uma pequena árvore e a decorá-la. — Olhou em direção à janela. — Disse que tinha sido convidada para um jantar de Natal, em uma fazenda. Estava muito animada para ir. O que aconteceu não tem o menor sentido.

— Você sabe por que me chamaram?

— Ouvi os policiais conversando. Acho que foi porque ela lhe deixou uma carta. Deixe-me dizer uma coisa, doutora: sua amizade era um tesouro para Betty. Não é como aquela ali — disse a vizinha, apontando Sharon com a cabeça. — Betty não gostava em absoluto dela e estava pensando em parar de ir à clínica. Ela disse que as pessoas do centro de atendimento a ajudavam mais e que sempre retornavam sua ligação quando ela telefonava para eles. Ela disse que eles não estavam de acordo com o que aquela doutora falava para ela. — Ela olhou para cima. — Acho que agora é minha vez. — Deu um tapinha tranqüilizador na mão de Jane antes de se levantar e atravessar a sala.

Jane ficou observando Sharon Thomas vestir seu casaco. Casimira. Talvez ela devesse ser apresentada a Todd Prentice. Todos em Rayne sabiam que o consultório de Sharon Thomas era um dos mais caros. Jane fechou os olhos para pensar, abrindo-os súbito no momento seguinte, ao sentir uma presença a sua frente. Sharon olhava de cima para ela. Trixie sempre dizia: — Não deixe ninguém olhar ou falar de cima com você. — No mesmo instante, pôs-se de pé.

— Ainda não é o fim de tudo, Jane. Quero ver o que ela diz nessa carta.

— Saia da minha frente, Sharon, antes que eu faça alguma coisa de que depois me arrependa. Só o fato de você estar na minha frente respirando já está me deixando fora de mim. Betty deixou uma carta para mim e não sei o que ela disse, mas ela é *minha* e não sua. Não tenho que lhe mostrar coisa alguma. Você disse que estava com pressa de ir embora; então saia já.

— Só mais uma coisa, Jane: nem pense em tentar me atribuir qualquer encargo ou responsabilidade com o enterro dessa desequilibrada.

Alguma coisa se rompeu dentro de Jane. Levantou o braço, cerrou o punho e deu um soco bem no nariz de Sharon. O sangue jorrou em todas as direções.

— Ih, Doutora, não sabia que a senhora era capaz de tanto! — disse Ramsey no maior espanto.

— Você viu o que ela fez — gritou Sharon para Ramsey. Pôs a mão no nariz e procurou um lenço no bolso. — Você quebrou meu nariz, sua puta!

— Que bom — disse Jane.

— Eu não vi nada — disse Ramsey.

Quando Sharon olhou para Chuck, ele deu de ombros. — Desculpe, também não vi nada.

Sharon encarou os três.

— Vocês pensam que são muito espertos. Mas o tira viu tudo — disse Sharon, voltando-se para o policial e só então se dando conta de que saíra.

Ela se voltou de novo para Jane.

— Você vai me pagar por isso, sua puta! Vou processá-la e acabar com você. Vou deixá-la de tanga.

— Está sujando de sangue o seu belo casaco de casimira — disse Jane.

— Ei, Ramsey, você é o próximo — disse o tira, saindo do quarto.

Instantes depois, Trixie estava de volta.

— O que foi que aconteceu com aquela doutora-sei-lá-quem? Ela estava sangrando.

— Dei-lhe um murro na cara — admitiu Jane com um sorriso. — Nunca uma coisa na vida me deu tanto prazer.

— Está brincando — disse Trixie, olhando para Jane com um novo ar de respeito. — Está se sentindo bem, querida?

— Estou bem. Nunca me senti melhor.

— Mike está se sentindo muito mal com tudo isso, Jane.

— Tomara que ele se sinta realmente muito mal com isso — disse Jane secamente.

Trixie deu-lhe um olhar duro.

— Jane, amo você mais que a própria vida, mas ambas sabemos que, se realmente tivesse cismado de vir até aqui, você teria vindo, apesar de tudo que Mike pudesse dizer. Você tem que reconhecer isso.

Jane sentiu que a repreensão era justa.

— Estou tentando, Trixie, estou tentando. Me disseram que ela me escreveu uma carta, mas ainda não me entregaram. Acho que ela não tinha outros parentes além de uma tia com um monte de filhos. Você acha que eu deveria tomar as providências para o enterro?

— Faça como achar melhor, Jane.

— Isto está me matando, Trixie. A cachorra está bem?

— Golda está bem, sim. Está em um bom lugar. Isto não é culpa sua.

— Sem essa, Trixie. É culpa minha, sim. Assim como Connie foi culpa minha. Você está absolutamente certa a respeito de sexta-feira à noite. Se eu tivesse realmente decidido vir aqui, teria vindo. Então, como vê, é culpa minha, sim. No primeiro momento foi mais fácil culpar Mike. Ligue para ele, Trixie, e diga que não vou poder ir com ele à casa de seus pais.

— Não vou lhe dizer nada disso. Querida, Betty se foi. Você não pode trazê-la de volta. E nada vai poder ser feito durante o Natal.

— Não importa. Eu tenho que ficar aqui. Eu saí fora no caso de Connie. Não vou fazer isso de novo. Eu prometi a Betty que ela ficaria bem se seguisse as sessões de aconselhamento e a terapia. Ela estava melhorando, não estava, Trixie? Você a via uma vez por semana nas sessões de adestramento dos cachorros. Deve ter observado algum progresso.

— Eu achava que ela estava indo bem. Ela disse que estava pensando seriamente em ir para a academia de polícia. Seu conselheiro havia dito que ela tinha o perfil de uma policial. Ela ficou muito animada com isso. Só poderia começar no próximo ano, mas estava bastante interessada.

— Dra. Lewis — chamou o policial.

— Não vou demorar muito — disse Jane a Trixie.

Era uma e meia da manhã quando Jane foi embora com Trixie.

— É Natal, Trixie. Acredita-se que milagres acontecem no Natal. Mas o que aconteceu foi uma tragédia. Acho que nunca me senti tão cansada em toda a minha vida. Meu cérebro está tão entorpecido quanto o meu corpo. Vamos parar um pouco na igreja. Não quero entrar, só quero me sentar do lado de fora e ficar olhando para ela. O presépio deve estar pronto porque vi quando estavam trabalhando nele na semana passada.

— Tudo bem, querida.

— O que Mike e Fred estavam fazendo quando você foi em casa?

— Tomando café. Conversando. Brincando com os cachorros. Mike está muito preocupado com você, Jane.

— Você tem cigarros?

— Desde quando você fuma? Cigarros não fazem bem.

— Desde agora. Nada nos faz bem. Se algo tem gosto bom, isto quer dizer que faz mal. Se é sem gosto, não lhe serve. Refrigerante efervescente tem cafeína demais. Café lhe traz xantina, chá mancha seus dentes, fritura endurece suas artérias. O que é que sobra, Trixie? Nada. Portanto, me dê este maldito cigarro. Você acha que Sharon vai mesmo me processar? Ouvi o seu osso estalar. Ela vai acabar fazendo uma plástica de nariz e um *lifting* no rosto para completar. Eu fiz àquela bruxa um favor. Só que é estúpida demais para reconhecer isso.

— Você está se importando que ela a processe?

— Não.

— Não houve testemunhas. Como é que pode processá-la?

— Ela vai achar um meio, mas não estou nem aí.

Trixie parou o Ford Bronco ao lado do presépio.

— Está lindo, não está, Jane? Lembra quando eu e Fred trazíamos você aqui no Natal? Você queria tirar o Menino Jesus da manjedoura e procurar onde estava a mãe dele.

— Eu me lembro. Paz na terra a todos os homens de boa vontade. Não quero saber disso esta noite. No momento não há nem um pingo de boa vontade em mim para com meu semelhante.

— Você está em estado de choque, Jane. As coisas vão estar diferentes pela manhã.

— Isto é tapeação, Trixie, e você sabe disso. É um plano inclinado, daqui em diante. Fique certa do que lhe digo. Agora podemos ir para casa.

— Boa idéia — disse Trixie, pisando a embreagem.

A *spaniel* marrom e branca correu para Jane no minuto em que ela surgiu na porta da cozinha. Latiu em festa, depois correu atrás de Flash e Golda pelo caminho de entrada.

Tudo parecia tão normal, tão natalino, com uma grande vela vermelha no meio de uma touceira de flores colocada no meio da mesa, um açucareiro e um pote de creme junto dele, xícaras de café, colheres e guardanapos diante de Fred e Mike. Ela viu uma garrafa de *bourbon* sobre a bancada. Fred obviamente estava achando que o café precisava ser incrementado.

— Jane, sinto muito, realmente. Há alguma coisa que eu possa fazer? — perguntou Mike, pondo o braço em volta de seu ombro.

— Todo mundo sente muito. Não, ninguém pode fazer nada. Dei um murro em Sharon Thomas e quebrei o nariz dela. Espirrou sangue para todo lado. Ela vai me processar e tentar acabar comigo. E isso é tudo que há a dizer — falou Jane, sentando-se à mesa.

— Você quebrou o nariz dela! Será que eu estaria querendo saber demais se perguntasse por quê? — perguntou Mike, visivelmente agitado com a notícia.

— Porque ela disse que não iria pagar o funeral de Betty e que a morte dela era culpa minha — retrucou Jane. — Que mais você quer saber? Betty está morta. Há um ponto final para os que morrem. O que significa que ela nunca mais vai me ligar para falar do tempo, da cachorra ou me dizer como está passando. O maldito ponto final significa que ela está morta. O que você ainda não está compreendendo de tudo isso?

— Calma, Jane. Não sou eu o inimigo aqui.

— Que se dane se não é. Estou indo para casa, Trixie. Obrigada por ter ido lá comigo. Ligo para você de manhã. Obrigada a ambos pelos lindos presentes. Você quer que eu leve Golda ou vai ficar com ela?

— Ela está bem aqui com Flash. Fico com ela. A que horas vocês vão sair daqui amanhã? Se vocês saírem cedo, podem deixar Olive aqui.

— Eu não vou a lugar algum amanhã de manhã. Você vai ter que ir sozinho, Mike. O que havia em mim de espírito de Natal acabou. Sua família não precisa agora de alguém como eu. E não quero discutir isso. A família é sua, e eles estão esperando você; portanto, você deve ir. Não se preocupe comigo. Tenho não só coisas a fazer, como também cuidar de onde Betty... detalhes. Há sempre... detalhes que nós devemos... estar atentos a eles.

Mike ergueu as mãos.

— O que seria possível você fazer em um dia de Natal? A resposta é: nada. Planejamos isso há tanto tempo. Meus pais estão nos esperando. Jane, estou tentando não ser insensato. Afastar-se um pouco faria bem a você. Que desculpa vou poder dar a eles?

— Que tal dizer a verdade? Que alguém com quem eu me preocupava, alguém de quem uma vez tratei, morreu. Você quer que me sente, coma e abra presentes? Não posso fazer isso. Tudo que quero agora é um canto sossegado para me sentar e chupar meu polegar. Preciso pensar, preciso ficar sozinha. Se você não pode me dar um tempo e não entende isso, sinto muito. É assim que as coisas estão no momento.

Mike olhou por sobre a mesa para as expressões vazias de Trixie e Fred. Não ia conseguir ajuda alguma da parte deles.

— Vou levar você em casa.

— Posso ir para casa sozinha.

Os olhos cheios de lágrimas de Jane buscavam os de seus padrinhos, pedindo compreensão.

— Tudo bem, minha garota — disse Fred, caminhando em sua direção. Jane segurou-se em seus suspensórios. — Faça o que tiver que fazer e não se preocupe conosco. Mike pode usar um de nossos carros.

Jane desatou a chorar quando Olive bateu com a pata em sua perna.

— Para o carro, menina, estamos indo para casa.

O braço fino de Trixie estendeu-se para segurar o de Mike. Suas unhas enterraram-se no pulso dele.

— Você tem que deixá-la ir. Não quero ter que rever minha opinião sobre você, meu jovem. Meu conselho é que vá para a casa de seus pais e deixe Jane fazer o que ela achar que deva. Se você não fizer isso, vai acabar usando aquela aliança em seu dedo mindinho. Outra coisa, foi uma demonstração de sentimentos bastante egoísta a sua, há pouco. Só não dei muita atenção a ela porque, afinal, você é um homem! — disse Trixie como se este comentário por si só resumisse tudo.

Mike sentou-se.

— Você espera realmente que eu a deixe sozinha em um momento como este?

— Não é o que espero. É o que Jane quer. Seus pais estão esperando por você e você nada tem a fazer aqui. Dê essa alegria a eles.

— Ela está me culpando — disse ele, com ar infeliz.

— Sim, mas ela também está culpando a si mesma.

— Jane disse que os pacotes e presentes para a família estavam na picape. Coloquei-os no Ford. Aqui estão as chaves — disse Fred.

— Meu carro está em casa de Jane. Não quero deixar vocês a pé.

— Eu não iria lá, se fosse você. Jane disse que vocês estavam tendo problemas com os freios e iam fazer a viagem no carro dela. Pegue o Bronco e vá em frente. Telefone para nós quando chegar lá, para não ficarmos preocupados. Vou lhe dar uma garrafa térmica com café para tomar no caminho.

— Estou me sentindo muito mal com tudo isso. Tantos momentos e isso foi acontecer logo agora. De repente estou sentindo uma culpa infernal.

— Meu filho, pessoalmente não estou ligando a mínima para como você esteja se sentindo agora. Talvez amanhã eu venha a ligar porque você me parece um sujeito legal e Jane o ama. No momento, estou preocupada é com Jane e com aquela cachorra sem dono que está deitada ali. Agora, se isso me faz parecer a seus olhos diferente do que antes imaginava, estou cagando! Estamos entendidos? — disse Trixie abruptamente.

Fred pestanejou. Sua mulher estava uma fera.

— Sim, senhora, entendi perfeitamente. Obrigado pelo café, Fred. Telefono assim que chegar lá.

— Não telefone para Jane. Ligue para nós aqui na fazenda. Fred, anote o número para ele. E lembre-se do que eu disse a respeito de usar a aliança. — Mike consentiu.

Ele tremia dos pés à cabeça ao passar pela porta.

— Feliz Natal — disse com voz rouca. Não ficou surpreso por não receber qualquer resposta enquanto se encaminhava para o carro. O som da porta se fechando pareceu-lhe o fim de algo. Voltou a tremer de frio. Talvez, ao se esclarecerem, as coisas melhorassem.

Dia de Natal.

Treze

A cabeça de Jane estava um turbilhão enquanto ela seguia a caminho de casa. Dirigia devagar, menos devido aos limites de velocidade ou às condições da estrada do que ao fato de seus olhos estarem enevoados demais por lágrimas para que pudesse dirigir mais rápido.

Olive estava sentada a seu lado, choramingando como se quisesse dizer que estava compreendendo.

Até que em certo ponto, com uma guinada, Jane fez parar o carro. Quando voltou a olhar pela janela, viu que estava na igreja de St. Andrews. Ela não tivera a menor consciência de estar se encaminhando para ali e no entanto ali estava. Talvez tivesse mesmo que vir ali. Talvez. A porta do motorista pareceu abrir-se por si mesma. Jane saiu. Estava tudo tão silencioso. A missa de meia-noite já tinha terminado. Padre John provavelmente estaria dormindo profundamente.

Com Olive ao lado, Jane deu a volta pela frente do carro para a entrada que levava à cena do presépio. Era tão bonito visto de perto. Será que mantinham as luzes acesas a noite toda? Ela caiu de joelhos diante do presépio e estendeu a mão para a estátua de madeira do Menino Jesus.

— Estive aqui poucos momentos antes com Trixie. Quis voltar. Não, não é verdade, eu *precisava* voltar.

Pôs a estátua de encontro ao peito e chorou silenciosamente. Olive continuou a choramingar junto dela.

Longo tempo depois, Jane sentiu uma presença. Olhou para cima e teve um gesto de surpresa.

— Padre John! O que... será que alguém me viu e pensou que eu...

— Ninguém viu você, Jane — interrompeu ele. — Por alguma razão que desconheço não consigo dormir na véspera de Natal. Tem sido assim desde nem sei quando. Eu ia apagar a luz maior e acender a menor quando vi você sentada aqui. Posso ajudar em alguma coisa, Jane?

— Não, Padre, mas lhe agradeço. Acho que vou colocá-lO de volta no lugar. — Esforçou-se para encontrar uma posição melhor para devolver a estátua ao presépio, sem afastar seus olhos dos do padre a seu lado.

— Só ponha se você quiser — disse ele, pousando a mão confortadora em seu ombro. — Ele lhe dá alívio?

— Estava esperando que me desse. Mas, para falar a verdade, Padre, não estou me sentindo melhor do que estava ao chegar aqui. Era tão maravilhoso quando eu era criança e vinha aqui, de bicicleta, depois que todos estavam dormindo. Eu sempre voltava para casa me sentindo capaz de enfrentar o mundo todo. Não me lembro se eu rezava. Acho que sim. Esta noite não rezei. Não me parece justo despejar meus problemas nas mãos de Deus. Passei longos anos estudando para aprender a lidar com problemas, os meus próprios e os dos outros. Mas agora... Agora é como se não tivesse aprendido absolutamente nada. Sinto-me uma impostora. Ah, Padre, tenho uma carga emocional tão grande. Não sei mais o que fazer. Às vezes fico com medo de enlouquecer.

— Quando não sei bem o que fazer a respeito de alguma coisa, vejo que a melhor coisa é não fazer nada. Para mim isto funciona. — Sentou-se no chão ao lado dela.

Olive ficou se mexendo e rodando até conseguir colocar-se entre eles.

— Sou um bom ouvinte, Jane..

— Se eu abrir minha alma com o senhor, acha que vai conseguir apenas ouvir e não dizer nada? Assim, quando eu acabar, vou para casa e não falo mais nisso. Podemos fazer isto? Podemos fazer de conta que é uma confissão?

— Se é isto que você quer, Jane.

— Fred ou Trixie ligaram para o senhor?

— Trixie ligou mais cedo. Disse que tinha um pressentimento de que você poderia vir aqui. Eu estava alerta e de certo modo esperando por você. Mas não teria dito nada se você não tivesse falado nisso. Posso ficar aqui até chegar a hora de me preparar para a missa das seis da manhã.

Jane abriu o casaco, apertou a pequena estátua contra o peito e começou a falar. De vez em quando ela olhava para cima, para ver a reação do padre. Tudo que podia ver era amor e compaixão. Quando terminou finalmente de falar, ela tirou a estátua de dentro do casaco e recolocou-a no presépio. Apertou a mão do Padre John antes de se pôr de pé.

— Posso vir a precisar de uma testemunha de peso se ela me processar e me levar ao tribunal — disse por cima do ombro quando estava indo embora.

— Estarei na primeira fila, minha filha. Você virá à missa esta manhã?

— Provavelmente não, Padre. — Ela teve vontade de dizer Feliz Natal, mas as palavras não conseguiram sair de seus lábios.

Jane se sentia com cem anos de idade quando subiu os degraus da varanda da frente. Sentia mais frio do que nunca em sua vida. Sentiu o odor do pinheiro na porta de entrada, contribuição natalina de Mike. Pendurou o casaco e depois voltou a vesti-lo. Tinha esquecido de que abaixara o termostato antes, ao sair à noite com Mike. Voltou a fazê-lo subir e acendeu a lareira. No momento em que a sala ficou aquecida, tirou o casaco e acendeu as lâmpadas da árvore. Uma passada no banheiro e uma na cozinha para pegar uma garrafa de vinho completaram sua tarefa. Com a garrafa entre os joelhos, pegou um saca-rolhas. No momento em que conseguiu abri-la tomou um gole.

— Esta não é uma garrafa de vinho para o seu tamanho, Olive. Esta é uma de gente grande, ou seja, de cinco litros. Vou lhe dar um pouco, mas vinho não faz bem a cachorros. Provavelmente não é bom para mim também. Mas sabe, não estou nem ligando se é bom ou não.

Do lado de fora da casa de Jane, em meio à noite silenciosa e nevoenta, Trixie McGuire olhou para o marido.

— Bom, ficar bebendo vinho ainda é melhor do que sair dirigindo por aí sem rumo. Ela vai cair no sono quando tiver tomado o suficiente. Acho que podemos ter certeza de que ela vai ficar bem o resto da noite e até amanhã de manhã. Esta garota está sofrendo tanto que chego a sentir isso. Deve haver algo que possamos fazer.

— Ela tem que encontrar seu próprio caminho, Trixie. Quero crer que vai chegar a entender e viver sabendo que sua personalidade define seu destino. Aposto dinheiro na Jane. Isto é apenas mais um daqueles maus pedaços por que todos nós passamos de vez em quando.

— Mas que droga, Fred, esta menina não teve nada além de maus pedaços e caminhos cheios de buracos desde o dia em que nasceu. Não vou ficar parada vendo tudo isso. Temos que fazer alguma coisa — disse ela, com os olhos acesos em desafio. Soprou suas mãos ossudas para aquecê-las.

— Entre no carro, Trixie, vou levar você para casa. Vamos conversar sobre isso tomando um chocolate quente. — Trixie não discutiu e deixou-se conduzir para o carro.

— É nesses casos que você diz que duas cabeças pensam melhor do que uma? — resmungou ela enquanto afivelava seu cinto de segurança. — Não quero ouvir nada a respeito de previsões de futuro esta noite... Ou melhor, esta manhã, ou sei lá que diabo de horas são.

— O sol vai surgir dentro de mais uns vinte minutos — disse Fred.

Jane sabia que se fechasse os olhos teria um daqueles seus estranhos sonhos. Lutou valentemente para mantê-los abertos, mas estava cansada demais. Excessivamente cansada mesmo.

— Tudo bem, Billy, me diga novamente: por que você não pode sair daqui? — perguntou Jane.

— *Foi aqui que nasci e morri. Minha alma não passou naturalmente. Não posso ir para onde estão os outros até ser liberado.*

— E quem vai liberar você? Você tem que conseguir se qualificar ou algo parecido? Você sabe o que penso a respeito de assombrações.

Billy deu-lhe um olhar de soslaio.

— *Vou ignorar este seu comentário, Dona Jane.*

— E me pergunte se isto me incomoda. Tenho coisas mais importantes na mente. Diga-me uma coisa, por favor. Você sabe onde estão meu pai e minha mãe?

— *Seu pai tinha um coração puro, por isso passou para o outro lado, mas sua mãe... ela também está deste lado, esperando ser liberada.*

Jane soltou uma gargalhada estridente.

— E quem, em seu perfeito juízo, liberaria minha mãe?

— *A senhora!*

Jane riu até às lágrimas.

— Essa é muito boa, Billy. Então parece que ela está destinada a ficar do mesmo lado que você por toda a eternidade porque não vou fazer isso. Ela pode queimar... Ah, não importa.

— *Então por que me perguntou?*

— Para conversar. Estou tentando aprender a lidar com esse negócio de sonhos. Não sou lá muito boa psiquiatra, mas pode ser que eu venha a me tornar uma *sonhologista.* Alguém que interpreta os sonhos das pessoas. Mas antes de me tornar uma especialista preciso interpretar meus próprios sonhos. Portanto, onde é que minha mãe está encerrada?

— *Em sua antiga casa. Ela não pode sair de lá, assim como não posso sair daqui.*

— Prisioneira em sua própria casa. Imagine! Tudo bem, tenho outra pergunta a lhe fazer. Obviamente você sabe tudo o que se passa nesta casa, o que quer dizer que ouviu Mike e eu conversarmos sobre o rapaz das pilhas. Qual é a resposta?

— *Energia* — disse Bill sorrindo.

— Energia?

— *Sim. Quando ele era ainda um garoto, tinha uma saúde frágil e seus pais tinham muito cuidado com ele. Dia após dia, ele não fazia nada, a não ser sentar-se na varanda e ver as outras crianças brincando. Mesmo depois que recuperou sua saúde, tinha pouca energia para atividades físicas. Ficou com a idéia de que carregar pilhas com ele para todo canto ia dar-lhe energia. Não se lembra mais de sua infância porque era muito penosa. A mente é uma coisa curiosa, Dona Jane, como a senhora sabe muito bem.*

— As pilhas representam energia — disse Jane para si mesma, balançando a cabeça. — Eu sabia que era algo bem simples.

Olhou de viés para Billy.

— A questão é: como é que você sabe a respeito dele? Você acabou de me dizer que não pode sair daqui.

— *Eu li os registros do Dr. Sorenson a respeito do cara. Ele traz o arquivo para cá quando vem vê-la.*

— Voltemos a minha mãe. Por que ela não passa para o outro lado? Não que isto me incomode. Apenas fiquei curiosa. Minha mãe, uma alma do outro mundo. Mal posso esperar para contar a Trixie.

— *A senhora não devia falar desrespeitosamente dos mortos, Dona Jane* — repreendeu ele.

Jane encrespou-se. — Ah, mas estava tudo bem quando era ela quem falava comigo, uma criança, desrespeitosamente. Vida e morte, qual é a diferença? Se eu for até aquela velha casa, vou conseguir vê-la, falar com ela?

— *Eu não sei. Mas uma coisa eu sei: a senhora é a única pessoa que pode liberá-la e dar-lhe a paz. Não quer fazer isso?*

— Que diabos, não, eu não quero — gritou ela. — Me dá o maior prazer saber que ela está vagando por aí, em algum lugar. Me dá ainda mais prazer saber que sou a única pessoa encarregada de sua partida.

Deu uma gargalhada alegre.

— Isto é o que chamo de castigo divino, Billy. Divino, não há dúvida!

— *É triste vê-la pensar assim, Dona Jane. Muito triste.*

— Há alguém morando na casa em que ela está? Espere um instante, deixe-me reformular a frase. Há alguma pessoa viva morando na casa em que ela está?

— *Não. Ela põe todo mundo para fora. O quinto morador acaba de se mudar. A casa está para ser alugada novamente.*

— E você sabe disso... como?

— *Simplesmente sei.*

— Ah, então sabe o que mais? Agora vou acordar; por isso, você pode ir embora.

— *Espero que a senhora fique bem, Dona Jane.*

— E quanto a seu comentário, Billy, vou avisar um coisa. — Ela fechou com uma frase que costumava usar em seu programa de rádio: — e agora, não se esqueça de que você tem que conhecer as regras para saber transgredi-las.

— *Sim, senhora. Parece com o que a senhora diz quando se despede de seus ouvintes na rádio.*

Jane virou-se no sofá e entreabriu os olhos. Levantou o braço para poder olhar seu relógio. Já era de tarde! Já estavam na tarde do dia de Natal! O fogo que ela tinha acendido ao entrar em casa já não era mais que brasas fumegantes. As lâmpadas da árvore piscavam.

Olive lambeu-lhe o rosto.

— Eu amo você, Olive, mas ainda estou cansada demais para me levantar. Estes meus sonhos me deixam esgotada. Vou só tirar mais um cochilo. — Virou-se de costas e fechou novamente os olhos. Quando acordou, mais tarde, estava escurecendo. Talvez ela devesse tomar um banho de chuveiro. Era algo que sempre a fazia sentir-se melhor. Escovar os dentes também a fazia sentir-se melhor. Pena que não houvesse outras coisas mais que também a fizessem sentir-se melhoı

Olhou para a aliança em seu dedo, a linda aliança que Mike lhe dera. Onde é que ela se encaixava entre as coisas de agora? Em lugar nenhum. Tirou-a e guardou-a enfiada em uma de suas meias na gaveta a elas destinada.

Uma longa noite surgia ameaçadoramente à sua frente.

Trixie encheu dois copos de vinho e os levou para a mesa da cozinha.

— Acho que este foi o pior de todos os Natais — murmurou

enquanto se sentava. Ela sabia que devia estar com uma aparência terrível. Deus sabe como ela se sentia em um inferno. Nem ela nem Fred tinham conseguido dormir mais que umas poucas horas seguidas desde que receberam o telefonema da delegacia de polícia na véspera de Natal. Estavam já velhos demais para esse tipo de coisa. Mas o que podiam fazer? Sua Jane estava em apuros e eles tinham que tomar conta dela.

— Você disse que tinha uma idéia, Fred. Me diga qual é. Preciso de algo que me faça sentir-me melhor. Se eu tiver que fazer mais uma viagem até a casa de Jane, acho que vou desmaiar. Ela dormiu o dia inteiro e agora está indo de novo para a cama e são apenas sete horas. Ela não comeu nada. Mike já ligou seis vezes. Estou até com vontade de arrancar o telefone da parede. Então, qual é a sua idéia, meu bem?

Fred desviou os olhos do pedaço de papel que estava rabiscando.

— O que você acharia de fazermos uma dotação para a Universidade de Lousiana? — Os olhos dele se fixaram nos dela, analisando sua reação.

Os olhos de Trixie relampejaram de impaciência.

— Esqueça, Fred. Quero usar nosso dinheiro com os K-9s.

— Eu sei, boneca, mas tenho um plano. Estive pensando nisso o dia todo. Me diga o que você acha. Jane disse que ela deu uma mordida em um dos rapazes que estupraram sua amiga. Mordeu-o até o osso, foi o que disse. Acho que concordamos em que uma mordida dessas deve ter deixado uma cicatriz bem feia, não concorda?

— Concordo — disse ela, olhando para ele com ar de desconfiança.

— Pois bem, minha proposta é a seguinte: nosso novo livro se chama *Pigskin Bloodbath* [Banho de sangue no futebol]. Um time de futebol inteiro é dizimado. *Pigskin*, Trixie, como você sabe, é na realidade a bola de futebol. Vejo a capa com um par de mãos fortes e sangrentas segurando aquela bola de futebol bem no alto, preparando-se para executar um passe. — Para demonstrar, ele agarrou o melão da fruteira e levantou-o acima de sua cabeça como se fosse atirá-lo. — Nós fazemos um concurso, visando achar um par de mãos para pôr na capa de nosso novo livro. Mãos de jogador de futebol, grandes, fortes e... com uma cicatriz. Limitamos o concurso aos jogadores da Universidade de Louisiana, do passado e do presente. Vamos saber em que ano eles jogavam pelo formulário que terão que preencher. Damos uma dotação de cem mil dólares à Universidade e de cinqüenta mil ao jogador de futebol cujas mãos escolhermos. Vamos fazer isso por intermédio de nosso advogado, de modo que possamos ficar anônimos.

Sua animação começou a crescer à medida que as palavras iam fluindo.

— Como estamos estendendo o concurso a todos os anos, vai parecer legítimo. Que diabos, vai ser legítimo. Mas também vai nos dar a possibilidade de encontrar o cara em quem Jane meteu os dentes. Acho que vai funcionar, Trixie. Quem vai jogar fora cinqüenta mil pratas? A Universidade não vai querer perder o dela, com certeza. Vai ser uma publicidade maravilhosa para ela e para nós também. E temos condições financeiras para isso.

Colocou o melão de volta na fruteira.

— O que você acha?

— Acho uma idéia maravilhosa, mas Jane não está cem por cento certa de que ele era um jogador de futebol. Ela apenas disse que tinha uma forte impressão de que era, porque eram todos grandes, altos e fortes. Poderia também facilmente ser um lutador de boxe ou até mesmo um atleta de corridas. Espero que você esteja certo quanto a ele ser um jogador de futebol.

Fred pegou a mão dela e apertou-a.

— Jane sempre teve uma boa intuição e, se ela disse que tinha a impressão de que era um jogador de futebol, para mim basta. Temos que voltar ao começo e o começo é aquela noite horrorosa. Isso nos leva ao dia de hoje e a Betty Vance. Jane está convencida de que tudo tem ligação e acho que está certa.

Entortou a cabeça para olhar a esposa nos olhos.

— Eu gostaria de pôr essa engrenagem em movimento no dia primeiro do ano, se você estiver de acordo, querida. Se está de acordo com isso, podemos entrar em contato com nosso advogado amanhã para que comece a preparar todas as coisas.

Posta a par da idéia com esta fala macia e um aperto de mão, Trixie puxou a sua mão para que pudesse pensar.

— O que você está dizendo é que, se encontrarmos um par de mãos com uma cicatriz, o rapaz é um dos da gangue que fez aquela coisa horrorosa. É muito chão pela frente, mesmo para nós, Fred. Mas vou levar isso adiante. Faço qualquer coisa para ter nossa antiga Jane de volta.

— Shazam! — disse Fred, batendo com a mão espalmada na mesa.

— Não conte já com isso, Fred. Digamos que tenhamos sorte, o cara que Jane mordeu entre no concurso e o identifiquemos pela cicatriz. E daí?

— A partir daí a bola fica com Jane. Está comigo para o que der e vier, Trixie?

— Não há nada que não faça por nossa Jane — Trixie se voltou ao ouvir grunhidos.

— Olha só aqueles dois! — disse ela, apontando em direção a Flash e Golda, que estavam brincando de luta perto da porta dos fundos. — Mal posso esperar o dia primeiro do ano e a nossa primeira leva de cachorros. O adestrador virá no dia 4 de janeiro. O interior do celeiro vai ficar pronto amanhã. Fred, você acha que vamos viver tempo suficiente para ver os resultados? — perguntou Trixie com ansiedade. — É uma coisa tão boa o que nós vamos fazer. Tem certeza de que não quer se aposentar, Fred?

— Não, ainda não estou preparado para isso. Pensei que estava, mas não estou. Acho que ainda tenho mais algumas histórias para contar. Você pode ter outra idéia imprevista que venha a custar dinheiro. Ter reservas é algo bom e necessário. E, naturalmente, vamos viver para ver os resultados. Você sabe que aquela palavra começando com a letra M não faz parte de nosso vocabulário. Não me fale mais nisso.

— Eu penso nisso, Fred. É uma coisa que não se pode ignorar. Nós estamos *velhos*. Quando a gente fica velho, morre. Nossos momentos mais importantes já estão sendo de platina*, se você ainda não percebeu. Querido, temos dinheiro mais do que suficiente. Não quer ir pescar ou apanhar caranguejos? Não quer passar uns dias viajando, sem fazer nada?

— De jeito nenhum.

— Tudo bem — suspirou ela. — Por que nunca consigo dizer não a você?

— Porque você me ama. — Abriu-se em um sorriso irresistível.

Ela só pôde rir.

— Sim, amo você. Para sempre e por toda a eternidade, se lembra? Foi o que prometemos um ao outro durante todos esses anos.

Ela se levantou da cadeira. Espichou-se por sobre a mesa e beijou-o.

— Devíamos ter ido à igreja hoje. É o primeiro Natal que não vou em quarenta e cinco anos.

— Iremos duas vezes na semana que vem, sábado à noite e domingo pela manhã. Que tal?

— É bom, Fred. E, agora, o que vamos fazer? A noite é ainda uma criança. E é Natal!

— Bem, poderíamos... — Os olhos dele disseram tudo.

— Hum, sim, poderíamos.

Jane abriu os olhos.

Olive espreguiçou-se e ficou olhando sua dona enquanto se decidia se iria se levantar ou deitar-se de novo. No momento em que a luz se acendeu, Olive saltou da cama e esperou pacientemente que Jane se encaminhasse para descer as escadas.

— Estou virando um vampiro, Olive. Durmo de dia e perambulo à noite. — Jane lavou o rosto, escovou os dentes e correu uma escova pelos cabelos. — Tenho que pôr mãos à obra, cuidar de um funeral e

* Ironia: na hierarquia de cartões de crédito, milhagem, ou comemorações de bodas, ao *ouro* segue-se a *platina*. (N. T.)

preciso meditar sobre algumas tarefas a cumprir. Também tenho que lavar algumas roupas porque não tenho mais roupa de baixo limpa para usar. O que é tão ruim quanto ficar sem pasta de dentes ou papel higiênico. Também poderíamos tomar um café da manhã, as duas. Você vai sair para fazer suas necessidades e me encontrar na cozinha dentro de dez minutos.

Vinte minutos depois os ovos no prato de Jane a contemplavam como dois olhos raivosos. Ela empurrou o prato e concentrou-se em sua xícara de café e no bloco de notas à sua frente. Ia começar a escrever alguma coisa, fazer anotações, encher a página. Terminou por empurrá-lo também. Ficou encarando Oliver, que também a encarava.

— Vamos fazer um funeral simples. Não podemos pedir ao Padre John para fazê-lo, já que Betty não pode ser enterrada em cemitério católico. Por isso, temos que tomar providências para o Acadia Resthaven Cemitery. Já lhe contei, Olive, que o cemitério de St. John está todo errado? A pessoa que o projetou deveria planejá-lo de leste para oeste. Você sabe, amanhecer, entardecer. Mas ele está no sentido norte-sul. Me pergunto se isso faz qualquer diferença para quem está morto. St. John é solo consagrado, e como Betty se suicidou não pode ser enterrada lá. — Se ela bem se lembrava, pedira a alguém para enviar o corpo para a Funerária Duhon's. Ela ia esperar dar oito horas para tentar telefonar para eles. Ainda não tinha lido a carta de Betty, nem sabia dizer por quê. Parte dela queria saber o que havia na carta, e a outra, não.

Jane respirou fundo, levantou-se e andou até o vestíbulo, onde deixara sua bolsa e casaco. Não era uma carta propriamente, parecia mais um cartão de Natal, todo quadrado. Trouxe-a para a cozinha e colocou-a sobre a mesa. Ficou olhando muito tempo para ela antes de apanhá-la e rasgar o envelope. Seus olhos se encheram de lágrimas à medida que lia as últimas palavras de Betty Vance.

Cara Dra. Lewis,

Desculpe tê-la desapontado. Tentei fazer as coisas do jeito que me recomendou. Tentei fazer as coisas do jeito da Dr. Thomas e tentei fazer as coisas do jeito de Corinda. Pensei que estava obtendo algum progresso. Corinda disse que eu estava. Cheguei a planejar uma visita a Brian. Tivemos uma longa conversa, e eu marquei um almoço a dois. Eu me sentia bem com tudo isso. Trixie e Fred me ajudaram muito. A Dra. Thomas disse que eu era uma pessoa fraca.

Fui à drogaria comprar xampu e giletes e um refil para minha receita de Torazine hoje de manhã e ouvi aquele homem falando com um amigo na seção de cremes de barbear. Reconheci pela voz que tinha sido um deles. Não pude nem acreditar. Ele me viu olhando fixo para ele e eles também me reconheceram. Fiquei paralisada, Dra. Lewis. Eles caminharam na minha direção e um deles me tocou. Acho que dei um berro. Não me lembro. Então um deles me disse: — Nós sabemos onde te encontrar, então fique de boca calada. — Fiquei tão histérica que o vendedor chamou o gerente e eles me trouxeram para casa. Tranquei a porta e me escondi no banheiro com Golda por horas e horas. Queria ligar para a senhora e para Corinda, mas em vez disso acabei telefonando para a Dra. Thomas. Liguei para ela quatro vezes, mas em nenhuma ela me deu retorno. Fiz exercícios de respiração profunda e saltos em polichinelo até achar que iria desmaiar. Não conseguia parar de tremer. Estava tão difícil respirar. Não posso passar por tudo aquilo de novo. Simplesmente não consigo. Por favor, não pense muito mal de mim. Obrigada por ter sido minha amiga, Dra. Lewis. Por favor, tome conta de minha cachorra.

Betty Vance

Jane rompeu em soluços de mágoa, batendo na mesa com os punhos cerrados. A *springer spaniel* pulou para o seu colo. Jane agarrou-se ao animal, que tremia, continuando a soluçar, o corpo todo contraído e sacudido. Muito tempo depois, quando já sem mais lágrimas a derramar, Jane recolocou Olive no chão.

— Vamos dar uma volta, Olive.

Jane ficou rodando para cima e para baixo pelas ruas de Rayne. Passou pela Sadie's Flower Shop, depois pela Depot Square e a seguir pela avenida principal, adiando o momento de virar para a rua em que ela havia morado. Sentiu, mais do que viu, a delegacia de polícia. Fazia tanto tempo. Todo um tempo de vida. Uma eternidade. Que diabos estaria ela fazendo ali novamente? Estava ali por causa de um sonho maluco com a mãe. Sempre se volta ao local do crime, dizia Trixie. Também dizia: siga a trilha do dinheiro, seja lá que diabos pudesse isto significar. Trixie dizia uma porção de coisas. Na maior parte das vezes elas faziam sentido. Era este o local do crime de sua infância. Ela tinha o direito de estar ali. Não estava fazendo nada de errado. Apagou as luzes do carro e abriu a porta.

— Shhh, Olive, nada de latir. Não faça barulho agora. Vamos dar a volta pelos fundos e entrar pelo telhado da adega. Você fica esperando aqui por mim que abro a porta de trás para você. Sei como entrar nesta casa.

Jane sabia manter sua palavra. Dez minutos depois ela abriu a tranca da porta de trás e deixou Olive entrar na cozinha. Com ajuda da lua cheia que entrava pelas janelas sem cortinas ela achou facilmente o caminho de um cômodo para o outro, lembrando-se de como era infeliz quando morava ali. Subiu a escada, com Olive atrás dela, ganindo surdamente.

— Era aqui que eu morava, Olive. — Abriu a porta no final do corredor. — Este era o meu quarto. Era quase um cubículo. Eu devia ter tido um quarto maior. Agora está acarpetado. Ah, olhe, há um globo de luz de papel, o que significa que uma outra criança deve ter morado neste quarto.

Jane fechou a porta atrás de si e encaminhou-se para o lado oposto do corredor, onde ficava o quarto de seus pais. Também estava acarpetado. Andou até o centro do quarto e gritou.

— Estou aqui, Mamãe querida! Venha, apareça, esteja lá onde estiver! Jane deu de ombros. Sentou-se à moda indiana, com as costas apoiadas na parede, a cabeça de Olive no colo.

— Vamos esperar mais um pouquinho. Talvez ela tenha que fazer a conexão ou algo semelhante. Não sei como essa coisa de almas do outro mundo funciona; por isso, vamos deixar rolar. Ela era uma rainha de beleza, Olive. Desculpe, um rainha de beleza *que desfilava*. Miss Louisiana. — Jane bocejou. — Não era bonita o bastante para ser Miss America. É que ela usava toneladas de maquilagem. Cheguei a essa conclusão quando estava com os meus quatorze anos. Aí me dei conta de como ela era realmente feia. Queimei aquilo tudo. Cada pote de sombra e cada tubo de batom... — Ficou movendo os dedos à toa enquanto permanecia sentada olhando através da janela para as árvores lá fora. Se ela fosse inteligente, iria para casa. Não tinha nada a ganhar ficando sentada ali olhando para uma árvore no gramado em frente. Bocejou novamente, com os olhos fechados, pensando que pelo menos descansaria enquanto esperava.

— Eu sabia que isto ia ser um grande logro. Você deve estar pensando que eu já devia saber disso. Vamos tentar uma coisa. Garanto que ela vem. Missss Americaaaa...!

— *Pare com isso já! Você sempre foi uma menina má!*

— Eu sabia que isso iria atingi-la.

Pegou o queixo de Olive.

— Esta é a minha Mamãezinha querida, Olive. Então a senhora está prisioneira aqui, Mamãe. Imagine só! A senhora parece cansada e infeliz. Desculpe dizer, mas a morte não lhe cai bem.

Olhou a visão da mãe com desagrado.

— Durante este tempo todo pensei que a senhora estivesse em algum lugar do imenso além. Não conseguiu abrir passagem, não é? A senhora não passa de uma mãe de segunda classe. Me diga só uma coisa. É verdade que sou a única pessoa que pode, a senhora sabe, dar-lhe um pontapé na bunda para o outro lado?

— *Infelizmente, sim.*

Jane riu até perder o fôlego. Olive rosnava, batendo com a pata no peito de Jane.

— É a coisa mais engraçada que já ouvi em toda a minha vida. — Desatou a rir novamente. — Não enquanto viver — conseguiu finalmente pronunciar. — É claro que estou falando de *meu* tempo de vida. Acho que vou comprar esta casa só para ter certeza de que a senhora vai ficar nela. De vez em quando virei aqui para ver como a senhora está. Sempre se volta ao local do crime, disse Trixie. Este é o local do crime — o crime que a senhora cometeu contra mim! Vou rever e entender tudo que houve. Não sei quando ou como, mas vou fazer isso. O que a senhora tem a dizer a seu favor, Mamãe?

Olive lambeu o rosto de Jane até ela abrir os olhos.

— Agora podemos ir para casa. Caramba, adormeci e sonhei que ia comprar esta casa. Sabe de uma coisa, até que não é uma má idéia. Vou pensar no caso. Este sonho foi um aviso. Se alguém souber que entramos aqui, não só vamos ser acusadas de ter quebrado a fechadura e invadido a casa, como vão mandar o pessoal do hospício atrás de nós. Shhhh, temos que sair sem fazer barulho. Nem um ruído agora.

Jane parou em Frog City e comprou um maço de cigarros, um pão de fôrma, creme para o café e carne para Olive. Estava de volta a sua casa quando o sol surgiu no horizonte.

Às oito horas Jane estava no telefone, ligando para a Funerária Duhon's. Programou o serviço funerário para as três da tarde e o enterro para as quatro. Ligou para Trixie, Fred, para o amigo de Betty, Chuck e para Brian Ramsey. Todos prometeram comparecer ao enterro. Discutiu consigo mesma por um longo minuto antes de decidir se telefonaria para Sharon Thomas, sabendo que ela provavelmente não iria atender, como realmente se deu. Deixou uma mensagem breve e desligou.

— Não sei mais o que fazer, Olive! — gritou Jane, torcendo as mãos.

Olive estava sobre ela em um segundo. — Que faria eu sem você, menina? — soluçou Jane.

* * *

Foi Flash quem alertou Fred para o fato de que um carro havia parado diante da casa.

— Trixie, há um homem estranho caminhando em direção a nossa varanda da frente. Melhor ir lá ver antes que Flash salte pela janela. — Trixie veio correndo, com suas jóias tilintando, os cabelos em pé de susto.

— Calma, garoto, calma — disse ela, segurando a coleira de Flash.

— Não há problema de alguém vir até a porta. Comporte-se como uma pessoa educada.

Abriu um pouquinho a porta, com o focinho de Flash colado a sua perna.

— Sra. McGuire, eu sou Bob Henry. Estou aqui de férias e quis parar para ver Flash. A senhora permite que eu entre?

Trixie teve vontade de gritar: — Não, não permito, Flash agora é meu. Vá embora. — Mas em vez disto disse:

— Pois não, pode entrar, sim. — Apoiou-se em Fred, com o coração na boca. — Mas você não pode levá-lo de volta. Ele é meu! — disse sem pensar.

— Eu sei disso, Sra. McGuire. Só queria vê-lo. Fomos companheiros durante muito tempo. Os rapazes lá na delegacia me disseram o que a senhora fez por ele e quais os seus planos. Quis conhecê-la e dizer-lhe o quanto acho isso maravilhoso.

Bob Henry abaixou-se junto ao cachorro.

— E aí, colega, sou eu, Bob! Me dá um aperto de mão.

Trixie soltou um enorme suspiro de alívio quando o cão permaneceu ao lado dela, com as grandes patas plantadas firmemente no chão. Seu corpo tremia.

— Tudo bem, Flash — disse ela, dando-lhe um tapinha na cabeça. — Vá cumprimentar o Sr. Henry. Seja educado agora. Dê um beijo no Sr. Henry.

Henry deu um passo atrás, quase caindo. — Um beijo! Ele agora dá beijos! A senhora pegou um cão matador e o ensinou a beijar as pessoas! Não acredito.

— Pois acredite — retrucou Trixie. — Flash está aposentado, portanto tem o direito de fazer tudo que eu lhe ensinar. Ele está apenas sendo sociável. Este cachorro quase morreu em minhas mãos, Sr. Henry. Fiz o que tinha que fazer para salvá-lo. Há algo de muito bom acontecendo aqui, portanto não venha me censurar.

— Por favor, a senhora não me entendeu — disse ele, erguendo a mão. — Eu quis simplesmente dizer que não imaginava que isso fosse possível, menos ainda partindo de uma mulher. Flash destestava as mulheres. E a senhora é mulher. É incrível o que a senhora foi capaz de fazer. Fiquei com uma certa preocupação quanto ao que poderia vir a acontecer com ele, mas Jake já me tinha garantido que a senhora está tomando conta dele muito bem.

Henry segurou a cabeça do enorme cão entre as mãos.

— Você é um camarada de sorte, portanto trate de se comportar. Um beijo, tudo bem, um beijo.

Flash lambeu-o uma vez, depois retornou para junto de Trixie e Golda. Seu rabo abanava furiosamente enquanto olhava de frente para Henry. Bateu com a pata no chão e bufou.

— É o sinal para eu ir embora — disse Henry rindo. — Ele está encarando esta visita como uma invasão de território. É o seu jeito de me dizer que os dias antigos acabaram e que ele gosta do que está vivendo agora. Nos vemos por aí, Comissário Flash!

— Au!

— Sim, au! — disse Trixie fechando a porta. — Você viu isso, Fred? Eu tinha pesadelos antecipando este dia. Sabia que mais cedo ou mais tarde ele iria aparecer. Pensei que Flash iria querer ir com ele. Realmente pensei — disse Trixie com voz trêmula.

— Este cachorro ama você de todo o coração, Trixie. Ele jamais a abandonaria. Nem agora, nem nunca. Ele é seu, como Golda agora é sua.

Trixie se ajoelhou. Ambos os cães vieram sobre ela e ela desandou a rir, rolando com eles pelo tapete.

— Cão matador, que besta — disse Trixie, sempre rindo. — Isto são cinqüenta quilos de puro amor. Não é mesmo, Flash? Você também, Golda. Vamos, façam um carinho em Trixie.

— Tenho que voltar para o trabalho. O que você vai fazer, querida?

— Tenho que ver umas coisas no celeiro para quando os cachorros chegarem aqui. John Murray vai vir um pouco mais tarde para me mostrar como vai fazer o treinamento. Quero acompanhar tudo. Ele vai fazer isso em suas horas livres, por isso também tenho que estar disponível. No momento, ele está de licença. Estou esperando poder fazer com ele um contrato permanente. Você já ligou para o advogado?

— Telefonei para ele há uma hora. Ele disse que vai cuidar de tudo logo. O que quer dizer que vai escrever as cartas e fazer os contatos por telefone logo depois do Ano Novo. Se for preciso, vai até a Universidade para acelerar as coisas. Ele acha que é uma boa idéia. Você ligou para Jane?

— Sim, mas ela não atendeu. Nem pensei que atenderia. Ela precisa de um tempo sozinha. Vamos conversar na hora do enterro esta tarde. Use seu terno azul, Fred. Você fica com um ar distinto quando usa aquele terno azul. Jane pode querer que você diga algumas palavras.

— Tudo bem, querida.

Caía uma chuvinha fina quando Fred estacionou o carro atrás do carro funerário. Três outros carros pararam atrás dele: o do amigo de Betty, Chuck, o de Brian Ramsey e o dos quatro vizinhos de Betty. Jane olhou ao redor para ver se Sharon Thomas estava em algum lugar à vista. Não estava.

O serviço foi lamentavelmente curto, com todos abrigados debaixo de guarda-chuvas. Jane ficou olhando para o caixão, com sua cobertura de margaridas. Ela se perguntava o que mais poderia ter feito. Pagar o enterro e as flores ainda lhe parecia pouco.

— Cinzas a cinzas...

Lágrimas escorriam pelas faces de Jane quando deu um passo à frente. Esperavam que ela dissesse alguma coisa, mas o que poderia dizer que desse algum significado à morte de Betty? Limpou a garganta. Pelo canto dos olhos viu um carro se aproximando.

— Tomamos caminhos diferentes na vida, mas não importa aonde vamos, levamos um pouco de cada um dos outros conosco. Amém.

O coração de Jane começou a bater acelerado quando ergueu os olhos e viu Mike de pé junto a Fred, que tinha dado um passo à frente, com uma única rosa branca nas mãos. Ele também limpou a garganta antes de falar.

— Só conhecemos Betty por um breve tempo, mas aprendemos a gostar dela e ela de nós. Minha definição de amigo é alguém que conhece a canção que você tem no coração e pode cantá-la de volta para você se você tiver esquecido a letra. Betty era deste tipo de amiga. Ela está agora em outro lugar, e só podemos esperar que esteja cantando.

Jane enxugou os olhos vendo os outros se enfileirarem para passar diante do caixão. Por que sempre chovia nos enterros? Tinha chovido no dia em que seu pai fora enterrado e no dia em que sua mãe descansara. Sentiu que Mike segurava seu cotovelo e ficou grata pelo apoio.

De volta ao carro apertou a mão de Chuck, dos vizinhos e de Brian Ramsey, que parecia visivelmente abalado. Parecia estar sem dormir há muito tempo.

— Queria lhe agradecer por tudo que fez pela Betty. E por ter tentado me ajudar também — disse Brian.

Chuck deu um passo à frente.

— Telefonei para a tia de Betty. Ela disse que não poderia vir para o enterro. Disse que assim que pudesse viria pegar o carro de Betty e seus objetos pessoais — falou, com o desgosto estampado no rosto. Abraçou Jane antes de entrar em sua picape.

Os vizinhos cumprimentaram polidamente e a seguir foram embora, sem dizer nada. Afinal, o que haveria a dizer? Uma jovem mulher vivera e morrera. Um começo e um fim. E a vida continuaria.

Jane passou a mão nas têmporas. Podia sentir o início de uma dor de cabeça. Tudo que queria agora era ir para casa e dormir.

— Vou com Mike, Trixie. Obrigada por tudo. E Golda, como vai?

— Choraminga de vez em quando, mas vai bem. Flash está com ela. Você está bem, querida?

— Não, não estou bem. Mas isso vai passar. Sharon não veio, Trixie. Como pôde não vir ao funeral de uma paciente sua? Não compreendo. Você compreende?

— Não, Jane, eu não compreendo. Ela vai ter que viver com isso. Você fez tudo que pôde. Deixe isso para trás agora. Amanhã é um novo dia.

De volta a casa, Jane pôs o casaco e a bolsa na mesa do vestíbulo.

— Como foram suas Festas, Mike? — perguntou ela, com voz fraca e sem vida, enquanto se dirigia para o sofá onde se enroscou próximo a Olive.

Mike franziu as sobrancelhas. Nenhum beijo, nenhum agrado, nenhuma saudação mais carinhosa.

— Onde está sua aliança, Jane?

— Lá em cima. Estive pensando, Mike. Preciso de um pouco mais de tempo.

— Você está me culpando, não está?

— De início, sim. Agora, porém, não estou mais. Culpo a mim mesma. Devia estar mais alerta, mais envolvida, apesar das exigências de Sharon. Onde foi que falhei? Como poderia eu ter falhado em seja lá o que for? Minha relação com você comprometeu tudo mais. Eu devia ter tentado mais seriamente, ter feito mais. Quando ela não telefonou por toda aquela semana, eu devia ter ligado para ela. Fico me perguntando por que não fiz isso. A única resposta que me ocorre é que não estava querendo perturbar minha vida com você. Coloquei você em primeiro lugar.

— Como é que você poderia saber, Jane? Você não tem o dom de ler pensamentos. Você agiu exatamente como se esperava que agisse. Não quero ver você se culpando por algo que não é falha sua. Ter ido lá naquela noite não teria resolvido nada. Betty já estava morta.

— Preciso ficar sozinha, Mike. Tenho que pensar em muita coisa. Assim que tiver feito isso, eu lhe telefono.

— Isto... isto parece... o fim.

— Feche a porta ao sair, está bem?

Mike ficou olhando com ar infeliz para a mulher no sofá.

— Se é isto que você quer... Promete que vai me ligar?

— Em algum momento. Porém não sei quando. — Um minuto depois estava profundamente adormecida.

Mike desejava dar-lhe um beijo de despedida, mas sabia que a *springer* pularia em sua garganta se tentasse mover-se na direção de Jane.

— Tome conta dela, Olive — sussurrou.

Olive choramingou, lambendo o rosto de Jane. Quando escutou o som da porta sendo fechada, Olive deitou sua grande cabeça no ombro de Jane, com os olhos na porta da frente. Por fim, ela própria adormeceu também.

Quatorze

Trixie estava de pé na varanda dos fundos com Flash e Golda a seu lado. Observava um caminhão trabalhar ao longo de seu celeiro recém-reformado, que seria o lar dos K-9s inscritos para treinamento. Em algum lugar, em algum ponto, algo tinha dado errado. Em vez de seis cachorros, eram oito, o que exigiria muitas horas de reprogramação de última hora e reescalonamento dos alojamentos dos cachorros.

Da janela de seu escritório, Fred observava sua mulher. Sentia seu coração encher-se de alegria com a excitação dela. Trixie finha finalmente encontrado o que ela dizia ser sua missão na vida. Ele sorriu quando pensou nas horas de dedicação que Trixie tinha gasto com Flash, ela vestida com seu uniforme de policial e Flash com seu colete à prova de balas. Em certo momento ele se perguntou se ela teria energia ou resistência para continuar. E ela tivera. Ele sentia tanto orgulho dela que tinha vontade de gritar isso do alto dos telhados. Estava pensando em fazer isso quando o telefone tocou.

— Fred, é Daniel Warner — disse o advogado. — Queria que você soubesse que já está tudo encaminhado.

— Está brincando — disse Fred. Mal podia esperar para contar a Trixie as boas novas.

— Não estou, não. Na realidade estou pedindo sua aprovação para a carta de que falamos. Tudo bem, será que entendi direito? Você quer dar um prazo final de uma semana para a resposta e que eu lhe envie por Fedex urgente todas as respostas recebidas, não é isso?

Fred fechou os olhos lembrando-se de Jane na última vez que a vira. Ela parecia cansada e pálida, sem a menor energia.

— Sim. O prazo é algo essencial, Daniel. E você deve me enviar tudo por via expressa.

— Achei que você diria isso, de modo que uma de minhas secretárias está trabalhando nisso neste momento. As cartas serão enviadas esta tarde com um AR para as dez da manhã de amanhã. Alguns dos jogadores podem ter-se mudado, ter ido para outro lugar por razões de trabalho etc. A Associação dos Alunos disse que os cadastros estavam em dia, mas isto na realidade não significa muita coisa. Você pode não obter um alto percentual de respostas devido à brevidade do prazo dado. Por outro lado, o dinheiro pode fazer com que venham dentro do prazo e em número recorde. O reitor quer ver seu cheque. Como estou com ele aqui, vou mandá-lo de imediato para ele junto com todas as demais coisas que ele pediu. Você está realmente conseguindo o que quer, Fred.

Uma cacofonia de latidos e ganidos fez com que Fred não conseguisse ouvir bem o resto.

— Espero que sim. Ouça, Daniel, tenho que sair agora. Estão acontecendo umas coisas aqui e tenho que ir lá ver.

Fred correu para a cozinha e encontrou Trixie, que estava entrando.

— Que diabos está havendo aqui?

— Agora, não. Fred. Não está ouvindo? Tenho muito o que fazer!

Fred olhou pela janela para o que Trixie chamava de o seu cercado, onde oito cães de tamanho monstro corriam um atrás do outro saltando e rosnando em sua ansiedade de entender as novas circunstâncias. Fizeram uma longa viagem desde a Holanda e, depois, com um breve intervalo de uma hora, tinham sido postos em um avião e voado até Nova Orleans, onde foram apanhados por uma companhia de transportes e entregues na fazenda McGuire.

— Você não está conseguindo controlá-los, Trixie! — berrou Fred por cima do barulho.

— Que merda, Fred! Ligue para Jane e diga a ela para vir aqui. Diga-lhe que não estou me importando que ela esteja se afogando em autopiedade. Diga que ela já está gemendo e suspirando há três semanas inteiras e que minha paciência já se esgotou. Que ela está comprometida com este trabalho e que eu gostaria muito de contar com sua ajuda.

Trixie pegou seus cigarros na mesa da cozinha e saiu de novo, com Fred logo atrás.

— Pensando bem, não diga nada disso. Diga a ela apenas que venha até aqui e me ajude. Depois entre, antes que um destes cães salte e lhe arranque um pedaço da bunda — gritou Trixie por sobre os latidos dos cães.

Fred escapuliu para dentro seguindo as ordens de sua esposa, e deixando-a lidar com seu novo trabalho.

Trixie acendeu um cigarro há muito desejado e tragou profundamente.

— Tudo bem, tudo bem, é isso aí! — berrou com uma voz de sargento no comando de exercícios militares. — Flash, faça com que se reúnam. Golda, não mexa nos excrementos de nenhum deles.Vocês dois têm antiguidade. Estamos precisando de medidas drásticas aqui — disse ela, tirando do coldre seu revólver. Segurou o revólver, com o cano apontado para cima e fez um disparo. Vendo que a confusão continuava, deu um segundo tiro e depois um terceiro. Finalmente, em desespero, apontou o revólver para o chão e esvaziou o pente. Os cães imediatamente pararam de latir e só então Trixie sentou-se no chão e esfregou as orelhas.

Flash e Golda correram para junto dela.

— Não, não, nada disso, caras. Não sou um policial caído. Está tudo bem — disse ela, tranqüilizando-os. — Estou só fazendo uma pausa. — Assim que Golda e Flash se acalmaram, Trixie virou-se para ver o que os outros estavam fazendo. Um a um, chegavam para mais perto da cerca, farejando, ganindo e rosnando. Flash ergueu-se em toda a sua majestática altura e balançou-se em suas patas traseiras. Depois se deixou cair com um latido tão assassino que fez os cabelos do braço de Trixie se eriçarem.

Trixie olhou Flash e os demais cães.

— Ouçam! Ele está comunicando a vocês todos que é o Top Dog daqui! — disse ela com voz firme. — Esta aqui — disse, apontando para Golda — é a Top Dog número dois, e a Top Dog número três está a caminho. Assim espero. — Levantou-se e acenou para que todos voltassem. — Tudo bem, vocês já fizeram sua farra. Já mijaram e já cagaram. Agora está na hora de tomarem um banho porque estão todos fedendo a canil. Vocês não vão ser postos em jaulas, por isso não fiquem me olhando assim. — Foi buscar sua camiseta dentro de casa e trouxe uma sacola cheia de biscoitos. — Isto é para vocês agora, para que saibam que sou uma boa pessoa. Depois vocês vão ganhar aquela ração que parece bosta de coelho, mas dizem que é a melhor para vocês. Vamos, venham buscar seu biscoito.

— Santo Deus, Trixie — disse Fred da varanda dos fundos —, você vai estragá-los com esses mimos. Por falar nisso, Jane disse que já está vindo.

— Preciso de mais biscoitos, Fred — pediu Trixie por sobre o ombro. — Olhe, agora estão parecendo gatinhos. Ah, eles estão com medo, é isso. Flash percebeu isso. Golda também. O que você está esperando, Fred?

Momentos depois, Fred caminhou pesadamente até o meio do pátio e passou a Trixie dois pacotes de cachorros-quentes.

— Fique aqui junto de mim, Fred. Quero que fiquem conhecendo você. Seja carinhoso com eles. Fale manso e acaricie-os, com cuidado. É disso que vão se lembrar. Carinho e comida. Uma vez aceitando isso, a autoridade está garantida.

Fred olhou para Trixie no maior espanto.

— Como é que você sabe de tudo isso, Trixie?

— Eu li em um livro, Fred. Sabe, aquele que está sobre a mesa da cozinha e que lhe pedi para ler há duas semanas.

— Oh, *aquele* livro — disse ele envergonhado.

— Como estava a voz de Jane quando você falou com ela? — Trixie acabou de distribuir os biscoitos e limpou as mãos em seu *jeans*.

— Na mesma, infelizmente. Como se estivesse metida em um buraco profundo em algum lugar.

Deu a Trixie um olhar preocupado, que logo a seguir se iluminou.

— Daniel telefonou. A Universidade aprovou nosso pequeno projeto. As cartas estão sendo enviadas, hoje, pelo correio, urgente. Espero que uma semana seja tempo suficiente, já que não temos outra escolha, com isso da Jane e tudo o mais. Por falar em Jane, quando é que vamos contar a ela?

— Hoje pode ser um bom dia, desde que venha até aqui. Se não chegar dentro da próxima meia hora, quero que você vá lá e a arraste até aqui segurando-a pelo pescoço. Estou falando sério, Fred. Se ela continuar nessa por muito tempo, vai cair em um buraco negro e talvez não consigamos mais fazê-la sair. Ela tem que acertar as coisas com Mike, também. Já estou com vontade de dar um tiro nele para fazê-lo sair de sua tristeza.

Fred abaixou a mão para que um dos cães a cheirasse.

— Você sabe os nomes deles, Trixie?

— Sim, mas ainda não sei quem é quem. Os nomes estão em suas coleiras, mas ainda não estou querendo tocá-los. Temos quatro meninas e quatro meninos. Têm o tamanho certo. Estão em excelente forma e em perfeita saúde. É função nossa, minha e de Jane, mantê-los assim. Não são lindos, Fred? Olha, agora estão tranqüilos. Eles estavam apenas com medo. É uma boa coisa o que estamos fazendo, Fred. Uma coisa realmente boa. Vamos fazer algo de que nos orgulharemos de verdade.

— Já tenho orgulho... de você — disse ele.

Voltou sua cabeça para a direita.

— Estou ouvindo o ruído de carro. Deve ser Jane. Quer que eu fique aqui ou prefere que entre?

— Depende de você querer ou não me ver agir de maneira dura para com ela. Podemos bancar os bonzinhos ou os maus. Ela vai correr para você quando eu disser que não trabalho mais com ela. É a única maneira, Fred. Ela está perdendo a batalha. Não posso e não vou ficar parada diante disso.

Sua determinação era como um nó cego dentro dela. Ela não iria deixar Jane mergulhar na depressão.

— O que você decidir fazer para mim estará bem, minha fofa. Vou entrar e voltar para o meu trabalho. Se precisar de mim, assovie.

Trixie levou o maior susto quando Jane passou pelo portão. Quem era essa que estava andando em sua direção? Três semanas não podiam ter feito tamanha diferença na aparência de uma pessoa. Mas obviamente fizeram.

— Shhhh — sussurrou ela para os cachorros, tentando mantê-los sossegados.

— Cheguei — disse Jane com voz apagada. Em seu rosto não havia traço de maquiagem e seu cabelo parecia não ter sido lavado há uma semana. A camiseta cinza que usava era grande demais para ela, e a frente estava suja de comida.

— Estou vendo — disse Trixie, olhando-a da cabeça aos pés —, mas a questão é a seguinte: você está aqui de corpo e alma? Você não pode cair fora, Jane. Como pode ver — disse, mostrando com um gesto o cercado cheio de cachorros —, a primeira leva de cachorros a serem treinados chegou esta manhã. Se você estivesse aqui cedo, as coisas teriam sido muito mais fáceis para mim. Mas não, você preferiu ficar sentada em casa chupando o dedo e sentindo pena de si mesma. E não estaria aqui agora se Fred não tivesse ligado para chamá-la. Fizemos um acordo, Jane. E espero que você cumpra a sua parte. Também não aceito que me venha com essa postura. — Sua expressão dura eliminava qualquer possibilidade de resposta. — Se você quer saber algo a respeito de sofrimento, então vou lhe falar de sofrimento. Olhe para essas pobres criaturas. Ficaram trancafiadas em jaulas de aviões durante dois dias. Estão fedendo a cocô e a mijo porque tiveram que usar suas próprias jaulas para isso. Estavam famintas e mortas de medo. Isto é algo novo para eles, tão novo que não sabem como se colocar diante disso. No momento estão muito agradecidos porque lhes dei água e comida. Espero que você esteja entendendo o que digo, para que não me veja obrigada a tomar uma atitude mais decisiva.

— Olhe, Trixie, sinto muito, eu... — A voz ficou embargada.

— Não quero ouvir nada, Jane. Passado é passado. Você não pode fazer o tempo voltar. Não pode desfazer o que houve. O que você tem é o dia de hoje, e o dia de hoje é o ponto em que estamos. Quando foi a última vez que você se olhou no espelho?

— No espelho? O que tem o espelho a ver com tudo isso?

— Daqui de onde estou, tem tudo a ver. — Trixie pôs as mãos nos ombros de Jane. — Você está com bolsões sob os olhos, sem falar nas olheiras. Está abatida, com uma aparência lívida e cansada. Deve ter perdido uns seis quilos, o que mostra que não está comendo. Seu cabelo está todo emaranhado e você está cheirando quase tão mal quanto esses cachorros. O que me diz que você tem andado bebendo. E muito. E aí você dorme, acorda, não toma um banho de chuveiro porque dá muito trabalho, e então fuma, bebe um pouco mais e depois dorme novamente. Acorda e começa tudo de novo.

Jane recuou diante do tom de voz de Trixie. Ela já tinha demasiado peso nas costas. Não precisava que Trixie viesse jogar mais culpa sobre seus ombros.

— Talvez concorde que fazer isto foi um erro. Mas por que você está agindo assim comigo? Nunca lhe fiz nada além de amá-la. Não pode me dar uma trégua?

— Trégua? — Trixie retirou as mãos e deixou-as cair de ambos os lados. — Se Fred e eu lhe dermos uma trégua maior que a que já demos, você vai se afogar em autopiedade. Você está à beira de um buraco negro neste momento, Jane. Vamos controlá-la até você sair dessa. Está me ouvindo? Estamos fazendo isso porque a amamos e queremos que seja feliz. — Fez uma pausa, fez um carinho em sua cabeça e perscrutou com o olhar a afilhada. — A menos, naturalmente, que você não queira ser feliz. Talvez prefira ficar se sentindo infeliz e fazendo infelizes todos os que a cercam. — Levantou uma sobrancelha. — Isto nunca me ocorrera, mas acho que posso ter-me enganado a seu respeito todos esses anos e na realidade você talvez seja igualzinha a sua mãe.

Os olhos de Jane fuzilaram de raiva.

— Como você pode dizer uma coisa dessas? Não me pareço *em nada* com ela. Em nada!

Trixie sentiu a adrenalina subindo.

— Já não tenho tanta certeza. Eu me lembro de uma vez, ou melhor, de mais de uma, em que sua mãe se fez de 'coitadinha' para chamar a atenção. Finalmente nos demos conta disso e aprendemos a ignorá-la. Por falar em ignorar... Quanto tempo você acha que a paciência de Mike vai durar? Ele tem sido um santo no meio de tudo isso. Acho que você deveria lhe devolver sua aliança para que ele possa levar sua vida adiante. Você não pode ficar manipulando as pessoas que a cercam como vem fazendo. Aliás, onde está Olive? Espero em Deus que você esteja dando comida a ela.

— Ela está com Fred. Viu aqueles cachorros todos e ficou com medo. E é claro que estou dando comida a ela. O que você pensa que sou? — respondeu Jane agressivamente.

Trixie estendeu as mãos e rodeou com elas o rosto de Jane.

— Acho, Jane, que você é uma pessoa maravilhosa, solidária e amorosa, que se desviou do seu caminho. O que é compreensível e aceitável, até certo ponto. Mas você já passou da conta. Você sabe o que Fred diz, pesque ou solte a isca. O que você vai fazer, Jane?

— Tem sido muito duro, Trixie — disse ela em voz baixa e sofrida. — Eu talvez precise de um pouco mais de tempo.

— Não, Jane — disse Trixie, abanando a cabeça. — O tempo expirou hoje de manhã. Os cachorros já estão aqui. Se não posso contar com você, então você está fora, minha menina. E definitivamente. Fred acha o mesmo que eu. Mas podemos ficar com Olive.

— Oh, não, Olive é minha! — disse Jane, com a raiva subindo de novo. Ela estava começando a sentir-se como um ioiô. — Olive fica comigo. Não posso nem acreditar que você tenha dito isso. Está bem, você já disse o que queria. Tudo bem. Vou tomar uma chuveirada, já que você disse que estou cheirando como os cachorros. Depois venho para cá e faço o que você quiser. — Quando ela se virou para ir, Trixie pôs a mão em seu braço e fez com que se desvirasse.

— Não é assim que as coisas funcionam, Jane. Vai ter que ser o que você quiser fazer e não o que quero que você faça. E já lhe disse: não quero atitudes assim comigo. Se não estiver com a sua bunda metida aqui dentro deste cercado dentro de quinze minutos, nosso acordo está encerrado. Você tem roupas na gaveta de cima da cômoda do quarto vago.

Trixie observou Jane enquanto ela se arrastava pelo caminho para a casa.

— E nada de sair se arrastando. Tire esses pés do chão. Ou melhor, *corra*! — Ela abriu um sorriso quando Jane saiu correndo para a casa. *Às vezes*, pensou, *a idade trabalha a nosso favor. Este momento não foi, decididamente, um momento a ser lembrado.*

Assim que Olive fez sua entrada triunfal no meio do grupo, os cachorros se puseram de pé. Flash caminhava orgulhoso ao lado da *springer*. Era como se os demais reconhecessem que ela era a Top Dog número três.

O dia transcorreu sem maiores novidades, com os cães sendo lavados, secados e tosados. Fizeram uma pausa para o almoço, quando Fred trouxe sanduíches de bacon, alface e tomate e um saco de ração. Trixie olhava Jane engolir sua comida com dificuldade. Não demonstrava a menor pena de sua afilhada.

— Você andou bebendo durante tanto tempo que se esqueceu de como é que se conversa. Quero que fique aqui conosco por uns dias para que eu possa tomar conta de você. Fred pode dar um pulo até sua casa e trazer suas coisas.

— Não, não vou ficar aqui, Trixie — disse Jane teimosamente.

— Você vai ficar, sim — disse Fred, concordando com a esposa.

Jane deu de ombros. Ela viu que estava sendo dominada.

— Está bem. Eu fico.

— Bom. Fred e eu temos uma coisa que queremos lhe contar na hora do jantar. Tire este olhar de pânico do rosto, meu bem. É uma coisa boa. Fizemos algo realmente bom hoje. Realmente bom.

— Não podemos deixar para depois? Estou muito cansada, mesmo, Trixie.

— Pare de se lamuriar, Jane. Estou tão cansada quanto você e sou mais velha. Bem mais velha. Assumimos esta responsabilidade e não podemos abrir mão dela porque *você* está cansada. Você tem que tomar vitaminas e telefonar para Mike quando terminarmos. Um outro banho de chuveiro, roupas limpas e você estará pronta para o jantar.

Jane estremeceu.

— Sharon Thomas está me processando. Recebi a notificação esta manhã.

— Não me diga que você está preocupada com uma bobagem dessas — comentou Trixie. — Você tem que fazer jogo duro no que se refere a esta bruxa. Confie em mim que lhe digo como fazer para que tudo acabe em um abrir e fechar de olhos.

— Por Deus, Trixie, quebrei o nariz dela. Sou responsável. Ela pode tirar o que quiser de mim.

— O que você sempre diz em seu progama de rádio? Os três *RR*: respeito a si mesmo, respeito aos outros, responsabilidade por todas as suas ações. E tenho dito.

Mesmo a contragosto, Jane sorriu. Mais uma vez Trixie estava certa.

— John Murray e seus treinadores ficarão aqui amanhã o dia todo, por isso acho que podemos programar uma visitinha à Dra. Thomas. Não são uns animais lindos, Jane? — perguntou ela, saltando de um assunto para o outro sem a menor cerimônia.

— Sim, são. São magníficos. A pergunta principal é: você vai ter coragem de passá-los adiante depois?

— Não vai ser fácil para mim, isso posso lhe assegurar desde já. Mas estou decidida. Sei que estarão indo embora e entrando em um serviço que visa fazer um bem maior. Vidas serão salvas com a ajuda deles.

Olhou para Olive.

— Olive está se dando bem com eles. Os cães têm este sentido inato em relação a outros animais, não só com as pessoas. Sabem que estamos cuidando deles. Acho que já superaram a parte pior de seu medo. Esta noite vai ser um momento penoso para eles.

Olhou-os e suspirou. Depois se voltou para Jane.

— Então, vai ligar para Mike ou não? Ele tem telefonado e passado aqui tantas vezes que me dá vontade de dar um tiro nele para acabar com sua infelicidade. Você não está agindo bem com ele. Por que não está usando a aliança que ele lhe deu? Ele está fazendo o que você lhe pediu para fazer, ficando longe de você. Como você se sentiria se ele voltasse a procurar aquela boneca de plástico que estava namorando? Como é mesmo o nome dela?

— Coletta. Acho que eu não gostaria disso.

— Ah, não? Pois é o que vai acabar acontecendo, a menos que você faça alguma coisa. Guarde bem o que lhe digo. Você sabe que tenho sempre razão, Jane.

— Trixie, me poupe, está bem? — murmurou Jane. — Vou ligar para ele. Eu não tenho estado bem estas semanas todas. Tenho bebido muito, sim. Era a única maneira de dormir.

— Você não é nenhuma alcoólatra, querida. Bebida não é tranqüilizante. Olhar de frente seus problemas é que pode ser. Fred e eu vamos ajudá-la. Mas primeiro você tem que querer ajudar a si mesma. Hoje é um bom dia para começar. Vamos, vamos voltar ao trabalho.

— Desculpe se a deixei na mão — disse Jane, sentindo necessidade de voltar a cair nas boas graças de Trixie. Trixie e Fred eram as pessoas mais importantes de sua vida e ela não queria ficar mal com eles.

— Realmente pensava que você fosse mais dura na queda — disse Trixie.

— Que nada. Eu sou uma molenga.

— A moleza se torna um peso se você deixar que se instale por muito tempo — retrucou Trixie.

— *Touché*, Trixie.

— O que você acha, Fred? — sussurrou Trixie.

— Você está se referindo a este pequeno passeio que Mike e Jane estão dando? Parece que é algo bom, mas acho que nossa menina ainda não entrou nos eixos. Fiquei contente de você tê-la convencido a ficar aqui. Como conseguiu isso?

— Não queira nem saber. — Trixie serviu café para Fred e para ela.

— Cheguei a ver uma fagulha acendendo os olhos dela quando você falou daquele concurso de mãos. Ela até fez perguntas. Isto é um bom sinal. Vamos trabalhar em cima disso. — Passou a Fred sua xícara e sentou-se. — Amanhã vamos ver sua colega para que eu possa arrasar com ela. Não diga nada, Fred. Sei o que estou fazendo. Depois, já que estarei com Jane comigo no carro, vou levá-la ao escritório do advogado para que ela possa assinar os contratos liberando o programa de rádio para Mike. Ela parece estar tendo dificuldade de se desapegar das coisas.

Quand Flash se deitou bem junto de seus pés, ela descalçou os sapatos e enterrou os dedos em seu pêlo.

— Eu vi a carta que Betty Vance escreveu a Jane. É triste, Fred. Muito triste.

Fred recostou-se na cadeira e bebeu seu café.

— Não consigo imaginar que as coisas fiquem tão mal a ponto de eu querer acabar com a vida.

— Nem eu — concordou Trixie, revirando os olhos. — Eu lhe contei que Jane está pensando em comprar a velha casa que foi dos pais dela? Perguntei-lhe por que e ela disse — você não vai acreditar — que por razões sentimentais. Sentimentais, uma ova. Ela vem fazendo uma porção de coisas esquisitas ultimamente. Estou começando a achar que isso tem algo a ver com todos esses sonhos que vem tendo.

Trixie respirou fundo e recostou-se novamente na cadeira.

— Temos duas boas casas de marimbondos aqui, e eles estão se espalhando em todas as direções.

— Você vai saber lidar com isso, querida. Você sempre sabe. Será que você podia dar um coçadinha nas minhas costas?

Fred virou-se, apresentando a Trixie suas costas.

— Aaaaaaah, que bom! Um pouco mais embaixo. Aí. Ótimo.

— Mike já foi — disse Trixie. — Acabo de ouvi-lo dando a partida no carro. Talvez já seja o momento de sairmos da cozinha.

— Acho que sim — disse Fred, bocejando. — Vamos dormir.

Trixie bocejou também.

— Estou tão cansada que nem sei se vou conseguir dormir. — Pegou a mão de Fred e deixou-se conduzir para o quarto.

Flash estava deitado no tapete trançado do quarto. No momento em que a respiração de Trixie e Fred mostrou que tinham caído no sono, ele se levantou. Esperou que Golda rastejasse de baixo da cama antes de se encaminharem escada abaixo para o primeiro andar, onde esperaram que Olive se juntasse a eles. Flash esperou, como cavalheiro que era, que Golda e Olive passassem para fora pela porta de cachorros. Como seu tamanho o impedia de segui-las, ergueu a pata, empurrou a tranca e, com o focinho, girou a maçaneta. Uma vez lá fora, os três foram direto para o celeiro, onde foi a vez de Olive abrir a porta.

Os oito recém-chegados sentaram-se em expectativa, incertos quanto a que tipo de brincadeira seria aquela. Com Olive e Golda a seu lado, Flash dançou e rodou até que os outros entenderam que deveriam seguir os três. Fora, na noite clara e fresca, todos olharam para seu líder, esperando suas instruções. Flash, com a ajuda de Olive, conduziu os recém-chegados em fila, com Golda fechando a retaguarda. Olhou para trás mais uma vez. Satisfeito com o que via, caminhou em direção à casa e para dentro da cozinha. Os outros cães o seguiram, curiosos, mas em silêncio. Esperaram que Olive fechasse a porta com o nariz e encaixasse a tranca de novo no lugar.

Onze cães em fila indiana atravessaram a cozinha, a sala de jantar, a sala de estar e entraram no vestíbulo, onde se sentaram ao pé da escada, aguardando novas instruções. Flash mostrou a direção. Quando chegaram ao topo da escada, olhou ao redor, como se estivesse contando um a um antes de seguir pelo *hall* para o quarto de Trixie e Fred. Introduziu os cães no quarto e silenciosamente ordenou que se sentassem. Esperou um longo minuto antes de erguer a pata e apertar o botão da luz.

Trixie piscou, sentando-se na cama. Quando viu os cachorros, inspirou fundo, depois sacudiu Fred.

— Acorde, Fred! Você não vai acreditar nisso. Que droga, Fred, acorde!

Fred olhou para um lado e para o outro.

— O que aconteceu? A casa está pegando fogo? Você está se sentindo mal? — Foi então que viu os cachorros. — Oh! Santo Deus! Flash, o que foi que você fez?

Flash pulou para cima da cama e acariciou gentilmente com o focinho o pescoço de Trixie antes de sentar-se e esperar o elogio.

— Fred, não podemos brigar com ele. Ele acha que fez uma coisa boa. Muito bem, Flash — disse Trixie, desatando a rir quando um atrás do outro, os cachorros começaram a pular para cima e para fora da cama. Pensando que o passeio até a casa principal fosse uma espécie de jogo, o pequeno grupo começou a latir.

Jane enfiou a cabeça pela porta e quase morreu de rir.

— Como é que chegaram até aqui? — disse ela, buscando recuperar o fôlego.

— Acho que podemos dizer que Olive ensinou Flash a abrir a porta e os três resolveram... o que resolveram. Estamos com onze cachorros aqui! — disse Trixie, abraçando um dos novos cachorros. Um pastor macho sentou-se entre as pernas de Fred, lambendo sua barba.

— E agora? — perguntou Jane.

— Acho que vieram para ficar, pelo menos por esta noite — disse Trixie rindo..

— Isto é o que você ganha por ficar ensinando a Flash o que é uma família. — Jane cruzou os braços e apoiou-se no espaldar da porta. — Ele é mais humano do que a gente pensa. Pensando bem, o que ele fez é maravilhoso. Como você, com muita razão, me fez ver hoje, o que é mais importante em uma família? Esta sua atitude e esta maneira de pensar é que fazem você ter tanto sucesso na vida, e está funcionando agora com os animais.

— Você tem que levá-los para fora de novo. Não vou dormir em um canil — resmungou Fred.

— Ora, vamos, Fred, é só até superarem seus medos. Uns dias, no máximo. Que mal pode isso fazer? Se você mandá-los de volta, vai me obrigar a levar esta cama para o celeiro e você vai ficar dormindo no sofá. E você bem sabe como é gostoso ter alguém encostado a você, que gosta de dormir aconchegado comigo.

— Está bem, está bem! Agora, podemos dormir?

— Você pode tentar, querido. Tudo é possível — disse Trixie, enrolando-se junto de um pastor chamado Picco.

— Tem alguma coisa aí com um cheiro delicioso — disse Jane, sentando-se à mesa. — Adoro sentir o cheiro de *bacon* frito e café. Gosto mais ainda quando não sou eu quem tem que fazer o café. Você acordou cedo, Fred.

— Não dormi muito bem. Não sei se vou conseguir agüentar isso, Jane. E você, o que está fazendo de pé tão cedo?

— Não dormi nada. Fiquei sentada na cama e pensei muito. Até tomei notas. Trixie tinha razão ontem quando disse que perdi o rumo. Mas acho que estou pondo meus parafusos no lugar agora. Podem não estar ainda muito em ordem, mas já estão indo para o lugar. Por que ela tem sempre razão, Fred?

— Bem que gostaria de saber — disse ele, balançando a cabeça.

— O que você está cozinhando aí? E onde está Trixie?

Fred sorriu.

— Estou fazendo panquecas de banana e nozes com cobertura de xarope de banana e manteiga derretida. Trixie está no celeiro com John Murray. Ela disse que vai estar aqui às oito porque vocês duas têm que ir ao centro. Quantas panquecas, Jane?

— Quatro — disse Jane vivamente. — E quatro fatias de *bacon*.

Ele fez uma exibição, jogando uma panqueca para o alto.

— Como foram as coisas com Mike ontem à noite?

— Muito bem. Ele está tentando não se mostrar zangado comigo, mas está zangado. Até compreendo o que sente. Porém, ele não entende o que estou sentindo. Ele diz que entende, mas não entende. Mike gosta das coisas muito definidas, tudo preto no branco. O principal ponto de divergência neste momento é que não fui à casa dos pais dele no Natal. Ele está levando isso como uma questão pessoal. Se tenho que ficar explicando as coisas a uma pessoa que diz que me ama, então é que alguma coisa está errada. A meu ver, ele, mais que qualquer outra pessoa, deveria compreender quais eram as minhas emoções e por quê. Ele é um psiquiatra, por Deus. Está também aborrecido por eu não estar usando sua aliança. Mas só vou colocá-la de volta quando sentir que acertamos todas as arestas. Quando isso vai acontecer? Vamos ver. Gosto dele, gosto muito mesmo.

— Então as coisas vão se arranjar. Apenas seja paciente.

Jane deu um salto da cadeira.

— Está vendo? Está vendo? Você também está fazendo o mesmo. Não quero ser paciente — gritou ela. — Vocês, homens, são todos iguais. Eu digo me ame, me ame com os meus erros. Me aceite como sou. Não tente me mudar. Não me diga que sua maneira de ser ou agir é a melhor. Não posso mudar minha maneira de sentir e, mesmo que pudesse, nem sei se quereria. Quero ser capaz de sentir dor, pena, culpa, amor e raiva. São emoções válidas.

Cruzou a cozinha em direção à janela para olhar para fora.

— Mike tem uma válvula de suprimento que liga e desliga. Diz que isto é ser profissional. Não consigo fazer isso, Fred. Não sou assim. As pessoas sangram, gritam e se ferem quando alguma coisa não vai bem. Se entre mim e Mike nada der certo, é que há razões para isso. Agora posso comer algumas dessas panquecas? — Segurou um prato perto da grelha.

Ela se arrependeu de ter descarregado sua raiva sobre ele do jeito que fizera, mas estava cansada de gente, até mesmo de seu querido padrinho, que pensa que a paciência cura todos os males.

— Desculpe, Fred. Tenho andado fora de mim ultimamente. Você me perdoa?

— Tudo bem, minha garota. Seria preciso muito mais que um pequeno acesso de raiva para me perturbar.

Jane sentou-se à mesa e lambuzou suas panquecas de manteiga.

— Como está indo o livro? Deve ser muito esquisito para você escrever agora sozinho depois de ter trabalhado em parceria com Trixie todos estes anos.

— Estou até com medo de dar para Trixie ler. Ela detesta todo esporte que exija contato físico, principalmente o futebol. Espero que não se detenha em detalhes e não seja demasiado crítica.

— Fred, estas panquecas estão uma delícia. — Jane devorou as quatro em um minuto e estava pronta para comer outras mais.

Fred despejou uma nova pilha em seu prato.

— É melhor comer rápido, são quinze para as oito e Trixie disse que queria sair às oito.

Jane engoliu as panquecas em tempo recorde e levantou-se. Ao sair da cozinha, passou por trás da cadeira de Fred e pôs os braços em torno de seus ombros.

— Desculpe por estas minhas últimas semanas, Fred. Eu estava precisando mergulhar em mim mesma, chorar, gemer e suspirar. Trixie me fez ter consciência, sem chegar a dizer isso em palavras, que eu estava me fechando e fazendo a mesma coisa que Betty e Connie. Ela estava certa. Desculpe os maus momentos que fiz vocês passarem.

A cabeça de Fred se movia para cima e para baixo.

— Você está de novo no caminho certo agora. Onde você vai chegar seguindo este caminho é decisão sua.

— Fred, há uma coisa que queria lhe dizer, mas você vai prometer que não vai pensar que me deixei levar muito pelas emoções ou pela raiva.

— Prometo que não vou — disse Fred.

Jane respirou fundo.

— Eu invadi a antiga casa de meus pais e encontrei o que presumo ser o fantasma de minha mãe, no andar de cima, no quarto dela e de papai. Por um instante pensei que era mais um daqueles sonhos estranhos que andei tendo. Mas agora... você acredita em fantasmas?

— Fantasmas não me interessam muito, Jane.

— Primeiro tentei dizer a mim mesma que cochilara, mas sei que não. Não podia ter cochilado, ou seja, entabulei uma conversa muito franca com ela. Disse coisas terríveis, odiosas. Coisas cheias de maldade.

Apoiou o queixo no ombro dele.

— Não sei se Trixie lhe disse ou não, mas estou pensando seriamente em comprar a casa. Porém, não por boas razões.

— Então por quê? — perguntou ele.

— Para mantê-la presa ali, em um limbo, por toda a eternidade. Parece que o único meio pelo qual ela pode passar para o outro lado é se eu a libertar. Logo eu! Não é muito engraçado?

Fred agarrou o braço de Jane e fez com que se virasse para que pudesse olhar para ela.

— Você tem que esquecer isso, Jane. É coisa do passado. Você não é mais aquela menininha magoada. Esqueça. Se você fizer isso, os seus sonhos vão acabar e você vai ter a paz que merece. Mas você é a única que pode fazer isso.

— Você está me dizendo que tenho que perdoar minha mãe por ter-me odiado, por ter feito de minha infância um inferno? Você quer que eu a perdoe por todas as coisas terríveis que me disse e fez comigo? Você quer que eu perdoe as expressões de ódio que sempre via em seu rosto quando olhava para mim e quer que a perdoe por ter-me deixado naquela varanda dos fundos debaixo de chuva? Não. Jamais, enquanto eu viver — disse Jane, com o rancor ressoando na voz.

— Você devia pôr em prática o que aconselha aos outros, Jane — disse Fred, erguendo-se e levando os pratos para a pia.

— Não consigo — murmurou Jane, enquanto se encaminhava para o quarto de hóspedes.

O prédio era antigo, mas belo, e tinha estilo. Aluguéis astronômicos e uma lista de espera de dois anos para os proponentes faziam dele o mais cobiçado por todos os profissionais que sabiam que um endereço de prestígio era quase uma garantia de dinheiro e sucesso.

Jane se perguntou como Sharon Thomas tivera a sorte de conseguir entrar nesse prédio.

Trixie olhou por sobre os aros dos óculos para a imponente fachada e depois para Jane.

— Como é que ela chegou até aqui?

Jane deu de ombros. A idade e a natureza deram aos tijolos uma cor rosada. A hera subia pelo prédio cobrindo as paredes e se enroscando em torno dos vidros facetados das janelas. Toda a fachada de prédio fora recoberta pela hera, que continuava a avançar para os lados. Portas duplas de madeira da Índia, em verniz brilhante, e com incrustações em bronze davam boas-vindas aos visitantes. Uma placa de metal, igualmente brilhante, informava que o prédio era denominado *Brousard*. Não havia número, nem placa indicando a rua. Simplesmente não eram necessários. Todos, quilômetros ao redor, sabiam que o *Brousard* ficava na Tulip Street.

A Tulip Street era uma rua pequena e estreita, de mão única, com uma calçada de pedras arredondadas. Galhos frondosos de magníficos carvalhos criavam um dossel sobre aquela rua singular, como se fosse uma fileira de guarda-chuvas de golfe. Na base de cada árvore havia moitas de amores-perfeitos e mimosas em vasos de barro coloridos, que combinavam com as lonas listradas do edifício *Brousard*. Era óbvio que toda a propriedade era zelosamente cuidada. Trixie deu uma fungadela ao abrir a pesada porta.

— Eu me pergunto se eles servem chá ou uísque com gelo a seus clientes — sussurrou Trixie ao entrarem.

Belo lambris antigo, carpetes e cortinas azul-rei e o cheiro de couro as saudaram. Pequenos grupos de cadeiras e de mesinhas ocupavam a sala de espera.

— Isto é um edifício comercial, mas a decoração parece a de um salão de coquetéis. Para que eles precisam de uma sala de espera assim?

Mas era o saguão que mais atraía o olhar, com seus enormes e coloridos murais de Mardi Gras nas paredes.

— Olha, não tem elevador. Como pode ser isto? Velho, vá lá, mas sem elevador! Como vão proceder as pessoas idosas que não puderem subir as escadas?

— Acho que, nesse caso, as pessoas podem tratar de seus negócios na sala de espera aqui do térreo. Concordo com você: subir quatro lances de escada é muito. Mas estamos com sorte. O escritório de Sharon é no primeiro andar.

— Antes de entrarmos, talvez ajude se me explicar por que essa mulher a odeia tanto. É só por causa de Betty Vance ou há algo mais? Ela devia ter você em alta conta para pedir que assumisse seus pacientes enquanto estava hospitalizada.

— Provavelmente fui sua última opção. Ela estava namorando Tom Bradley, da rádio, na época em que meu programa começou. Porém, na ocasião eu não sabia disso. Quando Tom me convidou para sair, eu aceitei. Uma noite, saímos para jantar e a encontramos, e ela disse algumas coisas desagradáveis. Muitas pessoas ouviram o que disse. Tom ficou muito sem graça. Tentei dar-lhe cobertura dizendo que era um jantar de negócios, mas ela não engoliu.

— Você está com a cópia da carta de Betty Vance na bolsa?

— Estou. Por quê?

— Me dê a cópia e deixe que falo. Vamos acabar logo com isso.

Jane não sabia o que estava esperando, mas o consultório de Sharon estava muito aquém do que imaginara. Ela pestanejou diante do interior cheio de metal e vidro com quadros impressionistas nas paredes e um espesso carpete. As persianas de madeira fina pareciam não combinar com o resto, tal como as flores de seda em vermelho e rosa.

A secretária de Sharon, Emily Quinn, reconheceu imediatamente Jane.

— Dra. Lewis, que bom vê-la de novo. Ah, meu Deus, a senhora tem hora marcada? Se tem, não está na agenda. Mas tudo bem, a Dra. Thomas está sozinha no momento. Tenho certeza de que não vai se incomodar. Por falar nisso, obrigada pelas anotações que nos passou. Não tive a menor dificuldade em transcrevê-las.

Jane bateu com os nós dos dedos na porta, que imediatamente se abriu. Fechou-a rápido para que Emily não ouvisse a voz irritada de Sharon.

— Sharon, esta é a minha madrinha, Trixie McGuire. Trixie, esta é a Dra. Thomas.

Trixie assumiu de imediato a palavra.

— Jane recebeu a notificação que lhe mandaram. O que vai ganhar fazendo tudo isto ir adiante, Dra. Thomas?

Sharon pareceu não refletir um instante sequer sobre a pergunta.

— Ela quebrou meu nariz, pelo amor de Deus. Vamos ver quantas das testemunhas com sua memória seletiva vão querer mentir sob juramento para ajudá-la.

— Jane não está negando que a agrediu. Pessoalmente, acho que você bem que estava merecendo isto. Que espécie de pessoa é você que nem foi ao enterro de Betty? Ela estava se tratando com você. Devia-lhe pelo menos isso. E, já que estamos falando a respeito, por tudo que há de mais sagrado, por que lhe receitou Torazine? Diga uma cifra e vamos acabar com isso agora.

Sharon ergueu-se por trás de sua escrivaninha.

— Você me fez de idiota — disse apontando para Jane. — E, além disso, você não teve ética — disse ela alteando a voz.

— Não tive ética? Como no caso de Tom Bradley? Desculpe, Sharon, mas não tinha a menor idéia de que vocês estavam namorando.

— Já chega — avisou Trixie. — Isto aqui é muito mais importante. — Puxou seu ás do baralho e sacudiu-o diante do nariz de Sharon. — Isto é uma cópia — repito, uma cópia — da carta de Betty Vance para Jane. Nela está dito que ela lhe telefonou quatro vezes e você não respondeu a nenhuma das chamadas. E diz muitas outras coisas interessantes, também. — Trixie pôs a carta no meio da mesa de Sharon. — Estamos pensando em trazer tudo isso a público para mostrar que tipo de psiquiatra você realmente é. Ou são só os seus pacientes gratuitos que você trata com tanto desprezo? Eu a aconselharia a pensar em como isso vai ser visto, Dra. Thomas. Tem certeza de que quer seguir por este caminho? Ou quer ser mais razoável? Ligue para seu advogado enquanto ainda estamos aqui e suspenda a ação. Em troca, Jane pagará pela plástica de nariz que você vai precisar fazer. É só pedir ao cirurgião que envie a conta para ela. Estamos de acordo?

— Você é realmente uma filha-da-puta — disse Sharon entre dentes — tal como esta pessoa que está aí de pé a seu lado. — Pegou o telefone e pressionou a tecla do automático.

— Quem não te conhece que te compre — replicou Trixie, com a voz destilando veneno.

De volta ao *lobby*, Trixie olhou para Jane, com os olhos brilhando.

— Como me saí, Jane?

— Muito bem. Não sei por que eu estava tão preocupada em vir aqui com você.

— Você veio porque está recuperando sua garra. O que é uma boa coisa. Pessoalmente, acho que você saiu dessa sem grande prejuízo.

— Tem razão. — Jane começou a rir. — Você viu o nariz dela? Não vou me esquecer nunca do jeito que meu punho deu de cara com ele. Provavelmente lhe fiz um favor. Ela vai ficar uma beleza quando o cirurgião tiver feito o serviço. Obrigada por tê-la enfrentado. Tudo bem, a próxima parada é a delegacia de polícia e depois o escritório do advogado.

— Por que a delegacia de polícia? — indagou Trixie.

— A carta de Betty.

— Tudo bem. Você está numa maré de sorte, Jane.

— Sinto-me realmente bem. Eu ficaria maluca se tivesse que trabalhar naquele prédio.

Trixie riu.

— Isso serve para provar que as aparências enganam e que o hábito não faz o monge.

Quinze

Enquanto Trixie ia cumprimentar o sargento de plantão, Jane se encaminhou para a parte de trás do edifício para falar com o detetive Dave Mitchelson. Ela fora colega de Dave na escola e o conhecia muito bem. Ele a convidou a sentar-se. Falaram ligeiramente sobre a família de Dave, o tempo e a nova profissão de Trixie, antes de Jane entrar no assunto.

— Eu devia ter vindo mais cedo, mas a morte de Betty me abalou profundamente. Fiquei incapaz de fazer qualquer coisa por um tempo.

Ela abriu a bolsa e tirou o original da carta de Betty.

— Um de seus policiais me deu esta carta depois de ter-me interrogado. — Passou-lhe a carta e esperou que acabasse de ler.

Assim que ele ergueu os olhos, ela disse:

— Tratei dela por um breve tempo enquanto a médica que a atendia estava se recuperando de uma apendicectomia de urgência, por isso conheço sua história clínica. Betty Vance foi estuprada por *dois* homens. Ela ficou com tanta vergonha que não deu queixa. Mas depois não conseguiu superar o que tinha acontecido e entrou em profunda depressão. Há poucos meses, falei com ela para ir ao centro de atendimento. O nome de sua conselheira lá é Corinda. Você pode confirmar tudo que estou dizendo com ela, se quiser.

Ela podia ver pela expressão vazia do olhar de Dave que ele não fazia idéia de onde ela queria chegar. Talvez tivesse lido por alto a carta, pensou ela, concedendo-lhe o benefício da dúvida.

— A questão é a seguinte: esta carta pode ser a chave para sabermos quem eram os dois homens. Fiquei surpresa de o policial tê-la dado a mim. Acho que deveria tê-la guardado, como prova.

— Desculpe, Jane, mas não estou entendendo seu raciocínio — disse Dave.

Jane só conseguiu olhar fixo para ele, lembrando-se de que Dave no tempo de colégio não era exatamente dos mais brilhantes. Levantou-se e contornou a mesa, onde se inclinou para a frente e pôs o dedo na frase do segundo parágrafo.

— *Eu reconheci, pela voz, que ele era um deles* — ela leu. — Ela está se referindo aos estupradores, Dave — disse ela, decidida a fazê-lo entender a ligação. Depois apontou para a frase seguinte. *... o vendedor chamou o gerente e eles me levaram para casa.* Portanto, acho que, se você for à drogaria e falar com esse vendedor e com o gerente, eles poderão atestar o estado em que Betty se encontrava no dia em que se suicidou. Além disso, aquela drogaria tem câmeras de vigilância. Talvez os dois caras de quem Betty teve medo apareçam em seu filme, e, no caso, você tem a possibilidade de identificá-los e trazê-los aqui para interrogatório. Betty tinha uma lembrança bastante clara de seus estupradores. Corinda tem isso registrado em seu arquivo. O que você acha? — Voltou para a frente da mesa e sentou-se.

— Vamos cuidar disso, Jane, mas não tenha grandes expectativas. Você está certa, a drogaria tem realmente uma câmera, mas, mesmo assim, uma conversa em uma drogaria, ainda que esteja gravada, nada prova. Um advogado inteligente irá se basear no estado mental de sua amiga. Você está certa também quanto a algo mais: mesmo que o caso tenha sido um suicídio com processo aberto e já encerrado, esta carta deveria ter sido arquivada como prova. Ainda bem que você a trouxe.

Jane insistiu, balançando a cabeça.

— Dave, acho que você não me entendeu. Betty reconheceu um dos homens como sendo seu estuprador. É por isso que ficou tão amedrontada e teve que ser levada para casa.

— Como eu disse, vamos cuidar disso. Obrigado, novamente, por ter trazido a carta para mim. Talvez algo possa surgir daí. Vamos mantê-la informada.

Levantou-se e caminhou em direção à porta.

— Ouvi dizer que você tem um programa na rádio. Wendy adora ouvi-la — disse Dave, referindo-se a sua esposa. — Ela disse que você é tiro e queda.

— Diga-lhe que mandei agradecer. Diga-lhe também que estou ainda como convidada até Mike Sorenson assumir todo o programa. Acho que ele vai funcionar bem. Dê um abraço na Wendy por mim. Vamos nos ver qualquer dia desses.

— Claro. Vou mantê-la informada do andamento das coisas.

— Gostaria muito, Dave.

Na entrada, Jane esperou Trixie terminar sua conversa com o sargento de plantão antes de encaminhar-se para a porta.

— Como foram as coisas?

— Tenho esperança de que tenham ido bem — disse ela, tentando manter um tom otimista. — Dei a Dave Mitchelson a carta de Betty Vance e apontei a possível pista para encontrar os estupradores de Betty. Ele, de início, parecia não ter visto a ligação, mas acho que agora ele entendeu. Ele disse que vão cuidar logo do assunto. Pode não ser muito brilhante em algumas áreas, mas é um bom policial e gosto de sua esposa. Mesmo que os estupradores possam vir a ser identificados pelo vídeo, não sei se será o suficiente para levá-los à Justiça, a menos que se sintam muito amedrontados e que um saia acusando o outro. Eles rompem acordos seguidamente, mas não estou contando com nada. Fui até onde pude.

— Se a memória não estiver me pregando uma peça, Fred e eu escrevemos um roteiro mais ou menos semelhante em um de nossos primeiros livros. Vou dar uma olhada quando chegar em casa. Um advogado inteligente provavelmente poderia tirá-los dessa, mas não esqueçamos que a carta de Betty é a confissão de uma moribunda. Um promotor mais inteligente do que o advogado de defesa pode ser capaz de tirar bom partido disso. Você fez o que tinha que fazer, Jane.

Agora a coisa está nas mãos de quem deve. Com isso, já matou dois coelhos. Seguimos agora para o escritório do advogado?

— Não. Para a Imobiliária Tyson. Vou fazer uma oferta pela nossa antiga casa.

— Querida, você já pensou bem nisso? Fred me disse a razão real pela qual você quer comprar a casa. Acho que você está cometendo um enorme erro. Você está dando ouvidos a um sonho. Um sonho muito realista, mas, de qualquer modo, um sonho. Não se precipite, é o que estou tentando dizer.

Jane subiu no seu Range Rover, com a visão fantasmagórica de sua mãe ainda fresca em sua mente.

— Obrigada pelo conselho, Trixie, mas vou fazer isso, desde que o preço seja razoável. Seja lá o que for que eu tenha visto naquela noite, ele trouxe tudo de volta novamente. Todo o meu ódio veio à tona e explodiu.

O celular de Jane tocou. Ela suspendeu a antena e disse:

— Alô.

— Jane, é o Mike, tem um minuto?

Jane fez a mímica labial das palavras 'é o Mike' para Trixie.

— Claro, tenho mais que um minuto. Estou no jipe com Trixie. Há algo errado?

— É o meu paciente das pilhas. Seu médico me chamou porque encontrou meu cartão no bolso dele. Parece que alguém invadiu a sua casa para roubá-lo e o espancou brutalmente. Ele está na UTI. Isto aconteceu ontem, mas só agora ele decidiu me chamar.

— Ele vai se recuperar?

— O médico ainda não sabe dizer. — Mike fez uma pausa como se tentasse ordenar as idéias. — Você sabe o que o ladrão roubou, Jane? Pilhas. Nada além das pilhas do rapaz. Cada uma daquelas malditas pilhas, até as AAÁs tríplices. Você pode acreditar nisso? Minha teoria, se é que vale alguma coisa, é a de que alguém o estava vigiando. Talvez alguém estivesse pensando que ele estava informado de alguma coisa importante com toda essa sua falação a respeito de pilhas e seus estoques dessa porcaria. Ele não fazia segredo disso. A polícia está metida nisso. O que você acha?

— Acho que o ladrão é do tipo que rouba uma mamadeira de um bebê — disse ela.

— Não, não é isso que estou dizendo. Estou falando de meu paciente.

Confusa, Jane franziu as sobrancelhas.

— Eu não sei o que pensar em relação a seu paciente, Mike, porque só sei o que você sempre me disse. Talvez possamos conversar sobre isso mais tarde quando nos encontrarmos no escritório do advogado para assinar os papéis.

— Você deve ter alguma idéia a respeito — insistiu ele. — Eu gostaria de seu auxílio para este caso. Não sei o que vai acontecer quando o rapaz acordar e perceber que roubaram todas as suas pilhas. — Sua voz parecia tão aflita que Jane se sentiu comovida.

— Não, Mike, não pensei nada ainda a esse respeito. No momento estou concentrando todas as minhas forças em pensar em mim mesma, tentando retomar meu rumo, e pôr meus parafusos no lugar. Você me parece um tanto ansioso. Mas é claro que não está *pessoalmente envolvido*, está?

— Pare de bancar a sabichona. Não estou pessoalmente envolvido. Sou o médico dele. Tenho que me preocupar com o bem-estar de meus pacientes. Estou passando por um mau pedaço, tentando chegar a uma conclusão, e achei que você poderia trocar idéias comigo. Mas, obviamente, peguei você em um mau momento. Desculpe tê-la incomodado.

— Não tem problema. Ligue quando quiser. É para isto que estou aqui — disse Jane rispidamente antes de apertar a tecla *END*.

Deu um olhar de soslaio para Trixie.

— Acho que você ouviu tudo, não?

— Creio que sim. Você sabe ser realmente um pé no saco quando quer ser. Puxou isso de mim, não foi? Não é em si uma coisa má. Quer dizer, o fato de você puxar características minhas. Mas estou achando que você está indo de um extremo a outro.

— Hum, hum — concordou Jane. — Detesto ser tratada como lixo.

O que há com você, Trixie? Primeiro quer que eu saia de minha fossa e depois, quando saio e faço o que quer, você diz que sou um pé no saco.

— Tudo com equilíbrio, Jane. Você deve ter uma opinião sobre o rapaz das pilhas. Você sempre tem opiniões e na maior parte das vezes nem consegue mantê-las só para si.

Jane sentiu-se atingida pelas palavras de Trixie.

— E o que você quer dizer com isso? — perguntou, pondo o jipe no amplo estacionamento por trás do escritório da Imobiliária Tyson.

Trixie endireitou-se e deu a Jane um olhar duro.

— Não se faça de boba comigo. Eu *conheço* você. Você ainda está culpando Mike pelo que aconteceu com Betty. Pelo que estou vendo, você ainda não pôs a cabeça no lugar. Precisa voltar a pensar nisso. Se Mike está precisando de sua ajuda, por que você vira as costas para ele? Pensei que você amasse esse homem e quisesse passar o resto de sua vida com ele.

Lágrimas vieram aos olhos de Jane. Trixie tinha razão, como sempre.

— Eu o amo, sim — disse ela, com o coração apertado. — Mas não sei nada a respeito desse rapaz das pilhas. Não cheguei a ler os arquivos sobre ele e não sei nem seu nome.

— Mas, pelo que você já ouviu, deve ter algum tipo de opinião — insistiu Trixie. — Que diabos, até eu tenho uma opinião: para mim, este cara é maluco.

A contragosto Jane riu. Uma coisa de que Trixie sem dúvida gostava era de opinar.

— Há vários tipos de maluco, mas não é esse tipo de opinião que Mike está querendo. — Sentou-se, olhando fixo pela janela, perguntando a si mesma se deveria contar a Trixie a respeito de um dos seus sonhos. Que mal poderia haver? — Está bem, vou lhe contar uma coisa. Tive um sonho e nele um garoto me disse que o rapaz acha que as pilhas lhe dão energia.

— Energia. Não estava brincando. Faz sentido — disse Trixie. — Você precisa dizer isso a Mike.

Jane sacudiu cabeça.

— Por que um sonho faz sentido e o outro não? Estou me referindo, evidentemente, ao meu sonho com minha mãe. Você realmente acredita que Mike apreciaria que eu lhe desse um conselho baseado no que um garoto me disse em um sonho? Caia na real, Trixie.

— Você está pensando em comprar uma casa com base em um sonho. Explique a lógica disso — disse Trixie com aspereza.

Incapaz de controlar-se, Jane desandou a chorar.

— Estou me sentindo como se estivesse de novo no meio de um mato alto, sem conseguir ver através ou acima dele. No que se refere a Mike estou fazendo um teste. É importante para mim saber e acreditar que ele... eu quero que ele cuide de seu paciente a ponto de ir ao hospital. Quero que se preocupe com ele. Não quero vê-lo desligar-se e ir jogar tênis e não pensar mais no assunto até que surja algo com que seja obrigado a lidar. O paciente de Mike é uma pessoa de carne e osso tal como Betty. Alguém tem que cuidar dele a ponto de querer ficar pessoalmente envolvido. Cinqüenta minutos uma vez por semana não são suficientes. No momento ele me esnobou. Tudo bem, porque agora vai ter que pensar. Pelo menos acho que vai pensar. Está tudo tão misturado na minha cabeça, Trixie.

A expressão do rosto de Trixie se abrandou.

— Você vai conseguir resolver. Você sempre consegue. Leva algum tempo mesmo. Volte a pensar em tudo, depois tome suas decisões. Mas vamos ficar aqui sentados a manhã toda ou você vai entrar e fazer uma oferta pela casa?

— Vou entrar. Sei que você não está entendendo, mas é uma coisa que preciso fazer, Trixie. Não que eu queira, mas *tenho que* fazer.

— Então, faça logo!

Dezesseis

O escritório de advocacia de Lewellen, Chakis e Dwight era tão velho e sujo que Jane nem quis se sentar. Pela expressão no rosto de Trixie viu que ela estava achando a mesma coisa. Mike, alheio ao que acontecia em torno, estava ocupado, falando com Tom Bradley, que parecia animado com alguma coisa. Ela se perguntou se ele saberia que ela estava namorando Mike. Provavelmente não. Olhou para o escasso e disperso mobiliário da sala de espera — duas cadeiras, um tapete gasto e uma mesinha redonda tipo Chippendale. Revistas com capas de pontas viradas, datando de muitos meses atrás, estavam em uma cesta de plástico pendurada na parede. Tudo parecia cheio de poeira, até mesmo as venezianas de madeira da janela e as desbotadas cortinas verde-musgo com uma teia de aranha no meio. Ela teve a impressão de que, se espirrasse, a sala inteira voaria. Que idade teriam os advogados da rádio? Deviam ser bem idosos, a julgar pela aparência das coisas. Obviamente não estavam nem um pouco preocupados com as horas de consulta.

Tom Bradley caminhou em sua direção. Ela polidamente apresentou-o a Trixie, que lhe estendeu sua mão e disse:

— Encantada em conhecê-lo, Sr. Bradley. Jane já me falou tanto do senhor. Está havendo um atraso ou há algo errado?

— Nem uma coisa nem outra. Já dei uma olhada nos contratos. Uma das secretárias está digitando algumas alterações.

Voltou-se para Jane.

— Tive que concordar com os desejos dos patrocinadores, dizendo a eles que você vai participar do programa duas vezes por mês em vez de uma. Apenas nos primeiros quatro meses. Depois passará a uma vez por mês nos seis seguintes. Daí em diante, se o Dr. Sorenson estiver indo bem, o programa será dele. Mas você pode vir como convidada sempre que quiser. Continua de pé a oferta de você fazer um programa de televisão em Nova Orleans. Se mudar de idéia, me avise.

— Avisarei, Tom. Obrigada.

— O Dr. Sorenson disse que está de acordo com tudo mais no contrato. Tudo que temos a fazer é assinar nas linhas pontilhadas e o acordo está feito. Você não mudou de idéia ou coisa semelhante, mudou? — perguntou Bradley ansiosamente.

— Não, está tudo bem, Tom — reafirmou Jane. Moveu-se um pouco para a direita, a fim de ficar mais perto de Mike. — Como vê, você não vai ficar mais rico com isso, mas é uma boa oportunidade de ficar mais conhecido. E... ao mesmo tempo, de ajudar as pessoas. Brincalhonamente cutucou o ombro dele com o seu.

— Se quiser, posso dividir com você meus energizadores e meu correio eletrônico.

Quando Mike lhe sorriu, ela tomou isso como um sinal de que não estava mais tão zangado com ela como ao telefone.

— Já teve notícias de como está passando seu rapaz das pilhas?

Mike comprimiu os lábios e fixou o olhar em um objeto a distância.

— Eles ainda não sabem se vai conseguir se recuperar. Foi um espancamento brutal, sem sentido.

— O que você vai fazer? — perguntou Jane mansamente.

— Quando sair daqui, pensei em dar uma passada no hospital. Eu... cancelei todas as minhas consultas até a hora do almoço.

Voltou-se para ela.

— Não quer vir comigo? — perguntou com ar esperançoso.

Jane olhou-o nos olhos e percebeu seu mal-estar.

— E arriscar-me a ficar pessoalmente envolvida com seu paciente? Acho que não.

— Está bem, Jane. Você estava certa e eu errado. Você quer que me ajoelhe e peça perdão? Deus do céu, você não tem idéia de como estou me sentindo mal. — Ele parecia completamente vazio por dentro.

Finalmente ele está entendendo, pensou ela. *De alguma forma consegui.*

— Na realidade, Mike, sei como você se sente. Gostaria muito de ir com você. — Virou-se e olhou para Trixie. — Você levaria o meu jipe para casa? — Como Trixie assentisse, ela pegou a mão de Mike e a apertou.

Ele deu um suspiro de alívio.

— Obrigado, querida. Detesto hospitais. As pessoas *morrem* em hospitais. É o que todos dizem assim que sabem que alguém foi levado para o hospital. As pessoas também se curam, mas nunca nos lembramos disso. Eu me pergunto por quê. Não quero que este rapaz morra. Preciso ajudá-lo. Já falei com todo mundo para tentar chegar a uma conclusão quanto a seu problema.

Ela não agüentava ver tão infeliz o homem que amava, mas ainda não estava preparada para lhe contar o que acreditava estar errado com seu paciente.

— Parece que os contratos ficaram prontos. Vamos assinar e sair. Por falar nisso, hoje apresentei uma proposta de compra da casa que foi de meus pais. O corretor disse que o proprietário está querendo vender rápido e acha que vai aceitar.

— Começou bem. E você pretende alugá-la? Fez isso como investimento?

— Nãaaao... Vou queimá-la, com tudo que está dentro.

Trixie suspirou e Mike riu.

— Bom, creio que, dependendo do ponto de vista, pode fazer sentido — disse Mike, ainda rindo. — Mas você não vai fazer esse tipo de coisa depois que nos casarmos, vai?

Jane franziu os olhos.

— Sou uma mulher cheia de mistérios. Espere só para ver.

Como todos os hospitais, aquele era um lugar de esperança e de desespero. Ela só estivera ali duas vezes na vida. Uma vez quando o pai morreu e outra quando a mãe fez sua passagem. No caso do pai, ela tinha ido cheia de esperança, mas no da mãe não tinha experimentado mais que desespero. Depois chorara por semanas a fio. Ainda hoje, quando fechava os olhos, ela podia lembrar-se da entrada, da sala de espera, dos cheiros, das inexpressivas pinturas na parede, da pequena capela, da loja de conveniência e da cantina onde tudo que se podia encontrar eram balas de anis, café e salada de ovos.

Sentou-se em uma cadeira de plástico azul para esperar enquanto Mike falava com o voluntário atrás do balcão. As cadeiras em geral eram de um marrom escuro. Umas poucas, as das extremidades, tinham sido alaranjadas algum dia. Evidentemente cadeiras de plástico não duram para sempre. Nada dura para sempre.

Jane foi até a loja de conveniência e olhou ao redor. Não vendo o que estava procurando, perguntou ao vendedor:

— Você não tem pilhas?

— Claro que sim. De que tipo?

— C. D. O que tiver.

O vendedor apontou para uma pequena cesta no final do balcão. Jane revirou o conteúdo. Quais as que levaria? Quais as que dariam uma carga maior? As D, com certeza. Comprou duas cartelas de D e uma cartela tripla de AAA. Abriu-as assim que acabou de pagar e enfiou-as em sua bolsa. No momento em que estava voltando para sua dura cadeira de plástico, Mike vinha andando em sua direção.

— Vão nos deixar vê-lo. Sua família ainda não chegou e disseram que por isso poderíamos lhe fazer uma visita, já que, como expliquei, somos seus terapeutas.

— Infringindo as regras, hein? Você acha que está sendo influenciado por mim ou está finalmente se dando conta de que nem sempre temos que seguir o manual?

Ela estava forçando a barra e tinha consciência disso, mas era melhor aproveitar a chance de convencê-lo do que deixar para mais tarde, quando pudesse simplesmente descartá-la dando de ombros.

— Uma coisa e outra. O médico dele é o Jim Yahner e está no andar. Talvez queira falar conosco.

Pegaram em silêncio o elevador para o terceiro andar. Mike dirigiu-se à sala da enfermagem onde dois médicos estavam discutindo um prontuário que um deles segurava. Ambos olharam para cima, um deles reconheceu Mike e estendeu-lhe a mão.

Jane esperou na lateral enquanto conversavam. Captou pedaços da conversa. O paciente de que estavam falando era William Winslet. Se fosse o mesmo, William Winslet teria sido seu colega de escola até a sétima série.

Mike estendeu a mão para alcançar a sua.

— Podemos entrar, mas apenas por dez minutos.

— Espere um instante, Mike. O nome de seu paciente é William Winslet?

— É, como soube? — perguntou, perplexo.

— Ouvi um dos médicos dizer o nome. Fiz o ginásio com ele. Os pais dele o tiraram da escola na sétima série e contrataram professores particulares para lhe dar aulas em casa. Ele era muito magrinho e doente. Porém, não me lembro do que havia de errado com ele. O que diz o médico?

— Ele disse que Willie teve inúmeras costelas quebradas, uma concussão, um ombro quebrado e ruptura de baço. Eles engessaram as costelas, colocaram o ombro no lugar e removeram o baço. Vai levar algum tempo, mas fisicamente vai ficar bem. Mentalmente é uma outra história. Jim disse que ele não está reagindo. E não sabe dizer por quê.

Entraram no aposento e ficaram olhando para o homem de aparência débil na cama.

— Eu sei por quê, Mike. Não sou mágica, portanto não fique pensando que sou. Mas olhe só uma coisa — disse Jane, tirando duas das pilhas D da sua bolsa. Caminhou até a cama e colocou uma em cada mão de Willie. Pôs as AAAs tríplices atrás de seu pescoço, sobre o travesseiro.

Mike agarrou-a e puxou-a para trás.

— Que diabos você está fazendo? Elas não estão esterilizadas. Santo Deus, isto é uma UTI. Você não pode trazer essas coisas para uma UTI — disse ele, entre dentes.

Jane o ignorou e manteve os olhos em Willie.

— Olhe, Mike!

Lentamente Willie abriu os olhos e piscou.

— Doutor! O que está fazendo aqui? — perguntou com uma voz enrouquecida.

Ergueu as mãos para olhar as pilhas.

— Oh, cara, obrigado! Aquele filho-da-puta levou todas as minhas pilhas. Até a última. Como você soube que eu estava aqui?

Mike soltou a mão de Jane e deu um passo à frente.

— A polícia encontrou meu cartão em seu bolso e me telefonou. O médico disse que você vai ficar bom. O sujeito que o atacou fez realmente um estrago. Pode me contar o que aconteceu?

— O cretino invadiu minha casa e começou a me dar golpes por todo lado. Ele queria as pilhas. Acho que desmaiei e tudo que me lembro é que acordei aqui. Quem é esta que está com você?

— Willie, sou Jane Lewis. Eu me sentava atrás de você na sala de aula. Lembra-se de mim?

— Lembro. Você tinha tanto cabelo que eu não conseguia ver por cima de sua cabeça. Liguei para o seu programa de rádio umas duas vezes. Você parecia mesmo se interessar pelas pessoas. Lembra-se de que disse uma vez para não confiarmos em ninguém que fique de olhos abertos quando beija? Eu me afastei da guria que estava namorando na mesma hora.

Jane riu e discretamente passou mais duas pilhas D para as mãos de Mike.

Mike abriu as mãos e mostrou-as a Willie.

— Aqui está mais um par extra para o caso de precisar — disse ele, colocando-as na mesinha-de-cabeceira.

Sua voz estava tão comovida que Jane teve de se virar de lado para enxugar as lágrimas que embaçavam seus olhos.

— Opa, obrigado por terem vindo e... por se preocuparem comigo — disse Willie sorrindo debilmente. — Vocês, psiquiatras, afinal não são em absoluto tão frios quanto parecem. Vocês são muito injustiçados, pelo que ouço dizer.

— Agora vamos deixar você sozinho, Willie. Eles disseram que só poderíamos ficar alguns minutos. Se precisar de mim, peça a uma das enfermeiras para me ligar. Está bem?

Jane passou o braço em torno da cintura de Mike e o abraçou.

— Ele adormeceu, Mike. Olha como parece tranqüilo.

— Parece mesmo, não é?

Antes de saírem do hospital, Mike procurou o médico de Willie e lhe disse que em circunstância alguma tirassem dele as pilhas.

Quando já estavam no carro, ele se virou para ela e encarou-a.

— Pode falar, Jane.

Ela respirou fundo. Estava temendo este momento.

— Tive um sonho, Mike e, quando despertei, já estava sabendo. — Não era exatamente o que acontecera, mas era melhor que pensasse que ela tinha apenas acordado com aquela idéia do que lhe contar que o garoto do sonho lhe dera a resposta. Ficou observando a expressão de seu rosto para tentar perceber o que estaria pensando. Pelo jeito estava acreditando em sua história. — Agora que sei que seu paciente é o Willie Winslet, a coisa faz sentido. Quando ele estava na escola, não tinha energia, não tinha resistência. Era pálido e sem vitalidade, o tempo todo. Não podia fazer nada além de ficar sentado, olhando. Não sei se conseguiu superar o problema que tinha ou qual era esse problema. De qualquer forma, alguma coisa deve ter feito soar o alarme em algum ponto do seu caminho e ele começou a comprar pilhas, achando que lhe dariam energia. Você disse que ele estava saudável e forte quando veio vê-lo pela primeira vez. Creio que deve ter tido uma espécie de trauma antes de vir procurá-lo. Se você parar para pensar nisso, mesmo que soe um tanto estranho, faz algum sentido. Os pais dele ainda moram na cidade. Você poderia conversar com eles. Mas quero preveni-lo de que... se fizer isso, vai ficar cada vez mais pessoalmente envolvido. Se fosse eu, faria isso. Se Willie fosse meu paciente, tentaria a hipnose. O lado engraçado da coisa é que você pode deixar que ele fique andando por aí com suas pilhas pelo resto da vida.

Mike inclinou-se para ela e beijou-a.

— Tenho que admitir, você é uma mulher inteligente, sabia?

— Então, que tal me pagar um almoço? Estou morrendo de fome. Talvez você possa me ajudar a decidir o que fazer com Todd Prentice e Brian Ramsey. Você não vai acreditar no que Trixie e Fred estão fazendo. Eu mesma não sei se acredito — disse ela, sorrindo para ele.

— Um almoço caro, Sorenson, porque eu mereço cada tostão gasto nele.

Era uma hora em ponto quando Mike a deixou na fazenda.

— Eu bem que gostaria de ficar, Jane, mas tenho que voltar. Vejo você por volta das sete, está bem?

— Vou ficar esperando. Não tenho muita coisa a fazer aqui agora, com Murray trabalhando com os novos cães. Só um monte de papelada. Preciso terminar isso. Você vai trazer o jantar ou tenho que ir para a cozinha?

— Há muito tempo o *chef* Roy não cozinha para nós. Que tal uma porção de sopa de lagosta e vegetais para você e brochete de camarão para mim? Salada ao vinagrete de figo e salada de batatas como acompanhamento.

Jane lambeu os lábios por antecipação.

— Perfeito. Traga uma porção de vegetais cozidos no vapor para Olive e verifique se estão temperados.

Mike pôs os braços em torno dela e puxou-a para junto de si.

— Eu te amo, Jane. Eu mesmo não sabia quanto até... até que tive que pensar no que faria sem você.

Tocou com os lábios sua testa e depois olhou para ela.

— Você vai mesmo tocar fogo em sua antiga casa?

— Tocar fogo, talvez não. Eu poderia implodi-la. Tenho que conversar com algumas pessoas para saber qual o melhor meio de fazer isso. Mas a resposta a sua pergunta é sim, de uma maneira ou de outra vou destruí-la.

— Nos vemos à noite.

Jane ficou olhando o vistoso carro esporte até ele sumir de vista. Sentia-se como que perdida até que Olive e Golda vieram por trás dela para esfregar o focinho em suas pernas.

— Ele está de volta. Vou mudar de roupa e começar a trabalhar, mas primeiro preciso falar com Trixie. — Segurou a porta telada para os cachorros entrarem. E chamou Trixie.

— Estou aqui na cozinha, Jane. Como foram as coisas lá no hospital?

— Mike e eu finalmente estamos acertando os ponteiros, se é o que você quer saber. Estava me perguntando, já que não está acontecendo nada de tão terrível e urgente, se poderia me ausentar. Quero dar um pulo até a empresa de transportes de Brian Ramsey e conversar com ele. Naquela noite em casa de Betty vi um lado dele que ainda não conhecia, um lado que gostaria de explorar.

— Aproveite a oportunidade — disse Trixie. — Na semana que vem os policiais a quem estamos entregando os cães vão estar aqui, e aí a coisa vai ficar difícil. John está testando suas habilidades. Flash é um ajudante incrível. Você não acreditaria como esse cachorro é inteligente. Na minha opinião ele está a um passo de ser humano. Olive está aprendendo tudo também. E Golda é bastante bem-dotada.

— Tudo bem, então, vejo você amanhã de manhã. Por falar nisso, Trixie, Mike fez um trabalho realmente bom com aquele rapaz das pilhas. Fiquei tão orgulhosa dele. Ele finalmente relaxou, está mais solto. Como qualquer um de nós, tem um ponto vulnerável. Hoje consegui ver isso. Vai ficar tudo bem. Acho que passei uma borracha na minha última preocupação com relação a ele. Até mais.

Jane estacionou o Rover próximo a um Chevrolet Blazer e olhou ao redor. Balançou a cabeça em aprovação. A Empresa de Transportes Ramsey era visivelmente lucrativa.

Os escritórios eram pequenos, mas limpos e arrumados. A recepcionista era uma mulher de meia-idade com um sorriso quente e acolhedor. Jane retribuiu o sorriso.

— Você deve ter mão boa para plantas — disse Jane, fazendo com a mão um movimento circular.

— Não, é o Sr. Ramsey quem tem a mão boa. É ele quem cuida de todas as plantas. Tem até uma pequena estufa nos fundos. A senhora devia ver suas violetas africanas. Ele as rega com uma velha meia-calça cortada. Em que posso servi-la?

— Eu gostaria de falar com Brian. Pode dizer-lhe que Jane Lewis está aqui?

— Claro. Brian, tem alguém aqui querendo falar com você — gritou ela por sobre o ombro.

Eie surgiu na soleira da porta. O choque em seu rosto ao vê-la surpreendeu Jane.

— Brian, espero que não tenha vindo em má hora. Podemos sair por um instante? Gostaria de ver a sua estufa.

— Louise, não atendo a ninguém. Não me demoro.

— Pois não.

— Eu não disse a ela que era médica, Brian. Seus assuntos pessoais só dizem respeito a você. E não estou aqui por razões profissionais. É que realmente preciso falar com você. Primeiro, quero mostrar-lhe uma cópia da carta que Betty deixou para mim. Entreguei o original à polícia. Se você não quiser ler, tudo bem, entendo.

— Não, eu gostaria de ler. Levei umas flores ao cemitério outro dia. Senti-me tão mal lá quanto estou me sentindo agora. Queria ajudá-la. Juro por Deus que queria. Eu me culpo em grande parte pelo que aconteceu com ela. Era tão jovem. Para seu bem nunca deveria tê-la conhecido — Jane reparou que ele piscava para deter as lágrimas quando dobrou a carta e entregou-a de volta.

— Eu queria que você me contasse tudo o que aconteceu. Quero sua versão das coisas. Não se preocupe se nelas você surgir com uma imagem diferente da que gostaria de mostrar. Vou examiná-la com o maior cuidado. Se este não for um bom momento, podemos marcar um outro, mais conveniente. Estou com compromissos até quarta-feira. Que tal na quinta? Há algo mais, Brian. Algo exatamente tão sério quanto isto, mas de certo modo pior.

Ela notou que a cor rosada das faces de Brian sumia. Ela o acompanhou até uma pilha de engradados cheios de alface que estava do lado de fora do edifício terminal. Apoiou-se na lateral de um engradado. Ele fez o mesmo.

Ele abaixou a cabeça.

— Tenho que ir à Universidade na próxima quinta-feira. Estão realizando uma espécie de concurso para todos os jogadores de futebol. Os patrocinadores estão fazendo uma dotação alta, de cem mil dólares, para a Universidade. Como faço parte do Comitê de Alunos, tenho que estar presente. O candidato vencedor tem a possibilidade de ganhar cinqüenta mil. Podemos nos encontrar quando eu voltar?

Jane conteve a respiração.

— Claro — disse, tentando manter uma expressão natural. — Que tal na próxima sexta-feira?

— Pode ser, mais ou menos neste mesmo horário. Vou deixar um tempo livre e podemos conversar o quanto você quiser.

Ela se levantou, preparando-se para sair.

— Você estava um ano atrás de mim na Universidade, não estava? Eu não era muito ligada em esportes, mas me lembro de seu nome. Vocês, jogadores, andam sempre em turma, não é?

Brian retesou-se.

— Nem todo o tempo, mas em geral sim. Éramos da mesma fraternidade.*

— Vejamos — disse Jane, pondo a mão no queixo —, era você, Todd Prentice, e quem eram os outros?

— Por que quer saber, Doutora?

Jane sorriu com ar inocente.

— Você sabe como nós, psiquiatras, somos, Brian. Gostamos de detalhes. Você sabe o que dizem: o diabo mora nos detalhes.

Parou bem em frente a ele, olho no olho.

— Então, quem eram os outros? Sei que você não se esqueceu deles.

Ele estava começando a suar.

— Os caras com quem eu andava eram Marcus Appleton, Tony Larsen, Todd, Mitch Iverson, Pete Zachary e Ben Nolan. Eles se forma-

* Nas universidades americanas, grupo de estudantes do sexo masculino que forma um clube social. (N. T.)

ram um ano antes de mim, junto com você. Mas, como disse, éramos da mesma fraternidade.

— Irmãos, hein?

Brian enxugou o suor da fronte com a manga.

— Pode-se dizer que sim, embora eu nunca tenha chegado a fazer parte realmente. Eu estava na Universidade para ter uma formação e jogar futebol. Tanto que saí com nota 4.0 e eles, com muito favor, tiveram um 2.2. Fui fazer meu mestrado já com mais de trinta anos. Se quer uma opinião sincera, não valiam o pão que comiam. Eu tinha uma bolsa de estudos como jogador de futebol, o que não significa que eu gostasse disso.

— E esses caras todos vão entrar no concurso da Universidade?

— Vão, mas só pelas cinqüenta mil pratas que o vencedor vai ganhar. Não em nome de sua *alma mater*. Não dão a mínima para o fato de a Universidade ganhar ou não uma dotação. É aí que reside a nossa diferença. Acontece que isso me importa. Olha, Doutora, eu não nasci ontem. E acho que sei onde isso vai parar. Você está pegando o cara errado aqui.

— Sei disso — disse Jane, cruzando os braços. — Me diga só uma coisa. Como é que você anda em termos de coragem?

— Nem melhor nem pior que qualquer outro — disse Ramsey, enfiando as mãos nos bolsos.

— Resposta errada, Brian. Isto não vai parar por aí. É bom que você saiba. Será que você não ficaria finalmente em paz consigo mesmo? Não gostaria de encontrar um boa menina e construir uma família, sem todos esses velhos fantasmas do passado com suas caras horrorosas atrás de você? Tem idéia de como seria maravilhoso, como seria uma vida redimida para você, se você tivesse, vamos supor, um quilo e meio de coragem e não tivesse medo de usá-lo? Telefono na próxima sexta-feira. Ainda está de pé nosso encontro, não?

Ele assentiu.

— Então vejo você na sexta.

— Doutora?

Jane se virou.

— Sim, Brian?

— Até que ponto essa coragem vai ter que ser pública?

— O quanto for necessário. Mas sempre ajuda dar em primeiro lugar sua versão, você sabe disso, ser o primeiro a se apresentar. Esse tipo de coisa. Geralmente é melhor do que depois, quando todo mundo começa a berrar. Você já parou para pensar que pode ter havido uma testemunha?

Jane não acreditaria que pudesse ver um ser humano murchar bem na sua frente. Mas foi o que aconteceu com Brian Ramsey.

Jane tomou todos os atalhos e aléias laterais que conhecia para chegar o quanto antes em casa de Trixie e relatar-lhe os acontecimentos da tarde. Quando irrompeu pela cozinha, ela estava sem fôlego.

— Vai ser na próxima quinta-feira, Trixie. Brian Ramsey vai à Universidade, e os outros todos também. Daqui a uma semana é o grande dia! Ele está fora de si de medo. Dei-lhe muito em que pensar. Ele vai fazer das duas, uma: ou vai contar tudo aos outros, ou vai ficar calado. Quando vierem falar com ele, vai passar por cima. Se não fosse toda essa carga passada, provavelmente seria um bom sujeito. Ele me disse que levou flores à sepultura de Betty. Seus olhos se encheram de lágrimas, o que já depõe a seu favor. Quando eu vinha para cá, estava me comparando a ele. Se — e isto é um grande *SE* — ele era o sexto cara, não fez nada. Sei que ficou de lado e como que discutindo com eles, mas eu estava tão apavorada que não pude ouvir, pois estavam brigando entre si com vozes irritadas. Por Deus, não acredito que saiba que era eu quem estava com Connie Bryan naquela noite. Vi que estava tentando juntar as coisas em sua cabeça. Mas formar-se com nota 4.0, a meu ver, não é coisa para um idiota. Além disso o cara foi fazer seu mestrado já com mais de trinta. Eu quero... Santo Deus, Trixie, quero tantas coisas.

— Uma coisa de cada vez, Jane. Acho que já voltou a seu rumo certo.

— Mas levei um bocado de tempo para isso. Estou fazendo o que devo, não estou, Trixie? Sei que muitas vidas vão mudar, muitas famílias vão ser desfeitas. Será que tenho o direito de fazer isso?

— Querida, tudo que você tem a fazer é perguntar a si mesma se Connie Bryan tinha direito de viver. Ou se as outras pessoas tinham direito de violentá-la. Você fez o que achou que era mais certo na época: cumpriu sua promessa. Você conhece minha filosofia de vida. Vá em frente, dê o chute na bunda e depois pergunte os nomes.

— Vou para casa pensar, Trixie.

Voltou-se para sair.

— Espere um instante. Quase ia me esquecendo. Ligaram da Imobiliária Tyson. Os proprietários da casa de seus pais aceitaram sua proposta. Foi até rápido demais, na minha opinião. É melhor pensar a respeito também enquanto está com disposição para isso.

— Pensarei, Trixie — disse Jane com ar sério.

Dezessete

Jane se virou e no mesmo instante percebeu que Mike saíra. Tateou em busca do relógio na mesinha-de-cabeceira: 5h45. Tinha ainda uma hora e cinqüenta minutos até o momento de dirigir pelos campos até a casa de Trixie. Enfiou-se nas cobertas, desejando que sua mente voltasse ao sonho de antes de despertar. Olive enfiou-se a seu lado e lambeu-lhe o rosto.

— *Pensei que a senhora não ia acordar nunca mais, Dona Jane.*

— Vá embora. Você não está no meu sonho. Você é de um sonho diferente. Gostei muito da ajuda que me deu, mas você me deixa nervosa. Estou começando a me perguntar se você é realmente um fantasma e não um sonho.

Billy perfilou-se aos pés da cama e riu.

— *Já não era sem tempo!* — disse. Mas o sorriso em seu rosto desapareceu em seguida, tão rápido quanto surgira. — *Eu queria lhe dizer uma coisa, Dona Jane. Não é preciso pôr fogo naquela casa nem implodi-la. Tudo que a senhora tem a fazer é dizer a sua mãe que a perdoa, e ela passará para o outro lado.*

Jane fez uma careta.

— Não meta o nariz onde não é chamado no que se refere a minha mãe — retrucou. — É mais fácil fazer frio no inferno do que eu perdoá-la por tudo que ela me fez. Espero que ela fique vagando por aí até o final dos tempos. E não há o que discutir no que diz respeito a ela. Mas você pode me dizer como libertar você e farei o que disser. Você não pulou para dentro do poço, não é verdade?

— *Não. Meu irmão e eu estávamos brincando e a brincadeira se tornou muito violenta. Ele me empurrou e eu caí lá dentro. Aí ele ficou com medo de contar a alguém. Só depois de horas me encontraram, e já era muito tarde. Eu tinha me afogado. Se a senhora quiser realmente me ajudar, vai ter que acabar com o poço. Há um pedregulho que está impedindo meu espírito de partir. Se puder fazer isso por mim, vou ficar-lhe eternamente grato.*

— Em um abrir e fechar de olhos. Mas você tem certeza do que diz? E quanto ao Jeeter?

— *Eu o agarro e ele passa comigo.*

— Tudo bem, garoto, arrume suas coisas que vou tomar as providências hoje mesmo. As pessoas daqui acham que sou meio maluca, portanto não fique surpreso se elas não mexerem rápido a bunda para vir até aqui fazer isso. Mas vou me esforçar ao máximo.

— *O que posso fazer em troca, Dona Jane? Retribuir é a conduta correta.*

— Nada, Billy. Só quero ver você feliz. Estou tentando tirar essa velha responsabilidade de minha vida. Se me casar com Mike, não quero nada do passado perturbando nossa vida. Vou ficar morando nesta propriedade até morrer e não quero ver você assustando meus filhos. Ou a mim. Gosto de você, mas você não pertence mais a este lugar.

— *Posso contar à sua mãe como a senhora é uma boa pessoa.*

— Você não vai fazer isso; e não diga nada a esse respeito ou mudo de idéia em relação a você, Billy.

— *Por que a senhora está tão zangada? Ainda nem se levantou da cama.*

— Por que você não cuida só de seus assuntos?

— *A senhora faz parte de meus assuntos, Dona Jane.*

— Então esqueça esta parte. Por favor.

— *Eu queria lhe contar que Jeeter está aprendendo um bocado de coisas naquelas aulas de adestramento.*

— Hein?!

— *Ele já sabe fazer tudo que os outros cães fazem. Ele pode ir até a casa de sua madrinha, porque a passagem dele foi natural. Estou tão orgulhoso dele.*

— Se você for para o outro lado, você nunca mais vai poder voltar? Sabe, só para ver como andam as coisas.

— *Acho que sim, mas só se a senhora realmente precisar de mim. Primeiro a senhora tem que acreditar e tem que parar de me chamar de assombração.*

— Está bem, você é um espírito e minha mãe é uma assombração. Tá bom?

— *Seu inglês é muito ruim, Dona Jane. A expressão correta é 'está bem assim?'*

Inclinou-se para a frente, com as mãos na grade dos pés da cama.

— *Apesar do que possa pensar, sua mãe gostava da senhora, sim. Ela chora muito porque se arrepende do modo como a tratou.*

— Ai, que saco! Não há um pedacinho dela que sinta remorso. E isso de chorar é um truque. Ela costumava fazer isso com meu pai para conseguir o que queria. Nunca foram lágrimas sinceras. Se tivessem sido, aquela borração toda na cara dela faria com que ficasse parecendo uma vampira. Foi ela quem inventou tudo isso?

— *Não. A senhora tem que deixar de ser desconfiada. O que eu disse é verdade. Ela amava a senhora e se arrepende. Ela fica lá na antiga casa esperando pela senhora. Se a senhora quer ser feliz, deve fazer com que ela fique livre. Queimar a casa não vai lhe dar a resposta que a senhora está querendo. O que a senhora vai dizer a seus filhos quando lhes falar de sua avó?*

— A verdade. Que era uma tremenda filha-da-puta delirante, tão odiosa quanto se pode ser.

— *Se a senhora fizer isso, eles vão ver e ouvir o ódio que a senhora tem dentro de si. A senhora tem que deixar isso de lado. Sei que a senhora é uma mulher inteligente. Não consegue perceber isso?*

— Escute aqui, garoto, agora vou acordar e é melhor você sair. E não venha mais me dar conselhos, a não ser que eu peça.

— *Isso que a senhora diz me soa realmente estranho.*

— Quase tão estranho quanto você ser uma assombração!

Jane saltou da cama quando Olive começou a latir.

— Já estou de pé. Já estou de pé! O quê? Quer que eu a siga? Está bem, está bem — disse Jane, enfiando-se em seu roupão e chinelos.

Jane abriu caminho pela casa, saindo pela varanda dos fundos e seguindo o atalho por onde Olive corria até o poço. A luz foi apenas suficiente para permitir-lhe ver um pequeno cão malhado.

— Jeeter?

O cão latiu em resposta.

Jane beliscou-se para ter certeza de estar acordada. Estava. E ali estava Jeeter, ou melhor, o espectro fantasmal de Jeeter, um tanto neblinoso e transparente.

— Tudo bem, tudo bem, menina — disse ela, acariciando Olive. — Vá em frente e brinque com ele. Vou me vestir e depois dar alguns telefonemas.

Sacudiu a cabeça para clarear seus pensamentos. Espíritos, fantasmas, assombrações. Será que ela estava começando a acreditar? Por que não estava correndo e gritando como a maioria das pessoas faria à simples menção da palavra *fantasma*? Sacudiu a cabeça de novo.

— É ver para crer — murmurou.

Se ela iria mandar Billy e Jeeter de volta para casa — fosse lá sua casa onde fosse, o céu, o grande além, o espaço sideral —, precisava começar a agir.

Já era de tarde quando John Murray decidiu parar a sessão matinal de treinamento dos K-9.

Jane saiu da casa ao entardecer e fez alguns exercícios de alongamento para esticar as costas doloridas. O treinamento dos cachorros exigia um bocado de flexões e inclinações.

— Não vou almoçar, Trixie. Tenho uma missão a cumprir. Alguém da Universidade ligou?

— Ainda não. Acho que vai chover. Parece que está anunciando uma tempestade. É melhor você fazer o que tem de ser feito antes do temporal. Não é hoje que você vai se encontrar com o Sr. Ramsey?

— É. Fiquei enrolada com a documentação. Fiz tudo na noite passada. Doze novos cães deverão ser entregues na próxima semana.

Olhou através do pátio para o prédio pré-fabricado que os empreiteiros puseram de pé no final da semana.

— Acho que podemos dar conta disso. Tudo bem, vejo você mais tarde. Pego Olive na volta.

Jane atravessou a cidade com um olho na estrada e o outro nas nuvens de tormenta que se avizinhavam. Uma névoa fina começou a pousar sobre o pára-brisas. Ela podia sentir o tremor que começava a subir-lhe pelas pernas. Não demoraria muito e estaria possuída pelo medo, como ficava todas as vezes em que havia uma tempestade. No momento em que viu a placa da Rosemond Street, sua respiração se transformou em um suspiro de alívio. Desta vez não teria de rastejar pelo telhado da adega para entrar. Agora tinha a chave da porta da frente, com os cumprimentos da Imobiliária Tyson.

— *Queimar a casa não vai lhe dar a resposta que está querendo.*

— As palavras de Billy ecoavam em seus ouvidos no momento em que pôs a chave na fechadura. Então qual seria a resposta?, indagou-se. Antes que pudesse pensar algo mais a respeito, a porta se abriu.

Correu para dentro exatamente no instante em que o céu desabava. Ficou de pé por um momento, com os braços cruzados contra o peito, olhando para fora pela janela da frente. Os relâmpagos ziguezagueavam, seguidos do ribombar dos trovões sobre sua cabeça. Aonde poderia ir? Os aposentos estavam vazios e abertos, as janelas expostas. Não havia um lugar seguro para se esconder. De repente era de novo uma criança aterrorizada, correndo de cômodo em cômodo.

— *Venha comigo, Jane. Sei de um lugar seguro.*

— Mamãe?

— *Depressa, Jane. Pegue minha mão.*

Sua mão parecia tão macia, tão quente, tão segura.

— *Há um cubículo estreito sob as escadas.*

Conduziu Jane escada abaixo e abriu uma pequena porta no final do vestíbulo, sob a escada.

— *Costumávamos guardar aqui as ferramentas de seu pai. Há espaço suficiente para nós duas. Não tenha medo. Estou com você.*

Jane rastejou para dentro com as mãos e os joelhos. Estava escuro, mas não estava com medo.

— Eu gosto deste lugar. É aconchegante.

— *Era seu lugar predileto. Não se lembra?*

— Lembro. Também me escondi aqui depois que queimei todas as suas coisas. Você estava me vendo?

— *Estava. E sei também por que estava fazendo aquilo.*

Pôs os braços em torno de Jane e abraçou-a.

— *Desculpe, Jane. Não fui uma boa esposa e fui uma mãe ainda pior.*

— Por que você era tão mesquinha, tão cheia de ódio?

— *Porque não sabia amar outras pessoas. A única pessoa que amava era a mim mesma. Amava o meu corpo, amava a minha beleza. A única coisa em que pensava era no meu cabelo, nas minhas roupas e na minha aparência. Sinto tanto não ter sido uma boa mãe. Você não vai ser igual a mim quando tiver seus filhos, vai?*

— Não. Vou amar meus filhos. Terei sempre tempo para eles, por mais ocupada que esteja. Vou ensinar a eles a serem pessoas boas, que se preocupam com os outros. Quero que cresçam fortes, independentes e carinhosos. Mike vai me ajudar nisso. Nunca vou ser igual a você. Não quero que meus filhos me odeiem.

— *Você realmente me odeia, Jane?*

Jane soltou-se dos braços da mãe.

— Odeio. Tento não odiar, mas não consigo me livrar deste sentimento. O que vou dizer a meus filhos quando me perguntarem pela sua avó? Devo dizer que você não me amava, mas que apesar de tudo cresci e consegui ter minha própria vida? Devo dizer que você era tão obcecada consigo mesma que não tinha tempo para ninguém mais? Devo trazê-los a esta casa para que vejam você fazer todos os seus truques? Acho que não. Santo Deus, não posso nem dizer que você morreu e foi para o céu porque seria uma mentira. Sabe o que mais? Você não é, em absoluto, bonita. Eram todas aquelas coisas que você punha na cara que faziam você parecer bonita. Sem aquela porcaria toda você era quase feia.

— *Cuidado, Jane, você está começando a se parecer comigo* — advertiu a mãe.

— Me diga uma coisa, Mamãezinha querida. Se por um acaso você pudesse passar para o outro lado ou para o lugar em que Papai está, você seria a mesma que era aqui? Você sabe, feia, mesquinha e odienta?

— *Acho que tudo muda quando chegamos lá. Acho que você não acredita muito em segundas chances e em perdão, acredita?*

— No seu caso, não, Mãe. Só no seu caso.

— *Pois acredite ou não, Jane, eu amava você. Costumava ir a seu quarto quando você estava dormindo e ficar vendo você adormecida. Sempre a cobria e dava corda em sua caixinha de música, mesmo que você estivesse dormindo profundamente. Algumas vezes até cantava para você. Não tinha muito boa voz; por isso, algumas vezes apenas fazia o som com a boca fechada. Também lia histórias. Fazia a mim mesma todas aquelas promessas, de que no dia seguinte faria melhor, que levaria você ao Jardim Zoológico, ao cinema, para tomar sorvete, mas nunca fiz nada disso.*

— Não acredito em você. Você nunca me ajeitou na cama, nem leu, nem cantou para mim. Se tivesse feito isso, eu me lembraria.

— *Você estava dormindo. Como poderia se lembrar? Você precisa dormir agora, Jane. E quando acordar a tempestade já terá passado. Vou me deitar aqui, junto de você.*

— Não vou cair em nenhum de seus truques. Você só quer que eu a perdoe para que fique livre.

— *Quer você me liberte, quer não, a única coisa que me importa é que você fique feliz e em paz. Agora fique quieta, vou cantar para você a canção que costumava cantar. Você está bem aquecida? Venha mais para junto de mim, eu seguro você.* 'Hush little baby...'

Quando Jane acordou, estava tão zonza que começou a gritar e a bater no chão. Será que estava ficando louca? Talvez estivesse e fosse idiota demais para perceber. Rastejou para fora do cubículo com as mãos e os joelhos e olhou à sua volta. O pior da tempestade havia passado, mas ainda estava chovendo. Levantou-se, espanejou as roupas, depois se virou e olhou novamente para o cubículo. Uma lâmpada pendia de uma longa corrente. Ela não a acendera, mas a luz ainda estava acesa. Estendeu a mão para puxar a corrente. A escuridão que se seguiu fez com que tremesse.

— Mamãe — murmurou.

— *Estou aqui, Jane. Você pode sair sem perigo agora. Mas tenha cuidado, as estradas estão escorregadias. Está tudo bem, Jane. Você não me prometeu nada.*

— Mamãe — sussurrou ela de novo. Jane sentiu que alguma coisa roçava seu rosto, alguma coisa macia como uma pluma e cálida. Será que sua mãe a beijara? Levantou-se buscando tocar o rosto dela. Sentiu sua mão ficar úmida.

— *Volte para me visitar, Jane. Eu me sinto muito sozinha.*

Jane saiu correndo da casa, pulou para dentro do carro e saiu à toda. Estava a meio caminho da Empresa de Transportes Ramsey quando se lembrou de que não havia trancado a porta. Gostaria de ter trazido Olive consigo.

No momento em que Jane estacionou seu jipe na área do Estacionamento para Visitantes, Brian Ramsey veio a seu encontro. Para um homem grandalhão como ele, estava com uma aparência impecável: calças cáqui, camisa branca aberta no pescoço, mangas enroladas e mocassins. Estava usando óculos escuros. Ela se perguntou por quê, já que o dia estava nublado e cinzento. Descobriu a razão no minuto seguinte, quando entraram na estufa e ele tirou os óculos. Exibia um belo olho roxo.

Ela levou um susto.

— Está doendo?

— Dói, sim, dói como o diabo. Mas ontem estava muito pior. Hoje já posso pelo menos abrir um pouquinho o olho. Sente-se e vamos conversar, Doutora. — Apontou para um banco de madeira.

Jane sentou-se e cruzou as pernas. A despeito do que havia acontecido antes, ela se sentia bastante bem. Quase tranqüila. Talvez a palavra mais exata fosse satisfeita. Fixou o olhar em Brian Ramsey e esperou.

— Me esclareça uma coisa, por favor — começou ele. — Estamos falando da briga com Connie Bryan, não é?

— Briga?! — ecoou Jane. — Você está chamando um estupro por uma gangue de briga? Não do meu ponto de vista. Houve uma testemunha, lembra-se?

O rosto de Bryan demonstrou seu choque.

— Calma, calma, calma, Doutora. Vamos com calma. Eu acho que não estamos falando da mesma coisa. — Balançou a cabeça, os olhos fuzilando.

— Estamos, sim, Bryan. Estou falando daquela noite antes das provas finais. Por volta das dez da noite. Seis caras. Caras grandes. Jogadores de futebol. Três deles estupraram Connie. Nem pense em me dizer que você não sabia que aqueles caras a estupraram. Você não seria idiota a este ponto. Ou seria?

— Você está errada. Tudo que fizeram foi dar-lhe uns empurrões — insistiu ele. — Havia uma outra menina com ela, a tal testemunha a que você está se referindo. Procure por ela, pergunte a ela. Ela vai lhe dizer que não houve estupro algum.

Jane se ergueu, furiosa. — Eu não tenho que perguntar nada a ela, Brian. *Eu sou* aquela outra menina e presenciei tudo que houve — disse ela, apontando o dedo para si mesma. — Talvez naquela época minha aparência fosse um tanto diferente, mas, fique sabendo, estava lá. Sei o que aconteceu. Não foi briga coisa nenhuma. Foi um estupro. Uma curra. — Fez uma pausa para readquirir o controle. — Depois vocês todos saíram correndo, como covardes que eram. Ajudei Connie a voltar para nosso dormitório e tentei confortá-la. Mas ela não conseguia ficar calma. Estava fora de si de medo, de dor e de desespero. Me pediu para jogar fora suas roupas, não queria nada que lembrasse o que tinha acontecido. Mas não joguei nada fora, Brian. Coloquei-as em uma sacola de papel e guardei. Uma sacola cheia de DNA. Prova. Guardei até as fotos que tirei de seus hematomas. Polaróides. —

Olhou por sobre ele para uma fileira de violetas africanas de um roxo escuro. Seus pensamentos fugiram, por um momento, tomados pela beleza das flores. Todas as violetas africanas que comprava morriam em dois meses. — Connie me fez prometer que eu não contaria o que acontecera com ela, e eu mantive essa promessa durante esses anos todos. Mas estou cansada de mantê-la. Já é tempo de se fazer justiça — olhou para baixo e seus olhos se encontraram com os dele. — Quando você veio me procurar pela primeira vez, tudo que tinha acontecido naquela noite veio à tona, e desde então me tem atormentado. Há pouco tempo decidi que não poderia mais viver em paz comigo mesma se não contasse o que aconteceu — respirou fundo e sentou-se de novo. — Quer me dizer como foi que você conseguiu este olho roxo?

A expressão de Brian estava sombria, seus largos ombros encurvados.

— Troquei uns socos com Ben Nolan. Ele jura não se lembrar em absoluto do que aconteceu naquela noite. Porém, acho que agora está se lembrando — suas mãos se tornaram punhos fechados. — Não fique pensando que sou a favor da força bruta. Mas ela foi necessária, tal como quando você deu um soco na psiquiatra de Betty. Ao que eu saiba, ninguém falou mais nada a respeito do que aconteceu naquela noite. Eu era aluno do terceiro ano na época. Os outros todos se formaram, mas os encontrei ao longo de anos e nenhum deles disse mais uma palavra — tirou uma flor morta de uma de suas violetas africanas e ficou com ela rolando entre os dedos. — Vejo seguidamente Todd Prentice nos eventos de ex-alunos. Na maior parte das vezes tudo que me dá é um breve cumprimento de cabeça. E olha bem por cima de mim — voltou-se para o lado no banco. — Fiquei sem saber que Connie morrera durante quase um ano. E não soube que tinha sido um suicídio por mais quatro ou cinco anos. Eu nunca fazia perguntas. Ela não fazia parte de minha fraternidade, como o resto dos caras. Juro por Deus, não sabia. Mas, por todos os diabos, agora tudo faz sentido, e você está certa quando diz que vou precisar de um advogado. Olha, Tony e Mitch sabem que fui embora naquela noite. Eles estavam ocupados segurando a outra menina... você. Eu me encontrei com eles na biblioteca. Marcus foi o cara que disse que tínhamos que fazer um 'favorzinho' a um de nossos irmãos. Filho-da-puta!

— E o favor era... o quê?

— Armar uma violenta briga nossa com Connie. Todd estava tentando romper o compromisso porque tinha conhecido aquela menina rica, mas o casamento estava a apenas seis meses. Acho que os convites já estavam até indo para o correio ou algo semelhante. Era o jeito de ele criar uma briga com Connie e ter uma desculpa para romper o noivado. E cancelar o casamento. Pensei que era tudo que tinha acontecido, já que ele se casou com a ricaça!

— Talvez seja o que ele contou a vocês, mas não era o que Todd Prentice pretendia. Fui ver os pais de Connie, pois estava me sentindo muito culpada. Eles me entregaram uns disquetes de computador de Connie. Alguns deles pareciam um diário. Ela contava em detalhes as visitas de Todd, suas conversas, suas acusações. Ela dizia que era como se ele soubesse do que acontecera com ela. Todas aquelas coisas que você dizia a respeito de Betty quando veio me ver pela primeira vez eram exatamente as mesmas que Connie dizia. Ela estava com medo de que Todd não a quisesse mais se soubesse que tinha sido estuprada. Ela foi uma vítima, assim como Betty foi uma vítima. Agora estão ambas mortas.

Brian enterrou a cabeça nas mãos.

— O que você vai fazer, Doutora?

— Vou levar todas as minhas provas para Baton Rouge e entregálas à polícia. Depois vou telefonar para os pais de Connie. Vou testemunhar quando o caso for a julgamento. O Sr. e a Sra. Bryan não vão deixar isso passar em branco. Nem deveriam. Connie era sua filha única, sua única criança. Eles tinham todo o direito de querer e esperar que ela fosse feliz e pudessem ver seus netos. Se eu fosse você, Brian, iria falar com seus amigos, os dois que você disse que não fizeram nada, para fazerem uma confissão completa. E ponto. E você poderia pensar em vender sua empresa antes que essa merda toda bata no ventilador.

Vai haver um bocado de matéria na mídia. Uma porção de vidas vai ficar de pernas pro ar com o que vocês todos fizeram. E, se você pensar bem no caso, o único que se beneficiou com tudo isso foi Todd Prentice. Ele se livrou de Connie, casou-se com uma mulher rica e conseguiu um cargo na empresa do pai dela. — A garganta de Jane estava cerrada com todas as emoções que estavam vindo à tona. Sentada a seu lado estava uma das pessoas responsáveis pela morte de Connie e por seus próprios anos de angústia. Ela não deveria sentir senão ódio por ele. Ódio e aversão. Ironicamente, sentia pena dele. Porque seus anos de angústia estavam apenas começando.

— Me diga o que fazer, Doutora.

— Você deu o primeiro passo admitindo sua culpa no caso. Procure os outros, fale com eles da situação e consultem um advogado. Você precisa ser o primeiro a falar, Brian, ou vai ser pendurado pelos dedos dos pés. Posso testemunhar a seu favor até certo ponto. Você foi o que ficou do lado, não foi? Não vi seu rosto, mas pressenti que você estava indo embora. Mas mordi um de vocês, e mordi fundo, até o osso. Ele deve ter ainda uma bela de uma cicatriz na mão.

— Oh, Deus! Então aquele concurso... era para isso?

— Hum, hum.

— Estou com medo, Doutora.

— Medo é uma emoção saudável. Tudo que você tem a fazer é dizer a verdade. Tenho que ir embora, Brian. Faça tudo o que tem a fazer.

Brian assentiu.

— Olhe, para você — disse, entregando-lhe uma bela violeta africana. — Ela se chama Wisteria, por causa da cor. Eu dei uma a Betty naquele último dia. Ela gostava muito de flores e de folhagens.

Jane recebeu o presente e levantou-se para sair.

— Sim, ela gostava muito. Obrigada.

— Eu não estou querendo amedrontá-la, Doutora, mas, se disser àqueles caras que você vai denunciá-los às autoridades, você pode ficar em perigo.

Jane deu de ombros.

— No momento em que você falar com eles, meu advogado já estará com os nomes deles e todas as minhas provas: os disquetes de computador, a sacola de roupas, as fotos, tudo. Seria mais sensato da parte deles não se afundarem ainda mais do que já estão afundados. Aja rápido, Brian. Não perca tempo. As coisas já estão indo adiante enquanto falamos. — Jane respirou fundo e caminhou para a saída.

— Não entendo por que você está me dando vantagem. É verdade que eu fui embora, mas sabia que estavam planejando armar uma briga violenta com Connie. Eu era um imbecil completo quando fui procurá-la. Menti para você. Não tive para com você nem o respeito que você merece. Por que, então?

Seus ombros largos pareciam pesar-lhe enquanto respirava.

Ela caminhou alguns passos à sua frente, pensando. Depois se virou.

— Porque você me fez dar uma olhada longa e profunda dentro de mim mesma, algo que eu não conseguira antes. Fiquei querendo fazer o que devia durante muito tempo. Por mais estranho que possa parecer, você me deu coragem para ir em frente, e agora aquele imenso peso que eu vinha carregando nos ombros por tanto tempo está começando a diminuir. Se você ficou à parte, isso lhe dá realmente um certo crédito. É um sentimento maravilhoso, Brian, sentir que a carga fica mais leve.

Jane olhou para o relógio da cozinha: 19h45. Ia ser uma noite longa. Trixie havia dito que estava sentindo o início de uma gripe e que ia se deitar mais cedo. Mike estava assistindo a um seminário que iria até tarde, por isso não iria vê-lo. Ela olhou para o prato de jantar. Desde que conhecera Mike, perdera o hábito de comer sozinha. Olive devorara a comida e estava dormindo sob a mesa da cozinha. Ela poderia ir para o escritório e pagar contas, ler novamente os arquivos de Connie ou ir ver televisão.

Talvez o que realmente precisasse fazer seria sentar-se e pensar;

elaborar um plano de ação. Precisava dar pelo menos uma centena de telefonemas. Talvez devesse cuidar disso antes de qualquer outra coisa. Se Trixie ainda estivesse indisposta no dia seguinte, isto significaria que teria que fazer tarefa dupla.

Jane empurrou o prato de salada para o meio da mesa. O copo de suco de tomate seguiu o mesmo caminho. Com uma xícara de café na mão, ela se encaminhou para o escritório e para o computador. Ao abrir, o desenho do *Bad Boy* surgiu na tela à sua frente. Como sempre, fazendo-a sorrir. Digitou a senha e abriu os arquivos. Selecionou sua lista de *coisas a fazer* e começou a digitar aceleradamente. Trinta minutos depois imprimiu o resultado. Os escavadores do poço chegariam cedo na manhã seguinte. Por fazer: Connie Bryan... entregar todas as provas e os disquetes de computador à polícia de Baton Rouge por intermédio de seu advogado. Por fazer: Mike... casamento. Por fazer: Mãe — repensar a destruição da casa. Por fazer: Brian. Resolvido: Todd Prentice. Por fazer: os outros estupradores. Resolvido: Betty... nas mãos da polícia.

Jane já estava fechando os arquivos quando o telefone tocou.

— Dra. Lewis, é Brian Ramsey. Tony Larsen e Mitch Iverson vieram me ver. Querem saber se podem conversar com você. Podemos ir a sua casa ou você pode vir se encontrar conosco. Acho que você sabe onde moro. Sim, eu a vi me vigiando pela janela naquela noite. Não é muito tarde, é? Eles já fizeram contato com o advogado esta tarde.

Jane hesitou antes de responder. Como seria isto de estarem três dos seis caras que estupraram Connie em sua própria casa? Mike diria que ela estava sendo louca só em falar com eles e que seria mais louca ainda se os deixasse vir ali. Mas ela não era Mike.

— Vocês podem vir aqui, mas não posso fazer mais nada. Diga isso claramente a eles.

— Eu disse. Mas mesmo assim eles querem falar com você.

Jane ficou esperando.

Quando ela abriu a porta, recuou de medo. Eles tinham exatamente a aparência que ela imaginara. Os dois homens estavam com alguns quilos a mais e tinham fundas entradas no cabelo. Ambos com as mesmas expressões de pânico. Brian fez as apresentações.

Ela os convidou para entrar na sala de estar, ofereceu café, que recusaram, e sentou-se na cadeira mais próxima à lareira. Acendera a lareira logo depois que Brian ligara. Um bom fogo sempre dá um certo bem-estar.

Olive circulava por entre as cadeiras, com o rabo entre as pernas, os olhos atentos, em alerta.

Os três se sentaram no sofá.

— Só queria que você soubesse que não fiz nada — foi dizendo Tony Larsen. — Nem Brian, nem Mitch. Marcus disse que Todd queria que Connie fosse tratada com violência e amedrontada a fim de que ele tivesse um pretexto para uma briga com ela e pudesse cancelar o casamento. Pelo menos foi o que disse *a nós*. Não estuprei Connie, portanto você não vai achar o meu DNA em coisa alguma. Brian foi o primeiro a cair fora. Mitch e eu fomos logo depois — ele juntou as mãos, como se rezasse. — Olhe, se isto vier a público, vai arruinar minha família. Foi uma coisa estúpida, realmente muito estranha e idiota, o que aconteceu. Não pretendíamos machucar Connie. Naquela época pensávamos apenas que estávamos dando uma ajuda a um colega. Mas mesmo assim isso era errado. Deveríamos ter tido mais senso. Não estou tomando as dores de Marcus, Ben ou Pete. E Todd, por mim, pode ir direto para o inferno. Todos podemos testemunhar que foi tudo idéia daquele salafrário.

— E o que acham que vai acontecer com vocês? Todd Prentice tem um sogro muito rico. Em matéria de advogados vai conseguir o melhor dos melhores. O DNA dele não vai ser encontrado. Ele provavelmente estava a milhas de distância dali e com sessenta testemunhas que podem provar que isso é verdade. Acho que isto deixa claro que vai sobrar é pra vocês, caras.

— E os tais disquetes que você disse que Connie gravou? Não fazem dele um suspeito?

— Um advogado inteligente pode justificar isso também — disse Jane. — Ele dirá que Todd rompera o compromisso, que Connie estava despeitada, que as meninas têm mania de diários e que algumas vezes são fantasiosos. Seu coleguinha Todd vai sair pela tangente. Não é essa a expressão usada nos processos criminais hoje em dia?

Ela não sentia a menor piedade no que dizia respeito aos dois. Mas também não estava se sentindo feliz de tê-los de joelhos a seus pés.

— Você não vai nos ajudar? — pediu Mitch Iverson.

— Nada posso fazer. Como eu disse a Brian, não está mais em minhas mãos. Já deixei todas as provas com o meu advogado, que as entregou à polícia de Baton Rouge. E nem pensem em me pedir para mentir. Os pais de Connie perderam sua filha única, Connie está morta e passei os melhores anos de minha vida carregando a culpa de não ter feito algo mais para ajudá-la. Quer isto lhes agrade, quer não, senhores, vocês participaram daquilo e agora é hora de confessar. Sentou-se do lado oposto ao deles, abraçando uma pequena almofada. — Não entendo de leis, mas posso lhes garantir que as de Louisiana seguem ainda o Código Napoleônico, à diferença de outros estados, que se baseiam em jurisprudência, o que pode ser muito ruim para vocês. Sugiro que se reúnam, que conversem sobre tudo isso e vejam o que podem fazer para se ajudarem uns aos outros. Testemunhas que falem de seu caráter. Declarações de seus locais de trabalho. Este tipo de coisas. Não se esqueçam de que seu coleguinha, Todd, está metido nisso. Vocês poderiam querer dar-lhe a notícia também.

— Ouça, Doutora, que tal fazermos uma reunião aqui em sua casa com todos os sete? — perguntou Brian.

— Com que finalidade, Brian?

— Os demais têm que ouvir tudo de você. Você faria isso, Doutora?

Uma vez louca, para sempre louca.

— Claro. Que tal amanhã à noite, às oito horas?

Três cabeças concordaram.

— Tudo bem, nos encontramos todos aqui amanhã às oito. Me

telefone se os demais não aceitarem. Não percam meu tempo com apenas um. Todos ou ninguém, e isto inclui Todd também.

Jane soltou um suspiro de alívio quando os faróis traseiros do carro de Brian sumiram na noite. Aquilo não aconteceria. Ela tinha quase certeza. Mas, se viesse a acontecer, iria precisar de um plano.

Dezoito

A escavadora e demais equipamentos foram postos de lado enquanto os homens olhavam com fundada estranheza e espanto para o esqueleto depositado no fundo do poço.

— Acho que, no final das contas, aquelas histórias eram verdadeiras — disse o chefe do grupo. — Tuben, vá chamar a Dra. Lewis. Henry, me passe meu celular, preciso ligar para a polícia.

Jane veio enxugando as mãos no pano de pratos ao sair com Danny Tuben para o lugar do poço. Lágrimas lhe queimaram os olhos quando viu o esqueleto — Billy Jensen. Tudo que podia fazer era ficar olhando enquanto Olive passava por entre suas pernas, gemendo baixinho.

— O que a senhora acha que devemos fazer? — perguntou o chefe. — A propriedade é sua. Chamei a polícia, mas acho que vão deixar a decisão em suas mãos. A senhora certamente tem aqui espaço mais do que suficiente para enterrar os restos mortais do garoto.

Jane recobrou a custo a voz.

— Nós não podemos... não podemos apenas... Eu posso ligar.... o que vou fazer é ligar para o serviço de funeral e pedir que tragam um... um caixão e vamos dar a ele um enterro adequado na parte mais florida do jardim, se a polícia concordar. Vocês têm maquinaria para fazer isso, não têm?

— Sim, senhora, podemos fazer isso. A senhora indica o lugar.

Voltou-se para seus homens.

— Não mexam em nada, rapazes. A polícia e o médico legista têm que primeiro fazer o que devem.

Jane apontou para o ponto mais distante do jardim.

— Lá naquele canto, em algum lugar. Vocês encontraram um pedregulho no poço?

— Encontramos sim, madame — disse ele, apontando para a escavadora atrás. Tem mais de trinta quilos. A meu ver foi isso que matou o garoto, se bateu em cima dele. Depois, é claro, pode ter-se afogado.

— Por favor, prefiro não falar sobre isso — disse Jane, olhando o pedregulho. — Quero que o levem embora ou que o esmigalhem, mas não o deixem aqui. Se for preciso pagar um extra, eu pago. Mas façam o que estou pedindo.

Correu para a casa, com Olive a seu lado.

Jane discou primeiro para a funerária, depois para Padre John. Ouviu a sirene de polícia e se perguntou se era caso de emergência. O menino morrera há quase cem anos. Para que toda aquela pressa? Sentiu vontade de chorar.

Todas as emoções que sentira ao longo da vida pareciam recair sobre ela de uma só vez. Correu pela casa chamando o nome de Billy. Depois de procurar no segundo andar e não o encontrar, desistiu.

— Acho que ele se foi, Olive. Já atravessou para o outro lado e nós nem lhe dissemos adeus. Não pensei que fosse tudo tão rápido. Pensei que teríamos tempo de...

Olive deitou-se de barriga no chão e choramingou.

Jane sentou-se na cama e soluçou de tristeza. Depois do que lhe pareceu um tempo enorme, enxugou os olhos vermelhos e a seguir, com Olive ao lado, desceu as escadas para abrir a porta da frente.

Padre John vinha subindo os degraus da varanda.

— Não se preocupe, Jane, eu me encarrego de tudo. A polícia disse que já podíamos remover os.... restos mortais, por isso vou mandar pôr o esqueleto no caixão e fechá-lo. Depois rezarei uma prece e vamos descer o caixão no solo.

— O nome dele... o nome dele era Billy Jensen — disse Jane, apertando em seguida a mão contra a boca para abafar os sons estrangulados que estavam subindo.

Eram cinco e meia quando Jane se afastou do jardim. Sentia-se como se tivesse perdido um dos seus melhores amigos. A necessidade de chorar era tão forte que ela teve de morder os próprios lábios ao encaminhar-se para o velho poço. O pedregulho fora levado, e o buraco, tapado. Os trabalhadores estavam nivelando o chão e ela ficou observando. Pilhas e pilhas de pedra e tijolos esperavam para ser levadas embora. Com mais uma hora o chão estaria nivelado e ninguém mais saberia que um dia houvera um poço naquele lugar. Talvez na primavera ela pudesse gramar aquele pedaço ou plantar uma árvore que desse sombra, com algumas flores em volta de sua base. Talvez pudesse fazer com que se parecesse com aquelas árvores da Tulip Street. Billy gostaria, se algum dia voltasse ali. Ele poderia sentar-se sob a árvore e ver Jeeter revolver as flores. Quando as lágrimas que vinha tentando controlar irromperam, correu para a casa.

Já era tarde e teria que se preparar para a reunião. Como não tinha tido notícias de Brian, presumia que o encontro estava de pé. O que significava que deveria ligar para Trixie e pôr seu plano em ação. Se havia algo a agradecer era o fato de Mike ter ido à casa de seus pais naquele fim de semana para cuidar de seu pai que acabara de sair do hospital. O velho Sorenson tinha sofrido uma cirurgia de reconstrução do joelho e Mike quisera estar presente para ter certeza de que o pai faria o que o médico ordenava. Mike, sem dúvida alguma, não aprovaria a pequena reunião daquela noite. Ela era também grata pelo fato de Trixie ter de certo modo expulsado sua forte gripe tomando muitos litros de *bourbon* Kentucky e estar de novo trabalhando. Sem Trixie, ela não teria como levar adiante seu plano.

— Vamos subir, Olive. Vem, menina. Não é o fim do mundo, mesmo que neste momento pareça ser. Tenho que me preparar para esta noite. Basta um banho de chuveiro rápido e mudar de roupa, depois arrumo alguma coisa para jantarmos.

Olive sentou-se olhando para ela, com o rabo ainda encostado no chão.

— Por favor, Olive, você está fazendo com que me sinta mal. Santo Deus, você bem que podia falar. — Vendo que a *springer* não conseguia se mover, Jane sentou-se no chão e abraçou a cachorra. — Billy e Jeeter não eram deste lugar, Olive. De certo modo, eles foram para casa. Não era legal de nossa parte mantê-los aqui, mesmo que nós tivéssemos o... poder.... na falta de outro termo melhor... o poder de... consertar as coisas. Olha, não sei se isto é real ou não. Mas, seja lá como for, temos que conviver com isso. Não me faça ter que carregá-la, Olive. Levante-se! — disse ela com a voz mais autoritária que pôde. Olive choramingou, mas obedeceu à ordem, seguindo Jane escada acima e dirigindo-se para sua cama no final do corredor. Ela nunca dormia em sua cama, mas guardava dentro dela todos os seus brinquedos e tesouros juntamente com um monte de ossinhos de cachorro.

Jane estava a caminho do banheiro quando Olive começou a latir. Foi um latido tão alto e tão alegre que Jane voltou para ver o que estava acontecendo. Olive estava esfregando o nariz na pele de carneiro de sua cama. Jane foi até lá para ver mais de perto. No alto de uma pilha de animais de brinquedo estava uma bola de aniagem meio esfarrapada amarrada a uma folha de videira. Jane ficou olhando a *springer* empurrar gentilmente com o nariz a bola da pilha de brinquedos e ossos. Quando ela bateu no chão, rolou-a na direção de Jane.

— É o Jeeter, não é, Olive? — Abafou um soluço. — Deixou a bola dele para você. Está vendo, eu lhe disse que estava tudo bem. — Ela ficou observando enquanto Olive deixava a bola cair com um baque e a ajeitava até colocá-la sob o queixo. Com ela assim presa, suspirou de contentamento e fechou os olhos.

— Obrigada, Billy — disse Jane. Esperou para ver se vinha alguma resposta. Vendo que nada acontecia, enxugou os olhos na manga e encaminhou-se novamente para o chuveiro.

Jane observou a chegada deles pela pequena janela sobre o patamar da escada no primeiro andar. Brian deve ter tido uma energia extraordinária, ou então tinha um discurso mais convincente do que ela acreditara. Estavam todos ali, até mesmo Todd Prentice. Mas estavam em dois grupos: os melhores, como ela mais ou menos julgava que fossem Brian, Tony e Mitch; e os bandidos: Marcus, Ben e Pete. Todd Prentice vinha na retaguarda. O pária. Mesmo alguém louco e cego poderia ver que os demais estavam se distanciando de Todd.

Longos anos de raiva ferveram dentro de Jane enquanto olhava fixo, com os olhos contraídos, os homens responsáveis pela morte de Connie Bryan. Ela desejou ter a coragem de matá-los com um tiro ali mesmo. Murmurou uma prece pedindo que nada fizesse de que pudesse se arrepender. Os canalhas estavam realmente ali, em sua casa. Fechou por um instante os olhos para livrar-se de uma vertigem momentânea. Pareceu-lhe sentir mãos fortes agarrando seus braços contra seu corpo, sentir o cheiro de seu próprio medo e também o de Connie.

Quando a campainha da porta soou, Jane quase entrou em estado de choque. Encaminhou-se para a porta aspirando o ar em longos haustos à medida que andava.

— Entrem, senhores.Vamos para a sala de estar. Querem um café ou beber alguma coisa? — Ninguém aceitou. *Por que diabos estou sendo tão civilizada? Porque eu sou, e eles não são,* respondeu a si mesma.

O mobiliário de Jane estava arrumado em forma de U para tirar partido da bela lareira. Quatro dos sete ex-jogadores de futebol se apertaram juntos no sofá por trás da mesinha de centro. Dois outros sentaram-se nas cadeiras estofadas nas extremidades da mesinha e Todd sentou-se em uma das duas cadeiras de encosto reto que ladeavam a lareira.

Marcus tirou do bolso um pacote de Marlboro.

— Incomoda-se que eu fume?

— Não. Fique à vontade. — Ela abriu a gaveta na extremidade da mesinha e retirou dois grandes cinzeiros, colocando-os sobre a mesinha de centro. Três deles acenderam seus cigarros. Dali a pouco a sala ficaria cheia de fumaça e ela teria que ligar o ar.

Brian abriu a discussão.

— Eu contei a todos o que você me disse, Doutora. Pete, Ben e

Marcus não quiseram acreditar em mim. Falei das provas que você tinha. Eles disseram que não fizeram mais que dar uns empurrões em Connie. Talvez você possa esclarecer melhor as coisas para eles. Também não acreditam que você seja a outra menina que estava lá naquela noite — disse Brian, olhando diretamente para ela.

Jane detestava ficar em foco. Eles pareciam tão grandes e... tão ameaçadores. Tal como lhe pareceram naquela noite escura há tanto tempo atrás. Ela devia estar fora de seu juízo quando concebeu aquele plano, mas... Agora já era tarde. Exibindo uma confiança que não estava de modo algum sentindo, ela sentou-se e cruzou as pernas.

— O que Brian lhes disse *é* a verdade. Eu era a outra garota, a que vocês não quiseram levar para dentro dos arbustos. E, se vocês ainda tiverem dúvidas, tenho fotos... fotos dos hematomas, dos cortes e escoriações que deixaram em Connie. Também tenho, ou melhor, *tinha* todas as roupas que estava usando naquela noite. Agora estão nas mãos da polícia — mentiu descaradamente. — Seu DNA, senhores, está preservado. Embora não possa lhes mostrar as reais provas físicas, posso mostrar-lhes as fotos. O que isto significa, para todos vocês, é que vocês não têm mais para onde correr. — Voltou-se na direção de Todd. — O único daqui que não estava presente na cena é você, Todd. — disse ela, mantendo o ar afável enquanto seus olhos se estreitavam de nojo. Volveu o olhar de novo para os outros. — Se vocês querem que ele saia agora e continue a gozar sua boa vida enquanto a vida de vocês vai para o brejo, é só continuarem a mentir a seu favor.

Jane levantou-se e caminhou até a secretária de cerejeira, abriu a gaveta e tirou um grande envelope com as fotos escaneadas no computador a partir das fotos originais da Polaróide. Entregou-as a Brian para que as passasse aos demais.

— Como podem ver, as primeiras três fotos são de Connie e as demais de suas roupas, aquelas que estão cheias de seu DNA. Basta uma gota, senhores, uma simples gotinha e bingo! Jogo feito! Se olharem cuidadosamente para essas fotos, vocês verão o nome dela etiquetado nas roupas. — Por mais perverso que aquilo fosse, ela estava se divertindo com suas expressões de medo. — Seus custos com advogados serão astronômicos. Suas famílias vão ficar muito mal com tudo isso. Suas esposas podem até pedir divórcio. E seus filhos vão ficar visados na escola. Não importa como vocês se sintam em relação a isso, mas suas vidas nunca mais serão as mesmas. Assim como a minha vida nunca mais foi a mesma depois daquela noite horrorosa. E todos sabemos o que aconteceu com Connie.

Jane andou até atrás do sofá em que Marcus, Pete e Ben estavam passando um ao outro as fotos. No momento em que ela viu a cicatriz na mão de Marcus Appleton alguma coisa irrompeu dentro dela.

— Você, particularmente, está gravado em minha memória mais que todos, você, seu grandessíssimo filho-da-puta! Estou surpresa de que não se lembre de mim. Fui eu quem mordi sua mão e deixei você com esta linda cicatriz. Você me chamou de baleia encalhada e barril de banha, não se lembra? Você é uma das razões de Connie estar morta.

Marcus levantou-se do sofá de um salto e voltou-se para ela.

— Não acredito no que estou ouvindo. E daí que eu tenha uma cicatriz na mão? Milhões de pessoas têm cicatrizes na mão. Não sei nem quem diabo é você. Ramsey disse que você ia procurar nossas famílias e contar a elas essa história idiota. A única razão pela qual estou aqui é para ver que espécie de louca você é. Vamos, rapazes, já estou indo embora. — Deu um passo contornando a mesinha de centro.

— Sente-se, Sr. Appleton — disse Jane, apontando o dedo para ele. — O senhor vai sair quando eu disser para sair. Nem um minuto antes. — Ela parecia estar segurando uma espingarda pelo jeito com que ele parou a meio caminho e ficou imóvel como uma estátua. — Quanto a vocês outros, alguém tem alguma coisa a dizer em defesa própria?

— Foi idéia do Todd — balbuciou Pete. — Ele que bolou este plano. Ele disse que nos arranjaria bons empregos nas empresas da família de sua esposa. Naquela época ainda usava a palavra *namorada*.

— Isto é besteira grossa! — gritou Todd erguendo-se, as mãos com os punhos fechados.

Mas, antes que pudesse dizer mais uma palavra, Ben Nolan estava de pé diante dele.

— Não tente cair fora, Prentice. Se eu for em cana por causa disso, você vai comigo. Se cairmos, você também cai.

— Não vou cair coisa nenhuma — aparteou Brian. — Mitch, Tony e eu não tivemos nada a ver com o estupro de Connie. A coisa pior que Tony e Mitch fizeram foi segurar a doutora aí no chão. Eu estava lá, mas saí antes de as coisas ficarem fora de controle. Tony e Mitch podem comprovar isso. Vamos receber a punição que o tribunal resolver dar por isso, mas só por isso. O resto é por conta de vocês.

— Não tentem jogar isso pra cima de mim — disse Prentice em tom agressivo e ameaçador. — Vocês agiram por conta própria. Não mandei ninguém fazer nada e vocês não podem provar o contrário. E já estou indo embora.

— Sente-se, Todd — gritou Jane, cortando seu caminho. — Trixie, pode ser um bom momento para trazer nossas armas.

Usando seu colete à prova de balas e seu emblema, Flash, seguido de Kimba, uma K-9 que estava para ser graduada, entraram na sala, um por cada lado do mobiliário em U para ficar junto às duas cadeiras da lareira.

Jane sentiu-se recompensada com o instante de silêncio que se seguiu e o rápido corre-corre para os assentos. Com a certeza de que havia atingido seu objetivo, ela sentou-se do lado oposto a Todd e cruzou as pernas, afetando uma pose natural. — Flash, Kimba, *sitz* — disse, com voz tranqüila, mas firme. Os cães obedeceram instantaneamente. Os cães sentados faziam-na lembrar os leões de pedra que guardam a entrada na Biblioteca Pública de Nova York. — Você estava dizendo alguma coisa, Todd? Não ouvi bem — falou Jane friamente.

— Que diabos está acontecendo aqui?

— Do meu ponto de vista, não dá para dizer que esteja acontecendo muita coisa. Ela esforçou-se por assumir um ar inocente. — Ah, você está se referindo aos cães? Estão incomodando você? Eu sei que eles são grandes e parecem ferozes, mas garanto que são muito bem treinados. Farão *qualquer coisa* que eu mande. — O ar de arrogante autoconfiança de Todd tinha sumido. — Onde é que eu estava mesmo? Ah, sim. Em uma de suas cartas, Connie... — Deu um tapinha no rosto e estalou a língua. — Ai, Cristo, eu esqueci. Vocês não sabem nada a respeito das cartas, não é? Deixem-me pô-los a par para andar mais rápido. Fiz uma visita aos pais de Connie e eles me deram seus antigos disquetes de computador. Foi com eles que eu recuperei as cartas dela. — Ela olhou diretamente para Todd. — Em algum ponto ela até disse que depois de casados vocês iam ter um gato e um cachorro. Você gosta de cães, não gosta? Olhe, se quer sair agora, vá em frente. — Passou os olhos pela sala. — Vocês todos podem sair, se quiserem. — Ou *se ousarem* — pensou ela, e quase riu. — Trixie, nós temos algum petisco? Chocolate quente com aqueles pequenos *marshmallows* e alguns daqueles biscoitinhos de gengibre seriam bem-vindos agora.

— Você está usando estes cães para nos prender aqui contra a nossa vontade. Isto é ilegal — balbuciou Ben.

Jane fingiu mostrar-se chocada.

— Está brincando, com certeza, Sr. Nolan — disse ela dando-lhe um olhar de esguelha. — Se o senhor quiser sair, é evidente que pode. Saia. *Eu* não iria nem pensar em detê-lo.

— Pois sim, está bem. No segundo em que um de nós se dirigir para aquela porta vai ter estes cães em cima como moscas na merda.

— Na merda? Hum... É uma comparação interessante — disse ela.

— Tsc-tsc, senhores — disse Jane, estalando a língua. — Flash e Kimba são cães K-9 altamente adestrados. Eles jamais atacariam a não ser que recebessem uma ordem expressa de ir atrás de algum bandido. Vocês sabem, um ladrão, um assaltante ou um estuprador.

— Sem essa! Você está tentando nos intimidar com esses cães — exclamou Pete Zachary. Ele estava tão afundado entre as almofadas da poltrona que Jane pensou que ia passar para o outro lado. — Você não pode fazer isto. Isto é ilegal. Você está nos ameaçando e nos mantendo aqui contra a nossa vontade, na esperança de confessarmos o que você quer ouvir.

Jane estalou de novo a língua.

— Vamos ver se tenho ou não este direito. Vocês acham que eu estou ameaçando vocês e usando estes cães para mantê-los aqui contra a sua vontade. — Colocou o indicador do lado direito do nariz, fingindo estar pensando no assunto. — Corrijam-me se eu estiver errada: mas vocês todos não ameaçaram a mim e a Connie? Não nos seguraram contra a nossa vontade? Não acham que estávamos com medo do que fariam conosco? — sua voz baixou uma oitava. — Como é que se sentem agora, seus canalhas miseráveis, nojentos?

— Eu não tenho nada a dizer a você — falou Marcus, com o rosto sombrio de medo. — Você vai ter notícias minhas por meu advogado. Vou processar você por isso.

Jane irritou-se.

— Advogados e processos não me amedrontam. E vocês também não me amedrontam. Não mais. Vamos parar com isso e falar logo tudo de uma vez, não é melhor? — estendeu a mão e deu um tapinha na cabeça de Flash. — E agora, como vai ser?

— Foda-se! — gritou Marcus.

Kimba, uma cadela pastora de pêlo liso preto e dourado pesando quarenta e cinco quilos, rosnou ao ouvir seu tom de voz.

— Está tudo bem, menina. Ele não estava querendo dizer isso, estava, Marcus? Você tem que ter mais cuidado com o que diz na frente desses K-9. Estes cães ficam facilmente agitados e captam qualquer emoção ou qualquer alteração de voz.

Trixie entrou na sala carregando uma bandeja com duas xícaras e um prato com biscoitos.

— Oooh, que bom. Isto vem a calhar. — Jane voltou as costas para os homens na sala e piscou para Trixie. — Escute, Trixie, preciso de um conselho seu — disse ela em voz suficientemente alta para que os outros ouvissem. — O que você acha que eu deveria usar na próxima semana quando for conhecer os pais de Mike? Poderia usar aquele vestido amarelo queimado que comprei antes do Natal ou talvez aquele outro com babados e renda no pescoço. O que você acha?

— Eu gosto daquele vestido cor de cereja com uma abertura no lado. Use sua écharpe Vera Wang com ele. E brincos grossos, dourados. Vai causar muito boa impressão

— O que estão fazendo? — sussurrou Jane.

Trixie levantou as sobrancelhas e olhou de viés para os sete homens.

— Acho que morreram. Nenhum deles está se movendo, nem um dedo sequer — disse Trixie.

— Vamos fumar um cigarro. Eles todos são fumantes e devem estar ansiosos por um neste momento. Verifique se está soprando a fumaça na direção deles.

Jane nunca apreciara tanto um cigarro. Quando estava terminando, apagou a ponta em um cinzeiro, pegou dois biscoitos da bandeja e voltou a seu lugar entre Flash e Kimba. Deu a Flash um dos biscoitos e jogou o outro para Kimba, cujas mandíbulas se fecharam em torno do pedaço de comida como os dentes de uma armadilha.

— Vocês três — disse ela, apontando para Mitch, Tony e Brian — podem ir embora. Se quiserem apresentar queixa contra mim, vão em frente. Nunca mais vou esquecer ou perdoar o que fizeram naquela noite. Quero que saibam disso. Quero também que saibam que não vou derramar uma lágrima quando forem sentenciados. E serão, com certeza.

Os três saíram do mobiliário em U andando lenta e cautelosamente ao passarem por Flash e Kimba.

— Acho que nenhum de nós está pensando em dar queixa, Doutora — disse Brian.

— Eu esperei anos para ver isto — disse Tony Larsen. — Sabe o que mais? Estou contente que isso esteja vindo à tona. Vou fazer tudo que puder para conseguir deixar isso pra trás.

— Eu digo o mesmo — acrescentou Mitch Iverson.

— Vou levá-los até a porta. — Jane colocou-se à frente deles. — Quero que saibam que não vi o rosto de ninguém naquela noite; portanto, além do que sei por intuição, não sei quem fez o quê.

— Eu lhe disse a verdade. Não fomos nós que estupramos Connie — disse Brian.

— O DNA vai ser a nossa salvação. Nossa prova.

Jane concordou.

— Acredito em vocês. Quanto tempo vocês acham que eles vão agüentar sem dizer nada? — perguntou, olhando para trás.

— Não se pode saber — disse Brian, sério. — Todd não vai confessar nunca. Ele tem coisas demais a perder. Talvez você tenha que ligar para o sogro dele.

Ela deixou que saíssem e ficou observando os três homens indo embora, depois se encaminhou de volta para a cozinha, onde Trixie estava fazendo café, com Olive e Golda a seus pés.

— Não sei o que você planejou, Jane — disse Trixie. — Onde é que isso vai dar? Por quanto tempo você acha que vamos poder manter isso?

— Já que cheguei até este ponto, posso esperar até que eles se sintam dispostos a confessar. Não vão poder agüentar para sempre. Sabe de uma coisa, Trixie? Se eu tivesse pensado nisso mais cedo, você e Fred não precisariam ter feito aquela coisa do concurso na Universidade. Acho que a coisa aqui vai se encerrar é aqui mesmo.

— Não tem importância, querida. Fazer uma dotação para uma Universidade nunca é dinheiro perdido. Estou feliz por ter feito isso. E, como disse Fred, aquele par de mãos na capa de um livro sobre o futebol vai dar uma capa de chamar a atenção. Faríamos tudo de novo.

Jane esboçou um sorriso.

— Todo o ódio, toda a desgraça estão indo embora, Trixie. Eu me sinto como se estivesse renascendo. No primeiro momento que entraram na sala tive a sensação de que seria capaz de matá-los. Se eu tivesse um revólver, teria atirado. Nunca senti tamanha raiva cega em toda a minha vida. Um segundo depois estava ali e no segundo seguinte já havia passado.

Trixie pousou seus magros braços em torno dos ombros de Jane.
— Isto é uma coisa boa. Aposto que, se eu quisesse, poderia escrever toda uma série de livros acerca deste caso. Mas o que estamos fazendo aqui é, sem dúvida, ilegal — disse ela, com a voz discordando brincalhonamente da situação.

— Eu sei. Mesmo que confessem e eu fique com isso gravado, será que vai ter valor no tribunal? Que diabos, Trixie, tenho minhas dúvidas de que *cheguem* a ir a julgamento. Agora não sei mais o que fazer.

— O que você tem vontade de fazer?

— Há uma hora teria dito que tinha vontade de cortar-lhes os colhões, mas agora não sei. Eu fui longe demais e ambas sabemos disso.

— Vamos dar a eles uma hora mais ou menos, depois você pode começar a atazaná-los um pouco com o telefone. Você está com uma linha no computador do escritório. Posso ir até lá, desligá-la e você pode ligar para o número que quiser e fingir que está chamando sei lá quem. Você tem a listagem de todos os ex-alunos, não tem?

— Você acha mesmo que cairiam nessa?

— Neste momento acho que cairiam em qualquer coisa. Estão me parecendo todos verdes, mas pode ser efeito da iluminação. Flash e Kimba são inestimáveis, não são?

— Você está realmente se divertindo com isto, não está?

O único som que vinha da sala de estar era a respiração ofegante dos cães vigiando seus prisioneiros. A sala estava exatamente como ela a tinha deixado... com os cinzeiros sujos e dois copos de chocolate quente sobre a mesa. Mas Jane teve a impressão de que algo havia mudado.

Ela sentou-se e cruzou as pernas.

— Ninguém quer dizer nada? — Olhou alternadamente para um e para outro. — Não, hein? Tudo bem, que tal saberem do seguinte? Daqui a um minuto, a menos que alguém comece a falar e me diga o que estou querendo ouvir, vou telefonar para suas famílias, depois para a polícia e para todos os noticiários de plantão. Portanto, estou perguntando educadamente: alguém tem alguma coisa a dizer?

— Você é louca — disse Todd, olhando para Flash e a seguir para Kimba. — Se esses três aí estupraram Connie, fizeram isso por conta própria. Realmente disse a eles que estava querendo romper com Connie e pedi que me dessem sua opinião. E isto é tudo. Não queria magoá-la. Eu era jovem e tolo. Devia ter tido a coragem de simplesmente chegar junto dela e dizer isso, mas não tive. Com que cara você vai dizer a alguém com quem está transando e que era uma menina tão legal quanto Connie que você está apaixonado por uma outra pessoa?

— Mentiroso! — gritou Marcus Appleton. — Você planejou tudo. Você tinha um maldito de um diagrama mostrando a nós o local em que poderíamos fazer aquilo e como queria que fosse algo bem sujo mesmo. Você foi tão minucioso que me deu vontade de vomitar. Pois quer saber de uma coisa? Guardei a porra daquele diagrama para o caso de alguma coisa dar errado, exatamente como está acontecendo. E está todo escrito com a sua letra. — Virou-se para Jane e riu. — E aqui vai a melhor parte da história. Não consegui ter ereção naquela noite, portanto vocês não vão encontrar nem uma gota do meu DNA nas roupas de Connie. Se você parar e pensar bem no caso, Doutora Psi, fui eu quem lhe dei um soco nas tripas. E fiz isso enquanto o estupro estava rolando. Se pensar muito bem, vai se lembrar: Ben e Pete fizeram tudo. E sou, sim, o cara que você mordeu. E isto é tudo que se pode levantar contra mim em um processo, Doutora.

— Que tal você escrever tudo isso? — perguntou Jane, com a cabeça girando com a informação que Appleton tinha acabado de dar. Um diagrama. Todd Prentice tinha chegado a fazer um diagrama! Como Marcus, ela estava com vontade de vomitar.

— Jure que este cachorro não vai pular em cima de mim e escrevo isso com todas as letras para você.

— E... — emendou rápido Jane.

— E nada disso aqui aconteceu. Estou lhe dando um depoimento por minha livre e espontânea vontade. Chame aquela outra senhora como testemunha. Você não vai receber o diagrama, mas meu advogado vai.

Trixie, com o rosto imperturbável, passou-lhe um bloco de papel amarelo e uma caneta.

— Muito bem. E é bom que você arranje um bom advogado, meu filho — disse ela mansamente.

As duas ficaram observando enquanto Appleton escrevia furiosamente.

A sala ainda não havia mudado. Então por que as coisas pareciam diferentes? Todos pareciam estar respirando do mesmo modo, aspirando o ar em pequenos haustos para não chamar a atenção dos cachorros. Um raio prateado de lua podia ser visto sobre uma das mesinhas laterais. *Aquilo* era algo diferente. Não estava ali há um minuto. Será que poderia ser considerado uma diferença? Havia uma segunda diferença: o arranhar da caneta de Appleton.

Jane esperou pacientemente que Marcus acabasse de escrever. Quatro no chão e três quase. *Estou fazendo o melhor que posso, Connie,* pensou ela. *Meus métodos podem ser pouco ortodoxos, mas, se no fim dão resultado, que importa? Vou dar um jeito de seus pais não terem que ver aquele diagrama. Não creio que conseguissem agüentar isso.*

— É melhor você ler isso, porque não vai conseguir me pegar de novo — disse Appleton, com voz firme.

Jane leu cuidadosamente o papel, espantada de ver como o relato era explícito e detalhado. Passou-o a Trixie.

— Tudo bem, assine e ambas somos testemunhas. Depois disso você pode sair. — Trixie acompanhou o ex-jogador até a porta. O som de seus pneus derrapando chegou aos ouvidos de Jane.

— Então, quem vem a seguir? — Jane segurou o telefone sem fio pela antena.

— Quero um advogado — disse Pete Zachary.

— Eu também — concordou Ben Nolan.

— Você ouviu isso, Trixie? Estes caras dizem que querem advogados. Acho que temos que deixá-los sair. No momento em que um suspeito fala em *advogado*, você tem que recuar. Flash! Leve estes rapazes até a porta!

Jane olhou em torno. A sala era ainda a mesma. Que diabos, o que era aquilo? Ela fizera algo realmente importante e nada parecia haver mudado. Ela finalmente conseguiria justiça para Connie Bryan.

— Acho que você foi o único que sobrou, Prentice. Quero lhe dizer que vejo você como a escória do mundo. Você pensou realmente que ia tirar isso de letra, não pensou? Um diagrama? Você fez *um diagrama*? Cara, desculpe, mas você é um filho-da-puta nojento. Espero que esteja percebendo que para você não vai haver escapatória. Pete e Ben, não estando mais envolvidos com você, vão trazê-lo para a cena do crime. Provavelmente vão dizer que você estava emboscado entre os arbustos, gritando e dando instruções. Para sua informação, o primeiro parágrafo do artigo 571 diz que não há prazo-limite para estupro com dolo ou agressão sexual dolosa. Seu advogado vai saber lhe dizer os números de todos os artigos. Vamos, tire sua bunda suja da minha frente antes que eu a chute por todo o caminho até Baton Rouge.

— Aí vai uma lamentável espécie de ser humano — disse Trixie, abrindo uma garrafa de Corona. Passou uma para Jane. Tomou um longo gole de sua própria garrafa antes de dizer:

— Você conseguiu, Jane. Conseguiu pôr tudo para fora. Tenho que admitir que passei por uns maus momentos há pouco. O sujeito chegou a desenhar um diagrama! Isto é a coisa mais indigna que já ouvi em toda a minha vida.

— Tive vários maus momentos — disse Jane. — Eu me sinto como se tivesse ido à guerra e estivesse voltando. Pensei que iria me sentir muito bem, mas, por alguma razão, não me sinto. Não sei o que estou sentindo. Deveria estar, pelo menos, me sentindo aliviada de finalmente, finalmente, ter tido a coragem de trazer tudo isso à tona. Talvez amanhã seja diferente. O que você acha que vai resultar de tudo isso, Trixie?

— Eles irão a julgamento, sim. Isto vai sair nos jornais, por mais que tentem manter sigilo. Quanto a até onde serão punidos, não sei, Jane. Se isto fosse um livro e eu estivesse escrevendo este final em particular, faria com que Todd vendesse tudo que tem em seu nome e sumisse. Não se surpreenda se isto vier a acontecer. Mas eu simplesmente não sei, Jane. Para você, é assunto encerrado. Acho que sua amiga Connie pode agora descansar em paz.

— Espero que sim.

— Se você me ajudar a levar meus cães até o carro, acho que vou para casa. Meu companheiro está me esperando para ouvir o relato desta festinha que tivemos aqui. Durma bem, minha criança.

— Estou excitada demais para dormir. Acho que vou ficar sentada aqui, sem fazer nada. Só eu e Olive. Mike talvez telefone mais tarde. Acho que nenhum deles vai ousar voltar aqui, não acha?

Trixie riu.

— Você é a última pessoa da terra que vão querer ver de novo. Pode ficar certa disso.

— Obrigada, Trixie — disse Jane, conduzindo os cães para a van. — Nos vemos amanhã!

Trixie acenou em despedida, ligou a sirene e saiu fazendo um barulho infernal pelos campos afora.

Dezenove

A primavera chegou a Rayne, Louisiana, como acontecia todos os anos. O leão havia rugido brevemente, mas o manso cordeiro tinha de alguma forma conseguido vencer com sua suave perseverança. Chuvas finas tinham caído por dias sem fim, seguidas de longos e preguiçosos dias de calor e sol aberto. A perfeita mescla de chuva e sol era exatamente aquilo de que a terra precisava para ser trazida de volta à vida. Nesse ano as flores apareceram com mais brilho, em maior quantidade e incrivelmente olorosas. Os canteiros de sempre-vivas mostravam-se exuberantes e coloridos, um solo perfeito para a enorme magnólia que Jane mandara plantar sobre a sepultura de Billy Jensen. Jane estava neste momento contemplando a magnificência da árvore, suas folhas enormes, de um brilhante verde-esmeralda, que criavam um sombreado lugar de repouso para os restos mortais do garoto.

A primavera é sempre a época dos novos começos, pensou Jane. Quando as chuvas começaram a cair, passou horas na varanda de trás meditando e fazendo planos. Por fim chegou à conclusão de que as chuvas tinham um efeito de limpeza não só para a terra e os jardins como também para o coração. Billy estava certo. Ela tinha que parar de pensar naquilo. O que significava que tinha de deixar sair todo o antigo ódio e insegurança no que dizia respeito a sua mãe.

Pare de pensar. Pare de pensar nisso.

Quantas vezes ela havia dito estas mesmas palavras a seus pacientes? Centenas. E quando eles lhe perguntavam como, ela respondia:

— Perdoe-os.

Jane tomou mais um gole da xícara de café, o terceiro desde o início da manhã. Ela gostava de ver o sol sair e amava ficar sentada de camisola nos degraus junto com Olive. Era sua hora favorita do dia, quando as coisas ainda não estavam em movimento. O momento em que se sentia capaz de tomar uma decisão e saber que poderia levá-la adiante ou cancelá-la. Uma hora valiosa. Um hora só sua.

Recostou-se em uma das pilastras que sustentavam o teto e fechou os olhos. *Parar de pensar nisso, Jane Perdoar e esquecer. Você em breve vai começar vida nova. Não traga o mínimo peso de sua antiga carga para dentro de seu casamento com Mike. Apenas abra seu coração e esqueça tudo o mais.*

Jane ficou passeando o olhar pelo jardim. Estavam no segundo dia de abril, cerca de dois meses depois da reunião com os agressores de Connie Bryan. Dois longos meses desde que entregara as fotos, os disquetes do computador e a sacola de papel contendo os pertences de Connie a seu advogado, que por sua vez os entregara à polícia.

Depois da enxurrada inicial de artigos de jornal e segmentos diários de cinco minutos nos noticiários locais, as coisas estagnaram. Mas vieram de novo à tona no momento em que foram indiciados. As coisas esquentaram ainda mais no dia em que os pais de Connie vieram à cidade e deram entrevistas a quem estivesse interessado em ouvir sua história. Tinham até parado em sua casa e agradecido a ela, dando-lhe uma almofada finamente bordada que Connie havia feito no verão anterior a sua morte.

Estava terminado. Ela passara adiante as provas, dera seu depoimento e, no que lhe dizia respeito, fizera tudo que lhe cabia. Tinha até chegado a bom termo quanto ao fato de ter quebrado a promessa feita a Connie. Algumas vezes os fins justificam os meios. Exatamente no dia anterior, Trixie perguntara a ela se sabia o que estava acontecendo com Pete, Brian e todos os outros. Jane não estava informada de nada, além de saber que estavam soltos sob fiança, e tampouco se interessava. Já não estava mais em suas mãos, e sua vida ia continuar, não importa o que acontecesse com eles.

Sua xícara de café já estava vazia, o que significava que já era hora de entrar e preparar-se para o trabalho. A partir do dia seguinte começaria um período de nada mais ter a fazer a não ser a documentação, até chegar uma nova leva de cachorros. Ela iria usar exatamente esses trinta dias para preparar-se para seu casamento em fins de junho.

Olhou para Olive. A sempre leal, sempre confiável Olive.

— Aposto que, se tentarmos, vamos poder estar prontas e trabalhando em quarenta e cinco minutos, contando com os oito que levamos para chegar à casa de Trixie. Está pronta para muita ação e movimento, minha velha?

— Au!

Jane ia recolocar a xícara de café que enchera novamente na mesinha-de-cabeceira, mas viu que ali não havia mais espaço. Próximo à lâmpada, aninhada entre o relógio digital e uma foto dela com Mike, estavam uma alfazema e um ramo florido com duas azáleas. A seu lado estava a bola de Jeeter. Jane olhou em volta.

— Billy! Jeeter! — Procurou pelo aposento, mas não os viu. — Olive, onde estão? — Olive bateu com a pata na bola até rolar pelo chão. Apanhou-a e carregou-a para cima da cama.

Jane pegou o delicado ramo. Era perfeito em todos os detalhes e incrivelmente fresco. Por que as azáleas não exalavam perfume? Uma coisa tão bonita deveria ter uma fragrância forte, inebriante.

— Acho que Billy gostou do que fizemos, e é este o seu modo de nos agradecer — disse Jane. Olive entortou a cabeça para o lado como se dissesse:

— Ah, finalmente você acredita.

— Eu sei, eu sei. Eu era um São Tomé incrédulo, mas agora acredito. Gostaria apenas de não tê-lo chamado de assombração.

Jane encaminhou-se para o banheiro, com o ramo de azáleas ainda na mão. Lavou o copo que usava para o gargarejo, encheu-o de água e levou-o de volta para o quarto, onde o colocou junto da foto em que ela e Mike estavam de pé próximo à árvore de magnólias recém-plantada.

— Obrigada, Billy — sussurrou.

Pouco tempo depois Jane parou o carro nos portões da fazenda McGuire.

— Eu lhe disse, Olive, cinqüenta minutos cravados. Porém, cronômetros são muito chatos. Isto quer dizer apenas que sou pontual. Vamos ver o que Trixie deixou na escrivaninha para nós hoje. — Jane segurou a porta do carro aberta para Olive.

Com um cigarro pendurado no canto da boca, uma xícara de café na mão, os pés esticados sobre uma cadeira, Trixie mandou Jane se sentar. Naquele dia ela estava com seu traje favorito de ir à delegacia de polícia, um conjunto esporte estampado de pele de onça.

— Você está arrumada como quem vai a algum lugar, Trixie.

— Estou indo levar Flash e Golda até a delegacia para verem os companheiros. Estivemos trabalhando vinte e quatro horas por dia e eles precisam de um dia de folga. Olive é bem-vinda, se quiser vir conosco. Vamos passar no Burger King para fazer um lanche. Já estou sentindo falta de John e dos cães, e eles foram embora apenas ontem — continuou ela. — Espero que tenhamos tomado decisões acertadas no que se refere aos *handlers*.

— Trixie, você lhes deu a nota máxima, investigou cada um até nos mínimos detalhes, ameaçou-os de castração. Você lhes disse, com detalhes os mais crus, como iriam ser esfolados vivos se algum daqueles cachorros tivesse sequer um arranhão. Acho que você não tem com que se preocupar quanto aos cachorros.

Os pés de Trixie bateram no chão da cozinha. Ela olhou para a bagunça a sua volta.

— Por que você acha que nunca contratei uma empregada, Jane?

— Você não quer ter ninguém nos calcanhares e tem medo de que, se contratar uma, ela acabe descobrindo o seu segredo.

— Diga a Fred que hoje é o dia dele de fazer a limpeza. Não faça isso por ele. Ele está ficando preguiçoso quando se trata de suas tarefas. Estou falando sério, Jane.

— Está bem, está bem. Eu vou terminar minhas tarefas no computador. Depois você se importa se eu tirar para mim o resto da manhã? Quero ver se acho um vestido de noiva. O tempo está voando e ainda não preparei coisa alguma.

— Tire todo o tempo que quiser. A única coisa realmente urgente é a documentação para os escudos dos cachorros.

— Isto eu acabo esta manhã e levo tudo para o correio quando for para a cidade. Tenha um bom dia, Trixie.

— Você também, querida. Vamos levantar acampamento, turma! — gritou Trixie abrindo a porta telada. Jane riu o tempo todo em que estava arrumando a cozinha.

Jane sentou-se no carro em frente à antiga casa dos pais e ficou olhando para ela. Ela se perguntava de onde lhe tinha vindo a idéia de que, ao destruí-la, obteria a paz por que tanto ansiava. Obviamente não estava pensando racionalmente naquela época. Uma casa era apenas uma casa: madeiras, paredes e telhas.

Ela havia assinado os papéis da escritura há duas semanas, feito sua vistoria com o corretor e não tinha mais voltado ali desde então. Ficou olhando para a casa, tentando eliminar em bloco todas as lembranças más. Passado era passado e ela tinha prometido a si mesma que não pensaria mais nele. Agora era o momento de cumprir sua promessa e o momento de fazer as pazes com sua mãe.

Porém, antes tinha de ligar para Mike. Quando ouviu sua voz, seus ombros se distenderam. Ela recostou-se e relaxou.

— Oi, sou eu. O que você está fazendo?

— Estava sentado aqui pensando em você enquanto comia meu almoço, que, por sinal, está com um atraso de três horas. Antes que você me pergunte, é uma maçã e um iogurte. Onde você está?

— Sentada no meu carro em frente à casa de meus pais. Você vai gostar de saber que encontrei esta manhã o vestido para o casamento, portanto já podemos nos casar. Não é nada muito luxuoso, mas gosto dele. Vai até os tornozelos, meio tipo coquetel. E um véu e sapatos. Estou pronta.

— Isso é ótimo. Está vendo? Você estava nervosa à toa. Eu sabia que você iria encontrar exatamente o que queria. Que diabos, você poderia estar usando uma estopa e aquele chapeuzinho engraçado que para mim estaria tudo bem. Sinto sua falta, Jane. Há três dias que não nos vemos.

— De quem é a culpa?

— Minha. É nisso que dá a gente se envolver pessoalmente nas coisas. Seu tempo não é mais seu. Porém, é uma sensação muito boa. Por falar nisso, Willie só está portando uma pilha D atualmente. A hipnose está dando certo. Ele agora diz que só leva consigo as pilhas para dar sorte. O que já não me incomoda, nem a ele. Eu acho que vou poder lhe dar alta com mais algumas sessões. Você não acreditaria como ele mudou. Ele mandou uma cesta de frutas para o meu consultório.

Jane estava vendo o grupo de crianças jogando beisebol no meio da rua.

— Isto é ótimo, Mike. Fico feliz de ver que tudo deu certo. Qual era o trauma dele?

— Uma noite, ele estava vendo televisão e mostraram um menino que havia perdido o controle de sua cadeira de rodas e rolado encosta abaixo caindo em um lago. No filme o menino havia morrido afogado. Em resumo foi isso.

— Faz sentido. Mike, aconteceu uma coisa estranha esta manhã. Me diga o que você acha. — Jane relatou-lhe o episódio do início da manhã com o ramo de azáleas.

— Fico todo arrepiado só de ouvir isso — disse Mike. — Você agora está acreditando ou não?

— Mais ou menos. Eu estava pensando em Billy enquanto tomava meu café nos degraus da varanda. E aí, quando subi... Uma flor é algo tangível. Algo que você pode tocar, cheirar... Bem, azáleas não têm exatamente cheiro, mas você sabe o que quero dizer.

— É aceitar ou rejeitar isso, Jane. A escolha é sua. Olha, tenho que desligar. Meu próximo cliente deve estar entrando em um segundo. Por falar nisso, o que você achou do programa desta manhã? Foi quente, não foi?

Jane não teve coragem de dizer que não ligara o rádio. — Você se saiu muito bem.

Pequenas mentiras eram aceitáveis quando faziam alguém sentir-se bem.

— Acho que os ouvintes estão começando a me aceitar — disse ele, parecendo animado. — Você tinha razão, eu tinha mais é que deixar rolar e seguir a corrente. Willie telefonou e isto foi muito bom. Tenho que correr. Vejo você por volta das nove, está bem? Te amo.

— Eu também te amo — disse Jane, apertando o botão de *END*.

Jane saiu do carro e entrou pelo caminho de entrada da casa em que havia crescido. Virou-se para olhar a vizinhança. Lembrava-se muito pouco dela. O que podia ver mostrou-lhe que os vizinhos se orgulhavam de seus gramados e de seus arbustos. A casa de seus pais, com seu gramado crescido e arbustos sem poda, era a mais mal cuidada da rua. Ela realmente detestava aquele lugar, que não era nada mais que isso, um lugar. É agora ou nunca, pensou ela com ar sério ao abrir a fechadura da porta da cozinha. Enquanto a temperatura lá fora estava em torno de vinte graus, o interior parecia estar em dez. Ela tremia de frio enquanto caminhava de um aposento para o outro.

— Estou aqui, mãe! Apareça, onde quer que você esteja! — cantarolou ela. — Este vai ser o melhor dia que você já teve nos últimos tempos. Onde é que você está? Vamos, não tenho o dia todo, vamos logo com isso — disse ela, abrindo o cubículo sob a escada. Deu um puxão na cordinha ligada ao ponto de luz, mas nada aconteceu.

— *Estou aqui, Jane, atrás de você.*

Jane deu meia-volta.

— *Eu sei por que você está aqui, Jane. Você está errada. Por favor, não quero ouvir suas palavras.*

— Como é que você poderia saber por que estou aqui? Eu mesma não sabia que viria aqui esta manhã até há alguns minutos. Eu vim para... — Um toque de pluma sobre seus lábios fez com que se interrompesse sua breve fala.

— *Não diga nada. Uma vez ditas as palavras, será muito tarde. Por favor, sente-se aqui no assento da janela e me ouça. Eu não quero que você me perdoe, Jane. Eu não quero que você me mande para o outro lado. Por favor, deixe-me ficar aqui. Deixe-me tentar reparar o que fiz de errado no passado. Eu lhe disse quando você esteve aqui da última vez que eu me sentia sozinha. Se você me deixar ficar, você pode vir me visitar de vez em quando. Quando você tiver fihos, você vai poder trazê-los para que eu possa vê-los. Por favor, não quero ir embora* — suplicou ela.

Jane recostou-se de encontro à parede e esfregou as têmporas. Estava começando a sentir sob os olhos as pontadas de uma dor de cabeça se aproximando.

— Deixe-me entender isso direito. Você não quer que eu a perdoe. Quer ficar aqui nesta casa vazia, vagando por toda a eternidade. E também espera que eu venha aqui e a visite e traga meus filhos, se tiver a sorte de ter algum. Isto vai fazer com que se sinta melhor por ter sido uma péssima mãe?

— *Sim.*

— Por que eu concordaria com isso?

— *Porque, apesar de tudo que fiz de errado, você se tornou uma pessoa humana muito bonita. Eu quero provar a você que a amo, que me importo com você. Ficar aqui em vez de ir para o outro lado é o único meio que tenho de fazer isso.*

— Uma de nós está maluca e não sou eu — murmurou Jane. — Trixie sempre disse que você é doida. Ela detesta sua maneira de ser.... destestava sua maneira de ser. Fred também jamais gostou de você. Será que alguém alguma vez gostou de você? Você teve amigos? Claro que não. Amava a si mesma, e isto lhe bastava. Fico tão cansada quando a ouço. — Puxou os joelhos para junto do peito e olhou para fora através da janela da frente. — Vou me casar em junho — disse ela, sem saber muito bem por que dizia aquilo. — Comprei hoje meu vestido, meu véu e meus sapatos. Fred vai me levar ao altar e Trixie vai ser minha madrinha. Não me diga o que você está pensando, mãe. Trixie vai ser uma madrinha maravilhosa.

— *Vai, sim. Fico triste de não poder estar lá para assistir.*

Jane não conseguia acreditar.

— Você gostaria de estar?

— *Claro.*

Tocada com as palavras da mãe, Jane só conseguiu balançar a cabeça. Pensou por um instante. — Poderia fazer o casamento aqui, e aí você poderia... você sabe, circular por aqui, fazer o que quisesse. Creio que Mike concordaria com isso. Trixie e Fred não vão gostar, mas, se for isto o que quero, eles vão aceitar. Vou pensar nisso.

— *Sua dor de cabeça está piorando. Você deveria ir dormir um pouco agora, Jane. Isto ajudaria a passar. Então você concorda em me deixar aqui?*

— Se é isso que quer, pode ficar.

— *Shhhh, agora durma.* — Começou a cantar uma canção de ninar.

Já estava escuro quando Jane despertou. A lâmpada pendente do teto da sala de estar jogava a luz diretamente sobre seus olhos. Espreguiçou-se e olhou em torno. Quanto tempo havia dormido? Seu relógio estava no carro. Balançou a cabeça.

— Não vou nem tentar entender — murmurou.

Estava com a mão na maçaneta da porta da cozinha quando se virou para perscrutar a escuridão.

— Boa-noite, mamãe.

— *Boa-noite, Jane. Você vai voltar?*

— Vou, sim. Você acha que pode me dar um abraço apertado, mamãe?

— *Pensei que você nunca me pediria isso.*

Não foi um daqueles abraços de quebrar ossos de Fred ou um daqueles com os braços finos de Trixie, nem um dos mais íntimos de Mike. Foi algo etéreo, cálido e tranqüilo, quase como se água morna ou véus finos estivessem acariciando seu corpo. Ela sentia vontade de cantar quando saiu da casa. Olhou mais uma vez para trás e pareceu-lhe ver a mãe acenando para ela da janela da frente. Parou, acenou com os dedos e riu. O que sentiu deveria ser algo semelhante ao de um vencedor do Oscar no dia da Entrega dos Prêmios da Academia.

* * *

Os olhos de Mike se acenderam e um sorriso bobo brotou embaixo de seu novo e *sexy* bigode. Jane correu direto para os seus braços. Enterrou o rosto na curva de seu pescoço, passando os braços em torno dele, querendo dissolver-se. Começou a beijá-lo, primeiro pequenos beijos suaves, depois um mais longo, carícias mais provocativas com os lábios e a língua dispostos de modo a despertar seu desejo e respostas.

Mike parecia completamente tomado pela súbita demonstração de emoção de Jane, mas um desejo mais primário bateu nele e ele a ergueu em seus braços e levou-a escada acima, encaminhando-se com ela para o quarto.

Os dedos de Jane estavam impacientes ao desabotoar a camisa dele e desafivelar seu cinto. Ela murmurava palavras incoerentes, palavras desesperadas de necessidade. As mãos dela tocavam seu peito nu, acariciando o contorno suave de sua pele. Depois de explorá-la com as mãos, ele a tocou com a boca. Impaciente com o corte fechado de suas roupas, Jane praticamente rasgou as que cobriam seu corpo e a seguir virou-se de costas para que Mike a ajudasse a ir mais rápido.

Ao senti-lo de encontro a ela, sua pele confundindo-se com a dela, seus corações batendo em uma mesma cadência, Jane estirou-se sob ele e se entregou ao momento e ao desejo que sentia por ele.

— Vem, Mike! — implorava ela, em movimentos convulsivos sob o seu peso. — Vem, agora! — suplicava.

O tom desesperado de sua voz era disfarçado pela paixão em suas palavras. Ele a cobriu, em movimentos ritmados contra seu corpo. Ela o prendeu com a força de suas coxas e, agarrando-se a seus braços, sentiu que o amor que ele tinha por ela o impelia a satisfazer seus desejos.

Jane tentou soltar-se nos braços do homem que amava. Tentou ocultar-se dentro dele, sentir-se a salvo daqueles espíritos nebulosos que invadiram sua vida. Mike afastou o torso, com a expressão em seu rosto mostrando a ela que ele percebera haver algo de errado.

— Quer me dizer o que está havendo, Jane?

— Ela falou a respeito de sua decisão de não destruir a casa e seu desejo de fazer as pazes com a mãe.

— Eu vi o fantasma dela, Mike. Eu o vi tão claramente como estou vendo você neste momento. Conversamos e ela me disse que sabia por que eu estava lá e que não queria que eu a perdoasse, que ela preferia tentar compensar todos os seus erros passados. Suplicou que eu a deixasse ficar na casa e que a visitasse de vez em quando. — Jane lançou um olhar para fora da janela. — Eu disse a ela que ia me casar e ela disse que se sentia triste por não poder assistir. — Ela olhou para Mike. — Ela *poderia* assistir, Mike... *se* nós fizéssemos o casamento lá, na casa. Você acha que estou louca? — disse, hesitante.

Mike pôs o braço em torno dela e puxou-a para si.

— Não, claro que não. Acho que é uma ótima idéia. Você vem há anos e anos tentando resolver todas as coisas erradas que teve na vida e com sua mãe. Fazermos o casamento lá seria... uma reconciliação total.

— Então você acredita em mim. Acerca do fantasma, quero dizer.

— Que diabos, acredito. Eu não me esqueci daquele meu único encontro com... como é mesmo o nome dele? Billy. Até hoje não sei se eu estava sonhando ou se realmente vi um fantasma. Na minha opinião, ele era incrivelmente real. Há algumas coisas na vida, Jane, que desafiam qualquer explicação. E os fantasmas são uma delas. Tudo que você quiser fazer, por mim, está bem. A única coisa que não estaria bem seria se você terminasse comigo. Vamos ter certeza de que nos entendemos quanto a isso.

Ela se sentou e deslocou-se lentamente para a beirada da cama.

— Nunca mais vou ficar longe de você de novo. — Nossa! Estou louca por um cachorro-quente. E você?

— Por que não? Quer dizer que você voltou a comer carne?

— Não. Mas às vezes me dá vontade de certas coisas. — Puxou o roupão do gancho atrás da porta. — Mike, e quando ela me abraçou? Foi algo real. Acho que foi o melhor abraço que já recebi. — Ele fez-lhe um carinho leve no rosto. — Meu Deus, quase me esqueci, e como está indo a questão do encerramento? — perguntou ele, referindo-se à venda de seu consultório.

— Está concluída. Vai ser amanhã às três da tarde. Fico meio triste com isso — disse Jane, amarrando o cinto do roupão. — Tantos capítulos de minha vida se encerraram ultimamente. Não quero ter que me preocupar com nada. — Olhou-o bem nos olhos. — Quero ficar grávida logo — disse, de repente.

As sobrancelhas de Mike se ergueram.

— Você quer! Que ótimo! Meu Deus, mal posso esperar para me tornar pai. Aposto também que você vai ser a melhor mãe do mundo.

— Acho que isto é a coisa mais linda que você já me disse — falou Jane, enfiando seu braço no dele. — Você corta as cebolas e o repolho. Eu tenho um vidro de pimenta. Preparo os cachorros-quentes e os bolinhos.

— Se comermos tudo isso, não vamos conseguir dormir.

— Eu sei... — silabou Jane, fazendo uma careta maliciosa. Mike a perseguiu por todo o caminho até a cozinha.

Jane permaneceu pacientemente de pé na porta de entrada da Tramway Decorações, esperando que o proprietário estacionasse seu carro e abrisse a loja. Faltavam dois minutos para as nove.

Uma vez dentro, ela parecia um redemoinho, andando para cima e para baixo e apontando os mostruários: — Este, este e aquele. — Às dez e cinco saiu da loja. A mobília que havia escolhido, tirada diretamente do *showroom*, chegaria à casa de seus pais por volta das doze e trinta.

Ela estava se sentindo particularmente bem quando desceu a rua em direção à Loja de Departamentos Rich. Lá se dirigiu diretamente ao balcão dos cosméticos, onde comprou dois itens de cada coisa de quase tudo que a loja oferecia, incluindo seis diferentes vidros de perfume. Quando se afastou do balcão de cosméticos, encaminhou-se para o departamento de modas, onde vasculhou as roupas penduradas, escolhendo coisas que sabia que sua mãe teria aprovado se estivesse viva.

De lá foi até o departamento de *lingerie* e novamente pegou duas peças de cada, as mais cheias de babadinhos e laços. Tendo ainda vinte minutos livres, ela literalmente correu até o departamento de sapatos e bolsas e pediu ao vendedor: — Aquelas, este, estes e aquele. Por favor, me acompanhe com os pacotes até o meu carro.

Ela teria deixado Trixie orgulhosa da maneira como ela dirigiu até a casa — como um demônio sobre rodas. Mal estacionara o carro na entrada da casa, o caminhão de entregas da Tramway dobrou a esquina oposta. Ela era a própria Trixie, apontando e gritando:

— Ponha isso lá, este vai ficar aqui e quero aquele outro lá no canto.

No momento em que o caminhão foi embora, Jane fez seguidas viagens do carro para a casa, jogando todas as compras no meio do chão da sala de estar. Ao terminar, saiu de novo para ir à casa de cortinas e móveis infantis. O dinheiro fala alto, Trixie dizia sempre. Ele não só falou, mas gritou, pensou Jane, preenchendo cheques um atrás do outro. Ao terminar ela havia tomado providências para que os funcionários da tapeçaria cuidassem de tirar as medidas, e o pessoal da floricultura replantasse todos os canteiros de flores em torno da casa.

Disparou para casa, mudou de roupa, fez a maquilagem e desceu novamente a rodovia até o escritório do advogado, onde assinou o nome em meia dúzia de lugares, pegou o cheque, e saiu correndo do escritório sem nem olhar para trás. Eram quatro e dez quando se viu novamente na casa em que tinha vivido quando criança.

— Tudo bem, sou uma boba. Talvez estivesse maluca ou então com uma espécie de neurose de compras — murmurou, ao começar a esvaziar caixas e sacolas. Às cinco e meia, carregando a última caixa e sacola para um barril de plástico de lixo que os moradores anteriores deixaram ali, Jane parou, desanimada. — Merda! — Esquecera-se dos pratos. Meteu-se no carro e dirigiu até o Atacado de Eletrodomésticos e Artigos de Cozinha, onde comprou pratos, jarros, panelas e uma baixela de inox. Às seis e meia tudo já estava lavado e posto nos lugares.

Às dez para as sete entrou novamente em casa e viu Mike sentado à mesa da cozinha.

— Como foram as coisas?

— Mike, foi o dia mais excitante que já tive. Não parei dois minutos. Acredite se quiser, esta é a primeira chance que estou tendo de sentar. Mal posso começar a contar a você como este dia foi satisfatório. Não sei, talvez tenha sido *eletrizante*. Seja lá o que for, foi incrivelmente maravilhoso.

— Cristo, eu pensava que a venda de seu consultório seria algo depressivo.

— A venda do consultório! Ah, sim! Ela ocorreu sem a menor dificuldade. Mas não é disso que estou falando.

— Então é de quê?

Jane lhe contou tudo que fizera.

— Que droga, esqueci os lençóis e cobertores! — Suspirou. — Tudo bem, posso pensar nisso amanhã. Por que está me olhando desse jeito? Está achando que sou maluca?

— Você realmente acha que sua mãe...

— Não, não, não. Quero aquelas coisas todas lá só para ela poder ver. Queimei tudo que era dela. Seria no mínimo justo que eu substituísse tudo. Porém, é mais no sentido de que, se você e eu tivermos alguma vez uma briga — e não me diga que não teremos, porque teremos, sim — ou quando as crianças estiverem dando muito trabalho, poderemos ir até lá para esfriar a cabeça. Considere-a como uma residência à parte. Eu estou verdadeiramente em paz com tudo isso agora. É uma sensação de contentamento tão maravilhosa. Sei que deve haver palavras que a descrevam melhor, mas não as conheço. Neste momento só posso acreditar que ela é real. Sei que à medida que o tempo passe sobre esta sensação ela irá sumindo, mas a esta altura já estarei me sentindo em condições de mandar mamãe para o outro lado. Se ela quiser ir. Mas não quero mais falar sobre isso agora, está bem?

— Tudo bem. Vem cá.

Jane sentou-se em seu colo.

— Amo você, Mike Sorenson.

— Amo você ainda mais, Jane Lewis. Meu Deus, você ouviu o noticiário de hoje? Eu sabia que havia alguma coisa que queria lhe contar. Aqueles dois homens que agrediram Betty Vance estão com processo aberto contra eles. Foi a coisa mais louca. Não estavam mais sob suspeita porque o vídeo da drogaria só os mostrava falando com Betty em um canto, mas um deles devia dinheiro a um outro idiota qualquer e ele partiu para cima dos dois. Ele disse que é porque estavam se vangloriando disso e também de terem amedrontado a Betty na drogaria. Está tudo no noticiário de hoje.

— Minha taça esvaziou — disse Jane. — De agora em diante a única coisa com que tenho que me preocupar, ou de que cuidar, é você. Sabe de uma coisa? Eu não gostaria que fosse diferente. Você vai passar a noite aqui ou está só ocupando espaço em minha cozinha?

— Pensei em ficar. Estou com vontade de tomar um banho de chuveiro longo e preguiçoso. E você?

— Esta, Dr. Sorenson, é a melhor oferta que tive em todo este dia.

Vinte

O pequeno jardim nos fundos ficava fora da vista e era literalmente à prova de som com seus vinte e quatro metros de alfeneiras cobrindo a feia cerca de madeira. Era a moldura perfeita para o casamento íntimo de Jane Lewis e Michael Sorenson. Além do oficiante, da noiva e do noivo, os únicos convidados eram as pessoas mais próximas da família.

Estava um dia ideal para um casamento, ensolarado e quente, mas não tão quente que fizesse murchar as flores coloridas plantadas nas bordas dos atalhos. Brilhantes margaridas, canteiros de flores-do-campo e palmas-de-santa-rita vindas de estufas alinhavam-se por toda a extensão do jardim. Do lado oposto a eles, pervincas e petúnias, gerânios e esporas-dos-jardins cresciam com tal força que faziam lembrar um quadro de Martin Bell. O centro da cerca, um pano de fundo perfeito para o arco branco de vime, estava avivado com perfumado mirto, papoulas e girassóis. Hera verde-esmeralda e laços de cetim branco cobriam o arco, com os cumprimentos da estufa de Brian Ramsey. Uma faixa de cetim branco saía dos degraus da varanda de trás até o arco, completando a decoração externa para a cerimônia.

Pela janela do quarto de dormir, Jane viu Padre John tocar a grama pontuda com a ponta do sapato. Havia sido posta em mantas, e a junção ainda estava visível. Ele olhou em torno, seu rosto demonstrando perplexidade. Jane sorriu. Ela estava sabendo exatamente o que o padre poderia estar pensando: que este era o mais estranho casamento que já tinha realizado. Trixie telefonara para ele e perguntara se poderia oficiar a cerimônia ali no jardim, primeiro, e depois, uma hora mais tarde, na igreja. Ele não tinha feito perguntas, evidentemente presumindo que no jardim a cerimônia seria sentimental.

— Pelo menos vocês não estão se casando em uma dessas capelas em que se entra com o carro em Las Vegas, como alguns de meus paroquianos — dissera ele antes. Ela rira da observação, embora ele estivesse falando a sério.

Ela continuou a observar o padre, que olhava para o pulso para ver as horas. Será que estava nervoso? O que ele estaria pensando? O olhar de Jane dirigiu-se para o pequeno relógio de viagem que trouxera e colocara sobre a cômoda. Faltavam só dez minutos. Ela estava ali há mais de uma hora e ainda não havia sinal de sua mãe. Será que pensara em vir e falar com ela, ou ficaria escondida, com vergonha? Jane riu. Sua mãe nunca tivera um momento de vergonha em toda a sua vida.

Trixie ajeitou o véu de Jane.

— Querida, você nunca esteve tão bonita. Não sei nem lhe dizer como Fred e eu estamos felizes por você. Ela está aqui, Jane? Só temos mais dez minutos até a hora da cerimônia. Fred, Mike e os pais dele estão na cozinha. Sabe, talvez você devesse assoviar, ou seja lá o que for, para fazer com que ela apareça. Não estou sentindo nada. Não deveria haver um ventinho ou qualquer coisa assim? — O olhar de Trixie percorria o aposento em torno.

— Não, ela não está aqui. Já chamei inúmeras vezes. Eu não entendo... a menos... a menos que ela nunca tenha estado aqui e tenha sido só imaginação minha. Todo este casamento no jardim... é... você sabe, para *ela*. Por falar nisso, Trixie, obrigada por não ter dito nada quanto ao mobiliário. Acho que você deve pensar que tudo isto é uma grande maluquice. Ou talvez *idiotice* seja a palavra mais exata. Mas foi algo que senti necessidade de fazer.

— Não ponha palavras em minha boca, Jane. Não acho que mobiliar este local tenha sido algo tolo. Acho que... acho que é maravilhoso o que você fez. Isto mostra que você cresceu como pessoa e como mulher.

— Você sabe sempre dizer a coisa certa, Trixie. É uma das razões pelas quais amo tanto você. — Jane beijou seu rosto cheio de *blush*. — Droga, onde é que ela está? Espere por mim aqui enquanto retoco meu batom. Volto em um minuto.

Trixie sentou-se na beira da cama, fechou os olhos e tentou relembrar a figura da mãe de Jane.

— Margaret Lewis, é melhor você aparecer com sua bela bunda de rainha ou você vai se arrepender. Esta menina teve um trabalho enorme para que você possa ver o casamento e nós duas sabemos que você não merece isso. — Trixie olhou para um lado e para o outro. — Eu nunca fiz segredo de que não ia com a sua cara quando você estava viva. Mas acho que vou odiá-la ainda mais agora pela maneira insidiosa com que você entrou na vida de Jane. Temos apenas alguns minutos. Se você não aparecer, Jane nunca mais vai voltar aqui. É melhor você saber disso, Margaret.

— *Trixie, Trixie, você não mudou nada. Estou aqui e tenho a intenção de assistir ao casamento de minha filha. Por falar nisso, também jamais gostei de você. Especialmente depois que roubou Jane de mim. Nunca vou perdoá-la por isso.*

— Não me venha com essa, Margaret. Você jogou fora aquela criança, e Fred e eu agradecemos a Deus todos os dias por estarmos aqui para apanhá-la. Ah, e, se você não estava lá ouvindo, ninguém chorou no seu enterro — disse Trixie, incapaz de se conter. — Jane até queria, mas não chorou. Ela já tinha gasto todas as suas lágrimas. E depois ela queimou todas as suas coisas. Foi terrivelmente triste. Eu só queria saber por que você não está queimando no inferno por tudo que fez com ela!

— *Meu inferno é este, Trixie. Me dá um trégua, está bem? Estou fazendo tudo que posso para consertar as coisas. Não posso fazer isso da noite para o dia, mas com o tempo vou poder, se todos cooperarem. Talvez possa até consertar alguma coisa com você. Não tive intenção de lhe dizer o que eu lhe disse. É que você sabe reparar exatamente o jeito de me irritar.*

Trixie riu.

— É que não sou hipócrita, Margaret. Eu quis dizer cada uma das palavras que disse e algumas mais que não cheguei a dizer.

Trixie balançou a cabeça para clarear os pensamentos. Ela devia estar ficando velha. Estava cochilando durante o dia.

Jane estava retocando seu batom quando viu o reflexo de sua mãe no espelho.

— *Você está linda, Jane, mais bonita do que jamais fui. Acho que é porque você é bonita por dentro e por fora. Nunca fui; por isso, consigo reconhecer isto em você.*

— Mamãe — disse Jane com um suspiro de alívio. — Estava começando a me perguntar se você viria mesmo.

Margaret sorriu.

— *Sei que você ainda tem dúvidas a meu respeito, mas acredite quando digo que não perderia seu casamento por nada.* — Inclinou-se para a frente e beijou o rosto de Jane. — *Obrigada por ter tornado possível estar com você no dia de hoje. Não sei como dizer o quanto isto significa para mim.*

Jane sorriu. Agora seu dia estava perfeito. Tocou a face com a ponta dos dedos. Sua pele estava ainda cálida com o toque. Era toda sorrisos quando pôs a cabeça fora do quarto.

— Ela está aqui. Podemos começar.

— E assim os declaro marido e mulher. Pode beijar a noiva.

Mike ergueu o véu de Jane e sorriu. — Esta é a segunda vez que eu beijo a noiva em um dia. Venha cá. — Jane riu. Era o beijo que prometia uma vida inteira de doces amanhãs.

O organista da igreja tocou os acordes iniciais da *Marcha Nupcial.* O Dr. e a Dra. Michael Sorenson começaram a sair pela nave, com os rostos abertos em sorrisos.

Do lado de fora, sob o sol, o noivo e a noiva brincaram e riram enquanto os convidados sopravam bolas de encher e soltavam cem borboletas de seus invólucros triangulares.

— Você está tão feliz quanto parece, minha menina? — sussurrou Trixie.

— Trixie, não tenho palavras para lhe dizer o quanto estou feliz. Tive dois casamentos no mesmo dia e me casei duas vezes com o mesmo homem maravilhoso. Eu me sinto como se tivesse tudo e mais alguma coisa. É por causa de você e de Fred. Eu não seria quem sou hoje se não fossem vocês dois. Desculpe se não lhe digo tantas vezes quantas deveria o quanto amo vocês. Prometo que vou fazer isso mais vezes. — Deu um abraço apertado em Trixie e depois em Fred. — Eu não esperava que viessem tantas pessoas à igreja. Acho que a maior parte deve ser de colegas de Mike.

— Jane, acho que vi...

Jane colocou um dedo nos lábios de Trixie.

— Shhhh, eu sei. Mamãe me disse. Ela também me disse para lhe dizer que o verde não é a sua cor. Ela gosta mais de você com aquele traje de oncinha — disse Jane com aquele ar de quem caçoa.

Os olhos de Trixie quase saltaram das órbitas.

— Fredddd!

— Estão de saída, eles estão de saída! — gritou Trixie para os convidados reunidos. — Ela vai jogar o buquê. Todas as solteiras para o lado de cá — disse ela, apontando para um círculo no pátio. Jane obedeceu, virando-se e atirando o buquê de lírios-do-vale para o ar.

Sharon Thomas deu um grito de prazer ao pegar o caprichado buquê. Jane riu ao encaminhar-se para a ex-colega. Tom Bradley, seu acompanhante, ria de orelha a orelha.

— Acho que você é a próxima, Sharon. — Jane inclinou-se, chegando mais próximo a ela, e sussurrou: — Gostei de seu nariz. O trabalho no olho também ficou muito bom. Será que estou vendo um toque no queixo?

— Sim, em toda a parte de cima. Tom nem notou. Ouça, Jane...

— Eu estava errada, mas você também estava — cortou Jane. — Vamos parar por aí. Convide-nos para o seu casamento e ficamos quites. — Voltou-se para ir adiante.

— Jane! — chamou Sharon, detendo-a.

— O quê?

Sharon sorriu.

— Você está uma noiva muito bonita. Seja feliz!

— Eu vou ser, Sharon. E você também — disse Jane, sorrindo em resposta.

— Vamos, Sra. Sorenson — disse Mike, acenando para Jane por cima do carro. — Não podemos perder nosso vôo. Pense só, trinta dias inteiros no ensolarado Havaí!

Mike manteve a porta aberta para sua esposa. Inclinou-se para frente e sussurrou:

— Vamos começar logo a fazer um bebê.

Jane pôs os braços em volta de seu pescoço.

— Oh, Mike! É isto mesmo o que quer?

— Com certeza. Quero uma penca de pequenas Janes correndo para todo lado em nossa casa.

— E se tivermos uma penca de pequenos Mikes em vez disso?

— Ficamos com eles. Santo Deus, como amo você, Jane — disse ele, olhando longamente dentro de seus olhos.

— Eu amo você ainda mais. — Ela beliscou-lhe o nariz. — Mas não vamos brigar por causa disso, não é?

— Nadinha. Você trouxe aquele seu chapeuzinho maroto?

— Foi a primeira coisa que pus na mala — caçoou Jane. Era engraçado como ele gostava daquele chapéu.

Mike inclinou-se sobre o volante ao dirigir-se para a rodovia principal, com os convidados batendo palmas e assoviando até sumirem de vista.

Trinta minutos depois, os responsáveis pelo bufê chegaram, exatamente no momento em que saía o último convidado. Enquanto trabalhavam, limpando os restos da festa, Trixie sentou-se nos degraus da varanda junto a Fred.

— Foi um casamento lindo e a recepção também. Estes meninos têm bons amigos. Até mesmo a arqui-rival de Jane portou-se bem. Queria lhe perguntar uma coisa, Fred. Já sou uma mulher idosa, chegando quase aos oitenta. Como é possível que meu coração e minha mente pareçam ter apenas vinte anos de idade? Minhas lembranças são tão maravilhosas. Quando a música estava tocando, eu me senti jovem novamente. Quando vi todos aqueles jovens dançando, eu parecia estar dançando também. Meus sentimentos por você não mudaram nem um pouquinho. Não entendo isso, Fred. Estou velha. Você está velho. Parecemos velhos. Algumas vezes agimos como velhos. Na maior parte do tempo nos sentimos velhos. Pelo menos eu me sinto, quando me olho no espelho. Ultimamente nem me olho mais. Preciso de uma resposta, Fred.

Fred pôs o braço em volta da esposa.

— Acho que você se sente jovem porque você pensa como jovem. — Ergueu seu queixo e olhou-a nos olhos. — E porque ainda nos amamos. O amor mantém a gente jovem, Trixie. E o nosso é um amor dos mais verdadeiros. Nunca titubeamos. Mantivemos nosso rumo. Você me respeitou, eu respeitei você. Nossas lembranças são preciosas. Se você quer algo melhor, vai ter que ler algum livro sobre o assunto, ou melhor, vai ter que escrever um livro. — Beijou-a suavemente na boca. — Acho melhor subirmos e pegarmos nossos cachorros. Eles já ficaram trancados tempo demais.

— Tudo que temos a fazer é assoviar, Fred. Flash sabe como abrir a porta. — Fred assoviou e os cachorros desceram correndo, o magnífico Malinois e a Labrador amarela. Olive vinha um pouco mais atrás, depois se colocou ao lado de Trixie. Trixie se deslocou dando mais espaço no degrau para todos os três. Inclinou a cabeça para junto de Flash, que esfregou o focinho em seu pescoço, enquanto Golda fazia o mesmo com Fred. Olive pulou para o seu colo. — Temos uma bela pequena família aqui, não temos, Fred?

— Trixie, meu amor, ela não poderia ser melhor.

— Au!

— Au!

— Au!

Epílogo

Universidade do Estado de Lousiana
Baton Rouge, Louisiana

A comemoração estava, no mínimo, espetacular. Jane susteve a respiração, olhando em torno para as caminhonetes da mídia, a massa de pessoas, os representantes de vários departamentos de polícia e, naturalmente, as corporações de K-9 de Lousiana, Kentucky e Alabama.

Tudo isto para prestar uma homenagem a Trixie e Fred pela generosidade e dedicação às corporações de K-9s que haviam fundado. Até o tempo estava cooperando, com uma brisa fresca e um sol brilhante. Uma moldura perfeita para uma homenagem tão portentosa. O único problema era: onde estavam os convidados de honra?

Jane espichou o pescoço para olhar em volta. Um grito de deleite infantil a trouxe de volta a tempo de ver sua filhinha de seis meses rindo e murmurando para a borboleta amarela que pousara ao lado do carrinho de dois assentos. Mickey, seu irmãozinho de dois anos, tentou pegar a volátil criatura com seus dedinhos gorduchos. Riu alegremente quando ela voou e deu voltas por sobre sua cabeça.

— Estou muito atrasada, Jane? — perguntou Trixie, sem fôlego, subindo para junto da afilhada. — Eu estava discutindo com um dos comissários de polícia. Ele disse que estamos com uma discrepância quanto ao número de distintivos. Você sabe de algum coisa a esse respeito?

— Jane manteve um ar imperturbável. É claro que ela sabia, mas não ia admitir isso.

— Que tipo de discrepância?

— Há um a mais naquele monte de emblemas. Eu disse a ele que não havia motivo para se exaltar. Ele começou a se mostrar meio irritado, e Flash fez ver a ele que não estávamos gostando de sua atitude. Ele voltou atrás e disse que tinha certeza de que tudo se resolveria e que provavelmente era algum erro de registro do computador. — Jane assentiu. — É, provavelmente foi o que aconteceu. Não acho que seja algo com que deva se preocupar. — Olhou para a direita. — Você viu Mike?

— Ele saiu por ali com Fred. — Trixie curvou-se para o carrinho. — E como vão os meus queridinhos hoje? — Beliscou de leve as faces das crianças e beijou-as. — Oh, vocês dois são mesmo umas gracinhas. — Endireitou-se e olhou ao redor. — Meu Deus, Jane, quanta gente!

— Hum — hum. Está nervosa?

Trixie emitiu um som sibilante.

— Você vai ter que esperar até que a Golden Band da Universidade acabe de tocar. John Murray vai acompanhar você, Fred e Flash ao local da parada, onde vocês vão passar em revista suas tropas. — Jane pegou o braço de Trixie e apertou-o. — Todos os cento e trinta e sete cães estarão lá, com os seus respectivos *handlers*. Acho que o estado inteiro parou para ver você e Fred receberem esta homenagem.

— Você acha que algum dos cães vai se lembrar de mim? — perguntou Trixie, com a voz um tanto ansiosa.

— Cada um desses cachorros vai se lembrar de você, Trixie — disse Jane com a maior firmeza. — Espere só para ver! Oh! Aí está a banda. Fique ereta, minha senhora, estes são os seus quinze minutos de glória. Goze-os.

Trixie fez uma careta.

— Estou me sentindo como uma gata em teto de zinco quente.

— Você está ganindo. Pare com isso já, já — censurou Jane.

A Golden Band de Tigerland, como gostavam de ser chamados, marchou para dentro do campo da parada. John Murray apareceu para pegar o braço de Trixie.

— Não sei se vou conseguir fazer isso — disse debilmente Trixie, olhando para a grande multidão à sua volta.

Jane inclinou-se para ela e murmurou:

— Você tem que fazer isso. Você comprou esse traje esplendoroso só para esta ocasião. E Flash vai querer ver todos os seus antigos companheiros. Estou tão orgulhosa de você que poderia até desatar a chorar. — Jane segurou-a e deu-lhe um abraço apertado, depois a virou e apontou para a direção a seguir. — Em frente, minha senhora!

— Você devia vir comigo — disse Trixie por cima do ombro. — Você fez tanto quanto eu.

— Vá! — ordenou Jane.

— Está bem, está bem, estou indo.

Assim que Trixie entrou no meio da multidão, Jane se voltou para o marido.

— Mike, pode dar uma olhada nas crianças por um minuto? Tenho que fazer uma coisa. Volto já.

— Não demore, senão vai perder o início da apresentação — falou Mike atrás dela.

Jane correu para a União dos Estudantes. Sem fôlego, ela inclinou-se para a frente e abriu a mão fechada. Um brilhante distintivo de policial cintilou diante dela: Comissário de Polícia Jeeter, Número 138. Ela fechou novamente o punho.

— Billy, sou eu, Jane. Você me disse que quando precisasse bastaria te chamar. Estou chamando. Venha depressa. Billy, está me ouvindo? Por favor, Billy, rápido.

— *Estou aqui, Dona Jane. Vire-se* — disse uma voz distante.

Jane virou-se e o viu, de pé no final dos degraus, tal como ela se lembrava dele. Ainda um garoto. Para sempre um garoto. Sua respiração explodiu em um pesado suspiro. Ergueu a mão e disse:

— Pegue! — Jogou pelo ar o distintivo de comissário de polícia e sorriu quando ele o apanhou. — Corra, Billy. Você tem que colocá-lo no Jeeter! — Ela viu Billy amarrar uma bandana azul vivo em torno do pescoço malhado do cachorro e depois prender nela o emblema.

— *Vá, Jeeter*!

O cãozinho malhado correu para o local da parada e veio parar junto de Flash, que deu uma meia trava apenas para saudar seu companheiro fantasma. Depois continuou, com o rabo abanando furiosamente.

Jane bateu palmas na maior alegria, enquanto lágrimas lhe escorriam pelas faces. Chamou Billy para vir para junto dela.

— Venha comigo e conheça minha família, Billy. De lá você vai ver melhor o Jeeter.

— Mike enfiou o braço no de sua esposa.

— Já não era sem tempo. Por que demorou tanto?

— Eu tinha algo a fazer, querido. É incrível, não é? — disse ela, olhando encantada para a parada de K-9s, os cães que ela e Trixie haviam treinado e amado.

— Por que estão tocando o Hino da Marinha? — indagou Mike acompanhando com o pé a música que subia.

— Foi uma das condições impostas por Trixie. Nós o tocamos o tempo todo para animar os cães. Eles adoram. Agora estão se empinando. Está vendo? Eles se lembram. Oh, meu Deus, olhe só o Flash!

— Notaram que o grande Malinois usava o focinho para ajeitar dois dos K-9s em uma linha mais reta, com um cãozinho malhado a seu lado.

— Eu devo estar precisando de óculos — disse Mike, piscando os olhos. — Por um instante pensei que estava vendo um cão malhado de marrom e branco junto de Flash.

Terminada a revista das tropas, Trixie tirou seu apito do bolso do vestido. Trouxe-o aos lábios e deu três curtos assovios.

— Fim do treinamento! Descansar, tropa! Vamos lá, façam um carinho em Trixie. Um de cada vez. Temos o dia inteiro! — gritou Trixie com toda a força dos pulmões.

— Meu Deus, agora estou vendo mesmo! — gritou Mike, enquanto os cento e trinta e sete cães puxavam seus *handlers* em direção a Trixie. — Parece que ela está segurando algo no colo. Você tem a mesma impressão, Jane?

— Tenho. É o Jeeter, Mike. Olhe, ele está com seu distintivo, tal como os demais. A primeira ordem que os cães aprendem a seguir é 'Façam um carinho em Trixie!' Você está realmente conseguindo ver Jeeter?

— Eu... sim, agora estou. O que deve indicar que Billy está aqui. Ele está, Jane?

— Esta lá — disse Jane, apontando para um garoto sorridente.

— Então era essa a discrepância, o tal distintivo extra de comissário de polícia que estava dando toda aquela confusão?

— Hum, hum.

Mike puxou Jane para dentro de seus braços e abraçou-a apertado. — Santo Deus, amo você.

— Papai ama você, mamãe — disse rindo o pequeno Mickey, de dois anos.

Jane fez um carinho em sua cabeça. — Eu sei, Mikey. Eu também o amo.

— Para sempre e por toda a eternidade — disse Mike.

— Para sempre e por toda eternidade e ainda mais — disse Jane.

Impresso no Brasil pelo
Sistema Cameron da Divisão Gráfica da
DISTRIBUIDORA RECORD DE SERVIÇOS DE IMPRENSA S.A.
Rua Argentina 171 – Rio de Janeiro, RJ – 20921-380 – Tel.: 2585-2000